Daniela Schenk

Alpenfrauen

DANIELA SCHENK

Dank langer Haare durfte sie jeweils den Winnetou spielen; dank einer kleinen Pistole (vom Taschengeld gekauft) wurde sie zur gefürchtetsten Revolverheldin ihres Universums und als sie einen großen Plastiklastwagen von ihren Eltern geschenkt bekam, war ihr Schicksal als raue Krimiautorin besiegelt.

Gelegentlich schießt sie im Sekretariat einer sozialpädagogischen Institution herum und macht eine Buchhandelsschule unsicher. Jagt gerne in Schweden Elche.

Siehe auch: www.daniela-schenk.ch
www.facebook.com/daniela.schenk.autorin

Daniela Schenk

Alpenfrauen

Fall zwei für
die unwiderstehliche April Pallas

Kriminalroman

ULRIKE **HELMER** VERLAG

till kvinnan med stjärnhimlen på ryggen

Mit über hundertfünfzig Stundenkilometern stürzte sie die Felswand hinunter und brach sich zahlreiche Knochen. Die Organe wurden zerquetscht oder zerrissen, der Schädel brach auseinander, Gehirnmasse trat aus. Aber da war sie schon tot.

Wie jeden Morgen nahm sie die Abkürzung beim Bauernhof vorbei, doch diesmal brach die Abdeckung über der Gülle ein und sie fiel in die Suppe. Eingeklemmt zwischen Wand und Abdeckung, verlor sie ihr junges Leben.

Es begann mit Bauchschmerzen und endete damit, dass sie gottjämmerlich krepierte. Im Pesto befand sich nicht nur Bärlauch, sondern auch Herbstzeitlose.

Man fand sie tot in ihrer Praxis, das Herz hatte aufgehört zu schlagen, niemand wusste, warum.

Sie waren Mitglieder des Frauenvereins *Alpenrose* gewesen.
Es waren Unfälle.
Sagte man.

Vor die Hündinnen gehen

»Kackenschotter, ist das dein letztes Wort?«

»Ja.«

»Wirklich dein allerletztes Wort?«

»Genau.«

»Auch dein aller-allerletztes Wort?«

»Exakt.«

»Und dein aller-aller-allerletztes Wort?«

»Ja, ja und nochmals ja!«

»Du bist ein sturer Bock.«

»Wenn schon, Böckin.«

»Kompromissfähig wie ein Bulldozer.«

»Ich habe bloß gesagt, dass ich nicht will! Du könntest meine Entscheidung ohne Drama in drei Akten akzeptieren.«

»Weißt du was, Lou? Du kannst mir mal gestohlen bleiben – aber, was sage ich da? Das sollte dir als Meisterdiebin ja formidabel gelingen!«

Und April Pallas, erfolgreiche Detektivin, außerdem Brucie Lee und Frauenflachlegerin (momentan im Stand-by-Modus) – diese April Pallas zog nun Leine und verließ die Wohnung von Lou St. Helena, ihres Zeichens Meisterdiebin (auch im Standby). April schmetterte Lous Wohnungstür hinter sich zu, draußen bohrte sie den Finger durch das Schussloch in der Tür, welches sie vor ein paar Monaten unabsichtlich hineingeschossen hatte, und rief durch das Loch: »Lass endlich die verdammte Tür flicken!«

Von innen kam es: »Das ist meine Tür! Ich mache damit, was ich will!«

Fluchend haute April auf den Liftknopf. »Und zieh endlich ins Erdgeschoss! Ich bin es leid, Stunden auf diesen Lift zu warten.«

Nachdem sie Stunden gewartet hatte (elf Sekunden), machte es pling! und die Tür glitt auf. Sie trat ein, drehte sich um und rief Richtung Wohnungstür: »Ich war zum letzten Mal hier. Wenn Madame nicht zu mir kommt, gehe ich nicht zu Madame. Basta! Es gibt keinen Grund, warum wir immer bei dir sind und kaum jemals bei mir.« Pling, die Tür glitt zu.

Unten angekommen, stapfte sie zu ihrem braven Motorrad und zog die Bikerkluft über.

Während sie den Helm aus dem Fach nahm, hätte ihr ein leises Surren auffallen sollen, aber die ständig geistesgegenwärtige Brucie Lee dümpelte taub in ihrem Ärger. Erst als etwas Dunkles neben ihr geschmeidig zu Boden glitt, reagierte sie souverän mit hysterischem Schrei und Sprung ins Gebüsch.

Ein blaugekleidetes Wesen befreite sich unter leisem Klicken vom Seil und betrachtete die wackere Detektivin im Busch. Sein helles Haar leuchtete im Schein der Straßenlampe.

»Spinnst du?«, fluchte April, während sie sich so würdevoll als möglich aus dem Geäst befreite. »Kannst du nicht wie ein normaler Mensch den Lift oder die Treppen benützen?«

»Können schon, aber seit heute habe ich dieses Seil. Das wollte ich testen.«

»Gut. Dann kannst du jetzt wieder hinaufgehen oder klettern oder fliegen.«

»Wenn du nur deine Wohnung aufräumen und putzen würdest! Verschmierte Schokolade im Bett ist unerotisch und ich trete höchst ungern auf Sandwichreste.«

»Um mir das zu sagen, hast du dich abgeseilt?«

»Ja, nein, vielleicht«, zögernd näherte Lou sich und schaute April in die Augen mit einem Blick, der die Hartgesottene noch immer kolossal verwirrte. »Es ist bloß, dass ich ..., dass du ..., dass wir ...« Sie strich ihr über die Wange, den Hals hinunter, fingerte am Reißverschluss ihrer Jacke – mit unschuldigem Gesichtsausdruck, was in der Regel bedeutete, dass sie etwas höchst Schuldiges vorhatte. »Ich trage unter meinem Anzug nichts«, flüsterte sie in Aprils Ohr, »vielleicht willst du dieses Nichts sehen?« Mit einer langsamen Bewegung griff sie zum Zipper.

April sog die Luft scharf ein. »Du willst ja nicht zu mir kommen!«

»Aber du wieder zu mir hoch, oder?«

Nein, sie würde hart bleiben und nach Hause gehen, so schwierig war das nicht. Da roch sie Lous Parfum. Es *war* verdammt schwierig. Und April, mit dem knallharten Willen einer Brucie Lee ausgestattet, schlang ihre Arme um Lou und zog sie in einen ihrer berühmt-berüchtigten feurigen Küsse: Zwei Phönixe, die zu Asche wurden und wieder auferstanden – eben etwas wahnsinnig Intensives. Das Ganze geriet wie üblich außer Kontrolle und als die Kleider den Drang anmeldeten, durch die Luft zu segeln, kamen die beiden so weit zur Besinnung, dass sie den Weg zum Lift fanden, wo sie sich übereinander hermachten. Als sie oben ankamen, waren alle Reißverschlüsse geöffnet und Aprils Hände klebten an Lous Brüsten.

Die beiden stürmten in die Wohnung und landeten dort, wo sie in den letzten Monaten oft gelandet waren: auf dem Sofa. Hier taten sie Dinge, für die man wenig Worte braucht, dafür eine Menge »Aaahhs«, »Ooohhs« und »Mmmhhs«. Nachdem sie zu einem äußerst befriedigenden Abschluss gekommen waren, schleppten sie sich ins Bett. Vorher ging Lou noch auf die Dachterrasse und zog ihr Seil wieder ein. Sechzehn Etagen ergaben eine beeindruckende Menge Seil. Und eine völlig ausgekühlte Lou. Bibbernd huschte sie ins Bett und schmiegte sich an. April erstarrte.

Es hatte sie eben eiskalt erwischt.

Am nächsten Morgen rief Rösli an. Rösli war Sennerin, Bergbäuerin und Computercrack – außerdem eine gute Freundin von April und dazu ihre Informantin. Im Internet fand sie so ziemlich alles und hackte sich munter überall hinein.

»Ich habe einen Fall für dich«, waren Röslis Begrüßungsworte.

»Das sagen im Moment alle«, gähnte die Detektivin.

»Ich bin aber nicht alle. Ich habe einen Fall, von dem außer mir und jemand anderem niemand glaubt, dass es überhaupt ein Fall ist. Es ist aber einer. Vier Morde, die als Unfälle abgehandelt wurden. Bist du dabei?«

Widerwillig zog April die Hand von Lous herrlich weicher Brust und setzte sich auf. »Rösli, es ist verdammt früh, es ist Samstagmorgen und neben mir liegt etwas Leckeres.«

»Zehn Uhr würde ich nicht als früh bezeichnen. Ich habe schon –«

»– Kühe gemolken, Käse gemacht und so weiter und so bla bla. Ein Fall, der keiner ist, hört sich nicht berauschend an.«

»Die Auftraggeberin ist reich.«

»Okay, das hört sich schon berauschender an.«

»Sie will dich treffen, am liebsten noch heute.«

»Seit wir den letzten Fall so erfolgreich gelöst haben, wollen das alle.« April legte ihre Hand wieder auf Lous Brust. Genüsslich seufzte die Meisterdiebin.

»Sie ist heute in Bern und möchte dich am Nachmittag treffen. Bitte in einem schicken Restaurant.«

»Geht nicht, hab mit Lou etwas vor.«

Schlaftrunken schaute Lou hoch. »So? Davon weiß ich noch gar nichts.«

April verdrehte die Augen.

»Das habe ich gehört«, sagte Rösli triumphierend. »Wann und wo treffen wir uns?«

»Lass mich überlegen, also erst mache ich aus Lou Kleinholz – wir können uns um zwei Uhr in *Jack's Brasserie* treffen.«

»Gut. Tschüss und liebe Grüße.«

Kaum hatte Rösli aufgelegt, drehte April sich zu Lou um. »Was war das eben, du Verräterin?«

»Du braucht wieder Arbeit. Es ist Monate her, seit du den Berner Reichenclub überführt hast, und irgendwann wird dir das Geld ausgehen. Ich verstehe nicht, warum du alle Anfragen ausschlägst.«

»Ich muss mich erholen. Und hab genug Geld.«

»Du bist ein fauler Hund.«

»Wenn schon, eine Hündin.«

»Nun, wenn ich es mir überlege, hätte ich Lust, mit dir ein bisschen vor die Hündinnen zu gehen ...« Lou schob sich auf sie.

Der Rest ist schnell erzählt: »Aaaaah!«, »oooohh!« und »mmmhh!«.

Ich spüre es im Urin

Jack's Brasserie gehörte zum Fünfsternehotel *Schweizerhof*. Das hoch aufragende Gebäude war Teil einer Häuserreihe, lag am Rand der Altstadt und in Nähe des Berner Hauptbahnhofes. Sein großer, goldener Eingang ließ erkennen, dass hier das Preis-Leistungs-Verhältnis zugunsten des Preises ausfiel, indem man mit allerhand Schnickschnack das Angebot besser aussehen ließ, als es wirklich war. Die Brasserie war im Jugendstil gehalten, kugelförmige Lampen mit goldenen Haltern beleuchteten die weiß eingedeckten Plätze.

April, Rösli und die Mandantin setzten sich an einen runden Tisch und wurden gleich von einem Ober belagert, der zusammen mit zwei Kellnerinnen startbereit an der Theke gestanden hatte. Nachdem ihre Bestellung aufgenommen war, stellten die Frauen sich gegenseitig vor. Rösli und Verena Leibundgut kannten sich vom Frauenverein *Alpenrose*, wo Rösli Computerkurse gab. Die Erscheinungen der beiden waren grundverschieden: Die Bäuerin passte hervorragend zum Käse, den sie herstellte – prall und rund und würzig. Die große, schlanke Verena hingegen hatte eine äußerst dezente Art, sich zu bewegen und zu artikulieren, sie wirkte wie eine Galeristin; in Tat und Wahrheit war sie in erster Linie Erbin.

Die Detektivin lächelte Frau Leibundgut an. »So erzählen Sie doch mal, worum es geht.«

Die Dame strich sich durch das kurze Haar, dem eine erbarmungslose Natur fast alles Braun entzogen hatte, obschon sie erst Anfang vierzig war. Sie trug jene unscheinbaren Kleider, über deren Preis man sich diskret ausschwieg, weil er Normalsterblichen die Sprache verschlagen hätte. Diese Form sozialer Rücksichtnahme kannte April von Menschen, die aus alteingesessenen, reichen Familien stammten.

»Ich habe eine Schwester«, begann Frau Leibundgut. »Nein, ich hatte eine Schwester ...«, ihre Augen füllten sich mit Tränen. »Man hat sie letztes Jahr tot in ihrer Arztpraxis vorgefunden. Die Autopsie ergab, dass sie an einem Herzversagen gestorben ist. Das ist absurd, denn Sofia war sportlich, ihre Kondition war geradezu phänomenal. Ich habe ein zweites Gutachten machen lassen, mit dem gleichen Ergebnis: Herzstillstand. Wie Rösli erwähnt hat, bin ich im Frauenverein *Alpenrose*, meine Schwester war auch Mitglied. Nun ist es so, dass innerhalb eines Jahres vier Vereinsfrauen gestorben sind, alle angeblich durch einen Unfall. Aber ich zweifele daran. Vier Tote innerhalb ein paar Monaten aus demselben Verein, das gibt es doch nicht.«

»Manchmal werden an einem Tag ganze Dörfer ausradiert«, wandte April ein.

»In der Schweiz wohl kaum.«

Der Kellner kam mit den Getränken, er lud Porzellantassen, Silberkännchen und -töpfchen auf den Tisch.

»Entschuldigen Sie, wo sind die vier Cremes?«, fragte April.

Galant deutete er auf das Kännchen neben ihrer Tasse, »Sahne, soviel Sie wollen.«

»Ich will aber genau vier kleine Näpfchen voll. Wie soll ich wissen, wie viel das umgerechnet in Kännchen ist?«

Er schaute sie ratlos an. »Haben wir leider nicht im Haus.«

»Wie unhygienisch. Wer weiß, was da alles in die Kännchen gerät.«

Rösli drückte Aprils Arm. »Es ist gut.« Zum Kellner gewandt, fügte sie hinzu: »Danke, wir kommen zurecht.«

»Also, vier Todesfälle«, fuhr Frau Leibundgut fort. »Meine Schwester wegen Herzversagen, Marlise Ueltschi wegen einer Vergiftung. Eliane Mattis fiel eine Felswand hinunter und Jenny Gertsch in die Jauche.«

»Wurden die Fälle von der Polizei untersucht?«, fragte April mit argwöhnischem Blick auf das Kännchen, aus dem sie die Sahne in den Kaffee träufelte.

«Ja, wurden sie. Fragt sich nur, wie gründlich. Dass man beim Sammeln Bärlauch mit Herbstzeitlose verwechselt, kann vorkommen, die Blätter ähneln sich in diesem Wachstumsstadium stark. Nur sammelte Marlise seit Jahr und Tag Kräuter, sie kannte sich da aus wie sonst niemand.»

»Wie alt war die Frau?«

»Mitte siebzig.«

»Vielleicht sah sie nicht mehr so gut.«

»Sie trug ihre Lesebrille ständig auf der Nase.«

»Vielleicht hatte sie die an dem Tag vergessen.«

»Marlise war sehr organisiert und wach im Geist.«

»Missgeschicke können jedem passieren.«

Frau Leibundgut runzelte die Stirn. »Meinen Sie, dass ich phantasiere?«

Erstaunt schaute April auf. »Nein, wie käme ich dazu? Ich gehe nur davon aus, dass alles möglich ist. Um die Wahrheit herauszufinden, brauche ich Details. Ich muss wissen, was für Ihre Mordtheorie spricht und was dagegen.« Sie warf Frau Leibundgut einen ihrer charmanten Blicke zu, denen niemand widerstehen konnte.

»Ich weiß, es ist schwierig zu beweisen, dass die Herbstzeitlose nicht durch Verwechslung ins Pesto geraten ist, trotzdem könnte es so gewesen sein.«

»Ja, könnte es. Was ist mit dem nächsten Fall?«

»Eliane Mattis, Lehrerin der Oberstufe. Ihr Mann ist vor Jahren mit einem Gleitschirm tödlich verunglückt – vor ihren Augen! Seither besucht sie am Todestag die Unfallstelle und gedenkt ihres Mannes. Letztes Jahr stürzte sie dann dort in die Tiefe. Die Polizei tippte auf ein Missgeschick oder Suizid – Mord schlossen sie aus. Nein, das ist falsch ausgedrückt: Sie erwogen ihn gar nicht erst.«

»Es drängte sich wohl kein Motiv auf?«

Frau Leibundgut schüttelte den Kopf. »Der dritte Fall betrifft eine junge Frau. Jennifer Gertsch, neunzehn Jahre alt: Sie fiel beim nachbarlichen Bauernhof in die Gülle. Die Abdeckung der Jauchegrube brach genau in dem Moment ein, als Jennifer darüber ging. Der Bauer wurde wegen fahrlässiger Tötung angeklagt, die Gerichtsverhandlung wird voraussichtlich in diesem Jahr sein.«

»Hat die Polizei auch hier Mord ausgeschlossen?«

»Ja. – Die vierte Tote ist meine Schwester.« Frau Leibundgut schluckte leer. »Sofia wurde tot auf der Behandlungsliege ihrer ärztlichen Praxis gefunden.«

Gedankenversunken nickte April. »Sie und Rösli sind überzeugt, dass es Morde waren. Wie kommen Sie darauf?«

»Ein Gefühl«, sagte Frau Leibundgut.

»Und du, Rösli?«

»Der Urin. Ich spüre es im Urin.«

»So, so, Gefühl und Urin – wirklich eine erdrückende Beweislast. Irgendwas sonst?«

»Wie gesagt, waren alle vier im selben Verein«, sagte Rösli.

»Das wäre ein Anhaltspunkt: Jemand hasst den Frauenverein und bringt eine nach der anderen um.« Die Detektivin trank den Espresso leer. »War passabel, der Kaffee.«

»Du hast die ganze Sahne reingegossen«, bemerkte Rösli kopfschüttelnd.

Verblüfft guckte April in das Kännchen. »Tatsächlich!« An Frau Leibundgut gewandt, fuhr sie fort: »Gibt es noch einen anderen Zusammenhang zwischen den vier Frauen?«

»Nicht dass ich wüsste.«

»Wenn es Morde waren und alle von derselben Person ausgeübt worden sind, gibt es vielleicht eine weitere Verbindung. Die müsste man finden.«

»Bitte tun Sie das!« Frau Leibundgut nickte auffordernd.

»Nun – ich bin teuer. Und Sie müssen mich auch dann bezahlen, wenn ich keinen Täter finde, weil es tatsächlich Unfälle waren.«

»Es gibt einen.«

»Okay«, Pallas nahm leicht zerknitterte Blätter aus ihrer Tasche und legte sie vor Frau Leibundgut auf den Tisch. »Hier der Vertrag. Zwanzigtausend im Voraus, zwanzigtausend, wenn der Fall abgeschlossen ist, zwanzigtausend, wenn es einen Mörder gibt.«

Rösli sah April fassungslos an. »Bist du nicht ganz dicht?«

»Vier Morde aufklären, die wie Unfälle aussehen, und den dazugehörenden Mörder finden, ist nicht einfach.«

Frau Leibundgut winkte ab. »Schon gut, das ist es mir wert, ich habe das nötige Kleingeld.«

Während Rösli ungläubig den Kopf schüttelte, schob April der Auftraggeberin den Vertrag hinüber. Der war so umfangreich, dass sie noch einmal etwas bestellten.

Als Frau Leibundgut eine Weile gelesen hatte, schenkte sie der Detektivin einen Blick, den man normalerweise Idioten vorbehält. »Wenn ich einen Hund hätte und der Sie beißen würde, müsste ich Schadenersatz zahlen? Natürlich müsste ich das – selbst wenn ich nicht Ihre Auftraggeberin wäre. Übrigens habe ich eine Katze. Was ist damit?«

Verlegen kratzte sich April am Kopf.

»Und ich soll Ihre Verkehrsbußen zahlen? Das würde Ihnen so passen!«

»Wenn ich einen Mörder verfolge und der rast, muss ich auch rasen – das könnte ein Bußgeld geben.«

»Ich zahle nur im Falle einer Verfolgungsjagd, sonst nicht«, beschied ihr Gegenüber. »Ich gebe Ihnen doch keine Freikarte für Raserei!«

Missmutig nickte April, Rösli hingegen grinste.

Frau Leibundgut studierte weiter den Vertrag. »Ich soll das Begräbnis bezahlen, wenn Sie während der Ermittlung sterben? Soweit kommt's noch! Sie bekommen von mir genug Geld, mit dem Ihre Angehörigen die Feierlichkeiten bezahlen könnten. Und dann soll an Ihrem Begräbnis die finnische Band Apocalyptica spielen, die natürlich wiederum ich zu zahlen habe? Das kann nicht Ihr Ernst sein! Zahlen Sie die Band selber oder vergessen Sie es. Der Vertrag muss neu formuliert werden, sonst unterschreibe ich nicht. Und überlegen Sie sich zuerst, ob Sie sich meinem Auftrag gewachsen fühlen.«

»Also bitte, ich zwang einen weltumspannenden Verbrecherclub in die Knie, da werde ich wohl mit vier Unfällen klarkommen!«

»Na gut. Ich sollte nicht von einem dilettantischen Vertrag auf Ihre Arbeitsweise schließen«, lenkte ihre Auftraggeberin ein. »Rösli spricht ja in den höchsten Tönen von Ihnen.«

April nahm einen Schluck von der Cola, die der Kellner gebracht hatte (in einer Flasche, nicht im Kännchen), und sagte trotzig: »Wenn Sie an meinen Fähigkeiten zweifeln, dann lassen wir's. Ich habe weiß Gott genug andere Aufträge, die ich annehmen könnte, ich brauche Ihr Geld nicht.«

»Sie fühlen sich der Aufgabe also nicht gewachsen.«

Die Detektivin fauchte. »Die Frage ist wohl eher, ob ich mit Ihnen zusammenarbeiten will.«

»Die Frage ist: Werden Sie den Mörder finden?«

»Das werde ich – vorausgesetzt, es gibt einen!«

»Gut.« Frau Leibundgut lächelte. »Schicken Sie mir den neuen Vertrag und ich überweise Ihnen die erste Tranche.«

»Gehen wir doch jetzt gleich in mein Büro, da ändere ich den Vertrag und Sie und Rösli sagen mir alles, was zu den Fällen bekannt ist.«

Eine halbe Stunde später öffnete April das Tor zu ihrem Reich. »Hier sind wir.«

»Das ist eine Garage und da steht eine Buell«, stellte Frau Leibundgut trocken fest.

»Sie wissen, was eine Buell ist?«, fragte April entzückt.

»Mein Vater war Motorradfan. Er besaß eine Buell, eine Harley Davidson und ein paar andere Maschinen, zum Teil seltene Oldtimer.«

Aprils Wangen erglühten. »Gibt es die noch?«

»Vermutlich schon, aber wir haben sie nach seinem Tod verkauft.«

»Welch ein Jammer«, rief die Detektivin und führte ihre neue Auftraggeberin in die Büroecke.

»Setzen Sie sich doch«, sagte sie.

»Und wo das?« Frau Leibundgut blickte von einem Stuhl, auf dem eine Werkzeugkiste lag, zum anderen, der von Krimis besetzt war. Entschuldigend warf April Werkzeugkiste und Bücher aufs zerschlissene Sofa. Rösli seufzte.

Vorsichtig schob sich Frau Leibundgut auf die Kante eines der Stühle. »Sie haben wirklich schon Fälle gelöst?«

Brucie Lee reckte die Brust. »Ja, zusammen mit guten Hilfskräften.«

Rösli setzte sich auf den anderen Stuhl und nahm Frau Leibundgut fest in den Blick. »Verena, ich verspreche dir: Auch wenn hier ein hoffnungsloses Chaos herrscht, hat sie was drauf. Bekanntlich soll man ein Buch nicht anhand des Covers beurteilen.«

April schaltete pfeifend das Laptop an und tippte die Änderungen in den Vertrag. »Apocalyptica streiche ich ersatzlos. Oder würde eine Schweizer Band drin sein?«

»Ersatzlos streichen. Ihr Begräbnis geht mich nichts an.«

»Ihnen ist schon bewusst, dass Sie dann auch nicht dazu eingeladen sind?«

»Ich werde es verschmerzen.« Zum ersten Mal lachte Frau Leibundgut, und es war, als würde in ihrem Gesicht eine Lichterkette angezündet. Da wusste April, mit dieser Frau würde sie zusammenarbeiten können.

Nachdem der abgeänderte Vertrag ausgedruckt und unterschrieben war, ging die Detektivin zu ihrer Ermittlerwand, wo neuerdings ein riesiges Whiteboard hing, mit Magneten und Filzstiften. In die Mitte schrieb sie: MÖRDER? und umkreiste das Wort. Drumherum schrieb sie die Namen der Toten und dazu Frau Leibundguts Angaben.

»Ich sehe auf Anhieb keine Gemeinsamkeiten«, sagte April, »außer natürlich, dass alle vier im Frauenverein und Singles waren. Alter und Todesumstände sind sehr unterschiedlich – das schließt einen Serienmörder aus, die gehen immer gleich vor. Wenn der Verein das einzige Bindeglied wäre, könnte es allerdings sein, dass noch mehr Mitglieder ermordet werden.«

»Stimmt! Daran habe ich noch gar nicht gedacht!« Frau Leibundgut starrte erschrocken auf den vollen Aschenbecher vor sich.

»Was machen Sie in Ihrem Verein? Hat er Feinde?«

Die Auftraggeberin fischte ein Päckchen Zigaretten aus der Handtasche und zündete sich eine an. April schnupperte genießerisch den Rauch, nahm den Handstaubsauger aus der Schublade und saugte zuvorkommend den Aschenbecher leer.

»Wir sind ein Frauenverein, wie es unzählige in der Schweiz gibt: Wir stricken, häkeln, basteln und backen, verkaufen die Produkte an Märkten; wir organisieren Osterfrühstücke, veranstalten Kurse wie zum Beispiel Röslis Computerschulung, wir besuchen einsame Menschen im Altenheim oder initiieren Nachmittage, an denen alte Leute mit Kleinkindern Zeit verbringen. Wir arbeiten mit dem Trachtenverein zusammen und haben ein wöchentliches Altersturnen ins Leben gerufen. Nicht gerade Tätigkeiten, die uns verhasst machen könnten.«

»Wie viele Mitglieder – na, eigentlich sollte man Mitklits sagen – also, wie viele sind mit dabei?«

Frau Leibundgut blickte konsterniert. »Mitklits?«

»Genau, eigentlich kann man Frauen nicht Mitglieder nennen, ihnen fehlt ja das Glied. Sie haben aber anderes zu bieten.«

Kurz runzelte Frau Leibundgut die Stirn, dann begann sie zu lachen. »Stimmt eigentlich, das muss ich mir merken!«

«Also, wie viele haben Sie?»

»Es sind zurzeit glaube ich vierundachtzig.«

»Das sind viele!«

»Ja, aber längst nicht alle sind aktiv – an den Vereinsabenden kommt vielleicht die Hälfte.«

»Wo und wann treffen Sie sich?«

»Im Saal oberhalb des Gasthofs Löwen, dienstagabends und jeden zweiten Samstagnachmittag zu Kaffee und Kuchen.«

»Ihr Verein scheint sogar für junge Frauen attraktiv zu sein. Oder wie soll ich mir erklären, dass die neunzehnjährige Jennifer Gertsch mit dabei war?«

»Die Präsidentin, Johanna Gertsch, ist ihre Mutter. Sie wollte, dass Jennifer eine Abteilung für Junge aufbaut, aber Jennifer war nicht sehr motiviert. Sie tauchte selten auf und wenn, erschien sie mit ein paar Freundinnen und trank über den Durst – zum Ärger ihrer Mutter.«

»Wie sieht es mit den Beziehungen der vier Toten untereinander aus?«

»Soweit ich weiß, gab es keine besonderen.«

»Als Erstes möchte ich den Frauenverein besuchen – ist der auch für Nichtmitglieder offen?«

»Sie meinen wohl, für Nichtmitklits?«, kicherte Frau Leibundgut. April und Rösli schauten einander verblüfft an.

»Ach, nein«, korrigierte sie sich, »das würde ja bedeuten, dass sie keine *Sie-wissen-schon* haben. Sagen wir also, für Nichtvereinsfrauen. Ja, die dürfen mitgebracht werden.«

»Fragt sich nur, ob das etwas bringt«, sagte Rösli. »Bestimmt brauchst du mehr als einen Abend, um überhaupt an Informationen zu kommen. Du musst dem Verein beitreten und Kontakte knüpfen.«

Aprils rechte Augenbraue schnellte in die Höhe (ein Zeichen dafür, dass sie definitiv *not amused* war). »Einem Frauenverein? So weit kommt's noch! Ich kann weder stricken noch häkeln, noch backen.«

»Dann lernst du es. Gib vor, dass du zu mir gezogen bist, damit es plausibel wirkt.« Rösli grinste.

»Das scheint mir eine gute Strategie«, sagte Frau Leibundgut. »Sie kommen nächstes Mal mit, dann stelle ich Sie den Frauen vor.«

»Muss man eine Prüfung ablegen oder eine Feuerprobe bestehen?«, fragte April, ihre rechte Augenbraue hing immer noch in der Stirn.

Frau Leibundgut schüttelte den Kopf. »Der Frauenverein ist gierig darauf, viele Mitklits (sie lächelte, Rösli rollte die Augen, April grinste ebenfalls) zu bekommen. Aber es wäre sicher besser, wenn Sie diese Biker-Lederhose nicht tragen und an der Bluse ein, zwei Knöpfe mehr schließen würden. Wir befinden uns im Oberland, wenn Sie wissen, was ich meine.«

»Es ist mir bisher nicht aufgefallen, dass man im Oberland Trachten trägt.«

»Ich meine nur, dass Sie nicht allzu städtisch aussehen sollten. Rösli kann Sie bestimmt beraten.«

»Bewahre, nein! Sie hat mich für den letzten Fall eingekleidet, ich bin nachhaltig traumatisiert.«

Sie machten den nächsten Dienstagabend aus, dann verabschiedete sich Frau Leibundgut mit einem warmen Händedruck. Rösli blieb. Kaum war sie mit April allein, fauchte sie: »Ein Wunder, dass die Frau mit dir zusammenarbeiten will, nachdem du dich so danebenbenommen hast. Mitklit?!«

April zuckte mit der Schulter. »Sie fand es lustig, das ist die Hauptsache.«

»Ja, glücklicherweise tat sie das. Es hätte auch eine andere Reaktion kommen können.«

»Ist aber nicht.«

»Weil du ein verdammter Glückspilz bist.«

»Oder weil ich Menschen richtig einschätzen kann.«

»Ein Glückspilz bist du.«

»Okay, das vielleicht auch.« Grinsend versetzte sie Rösli einen Schubs. »Wie geht es dir? Wir haben uns bestimmt zwei Monate nicht mehr gesehen und gehört. Wie läuft's mit Consuela?«

Seit April Consuela aus den Händen internationaler Frauenhändler gerettet hatte, lebte die Kolumbianerin bei Rösli.

»Sie ist auf der Suche nach einem Mann, labert mir von morgens bis abends die Ohren voll. Bei der Arbeit ist sie eine große Hilfe, aber das ständige Gerede bringt mich schier um den Verstand. Manchmal erinnere ich sie daran, dass sie nur eine vorübergehende Aufenthaltsbewilligung hat, sie solle es nicht überspannen. Dann wird sie kleinlaut, was mir leidtut, aber nach zwei, drei Tagen ist alles wieder beim Alten: *hombre* hier, *hombre* da. Und wie steht's bei dir? Wie läuft's mit Lou?«

»Ganz gut, nur kommt sie selten zu mir, darüber streiten wir oft. Sie findet es bei mir unordentlich.«

»Womit sie mehr als recht hat. Zumal du die meiste Zeit in dieser erbärmlichen Garage haust.« Rösli ließ einen Blick über das Sofa, den wackligen Holztisch und die schiefen Regale gleiten.

»Wie du weißt, haben das hier die Eindringlinge demoliert, die vorigen Sommer meinen Computer und die Unterlagen geklaut haben«, protestierte April. »Zu Hause räume ich mehr auf und fülle die Küchenschränke. Das habe ich Lou versprochen.«

»Und, hast du es gemacht?«

»Warum sollte ich? Sie kommt eh nicht zu mir! Außerdem finde ich meine Wohnung gemütlich, so, wie sie ist.«

»Aber der Rest der Welt nicht! Ich hätte auch keine Lust, bei dir zu übernachten.«

»Aber du hast doch schon.«

»Ja – ich habe es überlebt.«

»Ihr Frauen seid so anspruchsvoll.«

»Offensichtlich mit Ausnahme von dir.«

Aprils Gesicht verdüsterte sich.

»Was ist los?«, fragte Rösli, »habt ihr ernsthaft Probleme?«

»Nein, es ist nur so, dass Lou nicht so oft mit mir zusammen sein will wie ich mit ihr. Als wollte sie sich nicht ganz einlassen. Ich verstehe das nicht.«

»Ich auch nicht – hätte eher gedacht, dass du sie auf Distanz halten würdest, damit du weiterhin andere Frauen flachlegen kannst.«

»Also bitte! Ich bin seit einem halben Jahr treu, das ist ein absoluter Rekord.«

»Ja, für dich bedeutet es schon eine Glanzleistung. Fragt sich nur, ob du das ein, zwei oder zehn Jahre durchhältst.«

Entsetzt riss April die Augen auf. »Komm mir nicht mit der Zukunft, da kriege ich Flöhe! Für mich gibt es nur das Hier und Jetzt.«

»Ja, und Lou weiß, dass du so tickst. Vielleicht hält sie sich deshalb zurück.«

»Sie will mich nicht wirklich.«

»Ach was! Sich in einer Beziehung zurechtzufinden braucht seine Zeit. Am Anfang hast du dich mit deiner Buell auch kaum ausgekannt.«

»Ja, aber ich brauchte nicht ein halbes Jahr dafür.«

»Lou ist kein Motorrad.«

April seufzte. »Leider nicht, dann wäre es einfacher.«

Da zupfte Rösli sie am Ohrläppchen. »Hörst du dir zu und merkst, welchen Unsinn du sagst?«

Aprils Augen weiteten sich. »Ich? Unsinn? Nein!«

Ist Tantra eine Serviettenfalttechnik?

Am Dienstag fuhr April mit dem Zug nach Zweisimmen im Simmental, um dem Frauenverein *Alpenrose* beizutreten. Das in dieser Geschichte beschriebene Zweisimmen ist natürlich nicht das tatsächliche Zweisimmen. Es befindet sich am selben Ort, aber Aprils Zweisimmen ist mit Menschen und Häusern bevölkert, die es dort nicht gibt. Übrigens heißt die Ortschaft so, weil an dieser Stelle die Große und Kleine Simme zusammenkommen. Im Obersimmental gelegen, ist Zweisimmen von Bergen eingefasst: im Norden von den steil gezackten Kalkriffen der Stockhorn-Gantrisch-Gastlosen-Kette, im Süden vom vergletscherten Hauptkamm der Berner Alpen, aus dem Wildstrubel, Wildhorn und das Diablerets-Massiv herausragen. Zweisimmen ist durchaus einen Besuch wert: Im Winter kann man in einem großen Gebiet Ski fahren und Schlittenbahnen runtersausen, im Sommer locken Wanderwege, die Simme lädt zu River Rafting ein und im nahegelegenen Forellensee streiten sich fette Fische darum, an die Angel zu springen.

Als die Ermittlerin nun auf dem Weg dorthin war, hing der Himmel tief und ließ nicht vermuten, dass man sich in den Alpen befand – nirgends war nur die Andeutung eines Berges auszumachen, graue Wolkenwände versperrten die Sicht. April vertiefte sich in den elften Band der Stephanie-Plum-Krimireihe – das Lesen machte mehr Spaß, als sie jemals gedacht hätte.

Frau Leibundgut fiel im Bahnhof Zweisimmen auf: In ihrem eleganten, aber schlichten Mantel und schicken Stiefeln passte sie weder zu den Skifahrern, die auf dem Heimweg waren, noch zu den Einheimischen in ihren zweckmäßigen Kleidern. Sie begrüßte April mit warmem Händedruck und deutete die Richtung an, in die sie gehen mussten. Es war achtzehn Uhr, die Dämmerung angebrochen. Wo es in Bern noch nass geschneit hatte, segelten hier große, dicke Flocken durch die Luft. April schaute in den Himmel: »Dieser Schnee hätte im Dezember und Januar fallen sollen, aber nicht jetzt im März. Also eigentlich müsste für mich nie Schnee fallen, ich habe es nicht so mit dem Wintersport.«

»Da verpassen Sie etwas«, erwiderte Frau Leibundgut.

»Sagen Sie das nicht! Man hat mir kürzlich gesagt, dass ich etwas verpasse, wenn ich nicht lese, und jetzt lese ich. Ich will mich in Zukunft nicht auch noch mit Skiern rumschlagen.«

»Das nehme ich als Angebot – wir gehen einmal zusammen auf die Piste.«

»Nur über meine Leiche.«

Frau Leibundgut hörte auf zu lächeln.

»Pardon, das war der falsche Ausdruck«, entschuldigte sich April zerknirscht.

Ihre Begleiterin winkte ab. »Kommen Sie.«

Der Gasthof Löwen lag an der Hauptstraße, ein breites Simmentaler Bauernhaus, wohl zwei- bis dreihundert Jahre alt, im Sommer überladen mit Geranien vor den kleinen Luken, im Winter sahen die Fenster wie Mäuseaugen aus.

»Wir sind zu früh«, erklärte Frau Leibundgut. »Lassen Sie uns etwas trinken, ehe wir in den Saal hinaufgehen.«

In der Gaststube roch es nach Zigaretten und Zigarren, obschon man seit Jahren hier nicht mehr rauchen durfte. Alle Blicke, mehrheitlich männlichen Ursprungs, waren auf sie gerichtet. April fühlte sich wie eine Außerirdische. Für die Leute hier war sie wohl auch eine. Die Kellnerin an der Theke und die

Männer an den Tischen grüßten Frau Leibundgut wie eine Gutsherrin, als wären sie das Gesindel.

Sie setzten sich ans Fenster, wo ein überhitzter Radiator vor sich hinglühte – eines dieser alten Geräte, an denen man sich Brandblasen einfangen konnte. April bestellte ein Bier, Frau Leibundgut ein Glas Wein.

»Erzählen Sie mir von Ihrer Schwester«, sagte April, nachdem die Kellnerin die Getränke gebracht hatte.

»Sofia war vier Jahre jünger als ich«, Verena Leibundgut biss sich auf die Unterlippe, »sie war zweiundvierzig, als sie starb. Allgemeinärztin mit eigener Praxis – vor zehn Jahren hatte sie die von Dr. Huber übernommen, als der in Rente ging. Es ist immer ihr Traum gewesen, hier eine Praxis zu eröffnen. Sie war mit Leib und Seele Ärztin.«

»Wie war Ihr Verhältnis zueinander?«

»Als Kinder haben wir uns oft gestritten, wie das halt so ist zwischen Geschwistern«, Verena lächelte, »aber im Erwachsenenalter standen wir uns ziemlich nahe.«

»Wie sah das Privatleben Ihrer Schwester aus?«

»Seit dem Studium lebte Sofia allein. Sie machte viel Sport: joggte, ging ins Pilates, kletterte. Im Winter unternahm sie Skitouren.«

»Beziehungen?«

»Unstet. Sie hatte hier und dort eine Liebschaft, die Beziehungen dauerten aber nie lange, die längste vielleicht ein halbes Jahr. Ich lernte nur zwei Liebhaber kennen und das liegt auch schon länger zurück.«

»Wissen Sie, mit wem sie am Schluss zusammen war?«

»Keine Ahnung. Falls es einen gab, kam er nicht zum Begräbnis«, sie seufzte.

»Hatte sie Probleme mit ihrer Gesundheit?«

»Nicht dass ich wüsste.«

»Gibt es Verwandte mit Herzkrankheiten?«

»Nein, keine.«

»Menstruierte sie?«

Erstaunt schaute Frau Leibundgut auf. »Das nehme ich wohl an, sie war ja erst zweiundvierzig. Warum?«

»Nach der Menopause sind Frauen wesentlich anfälliger für Herzprobleme«, dozierte April. »Es könnte ja sein, dass die Menstruation verfrüht ausblieb, weil sie so viel Sport trieb. Haben Sie bei ihr Binden und Tampons gesehen?«

»Ich bin mir nicht sicher, vielleicht. Ich habe nicht in Sofias Schränken und Schubladen gewühlt.«

»Hatte sie Feinde?«

»Das bezweifle ich, jedenfalls hat sie nie solche erwähnt.«

»Vielleicht pflegte Ihre Schwester eine Liebschaft mit einem verheirateten Mann? Da hätte die betrogene Gattin durchaus ein Motiv. Es ist zwar ein unsinniges Motiv, finde ich, Sexualität wird eindeutig überbewertet. Ich bin als Detektivin oft von eifersüchtigen Ehefrauen oder -männern engagiert worden, da erfährt man so einiges«, April grinste vielsagend. »Wie steht's mit Ihnen – sind Sie verheiratet?«

»Nein, aber das ist ja auch egal.«

»Finde ich nicht. Stellen Sie sich vor, Ihr Partner oder Ehemann hätte eine Affäre mit Ihrer Schwester gehabt und Sie hätten sie deswegen umgebracht.«

»Sonst geht's noch? Ich habe Sie engagiert, um den Mörder zu finden, und Ihnen kommt nichts Besseres in den Sinn, als mich zu verdächtigen?«

Die Detektivin nickte bedächtig. »Ja, das ist absurd ... Aber wissen Sie, beim Ermitteln denke ich in alle möglichen und unmöglichen Richtungen, da komme ich manchmal zu abwegigen Schlüssen, Entschuldigung.« Sie blickte charmant lächelnd ihrer Auftraggeberin in die Augen, was eine besänftigende Wirkung hatte. »Wo gehen all diese Leute hin?«

Zwei Männer und eine Frau, die soeben hereingekommen waren, verschwanden gerade mit weiteren Gästen auf der anderen Seite der Wirtsstube durch eine Türe.

»Das sind Mitglieder des Skiclubs Bannwald, die treffen sich im hinteren Saal.«

»Scheint viele Anhänger zu haben.«

»Ja, wegen Fabian Tritten. Er ist in diesem Club groß geworden.«

»Wegen wem?«

»Noch nie von Fabian Tritten gehört?«

»Nö.«

»Unser Nationalstolz, das Skiass?«

April schüttelte den Kopf. »Ich kann wie gesagt nicht Ski fahren.«

»Eine solche Sportlergröße kennt man doch. Wie Roger Federer.«

»Das ist der Golfer, oder?«

Noch während sie sprach, sah April Frau Leibundgut das erste Mal die Augen verdrehen und fand, dass sie das sehr elegant und schlicht, aber eindrücklich hinkriegte.

»Sie haben es wirklich nicht mit dem Sport. Also, Fabian Tritten mischt seit einigen Jahren im Skiwettbewerb ganz oben mit, gewann das Lauberhornrennen, wurde Skiweltmeister. Er stammt aus Blankenburg in der Nähe von Zweisimmen und da sind wir natürlich stolz auf ihn. Deshalb die vielen Leute.«

Die Kellnerin trat an ihren Tisch, um abzukassieren. Als sie wieder gegangen war, sagte April: »Sie haben mir doch gesagt, dass ich die Bluse schließen soll, weil man hier züchtiger sei. Die Servicefrau weiß das offenbar nicht – ihr Ausschnitt ist eher eine Aufforderung, das Trinkgeld dort reinzuwerfen.«

Ihr Gegenüber lächelte leicht. »Sie ist ja auch nicht im Frauenverein.«

Mit klopfendem Herzen folgte April Verena Leibundgut in den ersten Stock, zum »Säli«, dem kleinen Saal, und trat ein. Die Augen der Vereinsfrauen richteten sich auf sie, und was sie sahen, war eine Frau mit recht kurzem, schwarzgelocktem Haar, bis oben zugeknöpfter Bluse, schwarzer Buntfaltenhose (vor Jahren für eine Beerdigung gekauft) und einem unscheinbaren grauen Wollmantel (aus dem Trödlerladen). Man konnte schier hören, wie das Geschwätz in den Köpfen einsetzte: Wer ist das, was will die, woher kommt die? Die Detektivin wurde von Kopf bis Fuß gescannt, dreiunddreißig Augenpaare folgten jeder ihrer Bewegungen.

Die Tische waren hufeisenförmig angeordnet. Während ein Kellner die Runde machte, um Bestellungen aufzunehmen, kam eine rund fünfzigjährige Dame auf Frau Leibundgut und April zu und begrüßte sie.

»Verena hat mir erzählt, dass Sie kommen würden, Frau Pallas. Herzlich willkommen! Gertsch ist mein Name, aber bieten wir einander doch das Du an: Ich bin die Johanna.«

April erinnerte sich, dass Johanna Gertsch die Vereinspräsidentin und die Mutter von Jennifer war. Sie war eine gepflegte Frau mit blondiertem Haar, intensiv blauen Augen und guter Figur. Man hätte sie als schön bezeichnen können, wenn sich der Kummer um die verstorbene Tochter nicht in ihr Gesicht eingegraben hätte.

»Freut mich, ich heiße April wie der Monat.«

»Ein Spitzname?«

»Nein, mein richtiger. Mutter war während der Schwangerschaft in das Lied *April in Paris* verliebt, so taufte sie mich April Paris. Damit hat sie mir unbedacht ein lästiges Geschenk in die Wiege gelegt.«

Bald hatte April dreiunddreißig Hände gedrückt (schlaffe, kalte, schweißige, trockene und starke), in dreiunddreißig Gesichter gelächelt (junge, alte, schöne, charaktervolle, freundliche und feindliche) und dreiunddreißig Vornamen gehört, die zum Verwechseln ähnlich klangen: Lisi, Hildi, Gretli, Meieli, Kläri, Fridi, Heidi, Bethli, Leni, Käthi und so weiter.

Johanna führte die zwei Frauen zu freien Plätzen. Der Kellner brachte etliche Tees, ein paar Kaffees, kalorienarme Limonade, hier und da ein Bier. Als er gegangen war, stand Johanna Gertsch auf, hieß alle willkommen und verteilte ein Blatt.

April las:

Traktandenliste des Frauenvereins Alpenrose, März 2016

- Eierwärmer und Hasen
- Züpfen[1] für das Osterfrühstück
- Motiv Makramee fürs Altenheim
- Tantrakurs: ja oder nein?
- Abstimmung über neues Vereinsmitglied

Ein leises Seufzen entrang sich der Detektivin.

Traktandum eins: Die Frauen diskutierten darüber, wie viele Eierwärmer für den Ostermarkt schon gestrickt worden waren, wie viele noch gestrickt werden sollten und in welchen Farben. Bald kamen Unstimmigkeiten auf: Manche sprachen sich für einfarbige Exponate aus, andere plädierten für Phantasie und Kreativität – gestreift, gepunktet und gemustert würde sicher regen Absatz finden. Zwei ältere Damen erklärten, dass sie bisher mit Einfarbigem gut gefahren seien. Eine jüngere (Lisi? Bethli?) wandte ein, dass man seit Jahr und Tag auch zweifarbige Eierwärmer fertige, nämlich die mit dem Schweizerkreuz, da könne man geradeso gut auch andere mehrfarbige stricken. Das sei nicht dasselbe, behauptete eine Grauhaarige mit Dutt (Gretli? Meieli?), Schweizer Eierwärmer mache man seit dem Zweiten Weltkrieg, das sei eine nationale Pflicht. Eine hielt dem entgegen, dass jetzt andere Zeiten seien und man müsse sich nur mal vorstellen, wie schön ein Sonntagsfrühstückstisch mit Eiern unter bunt gemusterten Häubchen sei.

1 Für alle Schweizerbrotanfänger: Züpfe kriegt man am Sonntagmorgen aufgetischt (falls sich jemand Backfreudiges in der Familie befindet). Gemacht aus Mehl, Hefe, Butter und Milch, herrlich weich und wie ein Zopf geflochten.

Die Diskussion wurde hitziger, manche drohten nicht mitzuhelfen, wenn man nur einfarbig stricken dürfe, andere wollten aussteigen, wenn man der schönen Tradition mit Mustern und Farbgemisch an die Wolle ging.

Eine ratlose Vereinspräsidentin vertagte die Diskussion, ohne zu bedenken, dass Ostern damit wohl ohne Eierwärmer blieb.

Das zweite Thema: Wer würde die Züpfen für das Osterfrühstück backen? Sechs Frauen hoben ihre Hand. Bei der Frage, wie viele Laibe, gingen die Meinungen erneut auseinander. Jemand erinnerte daran, dass sie letzte Ostern viel übrighatten; eine andere entgegnete, dass es im Vorvorjahr knapp gewesen sei. Eine der Bäckerinnen warf ein, dass sie diesmal nur eine Züpfe liefern könne, sie wolle nicht stundenlang in der Küche stehen. Klärli (oder war es Fridi?) schlug ihr vor, sich in dem Fall einfach auf einen Stuhl zu setzen. Manche fanden das lustig, andere nicht.

Die Vereinspräsidentin entschied, dass man zwei Bäckerinnen mehr brauche, und erntete abwartende Mienen.

Eine jüngere fragte, ob das Material bezahlt werde.

Natürlich werde es das, entgegnete Frau Gertsch entrüstet.

»So abwegig ist meine Frage nicht, ich habe letztes Jahr Eierwärmer gestrickt und niemand hat mir die Wolle bezahlt.«

»Das sollte aber nicht so sein. Hast du die Materialkosten angegeben?«

Die Kassiererin meldete sich: »Sie hatte keine Quittungen.«

Darauf entbrannte eine Diskussion darüber, ob man Spesen auch ohne Belege ausbezahlen soll.

Das Thema Quittungen wurde auf die Traktandenliste fürs nächste Mal gesetzt.

Dritter Punkt: Welches Motiv soll das Makramee[2] haben,

---

2 Für alle Flaschen im Handarbeiten: Makramee ist eine Knüpftechnik, die aus dem Orient stammt und mit der man Ornamente, Textilien und hässliche Eulen knüpfen kann.

das der Frauenverein dem Altenheim schenken will? Die Vorschläge reichten von Eulen, Berglandschaft, Sonnenuntergang, Pferden und Katzen bis hin zu fröhlichen Menschen, spielenden Kindern und Drachen. Letzteres fand keine Zustimmung, Drachen seien zu aggressiv. Keines der anderen Themen konnte eine Mehrheit um sich versammeln. Man vertagte die Diskussion auf die nächste Sitzung. Eine gab zu bedenken, dass man das nun zum dritten Mal vertagt habe.

Johanna Gertsch wechselte kommentarlos zum nächsten Punkt: Tantra. Es sei so, dass Kläris Schwester eine Freundin habe und deren Cousin sei mit einer Frau zusammen, die an einem Tantrakurs teilgenommen habe. Die Leiterin des Kurses wäre bereit, hier einen solchen anzubieten.

Die Dutt-Frau erkundigte sich, was Tantra sei – eine Serviettenfalttechnik?

Kläri: »Man erforscht und stärkt die eigene Sexualität.«

Der Dutt: »Pfui Teufel!«

April richtete sich interessiert auf. An einem solchen Kurs würde sie selbstverständlich teilnehmen! Im Saal wurde es laut, alle plapperten durcheinander. Frau Gertsch bat um Ruhe, sie musste es mehrmals und immer lauter tun, bis die Frauen sich beruhigten.

Eine Ältere: »Wie soll man sich das denn vorstellen: alle – nackt – und so?!«

Klärli: »Man ist angezogen und macht Energiearbeit.«

Zwei Frauen wollten wissen, was Energiearbeit ist. Eine andere – sie strickte an einer Socke – gab zu bedenken, dass der Frauenverein nicht mit der Pornoindustrie in Verbindung gebracht werden dürfe.

Dann wurde abgestimmt: Zwanzig waren dagegen, sechs enthielten sich der Stimme, sieben waren dafür.

Der Frauenverein würde nicht ins Pornogeschäft einsteigen.

Schade, dachte April.

Frau Gertsch ergriff wieder das Wort: »Jetzt kommen wir

zum letzten Traktandum: die Wahl eines neuen Vereinsmitglieds. April, am besten stellst du dich selber vor.«

Alle Köpfe drehten sich zu ihr.

»Also, ähm, ich heiße April Pallas, das ist mein echter Name, ich stamme von Griechen ab, bin aber in der Schweiz aufgewachsen. Von Beruf – äh – ja, also von Beruf bin ich, ehm, Journalistin (warum hatte sie sich nicht vorher eine Geschichte zurechtgelegt?) und ich bin – ich, äh – ich schreibe ein Buch.«

Anerkennendes Murmeln.

»Und deswegen muss ich hier eine Weile wohnen. Das Thema ist nämlich«, sie schaute sich suchend um, ihr Blick fiel auf eine Frau mit wildem, langem, hennagefärbtem Haar, »also ich schreibe ein Buch über Simmentaler Hexen und Kräuterkundige. Genau.«

Das hatten die Frauen nicht erwartet ... April auch nicht. Ihr Thema fiel auf fruchtbaren Boden, man begann lebhaft zu diskutieren, bis die frischgebackene Buchautorin schließlich fortfuhr: »Bestimmt kennt ihr Geschichten und Überlieferungen und ich würde euch gern dazu befragen.«

Begeisterung schwappte durch den Raum.

Dann rief Johanna Gertsch den Saal zur Ordnung, damit man zur Abstimmung über Aprils Aufnahme in den Verein schreiten konnte. Es gab eine Enthaltung (wobei es sein mochte, dass Hildi wieder einmal ihr Hörgerät nicht richtig eingestellt und deshalb die Wahl verpasst hatte), alle anderen stimmten dafür.

So gehörte die knallharte Brucie Lee nun einem Simmentaler Frauenverein namens *Alpenrose* an. Dessen Themen entsprachen zwar nicht ihren Hauptinteressen (und auch nicht den Nebeninteressen oder überhaupt dem Anflug eines Interesses), doch das war nebensächlich.

»Ich werde in der nächsten Zeit unter der Woche bei Rösli wohnen, wir sind befreundet. Am besten sage ich euch meine Handynummer und ihr schreibt mir eine SMS, damit ich mit euch Kontakt aufnehmen kann. Diejenigen, die nur Festnetz haben, schreiben mir die Nummer auf einen Zettel.«

Bevor sie ausgeredet hatte, zogen die Frauen – und zwar alle! – ihre Handys aus den Taschen oder unterm Strickzeug hervor und blickten erwartungsvoll zur Frau Autorin. Die diktierte die Zahlen, und schon vibrierte ihr Handy in einem fort.

»Ich hoffe, ihr habt auch euren Nachnamen hingeschrieben«, sagte April.

Eine lang anhaltende zweite Vibrationswelle erfasste das Handy, was in einem Tantrakurs ganz nützlich gewesen wäre.

Nach der Wahl begann der gemütliche Teil des Abends: Viele widmeten sich ihrer Handarbeit, es wurde geplaudert, gelacht, gelästert, sich entrüstet und gefreut. Gegen zweiundzwanzig Uhr brach man auf. April hatte Rösli eine SMS geschickt mit der Bitte, sie abzuholen. Als sie in Begleitung von Johanna Gertsch und Verena Leibundgut aus dem Gasthof trat, fuhr eben Röslis Jeep vor.

Rösli wohnte etwas außerhalb von Zweisimmen in einem schönen Bauernhaus. Dort lebte sie acht Monate im Jahr, die restlichen vier verbrachte sie auf der Alp, wo sie die Kühe und Ziegen sommerte und Bergkäse herstellte. Nachdem ihr Mann gestorben war, hatte sie den Viehbestand drastisch verkleinert, aber das Sennen und Käsen wollte sie nicht ganz lassen. Seit Consuela bei ihr lebte und arbeitete, war das Leben etwas einfacher geworden.

Consuela besaß dunkle Augen, üppiges, schwarzes Haar, das ihr fast bis zu den Hüften reichte, sinnliche Lippen und viel Temperament – kurzum, sie war ein Prachtweib. An diesem Abend stand sie bereit, um April mit breitem Lächeln und viel Ausschnitt zu empfangen.

»Willst du ausgehen?«, fragte Rösli sie.

»Nein, ich habe gemacht mich ordentlich, weil April auf Besuch kommt. In Kolumbien wir machen uns schön für andere Menschen.« Damit warf Consuela sich Pallas in die Arme – nur dank einer geschickten Bewegung konnte diese einem Kuss auf den Mund ausweichen.

»Du bist fröstlich«, murrte Consuela.

»Es ist kalt draußen. Aber ich freue mich, dich zu sehen.«

Die Südamerikanerin zog eine Schnute. »Bha, das ist nur Münderbekenntnis.«

Bevor April etwas erwidern konnte, rauschte sie hinaus und eine beachtliche Parfumwolke hinter ihr her.

Rösli nickte. »Ja, so ist es gut, mach ihr keine Hoffnungen.«

»Hoffnung auf was?«

»Ja, was wohl?«

»Das frage ich dich.«

»Dass du sie flachlegst.«

»Also bitte – ich bin mit Lou zusammen und lege außer ihr niemanden flach.«

»Das könnte sich ändern.«

»Consuela ist nicht mein Typ.«

»Du hast keinen Typ, du wählst wahllos.«

»Obwohl ich keinen Typ habe, ist sie nicht mein Typ – zu kolumbianisch.«

Rösli gab ihr einen Schubs. »Wenn du dich nicht anständig verhältst, werfe ich dich raus. Was hast du übrigens den Vereinsfrauen erzählt, warum du bei mir wohnst?«

»Dass ich Journalistin bin und ein Buch über Simmentaler Hexen und Kräuterfrauen schreibe.«

»Ha, ha – du und schreiben! Aber eine gute Idee. Vermutlich werden dir die Frauen einiges zum Thema sagen können.«

»Ich kann es kaum erwarten«, seufzte April.

Wie ich das Einbrechen vermisse!

Lou hatte sich mit Zoro verabredet. Er war ihr bester Freund, schon seit der Zeit, als sie beide im Waisenhaus lebten. Wenn Lou einbrach, sorgte Zoro für die technische Ausrüstung und tüftelte an Erfindungen. Er war kaum größer als sie und eher unscheinbar, mit gleichmäßigen Gesichtszügen und glatten Haaren von undefinierbarer Farbe. Das einzig Auffallende waren seine Augen, die für hiesige Verhältnisse ungewohnt schmal waren. Vermutlich gab es in seinem Stammbaum einen asiatischen Ahnen, aber er würde nie mehr darüber erfahren: Seine Mutter starb kurz nach der Geburt, der Vater soff sich fünf Jahre später zu Tode. Da die restliche Verwandtschaft ebenfalls aus Alkoholikern bestand, die sich kaum an den eigenen Namen erinnern konnten, wusste niemand etwas über Vorfahren.

Sie trafen sich im ehemaligen Lehrerzimmer des Untergymnasiums Progr, das jetzt eine Kneipe war, ausstaffiert mit Kunstbüchern auf Wandgestellen. Als sie hereinkamen, wurde die Couchecke gerade frei. Sie ließen sich dort hineinsinken. Später, vor einem Glas Rotwein, schaute Zoro Lou von der Seite an.

»Geht's dir gut?«

Lou zuckte mit den Schultern. »Ja, sicher.«

»Alles okay mit April?«

»Ja, doch. Wir sehen uns nicht allzu oft, aber das hält die Beziehung frisch.«

»Tut es das?« Zoro zog die Augenbrauen hoch.

»Nichts erstickt eine Liebe schneller, als wenn man ständig aufeinanderhockt.«

»Warum will sie dich nicht öfters sehen?«

»*Ich* sorge für das Gleichgewicht zwischen Nähe und Distanz, nicht sie«, stellte Lou klar.

»Und wie sieht dieses Gleichgewicht aus? Zwei Maß Distanz auf ein Maß Nähe?«

Verlegen schaute Lou zur Decke. »Du kennst April, man muss sie an der langen Leine führen. Ich zweifle daran, dass sie das Konzept Monogamie versteht.«

»Und deshalb lässt du sie nicht an dich heran.«

»So würde ich das nicht sagen.«

»Wie denn dann?«

»Ich wappne mich.«

»Du willst nicht verletzt werden. Kein Risiko eingehen.«

»Kann man mir das verdenken?« Sie blickte sich um und fuhr mit gesenkter Stimme fort: »Ich bin Diebin und gewohnt, nur kalkulierbare Risiken einzugehen. Aber was rede ich – diese Zeiten sind ja vorbei.«

Zoro seufzte. »Scheint so. Vermisst du es nicht?«

»Und wie ich es vermisse! Wie nur konnte ich mich in eine Detektivin verlieben?« Sie lehnte sich hinüber und flüsterte ihm ins Ohr: »Ich träume sogar schon vom Einbrechen, ich vermisse es so sehr.« Bekümmert setzte sie sich wieder gerade auf.

Eine Weile schwiegen beide und sagten dabei kein Wort, wie man das beim Schweigen so zu tun pflegt. Schließlich reckte sich Zoro, dann lehnte er sich wieder zu Lou und raunte ihr zu: »Wer sagt, dass wir nicht wieder einbrechen können? Wer sagt, dass du nicht auch mit einer Detektivin als Freundin ein bisschen Vermögen umverteilen kannst?«

»Wie soll das gehen?«

»Damals ermittelte April in einem Fall, in den du als Diebin verwickelt warst. Diesmal würde das anders sein.«

»Aber was sage ich, wenn sie mich fragt, was ich am Vorabend gemacht habe? Ich war ein bisschen einbrechen? Oder lüge ich ihr was von Hausarbeit vor? Wenn ich einbrechen würde, ohne es ihr zu sagen, käme mir das wie fremdgehen vor.«

»Tust du aber nicht.«

»Der Geliebten etwas Wichtiges vorzuenthalten hat Ähnlichkeit mit Fremdgehen. Das solltest gerade du wissen: Letztendlich hat dich deine Frau verlassen, weil du ihr nicht sagen konntest, was du in Tat und Wahrheit machst.«

Zoro nickte stumm. »Und was jetzt? Fremdgehen oder vor Langeweile sterben?«

Lou betrachtete ihre Handrücken. »Tja, das ist die Frage.«

»Wie läuft's eigentlich mit der Vogelwarte?«[3]

»Da hat doch tatsächlich ein anonymer Gönner«, sie deutete grinsend auf sich, »einen beachtlichen Betrag – einen sehr beachtlichen! – für eine neue Vogelstiftung gespendet. Letzte Woche bin ich zur Stiftungsratspräsidentin gewählt worden.«

Zoro boxte sie in die Seite. »Wunderbar! Ich bin so stolz auf dich! Es geht gar nicht anders, als dass du – ich meine, wir – weiterhin Gutes tun. Wir brauchen ein neues Projekt.«

Lou schaute zu, wie der Mann am Nebentisch den dritten gehäuften Teelöffel Zucker in seinen Kaffee schüttete. »Als Erstes muss ich einen Weg finden, wie ich April vorenthalten kann, dass ich einbreche, ohne dass ich dabei lüge. – Es wäre ein Nichtlügen und eine Nichtwahrheit, sozusagen ein Nichts, das ich vorgaukeln würde, ohne etwas vorzugaukeln. – Ebenso einfach wie die Quadratur des Zirkels. Oder Verzirkelung des Quadrats. In einem Wort: kinderleicht.«

Zoro tippte sich an die Schläfe und Lou lächelte leicht.

---

3 Für alle, die Aprils ersten Fall *Knarrenfrauen* nicht gelesen haben (und sich deswegen schämen sollten): Lou hatte Leute bestohlen, die eine Vogelstiftung in den Konkurs getrieben hatten. Mit dem gestohlenen Geld wollte sie die Vogelwarte wiederaufbauen.

April schaute ratlos in die Töpfe

Es war beschlossene Sache: April würde drei bis vier Tage die Woche bei Rösli verbringen, um zu ermitteln. Als sie das ihrer Meisterdiebin erzählte, hoffte sie, dass diese traurig und ungehalten reagieren würde. Aber Lou nahm es erstaunlich gelassen zur Kenntnis. Viel zu gelassen, fand April – Jammern und Klagen wären angebrachter gewesen. Außerdem hätte Lou sie umklammern und bitten sollen, nicht zu gehen.

»Es scheint dich nicht besonders zu stören, dass ich ins Simmental ziehe«, sagte April missmutig.

»Wir sehen uns in der Regel zwei Mal die Woche, das werden wir wohl auch weiterhin«, kam es nüchtern zurück.

»Du hältst mich auf Distanz.«

Verheißungsvoll lächelnd rückte Lou näher zu ihr. »Ist es so besser?«

»Ich meine das ernst.«

»Ich halte dich nicht auf Distanz, ich sorge dafür, dass unsere Beziehung lebendig bleibt.«

»Ich würde das eher als Beziehung-ständig-auf-Eis-legen bezeichnen. Vielleicht solltest du dir überlegen, ob du überhaupt eine Beziehung mit mir willst.«

»Du übertreibst. Du weißt, dass ich sie will.«

»Weiß ich das?«

»Hoffentlich.«

»Warum bist du dann nicht öfter mit mir zusammen?«

»Das habe ich dir doch gerade erklärt.«

»Du bist ein Angsthase.«

»Guter Witz.«

»Zieh mit mir zusammen.«

»Spinnst du?!« Lou schlug die Hände über dem Kopf zusammen. »Ich werde dir langweilig werden, die Leidenschaft wird abkühlen – so das Übliche.«

»Was wissen wir schon über die Zukunft? Es gibt nur das Hier und Jetzt und in diesem Hier und Jetzt will ich dich, will ich mit dir zusammen sein.« April legte den Arm um Lou, kehrte mit der Hand ihr Gesicht zu sich und küsste sie vorsichtig. Dann nicht mehr so vorsichtig. Das Gespräch rückte in den Hintergrund, die Lust erfasste sie, aber eine Prise Unwohlsein war beigemischt, weil sie wussten, dass dieses Gespräch nicht zu Ende geführt worden war. Man konnte es nicht vom Tisch wischen: Beide hegten eine große Leidenschaft – bei April war es das Erobern von Frauen, bei Lou das Umverteilen von Gütern. Als sie zusammenkamen, wusste jede instinktiv, dass sie von ihrer Lieblingsbeschäftigung ablassen mussten – April, weil sie jetzt in einer festen Beziehung war; Lou, weil ihre Partnerin ermittelte.

Aber konnte man solch große Passionen einfach aufgeben?

Als April das Gepäck betrachtete, das sie mit zu Rösli nehmen wollte, wurde ihr klar, dass sie nicht alles auf ihre Buell packen konnte. Obschon erst März war und die Temperaturen immer wieder um den Gefrierpunkt lagen, wollte sie mit dem Motorrad hinauffahren. Sie rief Tom an und fragte ihn, ob einer oder zwei der *Himmlischen Bengel* – Mitglieder seines Motorradclubs – bereit seien, mitzukommen.

Da April bei den Bengeln etliche Steine im Brett hatte, meldeten sich fünf. Zusammen fuhren sie ins Oberland und machten auf Easy Rider, wobei eisige Reiter wohl der passendere Ausdruck gewesen wäre.

Als die Motorräder knatternd vor Röslis Haus zu stehen kamen, presste die Nachbarschaft die Nasen an die Fenster und beobachtete, wie sechs Bretter von den Sätteln rutschten und in die gute Stube staksten.

»Wollt ihr etwas Heißes zu trinken?«, fragte Rösli.

Eines der Bretter versuchte den Kopf zu schütteln, was aber nicht gelang (zu steif). Rösli dirigierte so viele als möglich auf den warmen Trittofen. Sie servierte ihnen Kaffee mit Schnaps und versuchte ein Gespräch in Gang zu bringen, was nicht gelang, weil die Kieferstarre sich erst lösen musste. Eine freudige Consuela half April, das Gepäck ins Stöckli[4] zu tragen, und schnatterte in einem fort. Zwei Stunden später hatten sich die *Himmlischen Bengel* so weit erholt, dass sie jedes Gelenk wieder einwandfrei bewegen konnten. Wagemutig fuhren sie der nächsten Vereisung entgegen.

Eine Weile saßen Rösli, Consuela und April gemütlich beieinander und wärmten ihre Freundschaft auf – seit sie zusammen den Fall mit dem Geheimbund gelöst hatten, fühlten sie sich wie ein eingeschworenes Team. Schließlich verzog April sich ins Stöckli, das aus einem kleinen Schlafzimmer und einer Stube samt Küche bestand. Nachdem sie ihre Taschen ausgepackt hatte, kämpfte sie mit dem Ofen – ein Kampf, den sie verlor: Rösli musste kommen und sie noch einmal in die Kunst des Feuermachens einführen. Schließlich loderte das Feuer, April schaute eine Zeit lang durchs offene Ofentürchen den Flammen zu.

Warum glaubte niemand, dass sie es mit Lou ernst meinte – nicht mal Lou selber? Wie beleidigend! Sie wollte mit ihr zu-

---

4 Für alle, die bei Schweizer Bauerntum nur Bahnhof verstehen: *Stöckli* ist das kleine Gebäude neben dem Bauernhof. Früher zogen die Alten nach Übergabe des Hofes an die Erben dort ein.

sammen sein und zwar sehr viel öfter, als Lou das erlaubte. Warum wies Lou sie zurück? Sie warf ein weiteres Scheit in den Ofen, stand dann auf und klebte auf Zetteln an die Wand, welche Szenarien in ihrem neuen Fall möglich wären:

1. Es waren Unfälle, nicht mehr und nicht weniger.
2. Ein Mörder hatte alle vier Frauen umgebracht.
3. Nicht alle waren verunfallt, nicht alle ermordet worden.

Falls es Morde waren, brauchte es jedenfalls ein Motiv.

Die Toten waren neunzehn, zweiundvierzig, fünfzig und fünfundsiebzig Jahre alt gewesen, das umspannte drei Generationen. Die Frauen waren nicht miteinander verwandt und hatten laut Verena keinen engeren Kontakt miteinander. Sie mussten etwas gemacht (oder unterlassen), gewusst oder gesehen haben, das jemanden zum Morden veranlasste.

Eines stand fest: Wenn es einen Mörder gab, dann hatte er seine Opfer persönlich gekannt – sonst hätte er nicht so maßgeschneidert morden können.

Verena Leibundguts Gefühl und Röslis Urin in Ehren: Die Chance, dass es sich wirklich um Morde handelte, war klein. Der einzige bisher bekannte gemeinsame Nenner war die Mitgliedschaft bei der *Alpenrose*. War das wie beim Klub *Brüderliche in Allem*, dem sie erfolgreich auf die Spur gekommen war? Hatte sie eine Nase für Vereine, die sich gegen außen wohltätig gaben, aber in Tat und Wahrheit Schreckliches machten? Versteckten diese Alpenfrauen in den Züpfen Kokain oder Meth?

April rieb sich die Stirn. Sie verfluchte sich, diese Ermittlung je zugesagt zu haben – hätte sie doch einen der anderen Fälle angenommen! In den letzten Monaten hatte man ihr genug angeboten. Dieser Frauenverein war definitiv nicht sexy.

Ihr Handy muhte (sie war stolz auf ihren neuen Klingelton), Rösli bat sie, in der Küche nach dem Rechten zu sehen, sie und Consuela müssten kurz der Nachbarin helfen, sie solle einfach das Angefangene fertigkochen.

Widerwillig kam April diesem Wunsch nach und schaute

bald ratlos in die Töpfe. Sie konnte Eier in die Pfanne hauen, damit waren ihre Kochfähigkeiten erschöpfend aufgezählt. Im einen der Tiegel kochte reichlich Wasser, vermutlich kam da etwas hinein – aber was? Naheliegend wären die Spaghetti gewesen, die schon neben dem Herd warteten, nur übersah sie die, wühlte in den Schränken, fand eine Tüte Reis und gab etwas davon hinein. Die Körner verschwanden ruhmlos im brodelnden Nass. Vielleicht etwas mehr zugeben. Als sie die ganze Packung hineingeschüttet hatte, war immer noch viel Wasser übrig. Salz gehörte dazu, nahm man da einen Tee- oder Esslöffel? Bei diesem großen Topf wohl Esslöffel, vier gehäufte würden es tun. Dann wandte April sich der Sugo zu, probierte und fand, dass sie etwas rassiger schmecken könnte. Im Gewürzschrank fand sie schwarzen und weißen Pfeffer, Chili und Tabasco und streute davon großzügig in die Soße.

Vielleicht hatte sie doch das Zeug zur Köchin.

Als sie später mit Rösli und Consuela am Tisch saß, vor zerkochtem, nassem, versalzenem Reis und einer Soße, die einem lodernde Flammen aus Ohren und Nase trieb, war sie wieder nicht mehr überzeugt, für den Herd geboren zu sein. Köchin Brucie zog sich kleinlaut ins Stöckli zurück und las eine Weile im Krimi. Bevor sie sich ins Bett legte, schickte sie Lou ein paar Herzen, worauf Lou ihr ein paar Herzen zurückschickte. Ein bisschen mehr hätte es schon sein können, fand April und schlüpfte missmutig unter die Decke.

Marina vom *Pony*

Als April am nächsten Tag in die Küche kam, hatten Rösli und Consuela schon die Kühe gemolken und die Milch in die Zentrale gebracht, jetzt saßen sie vor ihrem zweiten Frühstück. April braute sich einen Kaffee und haute ein paar Eier in die Pfanne. Als sie sich schließlich mit einem dampfenden Teller setzte, waren die beiden Damen schon wieder zu ihren Arbeiten zurückgekehrt.

Kauend dachte sie über ihre Ermittlungen nach. Wer konnte in der Gegend ein wertvoller Informant sein? Eine Person, die viele Menschen kannte und gut beobachtete – die Neugierigen und Geschwätzigen, die an neuralgischen Punkten wie Theke, Kasse oder Schalter tätig waren. Sie erinnerte sich an die Frisöse, die ihr im vorigen Sommer das Haar zu Tarnzwecken kurz geschnitten und gefärbt hatte. Das war ein Anfang – sie suchte die Nummer heraus und rief an. Vreni, die Friseurin, erklärte, dass ein Kunde einen Termin abgesagt hatte, sie könne an diesen Nachmittag vorbeikommen.

Nach dem Frühstück zog April den Motorradoverall über, fuhr ins Dorf und steuerte als Erstes das Tearoom[5] *Pony* an, es

---

5 Tearooms sind kleinere Lokale, in denen Getränke und kleine Mahlzeiten serviert werden. Als Kind meinte ich, (der oder) das Tearoom sei ein *Tier-Raum* und war enttäuscht, dass da kein einziges Tier zu sehen war.

war das beliebteste Café im Dorf, sozusagen der Umschlagplatz reinen Klatsches, wie ihr Rösli erklärt hatte. Als sie eintrat, schaute man sie verwundert an, Dörfler hatten diese dezente Art, einem mit Blicken zu durchlöchern. Ungerührt schälte sie sich aus ihrer Montur. Sie bestellte einen doppelten Espresso mit vier Cremes und holte sich in der Bäckerei, die zum Tearoom gehörte, ein Thunfisch-Brötchen.

»Bei Ihnen riecht es ja himmlisch«, schwärmte sie, »solche Düfte trifft man im Unterland selten mehr an.«

Die Verkäuferin nickte nur und händigte ihr das Brötchen auf einem Teller aus. Wohl keine Klatschbase, dachte sich April.

Kurz darauf stellte die Kellnerin vier Cremes auf den Tisch. »Tschuldige, ich nicht mehr wisse, wollten Sie Kaffee oder Tee?« Ihr Hochdeutsch war von einem Balkanakzent durchzogen. Die Frau besaß ein freundliches Gesicht mit hohen slawischen Wangenknochen, das blondierte Haar hätte wieder einmal nachgefärbt werden sollen. Ihre Brüste waren voll und die Bluse eng, die Lippen knallig geschminkt.

»Einen doppelten Espresso, die vier Cremes sind aber schon ein guter Start«, lächelte April.

»Genau, jetzt mir fällt wieder in den Sinn«, die Kellnerin zwinkerte. Kurze Zeit später kam sie mit dem Espresso.

»Du hast eine tolle Mofa. Ich habe dich gesehen, als du geparkt. Du bist nicht von hier, oder nicht?«

»Nein, bin ich nicht, aber ich wohne eine Weile hier. Und du?«

»1999 wir kamen in Schweiz, meine zwei Buben sind geboren hier. Sie kennen perfekt Deutsch und manchmal sie lachen íber mir. Sie kennen Bosnisch leider nicht so gut. Ìbrigens, ich heiße Marina.«

»Freut mich, und ich April. Arbeitest du schon lange im *Pony?*«

»Seit zehn Jahren, davor putzen. Mal schauen, vielleicht ich mache selber Tearoom auf.« Das Letzte sagte sie nur leise mit Seitenblick zur Theke, wo ihre Chefin hantierte.

»Tolle Idee«, sagte April anerkennend. »Ich habe gehört, dass letztes Jahr hier einiges los war, ein paar tödliche Unfälle und so.«

Marina strich sich eine Strähne aus dem Gesicht und nickte. »Ja, war Unglícksjahr. Die arme Frauen, so viel Unglíck!«

»Hast du die Toten gekannt?«

»Hier jeder kennt jeden.«

»Aber hast du auch mit ihnen gesprochen?«

»Wenn sie kamen hierher, ja.«

»Schlimme Sache, nicht?«

Die Frau stemmte den Arm in die Seite. »Weißt du, ich komme aus Bosnien. Ich weiß, was sind schlimme Sachen.«

Der Ausdruck in ihren Augen traf April ins Herz. Marina strich sich wieder eine Strähne aus dem Gesicht und damit den Abgrund aus ihren Augen. »Ich habe Ueltschi Marlise gesagt: Pass auf, dass du nicht vergiftest dich eines Tages. Aber ich hätte nie gedacht, dass es passieren wírde. – Moment, ich muss bedienen neue Gäste.« Sie ging zu zwei älteren Männern in orangefarbenen Kleidern und reflektierenden Streifen, plauderte kurz mit ihnen, während sie zwei Biergläser füllte. Detektivin April schaute auf die Uhr: Es war Viertel nach zehn. Als Straßenarbeiter wurde man offenbar ziemlich früh durstig.

Marina gesellte sich wieder zu ihr.

»Hat Marlise Ueltschi oft Kräuter gesammelt?«

»Seit ihr Mann ist tot, war das ihre Hobby. Sie wohnte in wunderschönem Chalet oben am Hang, aber für Marlise es war wohl leer und langweilig, da begann sie zu sammeln Kräuter, Pilze, wildes Gemíse und Beeren. Hat sie getrocknet, Soßen, Konfitíre und solche Dinge gemacht und am Weihnachtsmarkt verkauft.«

»Und sonst so?«

»Sonst so sie war großer Skifan und hat gegeben viel Geld für Skiklub Bannwald. Sie war sehr stolz auf Fabian Tritten.«

»Wen?«

»Du kennen nicht? – Fabian Tritten ist Skikanone, wir sind sehr stolz.«

»Ach ja, jetzt wo du es sagst. Ich habe von ihm gehört.« April machte sich Notizen. »Hatte Marlise Kinder?«

»Eine Tochter. Sie ist nach Spanien ausgewandert, war nicht hier, als Mutter starb.«

»Sie hätte jemanden beauftragen können.«

Die Kellnerin sah sie prüfend an. »Womit?! Bist du Polizei oder so?«

»Nein, Journalistin. Ich will ein Buch über Hexen und Kräuterkundige schreiben.«

Marina schaute sinnend auf den Tisch. »Ein Buch ... Ich möchte schon lange schreiben, íber Bosnien, aber ich kann das nicht alleine. Willst du helfen mir?«

»Dazu habe ich leider keine Zeit, aber es wäre schade, wenn du es nicht machst.«

Marina nickte.

»Die Ärztin kanntest du wohl auch?«

»Leibundgut Sofia? Ja, natírlich habe ich sie gekannt, ich ging mit den Buben zu ihr, wenn krank.«

»Und wie war sie so?«

»Eine gespannte Feder, weißt du? Ganzer Körper gespannt, ruhelos, immer etwas machen. Sie war gute Ärztin, aber nicht gemítlich. Eigentlich ich weiß nichts íber sie, man konnte plaudern nicht mit ihr.«

»War sie hier beliebt?«

»Als Ärztin schon, sonst ...? Bei den Frauen nicht so, weil sie war attraktiv und Single. Wer weiß, ob sie etwas hatte mit einem verheirateten Mann.«

»Geht so ein Gerücht um?«

»Viele Gerìchte gehen herum, immer«, Marina zwinkerte, »der Wenger Jürg zum Beispiel hat ihr im Garten und Haus geholfen, er wohnte nebenan. Wenn er bei Sofia war, hat seine Frau Moni hyperfenstiliert oder wie das heißt.«

»Hüpperventiliert.«

»Jedenfalls hat Moni manchmal schlecht íber Sofia gesprochen.«

»Dann Jennifer Gertsch – sie war so jung!«

»Ja, das ist traurig, Jennifer ging fríher mit mein Sohn Mirko in eine Klasse. Er war sehr schockiert, alle waren schockiert.«

»Das mit der Jauchegrube war wohl Bauer Luginbühls Fehler?«

Ein bekümmertes Nicken. »Dabei er ist so zuverlässig. Ich verstehe nicht, warum das passiert ist. Er ist seriös, arbeitet viel, geht nie zu Stammtisch, wo Männer trinken Bier.«

»Wie war die Jennifer so?«

»Ein wildes Mädchen, immer Streit mit der Mutter. Johanna wollte aus ihr machen jemand anderes – das geht aber nicht. Sie war unternehmungslustig, hatte immer Streiche im Kopf, ich hatte sie gern.«

Marina ging zu neu eingetroffenen Gästen. Derweil blätterte April durch die Zeitung *Berner Oberländer*, las über kleine und große Unfälle, die sich in der Gegend zugetragen hatten: Eine Kuh war entflohen, ein Skifahrer auf der Lauberhornstrecke tödlich verunfallt und der Straßenabschnitt Eselacher bei Erlenbach absehbar saniert. April schickte Lou ein Foto der Zeitung mit dem Kommentar:

– *Meine neue Literatur.*

Kurze Zeit später schickte Lou ein Foto von ihrem Büro in der Kletteragentur Direttissima, dazu ein Smiley und den Kommentar:

– *Mein altes Büro.*

Die beiden Frauen texteten hin und her. April fragte:

– *Wie geht es deinen Brüsten?*

– **augenverdreh!* Die schlafen gemütlich im BH.*

– *Vermisst du meine Brüste?*

– *Du bist unmöglich! Ich vermisse DICH!*

– *Hast du etwas gegen meine Brüste?*

– Du, ich habe im Moment keine Zeit für Blödsinn. Ich muss arbeiten.

– Okay, ich lasse dich.

April brütete darüber, was Lou mit Blödsinn gemeint hatte. Durfte man nach einem halben Jahr Beziehung nicht mehr über Brüste reden? Und wenn ja, warum nicht? Würde es nun seriös und langweilig? Und wenn das so war – warum waren alle erpicht auf eine Beziehung? Wenn sie jetzt schon nicht mehr über Brüste reden konnte, durfte sie diese Brüste dann bald auch nicht mehr berühren? Kackenschotter, dachte sie, was für Aussichten!

»Und was war mit Eliane?«, fragte April, als die Kellnerin wieder zu ihr zurückkam.

»Arme Eliane. Sie hat Tod von ihrem Mann nie ganz ìberwunden, es war kurz nach der Hochzeit passiert! Vielleicht ist sie absichtlich hinuntergefallen.«

»Aber der Tod ihres Mannes liegt ja schon ewig zurück – nicht mindestens fünfzehn Jahre?«

»Exakt. Vielleicht ging es ihr nicht gut, da stìrzte sie sich runter. Oder sie ist ausgerutscht.«

»Oder jemand hat sie gestoßen.«

»Sind Sie wirklich auf der Suche nach Hexen – oder nicht eher nach Mörder?«

April lachte. »Ja, den Eindruck könnte man bekommen, nicht wahr? Mit mir geht manchmal die Phantasie durch, ich hoffe immer, eine spannende Geschichte zu finden. So sind wir Journalisten.«

Etwa eine halbe Stunde später verließ April das Tearoom, überquerte die kleine Simme und bog ab in die Einkaufsstraße, falls man sie so nennen konnte: Der Straßenzug war ein paar hundert Meter lang, bot aber nur ein knappes Dutzend Geschäfte: Kleider-, Sport- und Schuhläden, ein Schreibwarengeschäft mit

Bücherecke und einen weiteren Tearoom. Und als April so über die aufregend weltstädtische Meile schlenderte, verfluchte sie sich einmal mehr, diesen platten Auftrag angenommen zu haben. Sie überquerte den kleinen Flugplatz und gelangte zur Großen Simme. War am Vortag noch etwas Schnee liegen geblieben, so hatte ihn der kalte, trockene Wind wieder weggeleckt und nur vereinzelt Flecken zurückgelassen.

Als April lustlos am Flusslauf entlang spazierte, entdeckte sie eine Stelle mit ein paar Friedhofskerzen, daneben halb verdorrte Blumen. Ob hier jemand ertrunken war? Sie mochte Gedenkorte nicht, die zwar an den Tod erinnerten, aber keine Anhaltspunkte über die Umstände boten. Sie fand, dass es überall viel zu wenig erklärende Schilder gab – hier zum Beispiel hätte stehen können: Herr Soundso ist ins Wasser gefallen und ersoffen. Er war neunundachtzig und deshalb ist der Verlust nicht so groß.

Bei Baustellen könnte zu lesen sein: Hier werden die Rohre ausgewechselt, weil es bei Frau Zehnder das Abwasser aus dem Badewannenabfluss drückte. Bei den Bettlern würde ein Schild darüber aufklären, woher die Person kam, warum sie verarmt war und wo sie übernachtete. Noch einfacher wäre es, wenn man das Handy auf die interessanten Dinge richten könnte und schon erhielte man Informationen. Die Fälle wären sehr viel schneller gelöst, man könnte sich eine Menge Um- und Irrwege sparen.

Hungrig kehrte sie ins Dorf zurück und ging zum Kiosk, um ihren Bestand an Schokoriegeln aufzustocken. Sie wollte eine Handvoll Mars, Snickers, Milky Ways, Bountys und Twix kaufen, doch es gab nichts davon. Litt sie unter akuter Sehstörung? April fragte die Kioskfrau.

Die Frau erklärte, dass man im Mars Kunststoffteilchen gefunden habe. Eine Schutzabdeckung sei in die Schokolademasse gefallen und deshalb habe die Mars Inc. alle ihre Schokoriegel zurückgezogen, wegen Erstickungsgefahr.

Entsetzt besah April sich die Regale. »Aber das geht nicht, was soll ich jetzt machen?!«

Die Kioskfrau zuckte mit den Schultern. »Es gibt ja noch andere Riegel.«

»Das ist aber nicht das Gleiche! – Dann gehe ich halt ins Coop.«

»Dort haben sie auch keine mehr.«

April stöhnte, am liebsten hätte sie geweint – was sollte sie nur ohne ihre süßen Freunde machen?! Mürrisch leerte sie die Fächer mit Schokoladen-Ersatznahrung und während sie das Geld heraussuchte, sagte sie: »Ich war vorhin an der Simme und sah einen verdorrten Blumenstrauß und Kerzen dort stehen. Ist da was passiert?«

Die Kioskfrau nahm mit bekümmertem Gesichtsausdruck das Geld entgegen. »Ach ja, die arme Melissa – fuhr mit dem Rollstuhl in den Fluss. Man weiß nicht, war es ein Unglück oder Selbstmord. Schade, sie war so hübsch – welch schönes Haar sie hatte! – und besaß einen goldenen Charakter, ganz anders als ihr Vater, der Dölf Ruch. Man munkelt, dass er das Mädchen die Treppe runtergestoßen hat und es deswegen an den Rollstuhl gefesselt war.« Sie seufzte.

»Wann ist Melissa denn umgekommen?«

»Das Unglück ist zwei, drei Jahre her – bin mir nicht sicher.«

April verabschiedete sich und schickte Lou ein verzweifeltes SMS (*meine Riegel!*), worauf Lou sie anrief und beruhigend auf sie einredete. Sie fand Aprils Schokoladenkonsum zwar bedenklich, ahnte aber, wie schlimm der Entzug für sie sein würde. »Du hast ja noch die anderen«, sagte sie aufmunternd.

»Das ist aber nicht das Gleiche! Mars, Milky Way und Snickers sind meine Favoriten.«

»Nichts ist für immer und ewig, bestimmt kommen sie bald wieder auf den Markt.«

»Bis dahin bin ich gestorben. Mein Körper verkraftet das nicht.«

»Oder er ist froh, dass du ihn mal nicht ständig mit Schokolade traktierst.«

»Ich bin putzmunter und hab kein einziges Loch in den Zähnen. Die Abwesenheit meiner geliebten Riegel wird mir weitaus mehr schaden. Aber mehr als die vermisse ich dich!«

Und eine Weile tauschten die zwei Frauen das übliche Verrückte und Anzügliche aus, das Verliebte auszutauschen pflegen.

Gegen halb zwölf betrat April das örtliche Schreibwarengeschäft, wo sie in kurzer Folge von zwei Verkäuferinnen gegrüßt und nach dem Anliegen gefragt wurde. Auf ihrer Tour durch das Dorf hatten unzählige Leute sie gegrüßt, jedes Mal war sie zusammengezuckt, so ungewohnt war das für sie. Nachdem April auch die Hilfe der dritten Verkäuferin dankend abgelehnt hatte, stöberte sie im Laden. Bis sie feststellte, dass sie doch Unterstützung brauchte, denn sie fand die Notizbücher nicht. Gerade wollte sich April an die dritte Verkäuferin wenden, als ein Mann, der soeben zur Tür hereingekommen war, sich vordrängelte und die Verkäuferin lärmig-fröhlich mit ihrem Vornamen begrüßte: »Hallihallo, Manuela!«

April sagte genervt »he!«, doch der Mann hörte gar nicht hin, sondern plauderte schon mit Manuela, die bereitwillig darauf einging. Ein jüngerer, um die zwanzig, gesellte sich dazu, wobei das falsch ausgedrückt war: Gesellig war er ganz und gar nicht, er stand einfach schweigend da. Beim Anblick dieses Jungen wurde Manuela ganz aufgeregt und stellte ihm Fragen nach seinem Befinden, doch bevor er etwas hätte erwidern können, antwortete für ihn der Ältere, den die Verkäuferin mit Leo begrüßt hatte. Die Detektivin schaute ihn von der Seite an: Leo war diese Sorte Mann, die entweder auf einem Testosterontrip war oder ein lange Linie gekokst hatte. Aus seinem schneeberg-sonnengebräunten Gesicht blitzten weißen Zähne. Eine protzige Sonnenbrille steckte in seiner Igelfrisur.

April zischte: »He, hallo! Ich war zuerst da!«

Leo schaute sie überrascht an, als bemerke er sie erst jetzt (was wohl auch der Fall war), verzog dann gekonnt zerknirscht sein Gesicht. Gleichzeitig hob er ausladend die Hand, wohl um Aprils Schulter freundschaftlich zu tätscheln. Der Griff ging jedoch ins Leere, denn Brucie Lee wich geschickt aus.

Das goldene Kreuz an seinem Hals schaukelte hin und her. »Ich wollte mich bestimmt nicht vordrängen«, sülzte er, auf seinen männlichen Charme vertrauend. Da April jedoch dagegen immun war, sagte sie unbeeindruckt: »Ist Ihnen nicht aufgefallen, dass Sie sich vorgedrängelt haben? Irgendwie glaube ich Ihnen das sogar aufs Wort! Sich vordrängen ist wohl Ihr altes Ich.« (Vermutlich meinte sie das Alter Ego.)

Aus dem Augenwinkel sah sie, dass die Verkäuferin keineswegs auf ihrer Seite stand, mehr noch, weg und zum Kartenständer gegangen war, um eine Postkarte zu ziehen und den jungen Mann um ein Autogramm zu bitten, was er auch brav erfüllte. Mit der Karte in der Hand wieselte Manuela zu ihren Kolleginnen, die weiter hinten Ordner einräumten, worauf die verhalten aufkreischten und sich auf den jungen Mann stürzten. Ganz offensichtlich war der Jüngling eine Berühmtheit. Wie ein Schauspieler oder gar Rockstar sah er allerdings nicht aus.

Als der Star mit Signieren fertig war, fragte April ihn, wer er sei. An seiner Stelle antwortete der entrüstete Testosteronmann: »Erkennen Sie ihn nicht?! Das ist Fabian Tritten! Und ich bin Leo Gertsch, sein Trainer.« Er sagte dies in der Überzeugung, dass April jetzt ehrfürchtig vor ihnen auf die Knie ginge, aber die dachte nicht im Traum daran. Wenn es Greta Garbo, Ruby Rose oder Kristen Stewart gewesen wären, ja dann wäre sie möglicherweise in die Knie gesunken, aber bestimmt nicht vor diesem braungebrannten Lackaffen und dessen Anhängsel. So sagte sie nur: »Ach, das also ist Fabian Tritten, die Skikanone – freut mich, Sie kennenzulernen. Ist die Skisaison schon vorüber?« Sie schüttelte dem schüchternen Star die Hand und ignorierte die des Trainers. Fabian murmelte etwas von Stippvisite, dann sagte er zu seinem Trainer, dass er draußen auf ihn warte, und schon war er verschwunden.

Da die drei Verkäuferinnen immer noch dastanden, konnten Leo Gertsch und April nun gleichzeitig bedient werden. Leo wollte einen »wertvollen, obercoolen« Kugelschreiber, April suchte ein Notizbuch.

Sie entschloss sich schließlich für ein Heftchen, auf dessen Cover die beiden Prinzessinnen aus dem Walt-Disney-Film *Frozen* zu sehen waren. Nicht dass sie das sehr pinkfarbene Cover gemocht hätte, aber innen bot das Heft genau das, was sie brauchte.

Als April später vor dem Coiffure Salon Miranda stand, kam ihr der heiße Sonntag in den Sinn, an dem ihre lange Lockenpracht abgeschnitten und der kümmerliche Rest rot gefärbt worden war. Ein schlimmer Moment in ihrem Leben! Ein halbes Jahr später war ihr Haar nicht mehr ganz so kurz, aber immer noch weit davon entfernt, so prächtig wie früher zu sein.

Vreni sah wie eine großzügig geschminkte Metzgerstocher aus und begrüßte sie im Stil einer alten Freundin. »Hübsche Frisur, du bist ja schon fast wieder die Alte.«

April lächelte dünn. »Die Alte hatte Haare bis über die Schultern.«

»Jedenfalls lebst du noch, das ist die Hauptsache.«

»Da hast du auch wieder recht«, April setzte sich auf den Stuhl. »Nur die Konturen bitte, sonst kriegen wir Ärger miteinander.«

Während die Schere klapperte, fragte Vreni, ob sie bei Rösli auf Besuch sei. Für ein paar Wochen, erklärte April, um ein Buch über Hexen und Kräuterkundige im Simmental zu schreiben, und deshalb sei sie dem Frauenverein beigetreten. Das fand Vreni merkwürdig, sie sei doch Detektivin und nicht Autorin. Ja, aber sie habe mal etwas anderes machen wollen, abgesehen davon brauche man für so ein Buch ja auch detektivische Fähigkeiten. Ob Vreni auch Mitglied des Frauenvereins sei?

»Gott bewahre! Ich rede schon den ganzen Tag, da will ich am Abend meine Ruhe. Außerdem habe ich es nicht mit dem Handarbeiten und Basteln.«

»Nie Lust gehabt, einen Eierwärmer zu stricken?«, erkundigte sich Brucie Lee grinsend.

»I wo, ich esse ja nicht einmal gekochte Eier.«

Dann schwiegen sie, man hörte nur die Schere und im Hintergrund das Radio Oberland plärren.

»Ich muss sagen, Marlise Ueltschis Schicksal beschäftigt mich. Der Herbstzeitlosentod muss qualvoll sein, ich habe mich im Internet informiert: Zuerst beginnt der Hals zu kratzen und zu brennen. Es folgen Schluckbeschwerden und Atemnot, man muss erbrechen und hat heftige Durchfälle, verbunden mit massivem Flüssigkeitsverlust. Hast du Marlise gut gekannt?«

»Ja, wie man sich in einem Dorf halt so kennt. Ich habe ihr die Haare geschnitten. Sie ist übrigens zwei Tage davor bei mir im Salon gewesen. Immerhin hatte sie die Haare schön, als sie starb.« Es war wohl als Scherz gemeint, aber Vrenis Gesicht blieb ernst.

»War sie an dem Tag anders als sonst – vielleicht etwas verwirrt?«

»Nein. Sie roch nach Bärlauch. Aß das Zeug entweder frisch oder als Pesto, produzierte Unmengen von Pesto – für sich, für Freunde und für den Ostermarkt.«

»Konnte sie Bärlauch und Herbstzeitlose nicht voneinander unterscheiden?«

»Doch, natürlich! Sie hat mir sogar mal das Foto einer Herbstzeitlose gezeigt, als die zur Giftpflanze des Jahres gewählt wurde. Ihre Begleitung hat offenbar das Schicksal auch nicht abwenden können.«

April spitzte die Ohren. »Begleitung?«

»Marlise hat mir gesagt, dass sie zu zweit sammeln würden,

weil sie kein Auto mehr besaß und sie zu einer abgelegenen Stelle wollte.«

»Wer hat sie begleitet?«

»Keine Ahnung, ich habe nicht danach gefragt und sie hat es nicht erwähnt.«

»Könnte das jemand wissen?«

Vreni überlegte. »Am ehesten wohl Käthi Werren, die wohnt neben Marlise, ist gehbehindert und verbringt viel Zeit am Fenster, um – wie sie es ausdrückt – am Leben teilzuhaben. Also war Käthi sicher über Marlises Kommen und Gehen unterrichtet.« Sie befreite April vom Umhang, gab etwas Gel in die Hand und verpasste ihrer Frisur den letzten Schliff. Zu Aprils Erleichterung hatte Vreni wirklich nur die Spitzen geschnitten.

Zufrieden kehrte April von ihren Erkundungen nach Hause zurück. Im Stöckli arbeitete sie an ihren neuen, höchst interessanten Informationen, bis es klopfte: Rösli stand vor der Tür. »Will nur mal nach dem Rechten schauen«, sagte sie. Ihr Blick fiel auf das Notizbuch, das soeben zugeklappt wurde. »Ist das für dein Nachbarmädchen Jana-Ina?«

»Das ist mein Ermittlernotizbuch.«

»Nicht wahr!«

»Doch. Es hat sechs Abteilungen: vier für die Toten, eine gemeinsame und eine fürs Allerlei.«

Einen Moment schwieg Rösli, dann meinte sie: »Das ist die perfekte Tarnung für geheime Notizen« und begann zu lachen.

April verdrehte die Augen. »Setz dich und hör zu, was ich bisher in unserem Fall herausgefunden habe.« Sie erzählte von ihren Gesprächen mit Marina und Vreni. »Offenbar also kann mir Käthi weiterhelfen, das ist schon mal was. Und ich will mit dem Bauer Luginbühl reden, fragt sich nur, unter welchem Vorwand. Ich möchte die Jauchegrube sehen. Hast du auch eine?«

»Ja, aber ich benütze sie nicht mehr.«

»Wie wäre es, wenn du so tust, als ob du sie wieder in Betrieb nehmen willst und dabei Rat suchst? Meinst du, man kann mit Luginbühl über das Thema reden?«

Rösli zuckte mit den Schultern. »Ich verstehe mich gut mit ihm, da sollte ein Gespräch drin liegen.«

Kurz vor dem Abendessen kehrte Consuela aus Thun zurück, wo sie an einem Singletreffen teilgenommen hatte. Sie ließ keine Möglichkeit ungenutzt, um den richtigen Mann zu treffen. Doch es störte sie immer etwas: »Er hat zu große Nase.« – »Er hat Bart, ich habe doch geschrieben, ich will ohne Bart, in Bart sind Läuse!« – »Seine Schuhe waren schmutzig, der hat bestimmt nicht viel Geld.« – »Er hat nur gesprochen von sich, seine Grill und seine Auto, wie langweilig!« – »Er hat geschaut mir in Ausschnitt, er muss schauen in meine Augen« (Rösli: »Bei deinem Ausschnitt muss sogar ich hinschauen, obschon ich nicht auf Frauen stehe«) – »Er ist vor mir her aus Restaurant gegangen, kein Gentleman!« Und wenn sie nichts bemängeln konnte, hatte sie ein schlechtes Gefühl im Bauch oder er machte ihr Kopfschmerzen oder weiß der Teufel was.

Einmal sagte Rösli zu ihr: »So findest du nie einen Mann.«

»Ich weiß, wie Männer sind, Männer sind Schweine.«

»Aber doch nicht alle.«

»Vielleicht war dein Fritz ein guter, ich aber kenne nicht gute.«

Da legte Rösli den Arm um sie und sagte: »Vielleicht musst du, bevor du neu anfangen kannst, erst ein bisschen Gras über die Sache wachsen lassen.« *Die Sache* war, dass Consuela in der Schweiz zuerst als Prostituierte hatte arbeiten müssen und dann mit einem alten Schweizer scheinverheiratet worden war.

»Was redest du? Gras etwas fur Kuhe. Kuhe sind okay, machen zwar viel Dreck, aber sind lieb und geben Milch.«

So viel zum Gesprächsthema am Abendtisch.

Später im Stöckli sinnierte April über ihren Notizen. Als sie schließlich das Heft zuklappte, betrachtete sie die Prinzessinnen

Anna und Elsa, die ihr mit riesengroßen Augen vom Deckel entgegenblickten. Sie hatte den Film *Frozen* zusammen mit Jana-Ina geschaut und sich schon da über diese Mikrostupsnasen und Eulenaugen gewundert. Die Männer waren normal gezeichnet, warum die Mädchen wie Karikaturen? Absurd. Jetzt lächelte sie Anna und Elsa an und sagte: »Was denkt ihr über die Todesfälle? Seltsame Sache, nicht? Bin aber immer noch nicht überzeugt, dass es sich um Morde handelt.«

Die zwei Stupsnasigen schauten sie bloß mit ihren Eulenaugen an und schwiegen. April fragte Lou in einer SMS, ob sie Zeit für ein Gutenachtgespräch habe. Doch von Lou kam nur kurz, sie sei bei Zoro. Enttäuscht antwortete April, in dem Fall wünsche sie ihr eine gute Nacht und heiße Träume.

Lou schrieb *gleichfalls* und fügte drei Herzen an.

Nun war April noch enttäuschter. Sie legte sich ins Bett und sehnte sich nach Lou, nach ihrem Körper, ihrem Lächeln, ihren Gesprächen und ihrem Gelächter, und sie fühlte sich einsam – etwas, das sie kaum kannte.

Die Güllegrube

Am nächsten Morgen stand die wackere Detektivin bibbernd auf, huschte zum Ofen und machte sich ans Einfeuern. Sie verfluchte Rösli, die sich weigerte, eine zentrale Heizung installieren zu lassen. Solange ihr ein Stück Wald gehöre, gäbe es keinen Grund, von Holz auf Heizöl umzustellen, hatte sie erklärt.

Zögerlich begann das Feuer zu knacken; angestachelt durch die Luftzufuhr von unten, gierten die Flammen endlich bis ins Ofenrohr. April schloss das Türchen.

Bald würde sie ein Survivalcamp leiten können, dachte sie in ihrer üblichen Bescheidenheit.

Am Nachmittag besuchte sie zusammen mit Rösli Bauer Luginbühl, um sich über Jauchegruben zu informieren. Unterwegs erkundigte sich April, wie man überhaupt in der Jauche ertrinken könne, so wahnsinnig tief sei das Becken doch nicht.

Rösli setzte eine wichtige Miene auf. »Ich habe das in der Bäuerinnen-Schule gelernt: Meistens ertrinkt man nicht, man erstickt. In der Gülle entstehen Kohlendioxid, Ammoniak, Methan und Schwefelwasserstoff. Letzteres ist sehr gefährlich, weil es schwerer als Luft ist. Während Methan und Ammoniak sich kontinuierlich verflüchtigen, bleibt der Schwefelwasserstoff in der Jauche und wird erst freigesetzt, wenn man darin herumstochert oder sie bewegt, indem man zum Beispiel hineinfällt.«

»Und was bewirkt er?«

»In geringer Konzentration riecht er nach faulen Eiern und die Augen und Atemwege beginnen zu jucken. Gefährlich wird es, wenn man das Gas nicht mehr wahrnimmt, denn in größeren Mengen lähmt es den Geruchssinn. Es wird einem schwindlig und übel, man verliert das Bewusstsein; bei hoher Konzentration kommt es zum Atemstillstand und das war's dann.«

Luginbühl erwartete sie schon vor dem Stall. April hatte jemand Älteren erwartet, der Mann war jedoch erst Anfang vierzig, schlank, muskulös und braungebrannt (Rösli hatte ihr erzählt, dass er im Winter als Skilehrer arbeite), mit einer Frisur, die von kundigen Händen geschnitten worden war – hätte er nicht schwielige Hände gehabt, wäre er als Saturday-Night-Fever-Star durchgegangen. Seine derbe Rechte drückte Aprils Hand zu Mus, er lächelte dabei freundlich und stellte sich als Martin vor. April lächelte artig zurück, während sie ihre zerquetschte Hand unbemerkt rieb.

»Bist du sicher, dass du deine Jauchegrube wieder benützen willst«, wandte Lüginbühl sich unterdessen an Rösli. »Jetzt, da ... du weißt schon«, düster starrte er auf seine Pranken.

Rösli zuckte mit den Schultern. »Nach Fritzens Tod habe ich unsere leeren lassen. Vielleicht wäre sie aber doch ganz nützlich. Können wir mal deine anschauen?«

»Sie wird wohl nicht anders aussehen als eure«, erwiderte Luginbühl.

»Ja, aber ich würde gern wissen, worauf ich achten muss, damit –«

»Sag's nur: Damit niemand darin verreckt«, seine Stimme nahm einen bitteren Ton an.

April spürte, dass Rösli einen Rückzieher machen wollte, und sagte schnell: »Eben darum sind wir hier. Falls Rösli die Grube in Betrieb nimmt, soll sie absolut sicher sein.«

Stirnrunzelnd kickte Luginbühl einen Stein weg und bedeutete den Frauen mit einer Kopfbewegung, ihm zu folgen. Die Grube war mit Brettern zugedeckt, die er nun zur Seite schob.

Neugierig spähten die Frauen in die achtzig Zentimeter auf zwei Meter große Öffnung. Das betonierte Becken war etwa fünf auf fünf Meter groß und zwei Meter tief. Obschon keine Gülle mehr darin stand, roch es immer noch stark nach Ammoniak und Methan. Als wüsste sie nichts über Jennys Fall, erkundigte sich April: »Wie konnte die Abdeckung einbrechen?«

»Die blieb stabil, aber die Leisten, auf denen sie lag, gaben nach. Sie wurden aus der Wand gerissen und da stürzte alles hinunter.« Luginbühl deutete auf die Löcher in der Mauer. »Warum, wissen wir nicht. Seit Jahr und Tag gingen Leute über die Grube, und es hat immer gehalten.«

Der Bauer war in sich zusammengesunken. Er sah aus, als würde er sich am liebsten kopfüber in das Becken stürzen. Rösli verwickelte ihn schnell in eine Fachsimpelei über die Vor- und Nachteile von Jauchegruben, währenddessen machte April ein paar Aufnahmen. Danach verabschiedeten sie sich. Luginbühls schwieliger Händedruck fiel diesmal humaner aus.

»Und? Ist dir etwas aufgefallen?«, fragte April, während sie den Hof verließen und ihre Gesichter hungrig in die Frühlingssonne hielten.

»Was sollte einem da groß auffallen, wenn alle Spuren beseitigt sind?«, erwiderte Rösli.

»Man kann nie alle Spuren beseitigen. Nie!«

»Martin nimmt das Unglück wahnsinnig mit.«

»Ja, scheint so – oder er ist ein wahnsinnig guter Schauspieler.«

Die Freundinnen folgten einer kleinen Straße, die den Hang hinaufführte zu Villen und teuer aussehenden Chalets. Auf dem Weg kamen sie an schlafenden Gärten vorbei, in denen höchstens hier und da ein Lauch strammstand oder Feldsalat sein Häuptlein stolz erhoben hatte. Ansonsten waren die Beete noch schlaff und schlampig – unvorstellbar, dass ein paar Monate später hier alles wieder in Blüte stehen würde und Salat, Bohnen und Zucchini sich den Rang streitig machten. Je luxuriöser die Häuser wurden, desto mehr mussten die Beete Rasen und in Form geschnittenen Büschen weichen. Rösli deutete auf ein stattliches Chalet mit großer Terrasse. »Marlise Ueltschis, und hier«, sie zeigte zu dem Haus rechterhand, »wohnt Käthi, die lebendige Videoüberwachung.«

Über Käthis Hauseingang hing ein weihnachtlicher Mistelzweig, an der Türe klebte ein gemalter Osterhase, im Kirschlorbeer neben dem Eingang hingen bunte Plastikeier. Es war zu vermuten, dass Kinder sie aufgehängt hatten, denn über einer Höhe von eins fünfzig baumelte nichts mehr.

Als Rösli die Klingel drückte, ertönte ein Kuckuck. Es dauerte eine Weile, bis mehr passierte. Man hörte Ächzen und Schlurfen, dann endlich öffnete sich die Tür. Ein Kopf lugte hervor, die Augen waren zusammengekniffen, wohl in der Hoffnung, dass es so mehr zu erkennen gab.

»Hallo Käthi, ich bin's, Rösli. Meine Freundin April hast du am letzten Frauenvereinsstammtisch ja schon kennengelernt.«

»Ich habe nichts über Hexen zu sagen, bei uns gibt es so etwas nicht in der Familie«, sagte Käthi und wollte die Tür gleich wieder schließen.

Rösli stellte den Fuß hinter die Schwelle. »Deswegen sind wir nicht da, sondern wegen Marlise.«

»Die lebt nicht mehr.«

»Wir möchten ein paar Fragen zu ihrem letzten Tag stellen.«

»Ich habe sie nicht umgebracht!«

»Natürlich nicht, aber wir hätten gern gewusst, mit wem sie zuletzt Bärlauch sammeln war.«

Zögernd ließ Käthi sie eintreten. In der Stube bat sie ihre Besucherinnen, sich zu setzen. Die beiden Frauen standen ratlos da, denn alle Stühle (außer einem), das Sofa und die Kommode, zum Teil auch der Boden waren übersät mit Stapeln aller Art: Zeitungen, Kleider, Einmachgläser, Nippes, Kinderzeichnungen,

Joghurtbecher, Weihnachts- und Osterschmuck und gedorrte Blumensträuße.

»Warum wollt ihr wissen, mit wem Marlise draußen war?«

»Wie gesagt, forsche ich zu Hexen und Kräuterkundigen im Simmental«, begann April, »und natürlich hätte ich gerne Frau Ueltschi befragt, aber sie ist ja leider verstorben. Ich dachte, dass die Person, die sie begleitet hat, mir vielleicht weiterhelfen kann.«

»Die Erna versteht nichts von Kräutern. Und selbst wenn sie eine Kräuterfrau wäre, könnte sie nicht mehr groß Auskunft geben, in ihrem Oberstübchen ist es ziemlich licht geworden.«

»Also war Erna die Begleiterin?«, fragte Rösli aufgeregt.

»Ja, ich habe sie gesehen. Um halb zwölf ist sie vorgefahren, was ja gemeingefährlich ist mit ihrem löchrigen Hirn. Aber zusammen schafften sie es irgendwie, das Auto zu steuern.«

April warf Rösli einen Seitenblick zu. »Kenne ich Erna?«

»Nein, sie kommt nicht mehr in den Frauenverein, ist zu dement. Sie und Marlise unternahmen viel zusammen.« Rösli wandte sich an Käthi. »Wann kamen sie denn wieder heim?«

Käthi öffnete die Thermoskanne, die neben ihr auf dem Tisch stand, und goss sich Kaffee ein. Den Besucherinnen bot sie keinen an. »Die beiden waren um zwei wieder zurück und verschwanden ins Haus.«

»Blieb Erna lange?«

»Woher soll ich das wissen? Ich habe noch anderes zu tun, als aus dem Fenster zu schauen. Irgendwann nach fünf war Ernas Auto weg.«

»Warst du den ganzen Nachmittag zu Hause?«, fragte Rösli.

»Wohin sollte ich gehen, mit meiner Hüfte? Ich war allein, es kommt mich ja niemand besuchen. Immer ist man allein, das macht keinen Spaß. Es kam nur ein Anruf – dass ich mich gegen Steinlawinen versichern lassen soll. Soweit kommt's noch! Der von der Versicherung hat am gleichen Nachmittag ein zweites Mal angerufen, so eine Frechheit!«

»Man kann sich gegen Steinlawinen versichern lassen?«, fragte April verwundert.

»Besser gäbe es eine Versicherung gegen todbringende Güllelöcher. Es fallen mehr Menschen und Tiere in die Jauche, als dass Steinlawinen Häuser überrollen. Warum setzt ihr euch nicht? Wollt ihr Kaffee?« Käthi wog die Thermosflasche in der Hand. »Ach, da ist nichts mehr drin.« Sie nahm eine Lupe und beäugte das Rätsel, das vor ihr auf dem Tisch lag. »Kennt ihr *alter Name der mongol. Hauptst.*? Was für eine Frage, ich weiß ja nicht mal den neuen.« Sie schaute auf, das Auge hinter der Lupe war riesengroß. »Vielleicht war es Ernas Schuld, dass Marlise gestorben ist. Mit ihrem Löcherhirn wäre es leicht möglich, dass sie das Falsche geerntet hat. Beim Verarbeiten haben die doch miteinander geplappert und nicht darauf geachtet, was sie da schnitten. Selber schuld. Wenn Marlise mich gefragt hätte, wäre das nicht passiert, ich habe noch alle Tassen im Schrank, ich hätte die Herbstzeitlose gesehen. Aber Marlise hat mich ja wie Luft behandelt.«

»Na, du hast sie auch gemieden wie der Teufel das Weihwasser«, wandte Rösli ein.

»Papperlapapp, sie hat angefangen.«

»Womit?«, fragte April neugierig.

»Mit dem Streit.«

»Worum ging's denn?«

Käthi knallte die Lupe auf das Rätselheft. »Ich mag nicht darüber reden, es ist lange her und Marlise ist tot. Geht jetzt, meine Hüfte schmerzt, ich will mich hinlegen. Wo der Ausgang ist, wisst ihr ja.«

Als sie draußen waren, pustete April: »Kackenschotter, bei Käthi stinkt's ja mörderisch! Ich habe nur durch den Mund ein- und ausgeatmet! Als hätten sich Küchengerüche, Schimmelpilz, Staub, Moder und Faules zu einer Hausparty getroffen.«

Schuldbewusst nickte Rösli. »Ja, ich weiß. Das Dorf nennt sie Stinki-Käthi. Kein Wunder, dass niemand sie besuchen will.

Die einzigen, die sich nicht daran stören, sind ihre beiden Katzen.«

»Immerhin wissen wir jetzt, wer mit Marlise Bärlauch sammeln war. Am besten befragen wir Erna.«

»Ob das viel bringt bei einer Dementen?«

»Versuchen können wir es ja. Wo wohnt sie?«

»Hinter der Bäckerei, es ist nicht weit.«

»In diesem Kaff ist es nirgendwohin weit«, April zwinkerte.

»Das ist ein *Dorf*, kein *Kaff*!«

»Mag sein, aber es ist trotzdem nicht weit.«

Rösli erwiderte nichts darauf, stattdessen schaute sie wie gebannt zu dem Mann, der ihnen entgegenkam. Er mochte ungefähr sechzig sein, hatte dichtes, angegrautes Haar, Bauchansatz und eine kräftige Statur. Offenbar lag etwas in seiner Erscheinung, das Rösli die Sprache verschlug. April sagte versuchshalber: »Du bist eine blöde Kuh« zu ihr, da sagte sie nur »ja, ja« und musterte den Herankommenden.

Als sie auf gleicher Höhe waren, grüßten Rösli und der Mann sich freundlich. Nachdem sie etwas weitergegangen waren, knuffte April sie in die Seite. »Wer war denn das?«

Rösli schien aus einem Traum zu erwachen. »Wer war was?«

»Der Mann von eben.«

»Niemand.«

»Ach ja?«

»Ein Polizist, Bär heißt er.«

»Ein Polizist? Der könnte uns von Nutzen sein!«

Heftig schüttelte Rösli den Kopf. »Sicher nicht, der Mann ist pensioniert.«

»Was ist eure Geschichte?«

»Bitte? Wir haben keine Geschichte. Wir kennen uns halt, weil wir im gleichen *Kaff* leben.«

»Da ist mehr, mach mir nichts vor!«

»Die Phantasie geht mit dir durch«, Rösli deutete nach vorn, »schau, da wohnt Erna.«

Noch einmal schubste April sie von der Seite. »Wir haben noch nicht das letzte Wort darüber gesprochen!«

Aber Rösli hörte nicht mehr hin, sondern eilte zu einem Eingang mit dem verschnörkelten Namensschild *Gertsch* und betätigte die Hausklingel.

Sie mussten mehrmals klingeln, bevor Erna Gertsch an der Türe erschien. Ihr weißes Haar hing strähnig bis zu den Schultern, sie trug ein fleckiges Nachthemd und darunter eine Hose. Als sie Rösli sah, hellte sich ihr Gesicht auf: »Guten Tag, ehm, Fri-, Hann-, nein, ich hab's gleich, ich weiß genau, wer du bist. Ach ja, Margrit!«

»Es ist tatsächlich eine Blume, aber nicht Margrit, sondern Rösli.«

»Natürlich! Rösli! Wollt ihr hereinkommen, ich bin gerade dabei, die ehm, die Dinger zu ach, wie heißt es noch, zu klamüsern, aber ich bin eigentlich fertig. Wollt ihr einen Schnaps oder lieber dieses Ding, der Saft, also, ich meine Kaffee? Chips?«

»Nicht nötig, ein Glas Wasser reicht.«

Erna steuerte ins Wohnzimmer, dann kehrte sie in den Korridor zurück. »Was wollte ich noch?«

»Uns ein Glas Wasser holen.«

»Ach ja, die Küche.«

Sie rumorte eine Weile dort, schließlich kam sie mit zwei Teetassen zurück, in denen Milch schwamm. Als Rösli sah, dass in Aprils Gesicht ein breites Grinsen aufzog, schüttelte sie leise den Kopf. Daraufhin glättete die Detektivin artig ihre Gesichtszüge.

»Was macht ihr im Korridor, wollt ihr gehen?«, fragte Erna verwundert.

»Nein, wir sind eben erst gekommen – wir könnten uns ins Wohnzimmer setzen.«

»Gute Idee. Möchtet ihr etwas zu trinken?« Ernas Blick fiel auf die Tassen. »Oh, ihr habt ja schon was. Ich habe nicht viel

Zeit, ich muss noch das ehm – andere erledigen«, sie deutete vage zum Büchergestell.

Rösli räusperte sich. »Wir sind wegen Marlise gekommen.«

»Jaja, wir sind im *Pony* verabredet. Ich sollte mich anziehen oder meint ihr, dass ich so gehen kann?« Wie ein Modell posierte sie vor den zwei Frauen. Rösli packte sie an der Hand. »Marlise lässt dir ausrichten, dass sie heute nicht kann. Komm, setz dich wieder.«

»Wie schade, ich habe mich extra schön angezogen«, Erna sah bekümmert an sich herunter und nahm zögernd auf einem Stuhl Platz.

»Erna, kannst du dich noch erinnern, als ihr letzten Frühling zusammen Bärlauch sammeln ginget?«

»Natürlich kann ich mich erinnern, wir fuhren mit der Gondelbahn auf den Rinderberg, dann wanderten wir zum Horneggli, dort aßen wir ein Fondue. Aber was rede ich da?« Sie sprang vom Stuhl hoch, »ich treffe mich gleich mit Marlise, im *Rio*.«

»Marlise lässt ausrichten, dass sie heute nicht kommen kann. Ein andermal vielleicht.«

»Ich weiß noch gut, wie wir Bärlauch sammeln gingen, das war drüben beim Schlattwald, unsere Hände stanken bis zum Himmel.«

Interessiert hörten die Frauen zu. »Bis wann seid ihr geblieben?«

»Vielleicht bis fünf. Ja, ich musste für die Kinder kochen.«

»Für welche Kinder?«

»Meine, ich kann sie doch nicht verhungern lassen.«

»Aber die essen doch nicht mehr bei dir.«

»Und wo sollen sie denn sonst essen?«

»Aber warum haben sie bei dir gegessen?«

»Du stellst seltsame Fragen! Kinder essen bei ihrer Mutter. Kari hat mich abgeholt, Marlise blieb noch etwas länger im Bärlauch.« Kari war Ernas Mann gewesen, wie Rösli später erläuterte. Anschließend erzählte Erna ihnen ein paar Anekdoten aus einer Zeit, als ihr Gehirn noch fit war. Sie war nicht zu stoppen und ließ sie erst gehen, nachdem April behauptet hatte, dass eine Steinlawine runtergedonnert sei und sie schauen müsse, ob ihr Motorrad noch heil war.

Kaum standen sie draußen, stöhnte April: »Versprichst du mir, dass du mich in eine Jauchegrube stößt, wenn mein Hirn nichts mehr taugt? Von Erna werden wir nie und nimmer erfahren, was sich damals zugetragen hat.«

»Hab ich doch gesagt. Seit ich sie das letzte Mal getroffen habe, hat sich ihr Zustand drastisch verschlechtert.«

»Warum hast du so geredet, als würde Marlise noch leben?«

»Weil ihre Welt immer wieder von neuem zusammenbricht, wenn sie vom Tod ihrer Freundin erfährt. Und da sie es dann wieder vergisst, fährt der Schmerz ihr jedes Mal wieder mit voller Wucht ein. Ich finde das unzumutbar.«

Nachdenklich nickte April. »Gehen wir was trinken.«

Das Tearoom *Rio* lag am nächsten, dort setzten sie sich auf die Terrasse, wo die Frühlingssonne sich mächtig ins Zeug legte.

»Seit wann ist Bär pensioniert?«

Eine leichte Röte überzog Röslis Wangen. »Zwei Jahre oder so – was spielt das für eine Rolle?«

»Er könnte uns vielleicht die Unterlagen zu den Unfällen beschaffen.«

»Bist du von allen guten Geistern verlassen?!«, protestierte Rösli hitzig, »nie und nimmer werde ich ihn darum bitten!«

»Ist auch nicht nötig, das kann ich selber.«

»Untersteh dich! Der Mann ist vorzeitig in Rente gegangen, weil er seine Ruhe wollte.«

»Bestimmt langweilt er sich. Was soll er schon die ganze Zeit machen?«

»Sich mit Enkelkindern abgeben, Hobbys nachgehen ...«

»Gäääähn!« Amüsiert verfolgte April, wie Rösli wild gestikulierend und mit rotem Kopf nach Gründen suchte, warum man sich dem Expolizisten nicht auf hundert Meter nähern durfte.

»Er schien sehr angetan, dich zu sehen. Dir würde er sicher den einen oder anderen Gefallen erweisen.«

Als Antwort schoss Rösli wie eine Rakete in die Höhe und stürmte mit der Bemerkung davon, dass sie *Du-weißt-schon* müsse. Schmunzelnd sah April der Rakete hinterher. »Sieh an, sieh an, Rösli ist doch nicht nur ewige Witwe ...«

Als die unewige Witwe zurückkam, hatte sie sich gefangen und war gewappnet für mehr Bemerkungen. Aber April dachte nicht daran, weiter über Bär zu reden. Rückzug und späterer Angriff schien ihr die effektivere Strategie. Stattdessen erzählte sie von ihrer merkwürdigen Begegnung mit Leo und Tritten.

»Ja, der Fabian«, begann Rösli, »sein Vater ist auch Skirennfahrer gewesen, aber verunglückte tödlich, als er noch klein war. Da zog ihn die Mutter allein auf. Wobei Eliane Mattis kräftig mithalf, sie war Trittens Zweitmutter und vermutlich fast die wichtigere für ihn. Leo unterrichtete damals als Sportlehrer in der gleichen Schule wie Eliane, die beiden waren befreundet. Er trainierte nebenbei die Jungs des Skiclubs Bannwald. Eliane drängte Fabian dort ins Training, sie war ein großer Skifan. Bald erkannte Leo Fabians riesiges Talent. Der Junge hat die magische Fähigkeit, die schnellste Spur der Piste zu finden und optimal zu nützen. Immer häufiger fuhr Fabian aufs Podest. Irgendwann hängte Leo den Lehrerberuf an den Nagel, stieg bei seinem Bruder in dessen Sportgeschäft ein und konzentrierte sich auf Fabians Karriere.«

»Ein blasser Junge«, bemerkte April, »man würde nicht denken, dass er so erfolgreich ist.«

»Ja, dafür merkt man es Leo umso mehr an«, erwiderte Rösli trocken. »Die beiden haben eine seltsame, sehr symbiotische Beziehung, man trifft selten den einen ohne den anderen an. Man hat den Eindruck, dass Fabian ein Klumpen Wachs in Leos Händen ist und Leo diesen nur zu gerne formt.«

Dumme Regeln, langweilig

An diesem Abend saßen Rösli, Consuela und April bei einem Schnaps zusammen. Rösli holte *Mensch ärgere dich nicht* hervor. Während sie Consuela die Regeln erklärte, stellte sie Spielbrett und Figuren auf. Consuela meinte schnippisch, das sei etwas für *bebé*, ließ sich aber doch herab und spielte mit. Nachdem sie eine Vier gewürfelt hatte, zog sie mit einem ihrer Spieler los. Rösli stellte die Figur zurück mit der Erklärung, dass erst beginnen dürfe, wer eine Sechs gewürfelt habe.

»Warum ich würfle, wenn ich dann nichts machen darf?«

»Das ist die Regel.«

»Nein, gemein! Was geschieht mit meiner Vier?«

»Die verpufft im Kosmos«, April erzeugte mit dem Finger im Mund ein ploppendes Geräusch.

Erst beim fünften Mal würfelte Consuela endlich eine Sechs, die beiden anderen Frauen waren schon ein gutes Stück vorwärtsgekommen. Consuela setzte ihre Figur auf das erste Feld, würfelte nochmals, schob dann aber nicht ins Spielfeld, sondern hüpfte direkt ins Haus hinein.

»Das geht nicht, du musst erst einmal ganz rundherum«, erklärte Rösli.

»Ist einfacher so. Warum Umweg machen, das geht zu lange.«

»Die Regeln sind nun mal so.«

»Dumme Regeln, langweilig.« Widerwillig ließ Consuela die Figur in Uhrzeigersinn wandern. Als sie einen Spieler wieder auf Start zurückstellen musste, weil Brucie Lee ihn mit viel Kung-Fu-Getöse vom Feld gescheucht hatte, bekam sie einen kolumbianischen Wutanfall. Was April eigentlich gegen sie habe?! Das sei reine Schikane, sie habe schon immer gewusst, dass sie eine Rassistin sei! Daraufhin wurde April ebenfalls sauer und giftete zurück, dass Consuela eine sauschlechte Verliererin sei, worauf die sauschlechte Verliererin Brett samt Figuren vom Tisch fegte. Nun wurde auch Rösli sauer, befahl dem südamerikanischen Blut, sich abzukühlen und die Spielfiguren aufzuheben. Aber Consuela weigerte sich und rauschte mit den Worten aus der Stube: »Ich bin nicht deine Sklavin!«

»Dir habe ich dieses *Chick* zu verdanken – hättest du sie nicht bei jemand anderem unterbringen können?!«, wandte Rösli sich erbost an April, die entgegnete, dass es trotz Consuelas Spielbrettwerfen nicht angebracht sei, so fies zu reden. Auf das hin stemmte Rösli sich hoch und verschwand. Kopfschüttelnd sammelte April Figuren und Brett zusammen und ging schlafen.

Im Bett versuchte sie Lou zu erreichen, aber es kam nur der Anrufbeantworter! Da stellte sie das Handy ab – falls Lou zurückrufen sollte, wäre ihr Anschluss genauso unerreichbar! Sie zog die Decke über den Kopf und stellte sich auf eine schlaflose Nacht ein. Nach drei Minuten schlummerte sie tief und fest.

Zwei Stunden später erwachte sie, weil es im Stöckli knackte. Vielleicht war es nur das Holzgebälk, das auch nach Jahrhunderten noch arbeitete, vielleicht aber war es ein Berggeist oder der gesuchte Mörder? April äugte unter der Decke hervor. War da nicht neben dem Fenster ein Schatten, der sich langsam bewegte? Angestrengt starrte sie in die Dunkelheit, die wirklich eine war, denn draußen leuchteten keine Straßenlaternen. Sie griff nach ihrem Handy – das konnte sie bei Bedarf auch als Wurfgeschoss einsetzen und genau das würde sie tun, wenn dieser Schatten näher rückte.

Der Schatten rückte näher. April zögerte nicht, holte aus und warf das Handy. Ein unterdrückter Aufschrei gab ihr die Bestätigung, dass sie getroffen hatte. Der Schatten konnte übrigens nicht nur schreien, sondern auch fluchen. Brucie Lee sprang aus dem Bett und warf sich auf die Gestalt, aber erstmal stolperte sie über die herumliegende Tasche, was ihre formvollendete Attacke etwas beeinträchtigte, so dass sie, einem Kartoffelsack nicht unähnlich, gegen den Feind plumpste, was immerhin beide zu Boden riss.

»Autsch, April! Du tust mir weh!«

»Ja, und ich tu dir gleich noch weher! Woher kennst du meinen Namen?«

»Verdammt, das sollte eine Überraschung sein.«

»Lou?!!«

»Ja, wer denn sonst?!«

»Aber was machst du hier?«

»Dich besuchen.«

»Man kann Häuser auch durch eine Türe betreten. Es gibt Klingeln, da kann man läuten.«

»Ach, lass uns nicht reden, lass uns ins Bett gehen, lass uns – du weißt schon.«

»*Mensch ärgere dich nicht* spielen? Das Brett liegt noch bei Rösli auf dem Stubentisch. Warum bist du hier?«

»Ich hatte mich nach dir gesehnt. Du hast mich mit dem Handy am Kinn getroffen.«

»Selber schuld. Komm!« Sie zog Lou zum Bett, entkleidete sie dort und schubste sie zwischen die Decken. Dann warf sie sich auf sie. Das Feuer im Ofen war längst verglimmt, dafür loderte es nun im Bett auf. Wie die Flammen da so funkten und züngelten, merkten beide, wie sehr sie sich vermisst hatten. Dabei war jede davon überzeugt, dass nur sie so empfand. Also sprachen sie nicht von ihrer Sehnsucht und konnten sich nach all den Monaten immer noch nicht dazu durchringen, einander ihre Liebe zu gestehen.

Manchmal seufzte die eine im Liebesspiel »Ach, du!«, aber weiter als das wagte sie nicht zu gehen.

Manchmal fragte die andere dann: »Ach, du – was?«, aber die Antwort blieb im Herzen verborgen.

Auf dem Niederhorn

Rösli und Consuela staunten nicht schlecht, als April am Morgen mit Lou zur Tür hereinkam. Freudig nahm Rösli die pensionierte Meisterdiebin in die Arme, Consuela hingegen setzte ein Lächeln auf, so dünn und wässrig wie eine Bouillon. Sie straffte den Rücken, worauf ihr aufgepeppter Busen noch mehr herausstach und klarstellte, wer hier die heißere Braut war. Es hätte niemanden erstaunt, wenn Consuela mit diesen Brustbomben Richtung Lou gefeuert hätte. Seit April die Kolumbianerin damals vor Ausbeutung und Tod gerettet hatte, war die Detektivin für sie einer der wichtigsten Menschen überhaupt – deshalb gehörte April gewissermaßen ihr und bestimmt nicht einer dahergelaufenen Kriminellen.

Während Detektivin und Diebin frühstückten, putzwedelte Consuela in der Küche herum und störte dabei – natürlich unbeabsichtigt! – das Paar. Als sie sich daranmachte, den Küchentisch abzuwischen, obschon die zwei Frauen noch am Essen waren, schlug April ihr vor, sie solle lieber erst Kuheuter polieren gehen und dann wiederkommen. Consuela stürmte beleidigt hinaus.

»Ach, dieses südamerikanische Temperament«, bemerkt April. »Ich gehe heute übrigens aufs Niederhorn, will mir Elianes Unfallort anschauen – kommst du mit?«

Eigentlich hätte Lou nach Bern zurückkehren sollen, aber die

Aussicht, mit ihrer Geliebten zusammen zu sein, war zu verlockend.

Nachdem Rösli ihnen Gondelbahn sowie Tatort beschrieben und zwei dicke Sandwichs für unterwegs gestrichen hatte, zogen sie los. Es versprach ein schöner Tag zu werden, eine Ahnung von Sprießen und Grünen lag in der Luft. Aber es war kühl, deshalb weigerte sich Lou, auf die Buell zu steigen. Stattdessen nahmen sie zum Ärger von April den Bus bis Zweisimmen und von dort den Zug nach Thun, wo sie erneut in einen Bus stiegen. Nach geschlagenen eineinhalb Stunden kamen die beiden in der Beatenbucht am Thunersee an, hier fuhren sie mit der Bergbahn zur Mittelstation, um in Gondeln umzusteigen. Während der ganzen Reise fühlte sich April bemüßigt, abfällige Bemerkungen über den öffentlichen Verkehr zu machen; mit dem Motorrad wäre sie schon vor Stunden hier oben angekommen!

Vor der Gondelbahn standen Skifahrer und Snowboarder Schlange, die Bretter an sich gedrückt und den Helm noch im Rucksack oder locker in den Nacken geschoben. Humpelnd rückten sie mit ihren schweren Skischuhen auf. Sie verströmten jene aufgeräumte, fröhliche Stimmung, die nur Sporttreibende verströmen konnten und die bei April eine Gegenreaktion auslöste: Missmutig zog sie die Kapuze über den Kopf und versenkte die Hände in den Jackentaschen. So blieb sie, bis sie bei der Bergstation beziehungsweise auf dem Niederhorn ankamen. Dort zog Lou ihr die Kapuze herab. »Ah, da ist ja Frau Pallas – war mir unsicher, ob ich dich nicht unterwegs verloren hatte.«

»Scheißsportler«, brummte Frau Pallas.

»Also, dich fand ich schlimmer – null Unterhaltungswert. Hast du übrigens gesehen, dass die Gondelbahn videoüberwacht ist? Vielleicht gibt es Aufnahmen von dem Tag, als Mattis runtergefallen ist.«

Nun kam etwas Leben in die Detektivin. »Ach ja? Warum ist mir das nicht aufgefallen?«

»Die Kapuze, Frau Detektivin.«

»Papperlapapp!« April ließ ihren Blick über die Berge schweifen, die hier adrett aufgestellt waren, dann nahm sie Röslis Landkarte aus der Tasche und klappte sie auseinander. Die Todesstelle von Eliane Mattis war mit einem Kreis markiert. Der Bergwind brachte die Ecken der Karte zum Flattern.

Die Frauen betrachteten den Plan. Nach einigem Hin und Her einigten sie sich darauf, wo sich welche Himmelsrichtung befand, und richteten die Karte danach aus. Danach versuchten sie sich darauf zu einigen, welches der kleinen schwarzen Vierecke im Strichgewirr der Karte die Gondelstation darstellte. Man wurde sich nicht ganz einig, was suboptimal war, wenn man sich im Gelände orientieren wollte.

»So kommen wir nicht weiter. Wie hat Verena Leibundgut gesagt? Bei der Bergstation links und dann geradeaus, bis man nicht weiterkommt, weil es dort steil abfällt«, erklärte April.

»Links von wo aus gesehen? Richtung Berg oder Richtung Tal?«

»Nun mach es nicht komplizierter, als es eh schon ist. Einfach links! Wir sind links.«

»Mit dem Rücken zum Berg aus gesehen, stehen wir aber rechts von der Gondelbahn.«

»Wenn du aus der Gondel trittst und links gehst, kommst du auf diese Seite.«

Genervt gab Lou nach: »Am besten gehen wir ins Bergrestaurant. Dort weiß man bestimmt, wo die Mattis abgestürzt ist.«

Sie kämpften sich über die bevölkerte Terrasse ins Restaurant, doch als sie die lange Schlange im Selbstbedienungsbereich sahen, entschlossen sie sich, drinnen Platz zu nehmen, wo bedient wurde. Hier saß nur ein altes Ehepaar, niemand war erpicht darauf, bei dem schönen Wetter in der Stube zu hocken. Nach längerer Wartezeit kam eine ältere Frau herangeschlurft und warf ihnen ein einsilbiges »Tag« zu. Ihre Stimme erzählte von einer erfolgreichen Raucherkarriere, die wohl mit vierzehn ihren Anfang genommen hatte. Das Ermittlungsteam bestellte.

Als die Frau mit den Getränken zurückkam und sie achtlos hinstellte, sodass die Löffel lustig auf den Untertellern klimperten, fragte April charmant, ob sie ihr eine Frage stellen dürfe.

»Wennsseinmuss.«

»Letztes Jahr stürzte doch eine Frau hier in den Tod. Können Sie uns sagen, wo das war?«

»Warum?« Ungeduldig schob die Kellnerin eine helle Strähne aus dem Gesicht.

»Wir haben sie gekannt.«

»SindSewohl auf Katastrophentourismus aus.«

Die Detektivin funkelte sie an. »Meinen Sie allen Ernstes, dass ich zwei Stunden öffentlichen Verkehr auf mich nehme, um mich bei einer Felswand an der Vorstellung aufzugeilen, dass dort jemand runterfallen ist?!«

Die Zigarettenfrau zuckte nur mit den Schultern.

Als April scharf den Atem einzog, um etwas Unhöfliches zu sagen, legte Lou ihr die Hand auf den Arm und sagte freundlich zu der Kellnerin: »Wissen Sie, wir waren ein Jahr auf Weltreise und sind erst kürzlich zurückgekehrt. Jetzt möchten wir uns von unserer alten Freundin Eliane verabschieden.«

»So, auf einer Weltreise.«

Beipflichtend nickte Globetrotterin Pallas. »Ja, zuerst Südamerika, das ganze Programm, Brasilien, Kolumbien, Chile, Indonesien ... aua!«

Das Aua galt dem Fußtritt, den Lou ihr verpasst hatte.

Glücklicherweise kannte die Zigarettenfrau sich auch nicht besonders in Geographie aus, denn sie nickte. »Südamerika würde mich auch interessieren, besonders Madagaskar.« Angeregt vom Gedanken an das südamerikanische Madagaskar, wurde sie auskunftsfreudiger. »Ja, die arme Frau! Die kam jedes Jahr hierher, mit Blumen für ihren Gatten, und starrte in den Abgrund. Hernach trank sie bei uns ein Glas Wein. Muss wohl ein Wahnsinnsmann gewesen sein.«

»Ist er von der Klippe aus gestartet?«

»Nein, von der Wiese. Gleitschirmflieger müssen zuerst rennen, bevor sie fliegen können. Ein Thermalwind hat ihn hochgetragen und er geriet ins Justistal. Man sagt, er sei dann in einen Fallwind gekommen und der hat ihn runtergedrückt.«

»Waren Sie an dem Tag da, als Eliane Mattis starb?«

»Ja, war ich, habe sie aber nicht gesehen. Adi, mein Mann, hatte sie draußen gegrüßt und mir später gesagt, dass die Blauburgunderin wieder da sei. Wir nannten sie so, weil sie immer ein Glas Blauburgunder bei uns getrunken hat.«

»Doch dann ist sie nicht gekommen.«

»Nein, ist mir aber nicht aufgefallen, ich hatte mit der Wäsche zu tun. Erst als wir das Restaurant schlossen, sagte Adi, die Frau hätte diesmal gar keinen Blauburgunder getrunken.«

»Wann hat man sie gefunden?«

»Was weiß ich, ein paar Tage später. Plötzlich tauchte die Polizei auf und untersuchte die Stelle, wo sie ihre Blumen hingelegt hat.«

»Haben Sie manchmal mit ihr gesprochen, wenn sie zu Gast war?«

»Manchmal. Wettergespräche halt.«

»Nicht mehr?«

Die Kellnerin dachte nach. »Vorletztes Jahr kam sie mit zwei Blumensträußen. Sie erklärte mir, der zweite sei zur Wiedergutmachung.«

»Hat sie gesagt, was sie wiedergutmachen wollte?«

»Nö, hab nicht danach gefragt und sie hat nichts gesagt. Ich wollte auch nichts hören, die Leute sollen ihre Probleme für sich behalten.«

»Was glauben Sie«, begann April, »war es Unfall, Selbstmord oder Mord?«

Überrascht blickte die Frau sie an. »Wie soll ich das wissen? Ich war ja nicht dabei.«

»Auch wenn man nicht dabei war, macht man sich Überlegungen.«

»Ich nicht.«

»Ich glaube zum Beispiel, dass Marilyn Monroe ermordet wurde«, verriet Pallas.

»Nie und nimmer, die starb an gebrochenem Herzen.«

»Wie wollen Sie das wissen? Sie waren ja nicht dabei.«

»Aber ich kann eins und eins zusammenzählen.«

»Das können Sie bei der Burgunderin auch. Also, was denken Sie: Unfall, Mord oder Selbstmord?«

»Warum man noch nach fünfzehn Jahren am Todestag Blumen hinlegt, ist mir schleierhaft. Na, ich würde mich vielleicht umbringen, wenn ich auch fünfzehn Jahre später nicht über den Tod meines Mannes hinweggekommen wäre.«

Wortlos verließ sie die Frauen, um neue Gäste zu bedienen.

»Indonesien liegt in Asien«, sagte Lou.

»Ja und?«

»Du sagtest, dass Indonesien in Südamerika liegt.«

»Ach, ja – habe ich? Ich meinte Polynesien.«

»Auch Asien.«

»Du bist eine elende Erbsenzählerin. Man kann sich nicht überall auskennen. Wenn ich was wissen will, gehe ich auf Google Maps. – Ach schau, der Ehemann Adi!«, sie winkte ihm charmant lächelnd.

»Haben Sie noch einen Wunsch? Meine Frau kommt sofort.«

»Nein, nur eine Frage. Wir sind wegen der Burgunderin hier. Was meinen Sie, war das ein Unfall, Selbstmord oder Mord?«

»Sie stellen Fragen! Woher soll ich das wissen?« Mit irritiertem Gesicht trat der Wirt zu ihrem Tisch. »Sind Sie die Tochter von Sherlock Holmes oder was?«

»Nein, wir waren auf Weltreise, Südamerika, aber ohne Indonesien und Polynesien, und wir wollten uns von unserer alten Freundin Eliane verabschieden. Wir hätten gerne gewusst, wo das passiert ist. War sie vielleicht in Begleitung?«

»Was weiß ich, wenn die Leute aus der Gondelbahn kommen,

sieht man nicht genau, wer zu wem gehört«, meinte der Mann. »Sie ist in den Tod gestürzt. Ich muss jetzt weitermachen.«

Er nickte ihnen zu und ging zur Theke zurück. Kurz darauf zahlten die Frauen und bekamen von der Wirtsfrau noch einmal zu hören, dass die Monroe ganz bestimmt an gebrochenem Herzen gestorben sei.

Die Terrasse hatte sich mittlerweile weiter gefüllt, alle Tische waren mit Handschuhen, Mützen, Fritten, Suppen, Bier und Rivella[6] vollgestellt, man hatte die Sonnenbrille aufgesetzt und streckte das cremespeckige Gesicht der Sonne entgegen. Um die Terrasse waren Skier, Stöcke und Snowboards in den Schnee gerammt und bildeten so etwas wie einen Lattenzaun um die Rastenden. April und Lou verließen das Getümmel und staksten in die Richtung, welche die Wirtin ihnen angegeben hatte. Die frühlingshafte Schneepampe machte ihnen das Gehen schwer.

Wie beschrieben, stand beim Gebirgskamm ein Wanderwegweiser, gelbe Pfeile erboten drei verschiedene Strecken und verrieten, wie lange man brauchte, um die Ziele zu erreichen. In einem unebenen Land wie die Schweiz wäre eine Distanzangabe nur verwirrend: Beim Wandern war ein Kilometer hinunter definitiv weniger lang als einer hinauf. Der Wegweiser steckte zu einem Drittel im verwehten Schnee und überragte einen Stacheldrahtzaun. Hinter dem Zaun gähnte nach nur einem halben Meter der Abgrund: Eine steile Felswand führte ins Justistal. Der Felsen war an dieser Stelle schier senkrecht. Ein Sprung hinaus bedeutete den sicheren Tod.

---

6 Für diejenigen, die keinen blassen Schimmer von Schweizer Getränken haben: *Rivella* ist ein Erfrischungsgetränk mit 35% Milchserum. Es hat einen undefinierbaren Geschmack, den man wohl nur mag, wenn man damit aufgewachsen ist. Übrigens fördert *Rivella* den Milchfluss stillender Mütter. Da ich kinderlos bin, kann ich diese Behauptung nicht bestätigen (Anm. d. Autorin).

April schaute sich um. »Das ist ja fahrlässig! Wie soll dieses lächerliche Stachelzäunchen vor dem Abgrund schützen! Falls Eliane getötet wurde, muss der Mörder sie hinuntergestoßen haben. Wie hätte er unbemerkt heranschleichen können? Hier gibt es weder Steinbrocken noch hohe Pflanzen. Wir sind oberhalb der Baumgrenze.«

»Vielleicht hat er sich als harmloser Wanderer getarnt und dann einen Überraschungsangriff gestartet.«

»Vielleicht stand Eliane auf der anderen Seite des Zaunes, wobei das bei dem kurzen Abstand zur Felskante gemeingefährlich wäre. Jedenfalls hat die Wirtin gesagt, dass Eliane den Blumenstrauß immer sehr nahe am Abgrund hinlegte. Da wäre der Stachelzaun zwischen ihr und dem Wanderer gewesen.«

»Vielleicht war Eliane ja mit einem Bekannten da, der sie plötzlich stieß.« April deutete auf den Wegweiser. »Dieser Pfad führt hinunter nach Beatenberg. Er hätte diesen Weg nehmen können.«

»Hätte er. Aber hat er auch?« Zweifelnd schaute Lou in die Richtung.

»Als Mörder würde ich nicht das Risiko eingehen und dorthin zurückkehren, wo ich hergekommen bin; ich würde wandern.«

»Du und wandern – sehr glaubhaft«, lachte Lou.

»Ich bin auch schon gewandert!«

»Ja, von der Buell bis zur Kneipe.«

»Bha, nicht nur das, auch wieder von der Kneipe zurück zur Buell – und manchmal sogar zum Klo. Und von da zurück.«

Lou schaute ihre Detektivin von der Seite an und es geschah einer dieser kostbaren Momente, in denen eine Kleinigkeit, eine Bemerkung wie diese, eigentlich unbedeutend, auf wundersame Art das Herz öffnete. Man hätte denken können, dass die Liebe vor allem dann aufschäumt, wenn die Angebetete sich von ihrer besten Seite zeigt: Wenn sie für zehn Leute einen superben Sechsgänger aus dem Ärmel schüttelt; wenn sie in einem Restaurant alle Blicke auf sich zieht; wenn sie ein Kind aus einem Fluss rettet; oder wenn sie einen aufsehenerregenden Fall gelöst hat.

Seltsamerweise aber lodert die Liebe lieber dann auf, wenn die Angebetete auf keinem Podest steht, sondern zugibt, dass sie am liebsten keinen unnötigen Schritt tut, oder wenn sie in Verzweiflung gerät, weil ihre Lieblingsschokoriegel vorübergehend nicht produziert werden. Ja, Lous Herz brannte lichterloh und sie hätte April gerne mit Kosenamen eingedeckt, aber sie konnte nicht. Wollte nicht. Wusste nicht, ob sie einer Frauenflachlegerin vertrauen konnte. So blieben ihre Gefühle unerkannt, während April weiterhin die Wegweiser betrachtete und überlegte, wo sie hingegangen wäre, hätte sie soeben eine Frau in die Tiefe gestoßen.

Weiter dachte April darüber nach, aus welchen Gründen man eine Frau überhaupt umbringen wollte. Man müsste einen Vorteil daraus ziehen können. Erben. Eine Nebenbuhlerin ausstechen. Eine Mitwisserin für immer zum Schweigen bringen. Ihre heißbegehrte Wohnung bekommen. Das müsste eine verdammt attraktive Wohnung sein! Also, warum nur sollte man eine verwitwete, kinderlose Frau töten, die seit Urzeiten an der gleichen Schule unterrichtete? »Wir verplempern hier unsere Zeit«, sprach sie die Antwort auf ihre Fragen laut aus. »Eliane ist bestimmt einfach so gestürzt. Mehr ist da nicht. – Lou, was ist mit dir los? Du guckst so, als hättest du gerade die schönste und leckerste Torte deines Lebens erblickt.«

Da errötete die Meisterdiebin, die noch ganz in ihrer Liebesanwandlung badete, und sagte zur schönsten und leckersten Torte: »Nichts ist. Was hast du gesagt?«

»Ich sage dir, es gibt keinen Mörder. Mag Rösli es hundert Mal im Urin spüren, mich pisst dieser Auftrag an. Natürlich waren das viele Frauen, die letztes Jahr in Zweisimmen umgekommen sind, aber so ist es manchmal. Verena würde sich besser von ihrer Schwester verabschieden, anstatt ein Mördertamtam zu veranstalten.«

Missbilligend schüttelte Lou den Kopf. »Drei Schritte durch den Schnee stapfen und Madame Pallas gibt schon auf?«

»Wenn du vernünftig darüber nachdenkst, wirst du zum selben Schluss kommen.«

»Du und Vernunft sind zwei Dinge, die sich selten im gleichen Raum aufhalten ...«

Kaum waren die Worte gefallen, warf Brucie Lee Lou in den Schnee und purzelte hinterher. Im Endeffekt wurde aber in beider Hosen und Jacken eine Menge pampiger Schnee gestopft. Danach trotteten sie nässlich zur Gondelstation, wo Lou die Anlage genau studierte.

»Wenn man da reinkommen könnte ... Wir bräuchten das Videomaterial von Elianes Todestag.«

»Du kannst doch hier nicht einbrechen!«

»Bloß eine Kopie machen. Danach bringe ich die Bänder unbemerkt zurück.«

»Ich wusste, dass du das Einbrechen nicht lassen kannst!«

»Es ist für einen guten Zweck!«

April überlegte, ob sie Lou nicht vielleicht doch ihren Willen lassen sollte, und versank in dem Gedanken wie ein U-Boot im Wasser. Lou sah nur noch das Sehrohr herausragen.

Unten in der Tiefe versuchte April, eine Antwort zu bekommen, die moralisch lupenrein war.

Und einmal mehr fragte sie sich, ob es eine gute Idee war, sich in eine Kriminelle zu verlieben, übersah dabei aber das nicht geringfügige Detail, dass man nie plant, sich zu verlieben, sondern dass die Liebe einen ungefragt raubt. Dann sitzt man eingeschnürt da und meint allen Ernstes, man hätte sich eigenmächtig entschieden.

Liebe macht bekanntlich blind – aber es ist zu befürchten, dass sie auch etwas dumm macht. April betrachtete das Schmuckstück neben sich und entschied sogar, sich (als Verzirkelung des Quadrats) *nicht* zu *ent*lieben. Waren nicht Lous meisterdiebische Fähigkeiten der Grund gewesen, warum sie ihren letzten

Fall hatte lösen können? Vielleicht war eine illegale Tat im Auftrag des Guten doch legitim.

Die Gondeln kamen, sie stiegen ein.

»Du kämest in der Nacht gar nicht hier herauf«, sagte April, während sie ein paar Skifahrer unter sich beobachtete.

»Das ist vielleicht auch gar nicht nötig, vermutlich wird die Videoanlage von der Talstation aus verwaltet. Und sowieso, es war bloß ein Unfall – so liederlich, wie die Absperrung am Abgrund ausschaut, ist es kein Wunder, dass Leute dort runterfallen.«

»Jetzt tu nicht so, als wärest du die Detektivin.«

»Ich meine ja nur, dass du zuerst gründlicher nachforschen solltest, bevor du ein Urteil fällst.«

»Habe ich dir jemals ungefragt Ratschläge gegeben, wie du einbrechen sollst?«

»Ja – du sagtest, dass ich vorsichtig sein soll.«

»Das war kein Ratschlag, sondern eine Bitte.«

»Nun denn, so bitte ich dich, es dir wegen Eliane noch einmal zu überlegen.«

April, mit den eigenen Waffen geschlagen, brummte missmutig Unverständliches gegen die Fensterscheibe. Schweigend legten sie den Rest der Fahrt zurück. In Thun trennten sich ihre Wege: Lou kehrte nach Bern zurück, Ermittlerin Pallas würde noch zwei Tage in Zweisimmen verbringen. Sie verabschiedeten sich wohltemperiert – April fragte sich, ob das nun das Ende ihres heißen Sexlebens war; Lou fragte sich, ob dies nun das Ende ihrer heißen Geschichte bedeutete.

Die beiden Frauen kannten sich in Beziehungen etwa so gut aus wie der Eisbär mit Strandferien.

Im Stöckli kam April endlich dazu, die Fotos vom Tatort Jauchegrube auf den Computer zu übertragen und genauer zu betrachten. Was man erkennen konnte, war: Eine Güllegrube –

düster und unfreundlich. Die arme Jenny! Da verließ sie nichts ahnend ihr Zuhause, um einige Meter weiter in dieses Grab zu fallen. Wie kam es, dass unter Jennys Schritten die Halterung nachgab, auf der die Abdeckung lag? April vergrößerte eines der Fotos und besah sich die Ansatzstellen der Leisten. Die Dübel steckten noch in der Mauer, mit zwei Ausnahmen. Etwas daran erschien ihr seltsam, nur wusste sie nicht, was. Aber das würde sie schon noch herausfinden.

Nur entfernt blau

Als April am nächsten Morgen die Kälte ihrer Nase spürte, blieb sie unter der Decke und wartete darauf, dass jemand käme und die Kanonenöfen einheizte. Es kam niemand. So blieb sie im warmen Bett und plante den Tag: Sie würde die Praxishelferin der verstorbenen Sofia ins Visier nehmen, Evi Wirz. Von Verena wusste sie, dass die ehemalige Assistentin der Ärztin inzwischen im Kleiderladen einer Freundin aushalf.

Gegen elf Uhr machte sie sich auf, ihm einen Besuch abzustatten. Der Laden hieß *Arabella* und befand sich in der Nähe des Bahnhofs. Die im Fenster ausgestellten Kleider entsprachen nicht im Entferntesten Aprils Geschmack: Die Jeans waren mit Glitzerblumen und -ornamenten verziert, die Blusen mit Klimbim versehen und die Pullover? Glitzer, Blumen und Rüschen!

Der Laden war klein, mit gemütlichem Holzboden und dezenter Popmusik im Hintergrund. Detektivin Pallas trat ein und schlenderte die Regale und ausgelegten Kleider entlang, ihre Stiefeletten machten auf dem Holzboden deutlichen Lärm.

Eine jüngere Frau tauchte auf, sie hatte langes, blondes Haar, das sie mit einer hübschen Bewegung nach hinten wehte, und grüßte freundlich. Auf ihrem Namensschild stand *Evi.* April fragte sich, warum in solchen Läden die Angestellten Namensschilder mit ihren Vornamen trugen und man sie trotzdem siezte. Sie könnte die Frau jedenfalls nicht duzen, aber auch nicht »Guten Morgen, Frau Evi« sagen. Vielleicht wollten die Namensschilder signalisieren: Obwohl wir Sie siezen, sind wir im Grund der Dinge extrem locker und jugendlich. Evi fragte, ob sie ihr etwas zeigen dürfe, und April erwiderte, ja, sie suche eine blaue Bluse, einfach geschnitten und schlicht im Design.

»Oh, das wird etwas schwierig, Blau ist nicht in Mode. Aber wir finden sicher etwas für Sie«, sagte Evi charmant lächelnd.

April bezweifelte das, folgte ihr aber zu verschiedenen Kleiderstangen, von denen Evi Blusen nahm, die entfernt blau und noch entfernter ohne Schnickschnack waren. Innerlich seufzend machte sie sich daran, die dargereichten Kleidungstücke in der Umkleidekabine anzuprobieren. Evis Gesicht tauchte regelmäßig zwischen den Vorhängen auf und erkundete den Fortschritt. Die Verkäuferin besaß ein untrügliches Timing dafür, gerade dann hereinzuschauen, wenn April nur im BH dastand, und musterte sie unverhohlen. »Wie schlank Sie sind, beneidenswert, und so ein starker Bauch – machen Sie Pilates oder Krafttraining?«

»Nein, Kung Fu. Und ich esse regelmäßig Schokoriegel.«

»Ach, Sie haben es gut! Ich hingegen ...«, Evi schaute an ihrem schlanken Körper hinunter und machte dabei ein Gesicht, als wäre sie das Fettklößchen vom Obersimmental.

»Ich würde sagen: Da ist nichts zu viel und nichts zu wenig, bei Ihnen sitzt doch wirklich alles dort, wo es sitzen müsste«, charmierte die Detektivin.

»Oh!« Evis errötetes Gesicht verschwand hurtig hinter dem Vorhang.

Kurz darauf streckte wieder eine Hand drei Proben in die Kabine. »Sie sind zwar nicht blau, aber würden Ihnen bestimmt gut stehen«, erklärte Evi. Da die letzte (eine pistachefarbene, auf der in glitzernden Buchstaben *Paris* stand) am wenigsten schlimm für Aprils Geschmack war, zog sie die über und trat aus der Umkleide. Evi nickte. »Wusste ich's doch: Steht Ihnen wunderbar!«

»Arbeiten Sie schon lange hier? Sie machen das so professionell.«

Wieder errötete Evi. »Nein, nein, erst seit ein paar Monaten, zuerst aushilfsweise. Der Laden gehört einer Freundin. Jetzt ist sie schwanger geworden, da habe ich mein Pensum erhöht.«

»Was machen Sie sonst?«

»Ich bin Arzthelferin.«

»Und hatten genug davon?«

Evis Gesicht verdunkelte sich. »Nein, das war nicht der Grund. Es ist was Schlimmes geschehen – aber ich will nicht darüber sprechen.«

»Entschuldigen Sie, ich wollte Ihnen nicht zu nahe treten.«

Müde winkte Evi ab. »Schon gut, vielleicht haben Sie eh schon davon gehört.«

»Wovon?«

»Von der Ärztin. Sofia Leibundgut.« Evi setzte einen Blick auf, der Bambi hätte Konkurrenz machen können.

»Entschuldigen Sie mich bitte kurz.« Sie verschwand in den hinteren Teil des Ladens. Seufzend nahm April eines der Teile aus der Umkleidekabine und schlenderte damit zur Kasse.

Nach ein paar Minuten erschien Evi wieder; sie hatte sich die Augen neu geschminkt und trat gefasst ihrer Kundin entgegen.

»Ich nehme die pistachefarbene Bluse«, sagte April lächelnd, »mein zweiter Vorname ist Paris, das passt ganz gut. Und zur Wiedergutmachung, dass ich Sie traurig gemacht habe, würde ich Sie gern zu einem Apéro einladen.«

»Ach, das ist doch nicht nötig!«

»Finde ich schon oder anders gesagt: Es würde mich freuen.« Die unwiderstehliche April Pallas zog ihren charmantesten Blick aus dem Köcher – wer dem widerstehen könnte, müsste erst noch geboren werden. Sie würde die Verkäuferin zum Schmelzen bringen, denn aus jahrelanger Erfahrung wusste sie, dass geschmolzene Frauen Geheimnisse preisgaben, die sie nie hatten preisgeben wollen. Sie wollte alles über den Todesnachmittag erfahren. Evi erlag also dem Blick und schon tauschten sie Telefonnummern aus. Als April beim Zahlen die Kreditkarte ins Gerät steckte, fragte sie beiläufig: »Hatte Sofia eigentlich einen Freund?«

Erstaunt sah Evi auf, einen Moment lang meinte April Verärgerung – oder war es Angst? – in ihren Augen zu sehen, doch dieser Moment war zu kurz, um sich sicher sein zu können.

«Ich weiß nicht viel von ihrem privaten Leben, aber bestimmt hatte sie keinen festen Partner.«

»Warum – bei den Männern keinen Erfolg gehabt?«

»Von wegen. Sie war sehr attraktiv, hätte Männer reihenweise haben können.«

Zögernd nickte April, während sie die Einkaufstüte ergriff. »Ach ja, kennen Sie den ehemaligen Polizisten Bär?«

»Wer kennt Cesar nicht? Schade, dass er vorzeitig in Pension ging, er war immer so nett und hilfsbereit.«

»Cesar heißt er?!«

»Sein Vater war von den Römern begeistert. Die meisten nennen ihn einfach Ces.«

»Ach, Eltern mit ihren Schnapsideen! In der Klasse meines Nachbarmädchens heißt eine Supernova – also wirklich, das arme Kind!«

Darüber schüttelten beide Frauen lachend die Köpfe. April ließ sich erklären, wo Ces Bär wohnte, und fragte sich beim Hinausgehen, wem sie die Paris-Bluse schenken könnte.

Wie alle in diesem Dorf wohnte auch Cesar Bär nicht weit weg, nur ein paar Schritte links, ein paar rechts, einige hinauf und hinüber und schon war man da. Bärs Haus war weder ein Bauernhaus noch ein Chalet, eher ein Chalet mit Bauernhausfassade. Es sah sehr alt aus, besaß die hier üblichen kleinen Fenster, aber keine Geranien – Bär war Witwer, wie April aus Rösli hatte herausquetschen können, und Geranien bedingten die kundigen Hände einer Frau. (Die blitzgescheite Detektivin wusste offenbar nicht, dass in dieser Jahreszeit nirgends Geranien auf

Fenstersimsen standen.) April läutete an der Haustür. Wie bei Stinki-Käthi ertönte ein Kuckuck, der Klingelton schien hier in Mode zu sein. Bald vernahm sie schwere Schritte, die Tür wurde geöffnet, der Bewohner stand in seiner ganzen Größe und Breite im Rahmen und grüßte freundlich.

»Guten Tag, Herr Bär.«

»Ces.«

»Ist mir recht, dann guten Tag, Ces. Liebe Grüße von Rösli (eine notwendige Notlüge), ich bin ihre Freundin. Also ich meine nicht die Freundin-Freundin, sondern einfach eine Freundin, und wohne zurzeit bei ihr.«

»Um ein Buch über Hexen und Heilerinnen zu schreiben, ich weiß.«

»Natürlich wissen Sie. In Dörfern ist man ja sozusagen rund um die Uhr einem Konferenztelefon zugeschaltet.«

Bär begann dröhnend zu lachen. »Ja, das könnte man so sagen. Aber willst du nicht hereinkommen? April heißt du, nicht wahr?«

»Tja, der Name bleibt im Gedächtnis der Leute haften.« Sie rollte die Augen und folgte dem Expolizist in die Stube. Die Decke war so niedrig, dass er bei den Balken den Kopf etwas einziehen musste. Die Einrichtung hatte etwas Behäbiges an sich: Der Bauernschrank war riesig – dreitürig mit der Bauernmalerei eines Alpaufzugs; auf dem Holztisch hätte ein Kleinkind Rollschuh fahren können und das Kanapee stammte wohl aus Großmutters Zeiten. Bär bot ihr etwas zu trinken an, April wählte einen Kaffee; da wusste sie noch nicht, dass der Gastgeber ihr eine Schale auftischen würde, in der ein Baby hätte planschen können. In seinen Händen sah die gleiche Schale Milchkaffee allerdings wie eine filigrane Teetasse aus.

»Wie kann ich dir helfen?«, fragte er und betrachtete sie aufmerksam. »Ich weiß nicht, ob es in unserer Familie Kräuterfrauen gab oder gibt.«

»Darum geht es gar nicht, ich brauche deine Hilfe in anderer

Weise. Ich bin nicht wirklich eine Journalistin, sondern Detektivin. Rösli und ich haben schon in einem anderen Fall zusammengearbeitet und wurden jetzt für einen neuen engagiert. Es geht um die vier Frauen vom *Alpenrosen*-Verein, die letztes Jahr tödlich verunglückt sind. Verena Leibundgut und Rösli glauben, dass es Morde und nicht Unfälle waren. Und ich soll die Wahrheit herausfinden.«

Bär hob die Augenbrauen. »Wie kommt ihr darauf, dass sie ermordet worden sein könnten?«

»Verena hat es im Gefühl und Rösli spürt es im Urin.«

Daraufhin lachte Bär so laut, dass das Kaffeebad kleine Wellen schlug. »Eine solch stichhaltige Argumentation muss einen natürlich aufhorchen lassen. Womit soll ich dir helfen?«

»Ich hätte gerne die Polizeiberichte zu den vier Fällen eingesehen.«

»Ich bin pensioniert und wäre ich es nicht, würde ich sie dir erst recht nicht aushändigen.«

»Das weiß ich, aber als ehemaliger Polizist kannst du tun, was du willst.«

»Dein Bild der Polizei müsstest du mal etwas revidieren. Und sowieso – warum sollte ich das tun?«

»Weil du sicher auch die Wahrheit herausfinden möchtest.«

Gedankenverloren kratzte sich Bär am Kinn. »Die Fälle wurden abgeschlossen. Gehst du davon aus, dass die Beamten geschludert oder Beweise unterschlagen haben?« Es war offensichtlich, dass er diese Idee für alles andere als glaubhaft hielt.

»Du warst letztes Jahr schon in Pension, brauchst dich also nicht angegriffen fühlen.«

»Ich habe siebenunddreißig Jahre in der zuständigen Polizeiwache gearbeitet«, protestierte er, »da ist es wohl verständlich, dass so ein Vorwurf mich nicht kalt lässt.«

»Beim Ermitteln muss man persönliche Gefühle und Beziehungen außen vor lassen.«

»Aber *ich* ermittle ja gar nicht, *du* tust es!«

April schaute kurz in den Kaffeesee vor sich, dann blickte sie Bär komplizenhaft an. »Gib es zu, ein bisschen fehlt dir das Ermitteln schon – wenn man einmal gerne Spuren gefolgt ist, tut man das ein Leben lang. Du müsstest ja nur in die Polizeistation gehen und die Berichte unbemerkt ausleihen. Ich mache davon Kopien und gebe sie dir sofort wieder zurück. Da kommt niemand zu Schaden.«

»Eine solche Vorgehensweise heißt Rösli gut?!«

Verlegen wand April sich auf ihrem Stuhl. »Gewissermaßen schon, auch wenn sie es nicht so deutlich ausgesprochen hat.«

»Weiß sie, dass du bei mir bist?«

»Äh, sie spürt es bestimmt im Urin –«

»Sie hat also keine Ahnung.«

Bedächtig schüttelte Bär den Kopf, unschlüssig darüber, ob er verärgert oder amüsiert sein sollte. »Und was springt dabei für mich heraus?«

»Fünfhundert für jede Akte.«

»Hoppla! Aber das hab ich nicht gemeint: In meinem Alter will man keine Zeit mehr verschwenden. Also, was hätte ich davon, wenn ich mitmachen würde?«

»Du wärest an der Enthüllung des größten Simmentaler Skandals aller Zeiten beteiligt.«

»Falsche Antwort. Ich war noch nie darauf aus, Berühmtheit zu erlangen.«

»Du würdest eine spannende Zeit erleben, ich könnte dich auch sonst bei den Ermittlungen brauchen.«

»Ich habe mich nicht frühzeitig pensionieren lassen, um wieder Polizist zu spielen.«

»Nicht Polizist – Ermittler. Das ist ein riesiger Unterschied: keinen administrativen Kram, keine Verkehrskontrollen, keine Überstunden auf der Wache, sondern als Simmentaler Sherlock Holmes unterwegs sein. Du hättest nach wie vor genug Zeit für die Enkelkinder und –«, sie warf ihm einen verstohlenen Seitenblick zu, »du würdest vermehrt mit Rösli zu tun haben.«

Über Ces Bärs Gesicht huschte ein kleines Lächeln. Schwerfällig stand er auf, ging zum Fenster und schaute hinaus.

Die Detektivin beobachtete ihn wie eine Katze die Maus. »Wie ist das eigentlich: Wenn man eine Leiste in einer Mauer mit Dübeln befestigt und dann wieder herausreißt – kommen da die Schrauben mit oder ohne Dübel zum Vorschein?«

Ces drehte sich überrascht um. »Ziemlich sicher mitsamt den Dübeln – warum?«

»Die Leisten, welche die Abdeckung des Güllelochs getragen haben, wurden bei Jennys Sturz samt Schrauben herausgerissen – aber die Dübel stecken noch in der Mauer.«

Nachdenklich rieb Bär sein Kinn. »Es gibt vielleicht Ausnahmen, was weiß ich.«

»Ja, Ausnahmen gibt es immer. Nur wird eine Schraube in den Dübel hinein*geschraubt*, der Dübel hingegen in das vorgebohrte Loch *geschoben*. Er hält nur, weil die Schraube ihn auseinanderdrückt. Etwas herauszureißen, das hineingeschraubt ist, ist wesentlich schwieriger, als wenn es bloß hineingeschoben wurde. Wenn also die Dübel noch in der Mauer stecken, muss jemand die Schrauben so weit herausgedreht haben, dass sie herausfallen oder abbrechen konnten, sobald von oben Gewicht darauf drückte. – Jemand hat die Schrauben manipuliert, so dass die Leisten nachgaben, als Jenny darüberging.«

Einen Moment lang herrschte Schweigen, man hätte eine Stecknadel fallen hören können. Konnte man natürlich nicht, denn Ces war Witwer und besaß bestimmt keine einzige Stecknadel. Aber man hätte können, so ruhig war es. Bär kehrte an seinen Platz zurück. »Brandt und Schläppi werden wohl Fotos von der Grube gemacht haben.«

»Brandt und Schläppi?«

»Die beiden untersuchten den Unfall – oder Fall.«

»Du könntest ihnen einen unverbindlichen Besuch abstatten.«

»Könnte ich – die Frage ist nur, ob ich will.«

»Ich glaube schon«, sie warf ihm ein warmes Lächeln zu. »Rösli fände das bestimmt auch eine gute Idee.«

Bärs Augen blitzten auf und April gratulierte sich für diesen Schachzug. Gelassen sagte sie: »Überleg es dir einfach. Du weißt ja, wo du mich findest, und hier hast du meine Koordinaten«, sie klaubte eine Karte aus ihrer Jackentasche und händigte sie ihm aus.

»So, du warst gestern auf dem Niederhorn?«

»Woher weißt du das?«, fragte April verblüfft.

Ces reicht ihr grinsend die Fahrkarte zurück, sie seufzte. »Wenn ich nur mal meine Visitenkarten auf Anhieb finden würde!« Sie schrieb ihm ihre Handynummer hinten aufs Ticket.

Kaum hatte April den Bärenbau verlassen, klingelte das Handy. Es war ihre Auftraggeberin Verena Leibundgut. »Mir ist etwas eingefallen, das wichtig sein könnte: Vor zwei oder drei Jahren tauchte Dölf Ruch im Frauenverein auf. Seine Frau hatte ihn kurz vorher verlassen, weil er sie immer wieder verprügelt hat – mehr noch: Er hat auch seine Tochter Melissa geschlagen, als sie noch sehr klein war, so dass sie schlimm stürzte und gelähmt blieb, eine schlimme Sache! Die arme Melissa starb dann im Fluss, und Hedi verließ endlich ihren Mann und zog nach Spiez. Ruch platzte also sturzbesoffen in unsere Runde und schimpfte, wir seien schuld, dass die Hedi ihn verlassen hat. Wir seien ein Männerhasserinnenverein und er werde es uns heimzahlen. Ruch überschüttete uns mit Verwünschungen und Flüchen, bis glücklicherweise der Wirt mit einer kräftigen Küchenhilfe auftauchte und ihn rauswarf. Ich verstehe nicht, wie ich diesen Zwischenfall vergessen konnte.«

»Interessant! Dieser Dölf Ruch hätte also ein Motiv, Alpenrosenfrauen umzubringen, und ist vielleicht mit dem Morden noch gar nicht fertig …! Wo wohnt der Mann?«

»Etwas außerhalb von Zweisimmen in einem heruntergekommenen Haus mit völlig verwilderten Kampfkatzen.«

»Nun, ich habe noch nie Probleme mit Katzen gehabt – mit keiner Art von Miezen und Pussies, um genau zu sein«, grinste die unwiderstehliche Pallas anzüglich.

»Ich würde es nicht darauf ankommen lassen, wenn ich du wäre.«

»Was du glücklicherweise nicht bist.«

Verena lachte herzlich, dann beschrieb sie April den Weg zu Dölf Ruch.

Es war bald Mittagszeit, aber die eifrige Ermittlerin hatte keinen Hunger, was daran liegen mochte, dass sie vorher drei Bountys gegessen hatte. Der Weg führte hinauf, hinüber, ein paar Schritte hierhin, ein paar dorthin, schon erreichte April den Dorfrand und folgte der Hauptstraße, bog dann in eine schmale Straße und war bald da: Das ergraute Holzhaus lehnte windschief am Hang. Rauch kam aus dem Schornstein, um die Hütte herum herrschte ein heilloses Durcheinander von verrosteten Maschinen, einem ausgeschlachteten Auto, Brettern, Brennholz, Stangen, einer alten Butterschleuder und tausend Dingen mehr. Die Fensterläden waren verlottert, der Balkonboden wies Lücken auf, und neben dem Eingang lag ein Haufen Kehrichtsäcke.

Aus diesem Chaos starrten mehrere schmale Augenpaare sie an – das waren nun also die Kamikatzen! April erinnerte sich daran, was Großvater ihr beigebracht hatte: *Werde zum Tier und trete in respektvollen Kontakt mit ihm.* Im Unterschied zu Haus und Umgebung sahen die Viecher nicht vernachlässigt aus: Sie waren gut genährt und ihr Fell glänzte. April verband sich innerlich mit den Katzen, währenddessen sah sie sich um. Sie zückte das Handy und machte mit ruhigen Bewegungen ein paar Bilder vom Durcheinander; dass drei Katzen heranschlichen, registrierte sie gleichmütig – auch als die Bestien noch näher rückten und interessiert an ihrem Hosenbein schnupperten. Keine Spur von Feindseligkeit. So ging das eine Weile, bis April sich bückte und zweien der Ungeheuer über den Rücken strich.

In diesem Moment wurde ein Fenster aufgestoßen und ein bärtiges Gesicht samt Schrotflinte lehnte sich weit heraus. Das Gesicht brüllte: »Verschwinde von meinem Grundstück oder ich durchlöchere deine Visage!«

Doch Brucie Lee blickte unbeeindruckt auf, blitzschnell packte sie zwei Katzen fest im Genick, sodass sie wie nasse Putzlumpen herunterhingen, und schnarrte: »Wenn Sie nicht nullkommaplötzlich Ihr Schiessding sichern und aus dem Fenster werfen, spieße ich Ihre Schätzchen auf.« Sie deutete mit der einen Katze in Richtung Schuppen, wo eine Sense lehnte, die so verrostet war, dass man schon nur beim Anschauen Starrkrampf bekam.

Ruch schrie wie angestochen – vermutlich hatte noch nie jemand seine Kampfkatzen berührt und erst recht nicht als Waffe gegen ihn benutzt. »Du verdammtes Luder, lass sie los!« Er fummelte an der Flinte, dann warf er sie aus dem Fenster. Sein Gesicht verschwand und der ganze Mann stürmte bald heraus. Mittlerweile hatte April die Katzen freigelassen und dafür die Schrotflinte in Gewahrsam genommen. Ruch war zu großen Schandtaten bereit, aber beim Anblick der Waffe in Aprils Händen verwarf er sie sofort. Waffen verströmen eine gewisse erzieherische Wirkung. Hätte er gewusst, welch katastrophale Knarrenfrau vor ihm stand, hätte er die nächste Deckung gesucht. Stattdessen schnappte er: »Was hast du mit meinen Tieren gemacht, du Hexe?!«

»Was wohl? Verhext!« Während sie das sagte, zwirbelte Brucie Lee die Schrotflinte herum, nahm sie wieder in die Hand, zielte auf die alte Butterschleuder und drückte ab, im Glauben, dass sie gesichert war. Es knallte und eine Schrotladung prasselte auf die Maschine nieder. Verblüfft betrachtete Brucie das Gewehr. »Ich dachte, Sie hätten das Ding gesichert«, stotterte sie.

»Ich habe doch nur so getan als ob«, brüllte Ruch und eilte

besorgt zu der Butterschleuder, als stünde sie unter Denkmalschutz.

»Ich sichere die Waffe jetzt besser mal«, verkündete die Knarrenfrau und fingerte daran herum. Bald ging ein zweiter Schuss los und durchsiebte die Kehrichtsäcke; man konnte geradezu mitverfolgen, wie der Gestank sich munter aus den Löchern schlängelte.

»Hoppla! Tschuldigung.«

Mit hochrotem Kopf schnappte Ruch sich die Schrotflinte und sicherte sie nun richtig.

»Man darf eben eine Waffe nie nur zum Schein sichern, das sollte Ihnen eine Lehre sein«, bemerkte sein Gast ungerührt.

»Sag endlich, was du hier willst!«, befahl Ruch. April wehten Bier- und Zigarrenschwaden entgegen.

»Ich habe da ein paar Fragen«, sagte sie, während sie sich umschaute, bis ihr Blick auf etwas im Schuppen fiel. »Kackenschotter, das ist ja eine Buell!« Entzückt stürmte sie los, ohne auf Ruchs Proteste zu achten. »Wow! Ist das nicht eine RS 1200 Westwind?«

»Woher weißt'n das?!«

»Ich besitze selber eine Buell. Eine Lightning XB12Ss.«

»Potz!«

Daraufhin fachsimpelten die beiden über Buells und weil das keinen normalen Menschen interessiert, überspringen wir diese Szene bis zu dem Augenblick, als der Widerling durch die Fachsimpelei milder gestimmt worden war. April sagte: »Tolle Aussicht übrigens – wohnen Sie hier allein?«

Ruch spuckte auf den Boden. »Jetzt schon. Auf Weiber ist ja kein Verlass.«

»Wem sagen Sie das.«

»Meine Frau hat mich verlassen, weil ich nicht nach ihrer Pfeife tanzen wollte. Ein Bierchen und sie drehte durch, so was kann man keinem Mann zumuten! Sie wollte aus mir jemand machen, der ich nicht bin.«

Beipflichtend nickte sie. »Hätten die Alte wohl am liebsten umgebracht, als sie ging.«

»Das kannst du laut sagen, diese Schlampe!«

»Und? Haben Sie es versucht?«

»Im Kopf tausend Mal.«

»Ich wohne im Moment in Zweisimmen, um ein Buch über Hexen und Kräuterkundige zu schreiben, und bin dafür dem Frauenverein beigetreten.«

Ruch spuckte zum zweiten Mal. »Dieser Scheißverein! Die Weiber da haben Hedi den Floh ins Ohr gesetzt, mich zu verlassen! Einmal habe ich denen einen Besuch abgestattet und ein bisschen eingeheizt. Hat Spaß gemacht. Sollte ich mal wieder tun.« Er grinste lausbübisch.

»Schlechte Idee. Letztes Jahr sind doch vier Frauen gestorben, da käme es nicht so gut an, den Vereinsfrauen zu drohen.«

»Pff, ich kann ja nichts dafür, dass die umgekommen sind. Pech gehabt – das heißt, Glück: Ein paar Weiber weniger, die Männer unterdrücken!« Trotzig stützte er sich auf die Schrotflinte.

»Hmm, bei rund vier Milliarden Frauen gibt es für Männer wie Sie noch einiges zu tun. Sagen wir, man braucht fünf Minuten, um eine Frau kaltzumachen, bei vier Milliarden Frauen würde das zwanzig Milliarden Minuten dauern, das wären – Moment», sie zückte ihr Handy und tippte auf dem Rechner herum. »Wie viele Nullen hat eine Milliarde?«

»Hä?!«, sagte Ruch.

»Ich tippe auf zehn. Na, am besten, ich schaue mal im Internet nach.« Sie öffnete Safari. »Gibt es hier keinen Empfang?«

»Nein, erst vorne beim Burren Hans. Da zahlt man Steuern und hat keinen Empfang! Denen in Bern oben ist das ja völlig schnurz.«

»Wäre mir das Neueste, dass der Empfang über die Steuern finanziert wird. Ich glaube, es sind neun Nullen.« April tippte eifrig in den Handyrechner. »Um alle Frauen dieser Welt auszumerzen, bräuchte ein Mann über dreitausendachthundert Jahre. Verrückt, nicht? Wenn jeder Mann eine Frau umbringen würde, hätte man innerhalb von fünf Minuten fast alle erledigt. Dann wäre da aber das Problem, diese Leichen zu entsorgen. Nehmen wir an, die Frauen wiegen durchschnittlich siebzig Kilo, müsste man – Moment – einen Fleischberg von zweitausendachthundert Milliarden Kilo wegschaffen. Das wäre in Tonnen –«

»Was zum Geier willst du?!«, schnauzte Ruch.

»Sorry, ich habe mich verrannt. Haben Sie die vier verstorbenen Frauen gekannt?«

»Ich kenne hier jede.«

»Auch persönlich? Vielleicht Marlise oder Eliane?«

»Warum willst du das wissen?«

»Es könnte ja sein, dass Sie nicht nur drohen, sondern Drohungen auch wahrmachen.«

Dölf Ruch, immer noch auf die Schrotflinte gestützt, schaute verblüfft. Dann stellte sich jedes einzelne seiner Barthaare vor Empörung. »Sakrament!« Er angelte nach der Schrotflinte.

April, die das Schlimmste kommen sah, packte die Katze, die immer noch um ihre Beine gestrichen war. »Nimm deine Pfoten vom Gewehr oder deine Mieze verliert gleich ihre!«

Die Katze wurde zur Ansicht in die Höhe gehoben.

»Wenn du ihr ein Haar krümmst, bringe ich dich um!«

»Katzen haben keine Haare, sondern ein Fell. Lösen Sie alle Ihre Probleme mit einer Waffe oder benützen Sie auch andere Methoden?«

»Was schwafelst du da?«

»Schrauben rausdrehen, in Abgründe schubsen – all solches Zeug.«

»Wenn du nicht sofort mein Gelände verlässt, rufe ich die Polizei!« Ruchs Kopf hatte sich rot verfärbt, was seine blutunterlaufenen Augen unvorteilhaft zur Geltung brachte. Mit der Katze im Arm entfernte sich April rückwärts aus dem Grundstück. Ruch schrie, dass er sie in näherer Zukunft umbringen werde (April natürlich, nicht seine Katze), und verfluchte die Frauen, sie seien allesamt – hier benützte er einen unschönen Ausdruck für das Schöne zwischen den Beinen der Frau. Und wenn sie es nochmals wagen würde, seinen Grund und Boden zu betreten, werde er sie ohne Vorwarnung abknallen.

Die wackere Detektivin ging mit der Katze im Anschlag so lange rückwärts, bis sie bei der nächsten Kurve aus Ruchs Gesichtsfeld verschwand, dann erst ließ sie das Tier laufen. Eine Weile trippelte es hinter ihr her, dann kehrte es zu seinem Besitzer zurück.

An einen Baum gelehnt, rief April Rösli an. »Ich war beim Dölf Ruch.«

»Und du lebst noch?!«

»Ich nahm zwei Kampfkatzen als Geisel.«

»Was erzählst du da? Die kann man nicht berühren, ohne zerfetzt zu werden.«

»Scheinbar doch.«

»Warum warst du dort?«

»Verena erzählte mir von dem Zwischenfall im Verein mit dem Tunichtgut. Er hat ein Motiv, er hasst Frauen. Wobei keines der Opfer von einer Schrotflinte durchlöchert wurde, oder? – Ich bezweifle, dass der Mann zu differenzierteren Morden fähig wäre. Aber Menschen sind immer wieder für eine Überraschung gut – ich behalte ihn im Auge.«

Am Abend versuchten Rösli, Consuela und April noch einmal *Mensch ärgere dich nicht* zu spielen. Am Anfang ging es unerwartet gut, bis April und Consuela darüber zu streiten begannen, ob eine Spielerin aufs Klo gehen darf, kurz bevor sie mit Würfeln an der Reihe ist, oder damit das Spiel verzögert. Consuela fand, ja (sie hatte es soeben getan), April entschieden nein. Der Streit mündete darin, dass diesmal April das Brett über den Haufen warf. Rösli schwor beim Haupte ihres Enkelkindes, dass sie nie mehr mit ihnen spielen werde. Consuela rückte ihre prallen Kunstbrüste zurecht und stürmte aus dem Zimmer.

»Euch ist definitiv nicht zu helfen«, konstatierte Rösli.

»Du meinst, *ihr* nicht.«

»Strapaziere nicht meine Nerven!«

»Bär arbeitet mit mir zusammen.«

»Was?!!! Du hast mit ihm gesprochen?!!!«

»Ja, und hör auf, in Ausrufezeichen mit mir zu reden. Er überlegt es sich jedenfalls.«

»Du hast hoffentlich nicht mich ins Spiel gebracht!«

»Ich sagte nur, dass du danach schmachtest, mit ihm auszugehen.«

Darauf wurde April unsanft geschüttelt und mit Verwünschungen überschüttet, bis sie japsend erklärte, dass sie bloß gespaßt habe. Aber Rösli fand daran nicht die Spur eines Spaßes.

Wer aber nicht hat, dem wird genommen

Schlaftrunken griff Lou neben sich ins Leere. Sie öffnete kurz die Augen – da war niemand. Ja, natürlich, April weilte noch in den Bergen. Seufzend stand sie auf. Im Wohnzimmer fiel ihr Blick auf den Tisch: übersät mit Notizen, Skizzen und Plänen. Zoro war gestern lange geblieben, um mit ihr das neue Projekt zu besprechen.

Mehr im Witz hatte er vorgeschlagen, dass sie sich in Gstaad umsehen solle, einem Dorf, das sich zwölf Kilometer von Zweisimmen befand: In Gstaad beziehungsweise im Amt Saanen lebten 7.500 Einwohner und ebenso viele Kühe, zudem – deshalb kam Zoro mit der Idee – war es einer der international bekanntesten Orte der Schweiz. Viel Prominenz hatte hier residiert: Roman Polanski, Gunter Sachs, Julie Andrews, Liz Taylor, Roger Moore, Madonna und – noch wichtiger – immer mehr Alphatiere aus der Finanz- und Wirtschaftswelt. Da müsste also einiges zu holen sein. Sie recherchierten nach Vermögenden, die dauerhaft dort lebten und damit wohl einiges in ihren Tresoren liegen hatten, und stießen auf Theodor Bill, einen Immobilienmagnaten, der immer wieder in Skandale verwickelt war, weil er Vertragspartner und Käufer betrog, und dies juristisch so geschickt, dass es zu keiner Verurteilung kam. Nun, in die Jahre gekommen, zog es ihn offensichtlich in die ruhige Bergwelt.

Theodor Bill zu bestehlen war nicht nur tolerabel, sondern sozusagen Pflicht eines jeden Robin Hoods und Zorros: Er hatte sein Vermögen mit Betrug erwirtschaftet und dafür Menschen ausgenützt.

In einem klösterlichen Waisenhaus aufgewachsen, kannte Lou eine Menge biblischer Sprüche. Einer hatte ihr immer zu denken gegeben: *Wer hat, dem wird gegeben, wer aber nicht hat, dem wird auch das genommen, was er zu haben meint* (Lukas 8,18). Das war inakzeptabel. Man musste Besitz umverteilen! Es konnte nicht sein, dass Reiche, die ihren Überfluss auf dem Buckel anderer Menschen angehäuft hatten, immer reicher und reicher wurden und den Armen immer noch mehr genommen wurde. Genug zu haben war ein Menschenrecht.

April wollte, dass sie nicht mehr stahl. Sie behauptete, Lou habe es ihr versprochen, aber das hatte die Meisterdiebin nie, sie hatte einfach dazu geschwiegen. Und obwohl April das verurteilen würde, wollte sie es wieder tun. Es gab ein Kinderheim, das dringend finanzielle Unterstützung brauchte, und zusammen mit Zoro würde sie das nötige Geld schon zusammenbringen.

Lou ordnete ihre Pläne und Notizen, nahm den Scheuerhaken, drehte dessen Griff auf und betätigte den kleinen Stift, der dort eingelassen war. Der Fernseher glitt leise zur Seite und gab den Blick auf ihren Tresor frei. Zehn Zahlen und einen Augenscann später öffnete sich die Tür. Lou legte die Blätter hinein. Wenn sie April das nächste Mal im Simmental besuchte, würde sie wieder nach Gstaad fahren und die Lage rekognoszieren. So wie sie es vor drei Tagen gemacht und danach ihre Geliebte überrascht hatte. Ihr Kinn war immer noch verfärbt vom Handy, das Brucie nach ihr geworfen hatte. Sie fuhr sich über die Stelle und musste grinsen.

Am Nachmittag traf April bei Lou ein. Seit ihrem Ausflug auf das Niederhorn hatten sie sich nicht mehr gesehen. Die Stimmung war merkwürdig ernst, nicht todernst, aber die gewohnte Leichtigkeit hatte sich den Fuß verstaucht. Man konnte es nicht vom Tisch wischen: Die beiden misstrauten einander. Jede wartete nur darauf, dass die andere wieder in ihr altes Muster verfallen würde. Da war es ein Glück, dass Aprils Telefon muhte. Angelika meldete sich, eine ihrer beiden besten Freundinnen. Sie fragte, ob April Lust hätte, mit ihr und Paula, der zweiten besten Freundin, am Abend die Stadt unsicher zu machen. Lou sei natürlich auch herzlich eingeladen.

Diese winkte dankend ab. Sie war der Ansicht, dass ein Dreirad keine Erweiterung brauchte, da wäre sie bloß das vierte Rad und wo könnte man das an ein Dreirad montieren? Laut erklärte sie, dass sie nicht mitkommen könne, weil sie unbedingt einen Bikini stricken und die Löffel polieren wolle. April sagte »schade«, aber Lou sah ihr an, dass sie erleichtert war.

Nach Angelikas Anruf verbrachten die zwei Frauen doch noch ein paar sinnliche und ein paar gemütliche Stunden, bis ein Blöcken (auch auf diesen Klingelton war der Kindskopf stolz) den Eingang einer SMS ankündigte. Als April sah, von wem die Nachricht war, verdunkelte sich ihr Gesicht.

»Deine Mutter?« Eigentlich musste Lou das nicht fragen – diese düstere Miene war exklusiv für die Mutter reserviert.

April machte ein undefinierbares Geräusch, eine Mischung aus Brummen, Grummeln, Knurren und Murren.

»Was schreibt sie?«

Wieder Grummeln, Knurren, Brummen und Murren. »Den üblichen Scheiß.«

»Willst du dich nicht endlich wieder mit ihr treffen? Ich würde sie gerne kennenlernen.«

»So weit kommt's noch.«

»Es ist deine Mutter und so schlecht kann sie nicht sein, wenn sie dich hervorgebracht hat.«

»Ich bin nicht dank, sondern trotz meiner Mutter so toll geworden. Sie ist eine Hure.«

»Heutzutage sagt man Sexarbeiterin!«

»Eben, eine Hure. Sie müsste das schon lange nicht mehr machen, wenn sie ihr Geld nicht bei ihrem Macker abgeben und sich als Dank dafür verprügeln lassen würde«, knurrte, brummte und murrte April. »Solange sie das macht, will ich nichts mit ihr zu tun haben, und das weiß sie. Sie hat so oft behauptet, dass sie dem Scheißkerl den Laufpass geben wird, und tat es doch nicht, ich glaube ihr nichts mehr.«

»Sie ist trotz allem deine Mutter. Wie viel würde ich darum geben, meine zu kennen – und meinen Vater!« Lou starrte zum Fenster hinaus, hinein in den Himmel, der flauschige Wolken herumpustete.

»Hast du denn nachgeforscht?«

»Was soll ich nachforschen? Das würde nichts bringen. Sie hat mich als Neugeborene anonym beim Waisenhaus abgegeben. Ende der Geschichte.«

»Wie kannst du das behaupten, wenn du es nicht versucht hast?«

Aber Lou starrte weiter aus dem Fenster und schwieg – wie jedes Mal, wenn sie auf dieses Thema zu sprechen kamen. Die eine wollte ihre Mutter nicht treffen, die andere würde es noch so gern, wollte aber keine Nachforschungen anstellen. Beide Mamas waren mit viel Nichtwollen verbunden. So ließen ihre Töchter das Thema wie eine heiße Kastanie fallen und machten sich lieber zur Kletterhalle auf.

Lou kletterte seit Jahren, vor allem auch wegen ihres Berufs als Meisterdiebin, und sie hatte April dazu überreden können, gelegentlich mitzukommen. Während Lou wie ein Äffchen die schwierigste Route hochstieg, dümpelte Brucie fluchend mitten in einer mittelschweren. Sie mochte im Kung Fu gut sein, doch hier an der Wand brauchte man andere Muskeln und Fähigkeiten. Am liebsten hätte sie aufgegeben, aber dafür war sie zu stolz – so suchte sie zähneknirschend den nächsten Griff.

Nach dem Klettern trennten sich ihre Wege: April ging nach

Hause, um sich für den Abend umzuziehen, Lou würde einen Bikini stricken – beziehungsweise mit Zoro weiter den Einbruch planen.

Auf dem Heimweg versank April in Gedanken – ob es wirklich unmöglich war, Lous Eltern oder zumindest die Mutter ausfindig zu machen? Sie könnte die Gemeinde, in der das Waisenhaus stand, durchforsten, ebenso wie die umliegenden Gemeinden. Wann würde man ein Kind weggeben? Wenn es ungewollt war. Wenn es unehelich wäre. Wenn der Vater fehlte. Wenn die Mutter zu jung war oder drogensüchtig oder aus einer zerrütteten Familie. Vielleicht fand sich etwas bei der Behörde der Einwohnergemeinde – was zum Beispiel war neun Monate vor Lous Geburt dort los gewesen?

Wenn Lou von diesen Überlegungen wüsste, hätte sie April eine Närrin genannt. Und ja, sie war eine Närrin – eine, die einfach drauflos zog, ohne sich um Gefahren oder Unmöglichkeiten zu kümmern. Und unversehrt blieb – mehr noch: meist fündig wurde. Letztlich war sie ein Glückskind und deshalb würde sie nach Lous Mutter forschen.

Ich mache Hackplätzchen aus dir!

Am Abend stürzten April, Paula und Angelika sich in der Altstadt in eine Kellerbar, drängten auf die kleine Tanzfläche, wo sie sich wie läufige Hündinnen benahmen und dadurch die Männer und ein paar Frauen auf unlautere Gedanken brachten. Was sie sichtlich genossen. Nach wie vor war Paula, die vernünftige Mutter und Ehefrau, ohne Erfolg auf eine heiße Affäre aus; immer noch konnte Angelika keinem Mann widerstehen, der auch nur ansatzweise schwarzafrikanisch aussah, obschon sie wusste, dass solche Verbindungen in weißen Vorurteilen fußten und im Desaster endeten – so wie man wusste, dass Schleckereien den Zähnen schadeten, und trotzdem naschte.

Da die große Frauenflachlegerin Pallas nun vergeben war, beschränkte sie sich aufs dezente Schauen – wie sie es bezeichnet hätte. Ihre Freundinnen jedoch sahen das anders: Sie schubsten sie und rieten ihr, nicht so zu glotzen und sich ständig mit der Zunge über die Lippen zu fahren. Darauf entgegnete April, dass sie weder starre noch Lippen lecke, aber die Tatsache, dass sie rot wurde, stellte ihre Behauptung auf wackelige Beine. Zu früher Morgenstunde schlüpfte sie zu Lou ins Bett und war froh, allen Verlockungen widerstanden zu haben.

Viel zu schnell wurde es Montag und April fuhr zurück ins Simmental. Es war wärmer als in der vorigen Woche, dafür regnete es in Strömen. Beim Bauernhaus angekommen, entledigte sie sich eben der Biker-Montur, als Consuela um die Ecke kam.

»Ah, du wieder«, sagte sie und wehte vorbei, offenbar hatte sie das *Mensch-ärgere-dich-nicht*-Debakel noch nicht verarbeitet.

»Dir auch einen guten Tag, Madame!«

Sie wollten sich schon streiten, als Rösli die Haustür öffnete und die Heimkehrerin mit einem strahlenden Lächeln begrüßte. April verschwand mit ihrem nassen Zeug im Stöckli. Sie feuerte ein, hängte die Kleider über einen Stuhl und rückte ihn zum Ofen, dann betrachtete sie die Ermittlerwand und überlegte, was es zu tun gab.

Erstens schickte sie Evi eine SMS mit der Frage, wann sie Zeit für ein Apéro habe. Evi antwortete sofort. Sie einigten sich auf Dienstagabend nach dem Frauenvereinstreffen.

Zweitens wollte sie sich so bald als möglich mit Bär treffen – zu ihrer großen Freude hatte er sich am Sonntag bei ihr gemeldet und erklärt, dass er mitmachen wollte. Sie rief ihn an und vereinbarte ein Treffen für diesen Nachmittag. Ob er sie bei Rösli abholen könne? Natürlich hätte sie mit dem Motorrad nach Zweisimmen fahren können, aber sie wollte sich das Vergnügen nicht entgehen lassen, Röslis Reaktion auf sein Erscheinen mitzuerleben.

Kurz vor der vereinbarten Zeit trat April in die Stube – rein zufällig natürlich –, wo Rösli vor dem Computer saß und sich durch einen Stapel Belege arbeitete.

Punkt drei Uhr klingelte es an der Tür. Rösli ging, um zu öffnen. Bei Bärs Anblick erstarrte sie im Rahmen. Er betrachtete sie wohlwollend von oben bis unten, da drapierte Rösli beiläufig ihr Haar, was zu einem kleinen Durcheinander in ihrer Frisur führte. Eine feine Röte überzog ihre Wangen und sie hauchte ein unverständliches »Hll Cs«. Bär antwortete mit einem souveränen »Hll Rsl«. Offensichtlich waren ihnen die Vokale abhandengekommen. Mit dieser Begrüßung hatte sich ihr Gesprächsstoff weitgehend erschöpft. April plapperte, dass es Gott sei Dank aufgehört habe zu regnen, und wie dankbar sie sei, dass Ces sie abhole. Rösli warf ihr einen Blick zu, der Folgendes besagte: Ich häute dich bei lebendigem Leib, mache Hackplätzchen aus dir und brate dich so lange auf dem Grill, bis du verkohlt bist.

Nachdem Rösli und Bär sich ungelenk voneinander verabschiedet hatten (»tsch'ss«), fuhr er mit April los. Sie kehrten im *Pony* ein. Bär kramte in seiner Tasche und schob wortlos vier unterschiedlich dicke Mappen über den Tisch.

»Die Akten – ach, bist du ein Schatz!«, rief die Detektivin, worauf er ihr mit einer Handbewegung bedeutete, die Lautstärke zu drosseln. Also fuhr sie flüsternd fort: »Ich scanne die Unterlagen noch heute ein und gebe sie dir morgen zurück.«

Marina kam mit den Kaffees. »Na, Frau Pallas, wie geht es dem Buch?«

»Welchem Buch?«, fragte April verwundert. So viel zu ihrer Begabung, undercover zu ermitteln.

»Das über Hexen.«

»Ach das! Ich komme voran – wird eine dicke Sache.«

Marina nickte und entfernte sich. Sie war offensichtlich jemand, die merkte, ob Geplauder erwünscht war oder nicht.

Als Erstes fischte April die Fotos heraus, die man von der Grube und Jenny Gertschs Leiche gemacht hatte. »Wollen wir doch mal schauen.« Eifrig kramte sie aus ihrer Tasche eine langstielige Lupe und begann die Aufnahmen genauestens zu untersuchen.

Auf mehreren Bildern sah man den Tatort von oben. Beim Sturz hatte sich die Abdeckung verkeilt: Jennys Körper war auf Schulterhöhe von dem herabgefallenen Brett eingeklemmt worden, der Kopf hing knapp über der Jauche. Ein Teil der Leisten war sichtbar, nackte Schrauben ragten aus dem Holz wie zur Bestätigung, dass die Dübel in der Mauer geblieben waren.

Mit der Lesebrille auf der Nase überflog Bär die Protokolle. »Hier steht, dass sie gegen sieben Uhr fünfzehn ins Becken gefallen ist. Jemand hat um zwanzig nach sieben auf der Wache angerufen, um den Unfall zu melden. Wer dieser Jemand war, weiß man nicht. Eine unterdrückte Nummer.«

Nachdenklich kratzte sich April mit dem Lupenstiel im Haar. »Angenommen, es war kein Unfall ... dann könnte es der Mörder gewesen sein, der anonym angerufen hat. Nur, warum sollte er sich bei der Polizei melden?«

»Möglich, dass er es bereute. – Wenn wir von Mord sprechen, was wäre dann das Motiv?«

»Vielleicht hatte Jenny was mit einem verheirateten Lehrer und drohte, seiner Frau davon zu erzählen, falls er die Affäre beendet. Oder sie hat ihrem Bruder das Mofa nicht ausleihen wollen, da spielte er ihr einen Streich, der aber gründlich in die Hose, sprich: Gülle ging. Vielleicht war Luginbühl unsterblich in Jenny verliebt! Aber weil die ja dem Lehrer verfallen war, blieb er unerhört und lockerte als Strafe die Schrauben. Oder Jennifers Mutter war auch wahnsinnig in den Lehrer verliebt und ertrug es nicht, dass der ihren Nachwuchs vorzog. Oder Jennys Vater war versteckt schwul und in den Lehrer verliebt und wurde rasend bei dem Gedanken, dass seine Tochter bekam, was ihm versagt blieb. Es könnte aber auch sein, dass Luginbühl und der Briefträger miteinander verkracht waren, weil sie beide die Frau des Lehrers begehrten; da wollte Luginbühl dem Briefträger eine Lehre erteilen und schraubte an den Leisten. Nur kam Jenny früher als der Briefträger vorbei und – Bingo!«

»In diesem Zusammenhang finde ich Bingo nicht das angebrachte Wort«, warf Bär ein. »Übrigens würden alle diese Phantastereien nicht erklären, warum die anderen drei Frauen ermordet wurden. Und erst recht nicht, ob vom selben Mörder.«

»Vielleicht wurde auch nur Jennifer ermordet und die drei andern verunfallten tatsächlich?« April winkte Marina herbei und bestellte einen Kaffee und Schnaps, Bär zog mit. Sie öffnete die zweite Mappe. »Zu Sofia Leibundgut: Ich kann nicht verstehen, dass man bei der Autopsie nichts gefunden hat, keine Verstopfung der Ader, geplatzte Neuronen.« Aufmerksam betrachtete sie die Fotos, auf denen man die tote Ärztin auf dem Behandlungstisch liegen sah. Sie trug eine weiße Hose mit weißem Kittel und ebenso weißen Schuhen, vermutlich Birkenstock. Die Haare waren zu einem Pferdeschwanz gebunden, kurze Strähnen mit Haarklammern festgesteckt. Sie sah aus, als würde sie schlafen.

»Da ist etwas Schwarzes, Langes, neben der Schulter. Und auf dem Boden. Nägel?« Sie schob Bär die Fotos samt Lupe hinüber.

Er kniff die Augen zusammen. »Es könnten Borsten sein.«

»Oder Haarklammern. Wie kommt es, dass die Dinger da herumliegen? Im Polizeibericht werden sie nicht erwähnt. Eigentlich wird gar nichts erwähnt – ziemlich schluderige Arbeit. Der Witz von Haarklammern ist, dass sie sich ans Haar klammern, darum der Name. Also, wie kommt es, dass die Dinger stattdessen da herumliegen?«

Nachdenklich rieb sich Bär die Stirn.

»Vielleicht wurde Sofia gezwungen, irgendetwas einzunehmen«, fuhr April fort. »Oder bekam es injiziert, und aus diesem Grund musste man sie festhalten, vielleicht sogar mit ihr kämpfen. Der Mörder hat alles zwar wieder schön drapiert, aber zwei Klammern übersehen. Um Sofia etwas zu verabreichen, hätte man zwei Personen benötigt. In diesem Fall war eine davon eine Frau – ein Mann hätte das Haar nicht wieder so gut herrichten können. Steht im Bericht etwas darüber, dass man die Haut nach Einstichen und blauen Flecken untersucht hat?« Sie überflog noch einmal die Papiere. »Nein, da steht nichts – damit bleibt im Unklaren, ob sie nicht gesucht oder nichts gefunden haben. Meine Güte, macht ihr lausige Berichte!«

»Ja, Schläppi war noch nie gut darin – wie auch in allem anderen nicht. Man hätte ihn schon lange entlassen, wenn nicht sein Schwager ein hohes Tier in der Polizei wäre.« Bär seufzte und rieb sich so heftig das Kinn, dass April sich fragte, ob er sein Gesicht mit einem Rubbellos verwechselte.

Während sie den nächsten Bericht las, betrachtete Bär die Fotos der abgestürzten Eliane Mattis. Nach einer Weile sagte er: »Rechtsmedizin ist mein Steckenpferd, mich fasziniert, wieviel man am toten Körper ablesen kann. Grundsätzlich gibt's drei Möglichkeiten, warum jemand runterfällt: Unfall, Selbstmord oder Mord. Selbstmörder oder Ermordete liegen in der Regel weiter weg von der Wand oder dem Felsen als jemand, der ausgerutscht ist: Der Selbstmörder springt mit Schwung ab, damit er auch wirklich fällt und stirbt; ein Opfer wird von seinem Mörder aus dem gleichen Grund kraftvoll gestoßen. Wer dagegen aus Versehen stürzt, versucht sich festzuklammern, er wird deshalb näher an der Wand zu liegen kommen. Auf diesem Foto sieht man, dass Eliane in einiger Distanz zur Felswand liegt ... – ich meine, zu weit weg für ein bloßes Abrutschen.«

»Es könnte auch ein starker Wind geweht haben.«

»Der hätte keinen großen Einfluss auf die Flugbahn. Also, nehmen wir mal an, dass Eliane nicht zufällig gestürzt ist: War es dann Selbstmord oder Mord? Ein Selbstmörder will sterben. Er wird sich also nicht gegen das Stürzen wehren, er will ja fallen. Wer gestoßen wird, wehrt sich mit Händen und Füßen, versucht sich festzuhalten oder den Aufprall abzuwehren. In diesem Fall gibt es häufiger als bei Selbstmord Verletzungen des Brustkorbs, der Arme und Handgelenke. Schauen wir mal, was über Elianes Todesursache steht«, suchend fuhr der Expolizist mit dem Zeigefinger über den Bericht. »Hier: Fraktur von Becken, linkem und rechtem Radius, linker Ulna, Os hyoideum –«

»Ces, ich verstehe kein Wort!«

Bär rückte seine Lesebrille zurecht. »Also, gebrochen waren ihr Becken, der linke Oberarmknochen, linke und rechte Speiche sowie Elle, die Handgelenke, das Zungenbein und mehrere Rippen. Typische Verletzungen einer Person, die sich vor dem

Sturz retten wollte, sprich: heruntergestoßen wurde. – Weiter hatte sie ein offenes Schädel-Hirn-Trauma mit Austritt von Hirnmasse. Gesichtsschädel, Schädelbasis und -dach waren zertrümmert, beide Lungen von Rippenbruchenden durchstochen, Herzbeutel und Zwerchfell gerissen, Leber, Milz, Nieren und Harnblase gerissen oder zerquetscht, außerdem mehrere klaffende Muskel- und Weichteilverletzungen. Wenn meine Interpretation der Verletzungen richtig ist, würde das heißen, dass sie gestoßen wurde.«

April kippte den Schnaps in einem, knallte das Glas auf den Tisch und sagte mit leuchtenden Augen: »Kackenschotter!« Sie schaute sich suchend um. »Marina, bitte noch eine Runde, das muss gefeiert werden.«

Die Schnäpse kamen. Während sie tranken, plauderten sie mit der Kellnerin. April gab sich Mühe, nicht dauernd in Marinas großzügigen Ausschnitt zu schauen. Bär ebenfalls. Als der Ausschnitt gegangen war, öffneten sie die letzte Akte. April überflog die wenigen Seiten, dann schüttelte sie den Kopf. »Die Autopsie ergab, dass Marlise an Kreislaufversagen starb. Niemand hatte sie rechtzeitig ins Spital gebracht! Wenn man alt ist, sollte man nicht allein wohnen.«

Seufzend betrachtete Bär die Fotos. »Die arme Marlise! Sie hätte nicht so unwürdig sterben dürfen, inmitten von Erbrochenem. Sie ist zeitlebens eine elegante und gepflegte Frau gewesen. Ich habe sie bewundert.«

Eine Aufnahme zeigte in der Totalen das Schlafzimmer, im Bett die Tote. An der einen Wand hingen mehrere Fotos. »Die Familie?«, fragte April.

Bär nickte. »Auf dem größten Foto sieht man ihren verstorbenen Mann, daneben die Tochter mit dem spanischen Schwiegersohn, und das ist ihre verstorbene Schwester. Eine Reihe tiefer hängen die zwei Enkelkinder.« Er lächelte. »Sie liebte die beiden über alles und war untröstlich, dass sie in Spanien aufwachsen.«

»Und wer ist das? Der Neffe?«, April deutete auf ein Foto

ganz rechts, »ach nein, das ist Fabian Tritten! Der scheint ihr wirklich wichtig gewesen zu sein. Vielleicht hat sie einen Teil ihres Erbes dem Skiclub vermacht?«

»Keine Ahnung. Wohl eher ihrer Tochter. Deren Mann ist nicht gerade vermögend. Du denkst nicht ernsthaft, dass jemand vom Skiclub Marlise umgebracht hat?!«

»Keine Ahnung, aber als Detektivin muss man in alle möglichen und unmöglichen Richtungen denken. Wie ich gehört habe, war die Tochter zum Zeitpunkt von Marlises Tod in Spanien. Sie ist also keine Verdächtige, vorausgesetzt, sie hat nicht jemanden angeheuert, der ihre Mutter vergiftet.«

»Das würde Sara nie tun!«

»Du als ehemaliger Polizist solltest wissen, dass auch Mörder sympathisch sein können.«

»Trotzdem, Sara war es bestimmt nicht.«

»Wir haben weder Beweise für noch gegen diese Behauptung. Wer ist der Chef des Skiclubs?«

Bär produzierte Stirnfalten, die einem Meer mit hohem Wellengang nachempfunden waren. »Ueli Gertsch.«

»Gertsch? Verwandt mit Jenny?«

»Er ist ihr Vater.«

»Armer Kerl. Was macht er beruflich?«

»Er besitzt zusammen mit seinem Bruder Leo das Sportgeschäft.«

»Ueli Gertsch hatte bestimmt mit der Hauptsponsorin zu tun. Er hätte durchaus Interesse an ihrem Tod haben können, vorausgesetzt, Marlise hätte den Club im Erbe bedacht.«

»Ich weiß nicht recht.«

»Wenn man wie du jeden im Dorf kennt, ist man bei den Ermittlungen wohl befangen. Eigentlich sollte man als Polizist nicht dort wohnen, wo man arbeitet.«

Entrüstet sah Bär sie über den Rand seiner Leserbrille an. »Du bist dir schon bewusst, dass du eben meine Arbeit in Frage gestellt hast?«

»Ja, und? Ohne Fragen keine Antworten«, sagte sie charmant zwinkernd. Hätte April nicht diesen Charme besessen, wären viele Menschen wegen ihrer unverblümten Art stocksauer gewesen. Sie trank den letzten Tropfen Schnaps aus. Ihr war, als hätte die Welt um sie ein kleines bisschen zu wanken begonnen. Ces bot ihr an, sie nach Hause zu fahren, aber sie lehnte ab, ein Spaziergang mit frischer Luft sei genau das Richtige.

Unterwegs stellte sich heraus, dass es doch nicht genau das Richtige war, denn erstens trug April Stiefeletten, die heiß aussahen und dementsprechend heiße Blasen produzierten, zweitens begann es wieder zu regnen und drittens war Röslis Haus verschwunden. Jedenfalls fand April es erst über einen Umweg. In frischen, trockenen Klamotten machte sie sich daran, die Akten einzuscannen. Das dauerte. Die Welt der Administration war für sie ein unwegsames Land.

Als sie es endlich geschafft hatte, schob sie gedankenverloren ein Scheit in den Ofen. In zwei Tagen würde Lou der Niederhornbahn einen Besuch abstatten, auf der Suche nach Aufnahmen aus der Überwachungskamera – sie wollte das unbedingt tun und April hatte zögernd eingewilligt. Es widerstrebte ihr zutiefst, dass Lou wieder einbrechen würde. Aber nun gut, diesmal war es wegen einer Ermittlung, das rechtfertigte es ansatzweise. Sie schloss das Ofentörchen und machte sich fürs Bett bereit.

Ein fataler Kantenfehler

Als April am Dienstagabend kurz vor sieben im Säli eintraf, war dieses wider Erwarten leer. An der Tür hing eine Notiz. Man schaue unten mit dem Skiclub *Bannwald* das Rennen. Mit unten war der zweite Saal des Gasthofs Löwen gemeint. Der Wirt hatte dort eine Großleinwand anbringen lassen und alle Stühle hingestellt, die er auftreiben konnte, darunter die halbe Gartenbestuhlung. Das Rennen wurde direkt aus Aspen übertragen. Dicht gedrängt saßen Skiclub, Frauenverein und weitere Gäste da und starrten gebannt auf die Leinwand.

Als Johanna Gertsch, die Präsidentin des Frauenvereins, die Nachzüglerin erblickte, deutete sie auf den leeren Sitz neben sich. April zwängte sich an Ellenbogen, Hintern, Vordern und Stuhlkanten vorbei und plumpste auf den Stuhl.

»Danke fürs Reservieren«, sagte sie.

»Nur noch sieben Fahrer«, wisperte Johanna aufgeregt.

»Kennst du Fabian Tritten eigentlich persönlich?«

»Aber ja doch, er ging mit meiner Tochter in eine Klasse, sie waren befreundet.«

Bei diesen Worten verdüsterte sich Johannas Gesicht – natürlich, ihre verstorbene Tochter Jenny!

Die Spannung im Saal wuchs, man fachsimpelte über Zeiten, Kurven, Beschaffenheit der Piste, über Skianzüge und dass vor dreißig Jahren die Abfahrt viel steiler und gefährlicher war, aber heute seien die ja Weicheier, letzteres behauptet ein altes Männchen, in dessen Mund eine erkaltete Pfeife steckte. April betrachtete auf der Leinwand das Schneeweiß mit dem kleinen Skifahrer, der in der Hocke fuhr, manchmal in Links-, dann wieder in schräger Rechtslage. Es war unglaublich langweilig, ihr gefiel nur der eine Fahrer, der im Ziel seine Skier losschnallte und wütend auf den Boden schmiss.

Aber dann wurde es zumindest im Saal spannend: Tritten stand am Start, mit Oberschenkeln, auf denen je zwei Säuglinge Platz gehabt hätten. Das Publikum rief: »Hü Fäbu[8], zeig's denen, fahr aufs Podest!«

Daumen wurden gehalten, man rutschte vor zur Stuhlkante, man glotzte, eine Frau kaute auf ihrem Schal, ein Mann hatte das Jesuskreuz an der Halskette gepackt, eine ältere Dame vom Frauenverein (Hildi oder Heidi) bedeckte das Gesicht mit den Händen und sagte: »Ui, ich kann nicht hinschauen!« Dabei guckte sie doch durch die Finger.

Tritten stieß sich kraftvoll ab und löste einen Sturm von Hopp-hopps aus. Amüsiert verfolgte April das Tohuwabohu – sie fühlte sich wie eine Außerirdische, die ein seltsames Volk bei seinen primitiven Ritualen beobachtete.

Fabians Zwischenzeit war top, das Publikum rief »hurra!«, aber dann verlor er an Tempo, in einer Kurve oder weil die rechte Kniescheibe zu weit nach außen gedreht war und damit Luftwiderstand bot oder es war ein fataler Kantenfehler, was auch immer, und als er durchs Ziel fuhr, erklang ein enttäuschtes »Ooohh!« und »Nein!!!«.

Fassungslos starrte man auf die Leinwand, wo Tritten rasch seine Skier packte und verschwand. Ein dürrer alter Mann, der

8 Für alle, die keinen blassen Schimmer haben, wie man Vornamen verhunzt: Die Berner sind Spezialisten darin. Sie schaffen es, auch die schönsten Namen in den Dreck zu ziehen – zum Beispiel wird Fabian zu Fäbu – Rolf wird zu Röfe – Martin Tinu – Bernhard Bärnu – Christine Chrige – Astrid Astle – Yvonne Wönu und so weiter und so fort.

in Aprils Nähe saß, erklärte zum hundertsten Mal, dass eine Flasche Fabians Ski gewachst haben musste, er wäre sonst locker Erster geworden. Tritten gelangte auf den sechsten Platz. Die Stimmung im Saal war merklich abgekühlt, allerseits enttäuschtes Kopfschütteln. Der alte Mann erklärte, dass es an der Piste gelegen habe, die Amerikaner seien einfach Flaschen im Pistenbauen. Eine Frau, die ein T-Shirt mit dem Foto des Skiasses trug und den Tränen nahe war, sagte: »Jetzt ist es entschieden: Er wird nicht Sieger im Gesamtklassement. Ich habe gemeint, der Fäbu habe sich endlich wieder ganz erholt.«

Der ganze Saal nickte.

»Wovon erholt?«, fragte April die Vereinspräsidentin.

»Das weiß niemand so genau. Es hieß, dass er seinen Fuß verletzt habe. Er wirkte lange Zeit geknickt.« Dann erhob Johanna sich und verkündete mit präsidialer Strenge: »Gehen wir hoch, der Frauenverein ruft.«

Im Säli war die Stimmung nicht so ausgelassen wie am vorherigen Dienstag. Wäre der Frauenverein eine Bibelrunde gewesen, hätte man wohl Fabian ins Gebet geschlossen, so aber handarbeitete man nur und jammerte. April fand den sechsten Rang ganz passabel, aber da war sie die Einzige.

Johanna brachte das Thema *Makramee fürs Altenheim* wieder aufs Tapet. Man müsse sich endlich auf ein Motiv einigen. Der Drachen sei gestorben, den habe man letztes Mal verworfen. Blieben noch Eulen, Pferde, Katzen. Auch Berglandschaft, Sonnenuntergang, fröhliche Menschen und spielende Kinder seien noch im Rennen.

Da fand es April an der Zeit, das leidige Thema zu Ende zu bringen, und sagte: »Wie wär's, wenn wir eine Berglandschaft mit Sonnenuntergang wählen, mit Pferden auf der Wiese, lachenden Menschen und mit Katzen spielenden Kindern? Es könnte auch eine Eule auf einem Baum sitzen.«

Einen Moment lang herrschte verblüffte Stille, dann schnatterten mehrere Frauen gleichzeitig los und lobten die tolle Idee. Johanna Gertsch nickte anerkennend.

Nach dem Treffen ging April frohgemut hinab in die Gaststube. Evi saß schon an einem der etwas abseits stehenden Tische, sichtgeschützt durch eine halbhohe Holzwand, auf der Gummipflanzen ein freudloses Leben führten.

»Wie gut dein Parfum riecht«, schwärmte April, nachdem sie Evi bei der Begrüßung einen Kuss auf die Wange gegeben hatte. »Wie heißt es?«

»Wirklich? Ich benütze es schon lange, es ist von Shiseido.«

»Es gibt Parfums, die zeitlos sind, dieses gehört dazu. Vielleicht ist es aber auch dein Körperduft, der es zeitlos macht.«

Errötend schaute Evi auf die langweiligen Plastikblüten und machte dabei ein Gesicht, als hätte sie soeben eine äußerst seltene Pflanzengattung entdeckt.

»Wie hat es dich eigentlich ins Simmental verschlagen?«, fragte April interessiert.

»Ich sah Sofias Inserat, in dem sie eine Praxiskraft suchte, und dachte, ein Tapetenwechsel würde mir guttun. Ich wollte ein, zwei Jahre bleiben, dann wurden es fünf – bis Sofia ... du weißt schon.« Bekümmert betrachtete sie ihre Finger, deren Nägel lang und rot und silbern getupft waren. Sie verwendete wohl viel Zeit für die Pflege. April nahm Evis Rechte in ihre. »Du hast schöne Hände.« Spielerisch tastete sie die Hand ab und schaute Evi tief in die Augen, »wie schlimm das wohl gewesen ist, als du Sofia ... du weißt schon.« Mitfühlend betrachtete sie Evi, die mit ihren langen, blonden Haaren ganz hübsch aussah. »Die Patienten kamen sicher gern in eure Arztpraxis – bei zwei solch schönen, langhaarigen Frauen.«

Da wurde Evi bewusst, dass ihre Hand immer noch in Aprils lag und dies alles andere als schicklich war. Verlegen zog sie sie zurück. »Müssen wir über Sofia reden? Du verstehst wohl, dass das ein heikles Thema ist.« Ihre Augen füllten sich mit Tränen.

»Natürlich, wie dumm von mir – entschuldige!« April betrachtete Evi eine Weile sinnend. »Dein Freund mag es bestimmt, wenn du das Haar offen trägst.«

»Ich glaube schon.«

»Wer ist der Glückliche?«

In Evis Augen leuchtete Stolz auf. »Leo Gertsch.«

»Ach, Trittens Trainer! Dann bist du also mit einer Berühmtheit zusammen?«

Evi wehrte ab, »halb so wild, aber ich bin natürlich schon stolz auf ihn.«

»Schon lange zusammen?«

»Zwei Jahre.«

»Da konnte er dich unterstützen, als das mit Sofia geschah?«

»Ich weiß nicht, wie ich es ohne ihn geschafft hätte.«

»Ja, es ist gut, wenn einem in solchen Zeiten jemand zur Seite steht. Es war bestimmt furchtbar!«

Evi nickte bedächtig. »Ich weiß noch, wie ich mich an dem Tag von Sofia verabschiedet habe. Ich aß zu Hause etwas zu Mittag und ging einkaufen. Als ich dann gegen vier Uhr in der Praxis ankam ...« Sie brach ab. Mitfühlend ergriff April wieder Evis Rechte, diesmal streichelte sie mit dem Daumen sachte über den Handrücken. Das schien die Arztgehilfin zu beruhigen und gleichzeitig zu verwirren.

In April regte sich Eroberungslust, was sie genoss, aber nicht genießen wollte. Eilig holte sie Lous Gesicht auf den inneren Schirm, aber das Bild war gestört, so als wäre die Antenne nicht richtig ausgerichtet. Sie bestellte noch einmal Wein, das würde ihr ungemein helfen, die Situation nüchtern zu betrachten und klare Entscheidungen zu treffen.

»Ließ Sofia sich eigentlich bei Vreni die Haare schneiden?«

»In Zweisimmen gehen doch fast alle zu Vreni, eine große Auswahl gibt's nicht«, erwiderte Evi mit leiser Ungeduld.

Höchste Zeit für April, das Thema zu wechseln. Sie fragte nach Evis Hobbys und erfuhr vom River Rafting, dem die junge Frau zusammen mit ihrem Leo frönte.

»Sind dabei auch schon Menschen ertrunken?«

»Ja, das ist vorgekommen, weil die Leute sich nicht auskannten oder ihre Ausrüstung schlecht war.«

»Da war doch diese Frau im Rollstuhl – Melissa«, ergänzte April. »Ich sah an einer Stelle am Ufer Friedhofskerzen und einen vertrockneten Strauß. Weißt du, was mit ihr passiert ist?«

»Man munkelt, es sei Selbstmord gewesen. Unglückliche Liebe.«

»Wer hat sie denn zurückgewiesen?«

»Das weiß man nicht«, Evi musterte ihre Nagelkunstwerke.

»Du bist heute gar nicht zum Skirennen gekommen.«

»Ich habe zu Hause geschaut. Weil ich die Freundin des Trainers bin, meinen die Leute, dass ich alles über Fabians Befinden weiß. Das ist lästig.«

»Ob er bald wieder aufs Podest fährt?«

»Genau das meine ich – woher soll ich das wissen? Frag doch Leo oder Fabian direkt!« Verärgert griff Evi nach ihrem Weinglas und trank den Rest in einem aus, was bei Tequila cool aussah, bei Wein aber etwas unkultiviert wirkte.

»Was bringt dich denn so durcheinander?«

»Nichts.«

»Das ist gut«, lächelte April und dachte, dass da sehr wohl was war und dass sie es bei Gelegenheit herausfinden würde. Sie legte ihre Hand wieder auf Evis und hielt sie fest. Mit der anderen hob sie sanft ihr Kinn, bis Evi ihr in die Augen schaute. April holte ihren unwiderstehlichen Augenaufschlag aus dem Köcher und sprach mit sanfter, erotischer Stimme: »Du bringst mich durcheinander.«

»Ich –.« Mehr brachte Evi nicht heraus. Wie hypnotisiert starrte sie in Aprils Augen und versank in deren abgrundtiefer Schwärze. Sie fühlte sich wie eine Fliege im Netz der Spinne, mit dem nicht unbedeutenden Unterschied, dass sie nur allzu gerne bereit war, sich umgarnen und einwickeln zu lassen.

Lou verschwand vollständig von Aprils innerem Schirm. Genau genommen war da kein Schirm mehr, der etwas hätte zeigen können, ungezügelter Jagdtrieb hatte die Ermittlerin in Besitz genommen und das Einzige, was sie noch interessierte, war die Beute. So sagte, nein, säuselte sie: »Wollen wir gehen?«

Evi wollte unbedingt und staunte nicht einmal darüber, dass sie wollte. Sie winkte dem Wirt, die Jägerin bestand darauf zu zahlen, dann brachen sie auf.

»Es ist dunkel«, sagte April unnötigerweise, »wo wohnst du? Ich begleite dich nach Hause. Keine Widerrede.«

Da war sowieso keine Widerrede. Evi ließ sich einen Arm um die Hüfte legen und so gingen sie schweigend, bis eine Stelle besonders dunkel und äußerst einladend aussah. Dort wurde Evi mit sanftem Nachdruck von der Jägerin herangezogen und geküsst. Sie schien nur darauf gewartet zu haben und erwiderte den Kuss leidenschaftlich. April drückte sie an die Hauswand, die mit wilder Rebe überwachsen war, und merkte nicht, wie sie beide in dem Gewächs versanken, bis ihr eine Ladung Blätter ins Gesicht geriet. Es ist nicht erforscht, wie sich Blätter im Gesicht auf das Befinden eines Menschen auswirken, bei April jedenfalls brachten sie den inneren Bildschirm wieder zum Leuchten und darauf in schönsten Farben Lou – ihre geliebte Lou.

Sie zog Evi aus den wilden Reben, fragte, ob alles in Ordnung sei, und teilte mit, dass sie jetzt unverzüglich nach Hause gehen müsse. Damit bedankte sie sich für den schönen Abend und bevor Evi auch nur verwundert den Mund öffnen konnte, war April um die nächste Ecke verschwunden und raste alsbald auf dem Motorrad davon. Später im Bett starrte sie an die Decke und betitelte sich mit Ausdrücken wie »Dummkopf«, »Doofkopf«, »Blödkopf«, »Kalbskopf« und »Kohlkopf«.

Dann fiel sie in einen unruhigen Schlaf.

Der Laib bevorzugte den Sturz auf ihren Fuß

Das schlechte Gewissen erwachte früh und warf sich auf April, bevor diese die Augen öffnen konnte. Warum nur hatte sie Evi geküsst und noch weit wildere Dinge vorgehabt? War das ihre Rache dafür, dass Lou heute rückfällig werden und bei der Niederhornbahn einbrechen würde, auf der Suche nach Videomaterial? Ja, das musste es wohl sein: Wenn Lou wieder einbrechen durfte, war es ja wohl auch okay, dass sie wieder ein bisschen rumknutschte.

Nach dem Frühstück rief April Verena Leibundgut an, die ihr bereitwillig Auskunft auf ihre Frage nach dem Arzt gab.

»Ich glaube, Sofia ging zu einem Zahnarzt aus Bern. Den hat sie jedenfalls früher gehabt.«

»Sie ging nach Bern zum Zahnarzt?«, wunderte sich April.

»Ja, sie verband das jeweils mit anderen Erledigungen.«

»Kannst du die Adresse der Praxis in ihren Unterlagen nachschauen?«

»Ihre Sachen lagern bei meinen Schwiegereltern im Tenn. Ich war noch nicht bereit, das Ganze auszumisten. Ich werde schauen, ob ich den Arzt herausfinden kann.«

Unter der nächsten Nummer meldete sich Vreni. »Mirandas Coiffeur Salon?«

Nach kurzem Geplauder kam April auf ihr Anliegen zu sprechen.

»Sofia Leibundgut? Die muss wohl vor fünfundzwanzig Jahren zuletzt hier gewesen sein, als sie noch eine Jugendliche war. Seither ist sie nicht mehr zu mir gekommen.«

»Wohin ging sie denn dann?«

»Ich glaube zum *Hairotastic* in Bern, das hat sie mir jedenfalls irgendwann mal erzählt. – Du hast aber seltsame Methoden, ein Buch über Simmentaler Hexen zu schreiben«, sagte Vreni ironisch.

»Ach weißt du, dieses Telefongespräch hat nie stattgefunden.«

»Du kannst von Glück reden, dass Rösli eine meiner besten Freundinnen ist«, erwiderte die Frisöse trocken und hängte auf.

Hatte Sofia tatsächlich die zwei Termine in Bern? April hirnte einen Moment, wie sie das in Erfahrung bringen konnte, dann patschte sie sich mit der flachen Hand gegen die Stirn und rief noch einmal Verena an. »Steht nicht Sofias Arbeitscomputer bei dir? Dann hätten wir es gleich, welche Termine sie sich freinahm.«

»Nein, den hat ihr Nachfolger übernommen, zusammen mit den Programmen. Aber erst wurden alle Dateien gelöscht, du weißt ja, Schweigepflicht.«

»Ach du trübe Tasse – das hat gerade noch gefehlt!«

Als nächstes versuchte sie ihr Glück bei Sofias Frisör. Eine helle Männerstimme schnatterte etwas in einem bernuntypischen Tempo runter. »Coaffürsalon *Härotästic*, guten Tag, mein Name ist Gändälf.«

»Du heißt Gandalf?«, fragte die Ermittlerin verwundert, »ist das wirklich dein Taufname?«

»Rodolphe heiße ich, nicht Gandalf«, der Mann lachte in den höchsten Tönen.

»Ah, das hört sich schon besser an. Bin ich mit *Hairotastic* verbunden?«

»Wie ich eben gesagt habe – ja.«

»Du hast so schnell gesprochen, das konnte mein armer Berner Schädel[9] nicht verkraften.«

Wieder ein helles Lachen. Langsam wiederholte er: »Wie ... kann ... ich ... dir ... helfen?«

»Ich würde gerne wissen, ob am zweiten September letzten Jahres am Nachmittag eine Sofia Leibundgut bei euch einen Termin hatte.«

»Ah, Sofia – ich habe schon ewig nichts mehr von ihr gehört. Lässt sie sich jetzt in Zweisimmen die Haare schneiden?«

»Weiter oben. Die Engel erledigen das inzwischen.«

Stille. Dann: »Sag nicht –!«

»Doch, leider. An diesem zweiten September hatte sie einen Herzstillstand.«

»Mon Dieu!« Rodolphe wandte sich vom Telefon ab, rief die Neuigkeit in den Salon und trat damit ein Stimmengewirr los. Geduldig wartete April ab, bis sich das andere Ende der Leitung etwas beruhigt hatte.

»Und warum rufst du uns an?«, fragte der Frisör bekümmert.

»Ich muss wissen, ob Sofia an diesem Tag bei euch gewesen ist.«

»Wer bist denn du überhaupt, dass du das wissen willst?«

»April Pallas. Ich ermittle in diesem Fall.«

»Fall? Willst du damit sagen –?« Er stockte.

»Ja. Vielleicht.«

»Ich schaue in der Kundenkartei nach, dort tragen wir die Termine ein.« Sie hört ihn eine Weile hantieren. »Das letzte Mal war sie im Mai bei uns. Mit langem Haar muss man ja nicht so häufig kommen. Moment, jetzt sehe ich, dass sie am neunten

9 Die Berner haben den Ruf, sehr langsam zu sein. Das liegt einerseits an ihrem Dialekt, der einer Achterbahn durch verbogene Vokale gleicht und deshalb nur langsam gesprochen werden kann, andererseits aber auch an ihrer Gangart: Sie bummeln mehr, als dass sie gehen. Ihr Hirn soll angeblich normal schnell funktionieren, aber das ist wissenschaftlich nicht belegt.

September einen Termin gehabt hätte, aber nicht kam – klaro, da war sie ja schon eine Woche tot. Krass!«

»Du hast mir gerade weitergeholfen, danke dir.«

Das war ja hochbrisant: Sofia hatte an ihrem Todestag also keinen Termin beim Frisör!

Nach den Telefonaten ging April ins Bauernhaus hinüber. Rösli hatte Besuch: Elisabeth war da, zusammen mit der kleinen Shakti – Röslis Tochter hatte sich bei der Namensgebung von einer Indienreise inspirieren lassen. Rösli trug das Mädchen halb tanzend durch die Stube, sie geriet mit Shakti jedes Mal auf einen Oma-Trip. Nach freundlichem Geplauder mit Elisabeth wollte die Ermittlerin den Rückzug antreten, als Gepolter und dumpf eine Ladung spanischer Flüche zu hören waren.

»Ich gucke mal«, sagte April und folgte den Flüchen, die aus dem Käsekeller kamen. Consuela schaute erschüttert auf ihren Fuß beziehungsweise auf den Käselaib, der darauf lag. Sie hatte ihn hervorholen wollen, um für eine Bestellung ein Stück herauszuschneiden, aber der fünfzehn Kilo schwere Laib bevorzugte den Sturz auf ihren Fuß.

»Kackenschotter, halt still, ich helfe dir!« rief April, ging in die Knie, hob den Käse auf und hievte ihn ins Gestell zurück. Dann packte sie die Kolumbianerin um die Hüfte, legte deren Arm über ihre Schulter und führte die humpelnde und jammernde Consuela nach oben. Rösli kam ihnen entgegen, und als sie erfuhr, was passiert war, verwarf sie die Arme.

»April, kannst du sie bitte zum Arzt fahren, ich melde euch an.«

So machten sie es: Mit Röslis Jeep fuhren sie nach Zweisimmen zu Dr. Jenni, der Sofias Praxis übernommen hatte. Im Wartezimmer gafften Mütter mit Kleinkindern, alte Menschen und ein Tamile sie an. Sie wurden direkt in die Sprechstunde geführt, Rösli hatte offensichtlich Assistentin und Doktor davon überzeugen können, dass Consuelas Fuß demnächst explodieren würde. Nun übernahm Dr. Jenni die undankbare Aufgabe, den geschwollenen Klumpen vom Schuh zu befreien. Ohrenpfropfen wären hilfreich gewesen. Der Arzt zupfte vorsichtig und erreichte damit nichts außer anschwellendem Gejammer. Da verlor April die Geduld, schob Jenni zur Seite und riss den Schuh mit einem Ruck vom Fuß. Consuela jaulte auf und schlug in Aprils Richtung. Der Fuß hatte sich schon verfärbt und irgendwie schaute der mittlere Zeh in die falsche Richtung. Zwei Schmerztabletten und ein Röntgen später stand die Diagnose fest: mittlerer Zeh gebrochen, ansonsten Prellungen und eine Verstauchung.

Während Jenni den Fuß verarztete, plauderte die Detektivin mit ihm: »Ich schreibe ein Buch über Hexen im Simmental. Da hat die angebliche Nachfahrin einer Hexe behauptet, dass man einen Menschen vergiften kann, ohne dass dies im Körper nachweisbar ist. Die hat wohl Unsinn erzählt, oder nicht?«

Eine Weile schwieg der Arzt, dann meinte er: »Also, ich zweifle daran, dass eine Kräuterfrau etwas Tödliches verabreichen kann, das nicht nachweisbar ist. Mit der modernen Medizin hingegen gäbe es Möglichkeiten.«

»Wirklich?«

»Zum Beispiel Luft intravenös verabreichen.«

»Kein Witz?!«

»Nein, wenn man mit einer großen Spritze Luft in die Venen spritzt, wandern die Bläschen in Richtung Herz und Lunge und das kann zu einer Embolie führen. In einer Arterie kann die Luft die Organe von der Sauerstoffversorgung abschneiden, was beispielsweise zu einem Schlaganfall führt.«

»Und da kann man rein gar nichts nachweisen?«

»Man könnte die Embolie oder den Schlaganfall feststellen, aber nicht, was sie ausgelöst hat. Aber unter uns gesagt, würde ich Insulin spritzen, vorausgesetzt, das Opfer ist nicht Diabetiker. Das Insulin bewirkt bei einem gesunden Menschen einen hypoglykämischen Schock: Der Blutzucker fällt so weit ab, dass nicht mehr genug Glukose in den Zellen vorhanden ist, um die lebenserhaltenden Funktionen zu gewährleisten. Ohne Glukose kann die Muskulatur sich nicht mehr zusammenziehen. Das führt zu Herzstillstand, Kreislaufversagen oder Atemstillstand.«

»Und Insulin könnte man bei einer Autopsie nicht nachweisen?«

»Ja – vorausgesetzt, der Körper wird nicht sofort untersucht. Es braucht ein paar Stunden, bis das Insulin sich im Körper zersetzt hat. Danach findet man nichts mehr.«

»Wow!«

»Kaliumchlorid ist auch sehr schwer nachzuweisen. Ich habe Sie hoffentlich nicht auf dumme Gedanken gebracht?!«

»Ich fühle selten das Bedürfnis, jemanden umzubringen – eigentlich nie.« Charmant lächelte sie Jenni an, der nichts davon bemerkte, weil er sich auf den Fuß konzentrierte. Consuela war dank des Schmerzmittels ruhig, schon fast fröhlich geworden und dämmerte vor sich hin. Wie ein Gentleman geleitete April die Lädierte später zum Jeep und half ihr in den Wagen. Auf der Heimfahrt tätschelte sie Consuelas Schulter. »Ich bin froh, ist nichts Schlimmeres geschehen.«

Und die Kolumbianerin antwortete: »*Gracias.*«

Es sah danach aus, dass sie in naher Zukunft einträchtig *Mensch ärgere dich nicht* würden spielen können. Kaum waren sie losgefahren, bog April in den Parkplatz des Coops.

»Was machst du hier?«, fragte Consuela verwundert.

»Ich kaufe dir was Nettes als Trost«, erklärte April.

»Das ist wirklich lieb von dir, aber ist Mittwochnachmittag, die Geschäfte sind zugeschlossen.«

»Echt? In welchem Jahrhundert sind wir denn?!«

»Im Jahrhundert von Alpen«, grinste Consuela.

Beim Weiterfahren war April leicht irritiert – ein kleiner Gedanke regte sich in ihr, aber er war zu leise, um ihre Aufmerksamkeit erregen zu können.

Als Tarnung Pyjamahose

Wie aufgeregt Lou war! Sie konnte es kaum erwarten, endlich der Talstation einen nicht ganz legalen Besuch abzustatten. Vor zwei Tagen war sie die Strecke mit Zoro noch einmal abgefahren: von der Beatenbucht am Thunersee mit der Bahn bis Beatenberg und von dort mit der Gondel bis zum Niederhorn. Ersteres war eine Standseilbahn, letzteres eine sogenannte Drei-Seil-Gruppenumlaufbahn: vier Gruppen mit je drei Kabinen, die pro Kabine siebzehn Personen aufnehmen konnten. Diese Dreierkombination machte sich in der Landschaft ganz gut.

Lou und Zoro interessierten sich nur für die Talstation. Sie waren scheinbar gelangweilt herumgeschlendert, um so viel als möglich zu fotografieren und inspizieren. Dabei entdeckten sie zwei Videokameras: eine dort, wo die Dreiergondel eintraf und wieder fortfuhr, und eine im Schalter- und Warteraum. Es war an diesem Tag bewölkt, dementsprechend wenige Menschen hatten sich eingefunden. Lou und Zoro gaben sich frisch verliebt und fotografierten sich mit den abstrusesten Motiven: vor Eingängen, Schaltern, Kameras und Fassade. Dann streiften sie durch den Ort Beatenberg auf der Suche nach einem Platz, wo sie unbemerkt würden parken können.

Zu Hause hatten sie die Notizen und Fotos ausgewertet und waren zu dem Schluss gekommen, dass der Einbruch in die Talstation am sinnvollsten durch eine der beiden metallenen

Türen erfolgte. Die eine Tür war ein Hintereingang, direkt daneben standen zwei Kehrichtcontainer. Die andere befand sich links vom automatischen Haupteingang – im besten Fall gelangte man direkt in den Büroraum.

Sie hatten verschiedene Varianten ausgeheckt. Was sie nicht wussten war, in welcher Form die Videoaufnahmen abgespeichert wurden. Die Seilbahn war Baujahr 1997, da konnte es sein, dass die Videoanlage noch aus dieser Zeit stammte und das Material auf Kassetten lag. Oder man hatte ein System mit Netzwerkkameras eingeführt, bei denen das Bildmaterial auf dem Computer abgespeichert wurde, und das war bestimmt passwortgeschützt. In diesem Fall würde Zoro sich in den Computer hacken müssen.

Und nun war Mittwoch, am späteren Abend fuhren sie los. Lou hätte juchzen mögen, so sehr freute sie sich auf den Einbruch. Gegen ein Uhr morgens trafen sie in Beatenberg ein und parkten das Auto eine Straßenkehre über der Station in einem leerstehenden Schuppen. Als Erstes sprang Sheila aus dem Wagen – ein Labrador, der Zoros Nachbarin gehörte und den seine Tochter Bella regelmäßig ausführte. Während Lou einbrach, würde Sheila ihrem Geschäft nachgehen und Zoro konnte in der Nähe der Station herumlümmeln, ohne Aufsehen zu erregen. Als Tarnung hatte er eine Pyjamahose angezogen, so sah er aus wie ein Hundehalter mit Schlafschwierigkeiten, der noch mal eine Runde drehte. Lou prüfte die Ausrüstung, sie testeten ihr Kommunikationssystem und los ging es.

Über einen steilen Fußweg gelangten sie hinab zu dem Straßenabschnitt, der nach ein paar hundert Metern zur Talstation führte. Der Platz vor der Station war spärlich beleuchtet, Lou ging trotzdem nah an der Wand entlang, in ihren dunklen Kleidern verschwand sie fast vollständig im Schatten. Derweil schlenderte Zoro mit dem Hund die Straße rauf und wieder runter. Als er von weitem ein Auto nahen sah, warnte er Lou. Sie war gerade dabei, das Schloss zu knacken, und verschwand blitzschnell um die Ecke. Ein Jeep tuckerte gemütlich vorbei.

Zoro war in die Knie gegangen und fingerte an Sheilas Halsband herum. Kaum war der Jeep verschwunden, machte sich Lou wieder ans Werk. Das Schloss war relativ leicht zu knacken, die Tür gab den Zugang in einen dunklen Raum frei. Geräuschlos glitt sie hinein – und stand wie erhofft im Büro. Dann wurde es still um sie. Eine Ewigkeit später meldete sie sich wieder: »Du musst reinkommen, der PC ist passwortgesichert.«

In diesem Moment realisierten sie, dass sie sich nicht überlegt hatten, was sie mit der Labradordame machten, wenn Zoro an den Computer musste. Es ging nicht anders, als dass in dieser Zeit Lou nach dem Hund schaute. So wechselten sie die Plätze.

Nun ging also Lou mit dem Tier die Straße auf und ab, immer in Sichtnähe zur Station. Zu ihrem Ärger tauchte ein Mann mit Hund auf. Er rauchte eine Zigarette, während sein Tier, ein heller Spitz, unruhig hin- und hertrippelte. Als der Nachtvogel Lou sah, kam er auf sie zu und verwickelte sie in ein angeregtes Hundehaltergespräch, wobei die Anregung ausschließlich von ihm kam. Der Mann wollte wissen, ob sie auch an Schlaflosigkeit litt, als Zoro sich in Lous Ohr meldete und sagte, er sei bereit, er wolle hier raus. Lou konnte ihm natürlich nicht antworten, wohl aber ihr Codewort in einen Satz einflechten. Sie sagte zu dem Mann: »Ich kenne die Gegend hier nicht so gut, die Silhouette dort drüben ist der *Nie-sen*, oder?«

»Ja, klar, sehen Sie die Pyramidenform? Einfach unverkennbar!«

»Jetzt, wo Sie es sagen … Ihnen noch eine schöne Nacht, hoffen wir, dass wir ein paar Stündchen schlafen können.«

»Allerdings, kommen Sie, ich begleite Sie nach Hause, es ist ja doch sehr dunkel. Wo wohnen Sie?«

Ach, du grüne Neune!

»Wie nett von Ihnen, aber das ist nicht nötig, ich habe meinen Mann angerufen, er kommt mir entgegen, er befindet sich etwas weiter unten.« Letzteres sagte sie laut und deutlich, damit Zoro kapierte, was er zu tun hatte.

»Na, dann begleite ich Sie bis zu Ihrem Mann.«

Ach, du dunkelgrüne Neune! Sie musste vermeiden, dass der Typ auch noch Zoro zu Gesicht bekam, nur – wie sollte sie das anstellen? »Wissen Sie, mein Mann ist schon fast krankhaft eifersüchtig. Wenn ich da mit Ihnen daherkäme, würde er vermutlich ausrasten und das ist es nicht wert.«

Ihr Begleiter machte ein erschrockenes Gesicht. »Ja, da lasse ich Sie alleine, ich will nicht, dass Ihr Haussegen wegen mir schief hängt!« Er nickte ihr freundlich zu und verschwand in der Dunkelheit. Erleichtert seufzte Lou auf und gab Entwarnung.

»Uff!«, hörte sie Zoro sagen.

Zurück bei der Talstation, erklärte er ihr, dass er das Videomaterial im Computer gefunden und den Monat August kopiert habe (Eliane starb im August) plus den Juli, man könne ja nie wissen. Lou lobte ihn dafür, dann verschwand sie noch einmal ins Büro, überprüfte, ob sie auch keine Spuren hinterlassen hatten, und schloss die Tür. Müde kehrten sie zum Auto zurück, wo Sheila sofort einschlief, und fuhren los, Richtung Rösli. Leise schlüpften sie ins Stöckli, wo April im Arbeitszimmer eine Matratze und Decken für Zoro bereitgelegt hatte, daneben eine Decke für den Hund. Sie selber schlief so tief und fest, dass sie nicht merkte, als Lou zu ihr ins Bett schlüpfte. Ja, diese Detektivin war eben geistesgegenwärtig und stets gewappnet! Zumindest in ihrer Vorstellung. Vorsichtig legte Lou sich an Aprils Rücken und war doppelt glücklich: Weil sie erfolgreich eingebrochen war und hier neben ihrer Geliebten lag.

Die leise schnarchte.

Verschiedene Möglichkeiten von Gräueltaten

Gemeinsam saßen sie am Küchentisch und frühstückten: Rösli, April, Lou, Zoro und Consuela. Es war wie früher, wobei dieses Früher nur ein paar Monate zurücklag: letzten Sommer, als sie dem grausamen Geheimbund das Handwerk gelegt hatten. Die Stimmung war aufgeräumt, einerseits, weil sie das Videomaterial hatten, andererseits, weil sie sich freuten, einander wiederzusehen. Sogar Consuela ließ sich von der fröhlichen Stimmung anstecken. Sie saß neben Zoro, beziehungsweise er saß neben ihr und fand ständig einen Grund, hinüberzuschauen. Zu seiner Enttäuschung ließ ihr Dekolletee an diesem Morgen zu wünschen übrig. Consuelas lädierter Fuß lag auf einem Stuhl, offensichtlich genoss sie das Leben als Patientin in vollen Zügen: Rösli schaute wie eine Mutter nach ihr – eine Mutter, die sie in der Kindheit nie gehabt hatte. Lou saß Zoro gegenüber und jedes Mal, wenn er »zufällig« Consuela berührte, kickte sie ihm ans Bein. Nun waren sie schon fast ein Leben lang zusammen, hatten gemeinsam die Zeit im Waisenhaus überstanden, und doch konnte sie ihm nicht vermitteln, wie man mit Frauen umging.

Rösli blühte wie immer auf, wenn sie Besuch empfing. Sie hatte ein so reichhaltiges Frühstück aufgetischt, das sich der Tisch bog, und bevor eine Tasse leer war, schenkte sie nach. Als es um zehn Uhr an der Tür klingelte, sprang April auf. »Ach, das hätte ich beinahe vergessen, ich habe ja Bär hierher bestellt.«

Röslis Bäcklein erglühten, sie wollte etwas sagen, öffnete und schloss den Mund aber erfolglos. Ces begrüßte jeden mit Handschlag – bei Rösli dauerte dies länger und die Vokale gingen wieder in Deckung.

»Gtn Mrgn Rsl …«

»Ch gtn Mrgn Cs …«

Die anderen schauten belustigt und warfen sich vielsagende Blicke zu. Nur Consuela schüttelte den Kopf: »Rösli, wie du redest? Ich verstehe kein Wort, hast du Knoten in Zunge?«

April rettete Rösli, indem sie Ces bat, sich neben sie zu setzen. Rösli hätte dem Morgenrot Konkurrenz machen können, sie stand auf und schepperte nutzlos bei der Anrichte herum. Während Bär ihr beim Hantieren zusah, fragte er die Detektivin: »Und was soll ich nun flicken?«

»Der Wasserhahn tropft, vielleicht kannst du da was machen – dein erster Beruf war doch Klempner.«

Als Rösli das hörte, warf sie April einen Blick zu, der einen Molotow-Cocktail blass hätte aussehen lassen. Aber wieder öffnete und schloss sich ihr Mund ohne Ton. Man frühstückte weiter, Zoro versuchte Consuela in ein Gespräch zu verwickeln und kassierte nur schnippische Bemerkungen. Rösli vergrub ihren Blick in die Küchenablage, Lou plauderte mit Ces über den Alltag eines Polizisten, woran sie aus illegalen Gründen interessiert war.

Nach dem Frühstück verzogen sich die Detektivin, die Meisterdiebin und Zoro ins Stöckli, Consuela humpelte in die Stube und setzte sich vor den Fernseher. Ces nahm sich des Wasserhahns an, während Rösli nervös um ihn herumhuschte.

Im Stöckli fragte Lou missbilligend: »April, was hast du da mit Bär und Rösli angerichtet?«

»Was wohl?«, lachte Zoro, »sie macht auf Berner Oberland Parship.« Er startete seinen Laptop und verband ihn mit der externen Festplatte, auf dem sich die Videoaufzeichnungen befanden. Dann wählte er den 18. August aus, jenen Tag, an dem Eliane Mattis den Felsen hinuntergestürzt war. »Diese Überwachungskameras funktionieren so, dass sie nur dann aufzeichnen, wenn sich etwas bewegt. Damit kann man Speicherplatz und Aufwand bei der Durchsicht sparen. Weil je zwei Kameras bei der Tal- und Bergstation installiert sind, gibt es vier Aufnahmen zu prüfen. Lasst uns beginnen.«

Da klatschte die Ermittlerin sich an die Stirn. »Ups, wir wissen ja gar nicht genau, wie Eliane ausgesehen hat! Ich habe nur ihre Fotos als Tote gesehen, mehr nicht. Wir brauchen Röslis Hilfe.«

Die bekamen sie eine Stunde später, nachdem Bär den Wasserhahn geflickt hatte und gegangen war und Rösli April eine Standpauke gehalten hatte. Später humpelte eine gelangweilte Consuela ins Stöckli und setzte sich zu den anderen.

Als Erstes schauten sie sich den Schalterbereich der Talstation an. Die Aufnahmen begannen um acht Uhr, dem Zeitpunkt, da die Bahn geöffnet wurde.

»Wie seltsam die Leute von oben betrachtet aussehen. – Sind das nicht die Wirtsleute vom Niederhornrestaurant?«, fragte Rösli. Sie war bald vollauf beschäftigt, die Frauen, die hereinkamen, zu betrachten. Als die Zeit auf der Kamera Viertel vor zehn anzeigte, rief sie aufgeregt: »Da! Das ist Eliane, unverkennbar an ihrem Pagenschnitt, den außer Mireille Mathieu niemand trägt. Meine Güte, wie seltsam, eine Tote wieder lebendig zu sehen!«

»Ich wusste gar nicht, dass Mireille Mathieu gestorben ist«, bemerkte April.

»Ich meine Eliane!«

Der Pagenschnitt trug leichte Wanderschuhe, eine helle Hose und ein dunkleres T-Shirt, über die Farben konnte man nichts aussagen, da die Aufnahmen schwarz-weiß waren. In der Hand hielt sie einen Blumenstrauß. Sie ging zielstrebig zum Schalter, drängte sich durch eine Schulklasse, die sich kurz vorher dort versammelt hatte, und löste eine Fahrkarte. Danach mischte sie sich unter die Wartenden. Zoro wechselte zur zweiten Kamera, wo man die Menschen nun in die Gondeln steigen sah. Eliane betrat zusammen mit einem älteren Ehepaar samt Pudel die hinterste Gondel, Schüler gesellten sich hinzu, die von den zwei Lehrern auf alle drei Gondeln verteilt wurden.

»Ehepaar und Schüler sehen nicht nach potenziellen Mördern aus«, bemerkte April. »Zoro, zeig uns jetzt bitte die zwei Kameras der Bergstation. – Voilà, da sind sie wieder. Seht mal, beim Hinausgehen holt sie einen der Lehrer ein und unterhält sich mit ihm. Zoro, kannst du von dem Mann ein Bild machen und es vergrößern? Eines, auf dem man sein Gesicht sieht.«

Zoro suchte, fand aber keines – das Gesicht lag immer im Schatten der Baseballmütze, die von dunkler Farbe war und keinen Aufdruck trug. Er speicherte drei Standbilder ab und bearbeitete sie. Die Bilder wurden minimal besser, aber wenn er sie vergrößerte, verschwanden die Konturen in einem körnigen Meer.

»Das kann wohl kaum der Täter sein. Er ist mit einer Schulklasse unterwegs, wie hätte er sich da fortschleichen und eine Frau in den Tod stoßen können?«, meinte Lou.

Consuela, die bisher gelangweilt auf den Bildschirm geschaut hatte, schüttelte den Kopf. »Er ist kaum Lehrer. Anderer hat Rucksack, er nicht. Und er nie schaut zu Schüler oder spricht mit ihnen.«

»Gut, Consuela, sehr scharfsinnig beobachtet!« Aprils Augen leuchteten auf.

Zwar zog die Kolumbianerin eine gelangweilte Schnute, die Freude an dem Lob konnte sie jedoch nicht ganz verbergen.

»Vielleicht er ist Mörder und hat extra gleiche Gondeln genommen, weil er kannte Eliane. Dann er sagte zu ihr: ›Oh, welche Zufälligkeit, schön zu sehen dich, gehst du auch wandern? Ich begleite dir.‹« Sie unterbrach sich. »Ich verstehe euch Schweizer nicht, warum immer wandern? Ist so langweilig und anstrengend! Und für was? Wir in Kolumbien wurden das machen nie. Wir haben Autos.«

April nickte. »Du hast recht, Consuela, er muss Eliane gekannt haben. Sonst hätte er nicht gewusst, dass sie an diesem Tag das Niederhorn besuchen würde. – Außer er wäre ein Auftragsmörder. – Man kann Menschen doch am Gang und an den Bewegungen erkennen, kommt er euch bekannt vor?«

Nachdenklich schüttelte Rösli den Kopf. »Er erinnert mich an niemanden, das heißt, ganz entfernt erinnert er mich an jemanden, nur weiß ich leider nicht, an wen.«

»Wie kann man sich an jemanden erinnern, aber nicht wissen, an wen? Entweder man erinnert sich oder eben nicht.« Aprils rechte Augenbraue schnellte in die Höhe.

»Ich kann dir nicht mehr sagen, als ich sagen kann, Madame Detektivin! Wenigstens lade ich nicht wildfremde Männer ein, um einen Wasserhahn in einem Haus flicken zu lassen, das jemand anderem gehört.«

»Wildfremd? Dass ich nicht lache! Vermutlich nimmst du Ces gedanklich jeden Abend mit unter die Decke«, entgegnete die Madame kichernd.

Es wurde mucksmäuschenstill, alle warteten gespannt darauf, was Rösli entgegnen würde. Tatsächlich sagte sie erstmals nichts, aber man konnte ihr ansehen, wie sie innerlich verschiedene Möglichkeiten von Gräueltaten durchging. Da sie jedoch ein Mensch von Moral und Ethik war, dezimierte sie die Strafe auf ein vertretbares Maß: Sie gab April eine kräftige Kopfnuss. Die gab einen wilden Aufschrei von sich und Rösli verließ den Raum.

Erstaunlicherweise verlor niemand mehr ein Wort über den Zwischenfall, alle wandten sich wieder dem Bildschirm zu.

»Lasst uns alle Informationen aus den Aufnahmen extrahieren«, kommandierte April, »angefangen bei den Kameras der Talstation: Wann und wie kam der Mann in den Schalterraum? Mit wem sprach er, was tat er?«

In zwei Gruppen gingen sie das Material durch. Dann ergriff Consuela das Wort: »Er gekommen ist funfundvierzig Minuten vor Eliane, er gekauft eine Fahrkarte und gesprochen eine Weile mit Mann hinter Glas, sie scheinen zu kennen. Dann er setzt sich auf Bank und wartet. Später Briefträger bringt Schaltermann Post. Als er sieht unser Mann, er geht zu ihm und spricht mit ihm. Etwas vor zehn Uhr erscheint die Schulklasse. Kurze Zeit später dann Eliane, Mann steht auf und geht zwischen Schüler.«

Nachdenklich nickte April. »Unser Verdächtiger ist höchstwahrscheinlich ein Einheimischer oder zumindest ein Mann, den man kennt. Konnte man mal sein Gesicht sehen?«

Lou schüttelte den Kopf. »Meistens war er mit dem Rücken zur Kamera. Ein einziges Mal sieht man zwar kurz sein Gesicht, aber da er Sonnengläser trägt, erkennt man nicht viel. Seine Arme wirken muskulös, am Oberarm hat er anscheinend ein Tattoo, es schaut unter dem Ärmel des T-Shirts hervor. Der Mann ist nicht mehr ganz jung, aber durchtrainiert.«

»Auf der Bergstation beginnt er mit Eliane zu reden und nimmt die Sonnenbrille ab«, sagte Zoro, »aber dabei steht er wieder mit dem Rücken zur Kamera.« Zoro deutete auf ein Standbild. »Hier seine Sonnenbrille.«

»Ist eine Tom Ford«, sagte Consuela ohne Zögern.

»Das willst du erkennen können?«

»Ich habe gelebt in Welt von Reichen während sieben Jahren, ich erkenne Marken im Schlaf.«

»Nun, falls du recht hast, trägt er also eine teure Brille«, fasste April zusammen. »Er sieht weder wie ein Angestellter aus noch wie ein Handwerker oder Wanderer und hat am linken Oberarm vermutlich ein Tattoo.«

»Nur dumme Leute machen Tattoo«, sagte Consuela abschätzig. (Bekümmert befühlte Zoro seine Brust, wo die Heldenfigur Zorro tätowiert war.)

»In dem Fall gibt es viele dumme Leute«, meinte die Detektivin, »inklusive mich selber. Meine Tattoos haben aber eine ganz besondere Bedeutung.«

»Was du hast für Tattoo?«, Consuela beugte sich nach vorn, »zeige mir!«

Zoro nickte. »Ja, zeig sie uns.«

»Soll ich mich hier nackt vor euch ausziehen?«

Consuela und Zoro nickten, Lou schüttelte den Kopf.

»Da könnt ihr lange warten«, grinste Brucie, rollte aber den linken Ärmel hoch.

»Nicht wahr ...!«, ungläubig schaute Zoro auf die Konturen eines Mars-Schokoriegels. »Was hast du noch?«

Bevor April antworten konnte, sagte Lou schnell. »Machen wir es kurz: Auf ihrem rechten Schulterblatt eine Buell, unterhalb vom Nabel das Wort *Kung Fu* in chinesischer Schrift und auf dem linken Oberschenkel eine nackte Frau.«

Da brach Consuela in Gelächter aus. »Santo Pedro Claver, du bist so Kindskopf!«

Nun war April wirklich beleidigt. »Ich habe Dinge verewigt, die ich liebe, was ist daran verwerflich?«

»Nichts, ist nur so doof. Muss schlimm sein fur dich, Lou.« Mitleidig musterte Consuela die Meisterdiebin.

»Na ja, solange sie sich nicht meinen Namen stechen lässt, kann ich damit leben«, zwinkerte Lou.

Sie bemerkte nicht, was Zoro sah: Dass April erschreckt die Augen weitete, als hätte man sie bei genau diesem Vorhaben ertappt: die Geliebte auf ihrer Haut zu verewigen.

»Der Verdächtige ist also um die vierzig, einheimisch, begütert, trainiert und trägt teure Ware«, wechselte Zoro schnell das Thema.

»Ja, trägt Designer-Jeans«, bemerkte Consuela, »Versace.«

»Was?«, fragte April.

»Wie gesagt, ich kenne Reichen. Jeans ist Versace.«

»Also falls Consuela recht haben sollte –«, begann die Detektivin zögernd.

»Ich *habe* recht, du Rassistin! Auch Kolumbianerinnen haben Gips!«

»Ja, natürlich, und bestimmt auch Grips.«

Überraschend mischte sich Zoro ein: »Mach dich nicht immer über Consuela lustig, du hörst dich wirklich wie eine Rassistin an!«

»Und du wie einer, der pimpern will.«

»Du bist so daneben!«, fauchte Consuela und humpelte hinaus, Zoro hilfsbereit hinterher. Oder weil er ihren Hintern betrachten wollte.

Zurück blieben Lou und April. Die Meisterdiebin stand auf, setzte sich rittlings auf Aprils Schoß, schlang die Arme um ihren Nacken und küsste sie. Nachdem sie das gründlich getan hatte, schaute sie April in die Augen. »Ist alles okay mit dir?«

»Ja, sicher, warum fragst du?«

»Du stößt die Leute vor den Kopf.«

»Jetzt greif du mich auch noch an!«

»Ich frage mich bloß, ob es nötig ist, dass du alles, was dir durch den Kopf geht, gleich aussprichst.«

»Was denn sonst? Ich lüge doch nicht!«

»Es gibt Momente, da schweigt man besser – weil es nicht wert ist, die Leute zu reizen. Mag sein, dass Rösli in Gedanken Ces ins Bett nimmt, aber falls das so ist, geht's dich nichts an. Rösli lächerlich zu machen war weder freundlich noch respektvoll von dir.«

»Es war doch nur ein zärtlicher Scherz.«

»Klar – so zärtlich wie ein Vorschlaghammer.«

Der Nachmittag war schon weit fortgeschritten, als Lou und Zoro heimfuhren. Der anstrengende Einbruch von letzter Nacht machte sich bemerkbar: Sie sehnten sich danach, ein Nickerchen zu machen. Beim Hinausgehen hielt April ihre Liebste fest und zog sie in eine innige Umarmung. Nach vielen Küssen schaute sie Lou verunsichert in die Augen. »Findest du meine Tattoos schrecklich?«

»Ich weiß, welche Bedeutung sie für dich haben – und deshalb mag ich sie, denn es sind deine.«

Es wird nie mehr einen Kuss geben

Es wurde April – gemeint ist hier ausnahmsweise der Monat – und es schneite so viel, dass Sankt Nikolaus seinen Esel abstaubte. Doch bald schwemmte ein stürmischer Regen das Weiß wieder weg und die Sonne verwechselte das Oberland mit den Tropen. Bevor man jedoch das Badezeug hätte herausholen können, verdarb ein garstiger Nordwind die Freude. Kurz, es war eben April, es war anstrengend, die Alten klagten über Gicht und Rheuma in den Gliedern, die Kinder wussten nicht, ob sie Schlitten, Wasserpistole oder Drachen mit hinausnehmen sollten, die Hausfrauen hängten ihre Wäsche in die Sonne, aber kaum gingen sie einkaufen, kamen gemeine Wolken hinter den Felsen hervor und ersäuften die Wäsche.

Eines Nachmittags – tropische Sonne stand auf dem Wetterprogramm – schlenderte April in Gedanken versunken durch die Einkaufsstraße von Zweisimmen, froh darüber, dass der Kiosk wieder alle Schokoriegel im Angebot hatte. Da entdeckte sie Evi. Sie stand rauchend vor dem Kleidergeschäft und hielt das Gesicht in die Sonne. Als sie April gewahr wurde, runzelte sie die Stirn und ihr Blick verdunkelte sich. Die Detektivin grüßte, als sei nichts gewesen – sie fand das eine der besseren Strategien im Umgang mit Menschen. Zögernd half Evi mit, über das Wetter zu reden, dann wollte April wissen, wie es im Laden lief, ob ihr Freund im Lande sei und ob sie etwas mit ihr trinken gehe. Evi erwiderte, dass das Wetter mit jedem Jahr verrückter werde, dass es im Kleiderladen besser laufen könnte, dass Leo bald zurückkehre, weil die Skisaison zu Ende gehe, und sie nie und nimmer nochmals mit ihr etwas trinken gehen wolle.

»Ach – war der Kuss nicht gut?«

»Es wird nie mehr einen Kuss geben. Ich bin nicht so! Ich freue mich wahnsinnig auf Leo.«

»Das eine schließt das andere nicht aus. Übrigens will ich nur mit dir plaudern.«

»Wohl wieder über Sofia, nein danke!« Mit diesen Worten drückte Evi die Zigarette aus, bedachte die Detektivin mit einem Blick der Giftklasse eins und kehrte in den Laden zurück.

Da war wieder dieser kleine Gedanke, der an Aprils Hirnrinde kratzte. Etwas war mit dieser jungen Frau, aber was?

Auch diesmal konnte er sich kein Gehör verschaffen.

In Röslis Haus war Frieden eingekehrt: Sie hatten sich bei einem Glas Wein ausgesprochen, das heißt, Rösli hatte ihrer Freundin Vorhaltungen gemacht und April sich aufs Geratewohl hin entschuldigt, ohne zu verstehen, was ihr Vergehen überhaupt war.

Seit Consuela den Zeh gebrochen hatte, war sie April gegenüber außerordentlich freundlich gestimmt. Im Grund der Dinge war sie gerührt, wie ihre Retterin sie vom Käse befreit und medizinischer Hilfe zugeführt hatte. Nun schafften sie es, zu dritt *Mensch ärgere dich nicht* zu spielen, ohne dass es zu ernsteren Zwischenfällen kam (außer als Consuela behauptete, dass April die Würfel nicht richtig warf. Röslis heftiger Schlag auf die Tischplatte beendete die Diskussion in Nullkommanichts).

Jeden Dienstag besuchte April den Vereinsabend. Es gab etliche Frauen, die bei ihren Vorfahren Hexen und Kräuterkundige vermuteten, mit jeder traf sich die Journalistin Pallas, meist bei ihnen zu Hause. So ließ sie geduldig Familiengeschichten über sich ergehen, erfuhr Frauenschicksale aus dem letzten und vorletzten Jahrhundert – Großmütter und deren Mütter, die gegen jedes Wehweh ein Kraut kannten, die wussten, mit welchem Tee man Liebende zusammenbrachte und mit welchem Ritual Trennungen glückten. Die Geschichten begannen sich bald zu wiederholen und April begriff, dass eine Urgroßmutter in diesem Dorf viele Urgroßenkelinnen haben konnte: Wenn eine sechs Kinder hatte und fünf von diesen sechs Kindern je fünf Nachkommen bekamen, deren fünfundzwanzig Nachkommen wiederum je drei Kinder gebaren, ergab das fünfundsiebzig Urenkel. Theoretisch konnten also fünfundsiebzig Menschen die gleiche Urgroßmutter haben.

Hatte sich die Detektivin zu Beginn nur dem Anschein nach Notizen gemacht, wuchs ihr Interesse an den Kräuterfrauen und sie notierte sich tatsächlich das eine oder andere. Während sie Tee oder Kaffee trank und Plätzchen aß, erfuhr sie, wie tapfer diese Frauen gewesen waren, wie intelligent sie sich zu helfen wussten, gleichgültig, ob es um eine gebärende Frau oder eine kalbende Kuh ging, ob ein Arm oder das Herz gebrochen war, ob Rheuma zu behandeln war oder ein offenes Geschwür.

Wenn April da an ihre Mutter dachte ... Hatte sie als Kind Fieber, gab die Mutter ihr eine fiebersenkende Tablette, bei Husten einen chemischen Saft, der ihre Lungen lahmlegte, bei Schnupfen andere Tabletten oder auch gar nichts, weil sie ihre Tochter im Bett vergessen hatte. Anstelle von Tee bekam April Cola, was sie natürlich genoss, anstelle von Bouillon auch Cola, anstelle von Krankheitskost Süßigkeiten. Trotz alldem wurde sie wieder gesund, nach dem Prinzip: Was mich nicht umbringt, macht mich stark.

In einem der Gespräche erfuhr sie etwas, das die These ins Wanken brachte, Marlise Ueltschi sei aus Unachtsamkeit umgekommen. Das Gespräch fand in der guten Stube vor einer Tasse Milchkaffee statt, bei Lisi, der Frau mit dem Dutt, die

Tantra *pfui Teufel* fand. Auf dem Fernseher stand ein Vogelkäfig, in dem zwei Kanarienvögel sich angeregt unterhielten, weiter drüben eine antike Uhr, deren Pendel gemütlich hin- und herschwang. Bewundernd betrachtete April die gehäkelten Untersetzer. In farbigen Bildern erzählte Lisi von ihrer Urgroßmutter, die als Hexe verschrien war, vor allem beim Pfarrer, wohl auch, weil er in jungen Jahren um ihre Hand angehalten, aber einen Korb erhalten hatte. Er verbreitete das Gerücht, dass sie Menschen und Tiere verhexen und sich in eine Krähe verwandeln konnte. Die Dorfbewohner versuchten abzuwägen, was ihnen wichtiger war: ein reines Gewissen vor Gott beziehungsweise dem Pfarrer und damit ein sicherer Platz im Himmel oder eine Hexe, die Familie und Tiere gesundpflegen konnte. Keine einfache Entscheidung. So sagten viele Ja und Amen zu den Behauptungen des Kirchenmannes und baten die Urgroßmutter im Geheimen um Hilfe.

Lisi war eine gute Erzählerin, die Zeit verging wie im Fluge. Beiläufig brachte April das Thema auf Marlise. Was für ein gemeiner Zug des Schicksals es doch war, eine Kräuterkundige ausgerechnet an einer Pflanzenvergiftung sterben zu lassen – auch wenn die Verwechslung wohl auf Ernas Demenz zurückging.

Nachdenklich strich Lisi das Tischtuch glatt. »Du hast Marlise nicht gekannt, sonst wüsstest du, dass sie ganz genau prüfte, eben weil sie wusste, dass es mit Ernas Oberstüblein nicht zum Besten stand. Bei der Sammlerei im Wald war Marlise schlimmer als eine Erbsenzählerin. Obschon sie sich bei Pilzen auskannte wie kaum jemand, ließ sie immer alles vom Pilzkontrolleur prüfen. Ihre Devise war: Mutter Natur ist unsere Ernährerin und die schlimmste Giftmischerin. Mir ist es ein Rätsel, wie sie etwas übersehen haben kann, das Erna ihr in den Korb legte.«

Obschon das Tischtuch glatt war, strich Lisi wieder und wieder darüber, als versuchte sie davon abzulenken, dass ihre Augen feucht geworden waren.

Aufgewühlt verließ April Lisis Wohnung. War Marlise doch die giftige Pflanze untergejubelt worden? Aber wie? Kurz entschlossen fuhr sie zu Stinki-Käthi. Wie beim ersten Mal dauerte es lange, bis auf das Klingeln hin etwas geschah. Als Käthi die Besucherin erkannte, wollte sie die Türe schnell wieder schließen, aber Brucie Lee schob ihre Stiefelette dazwischen, so wie Rösli beim letzten Mal.

»Ich habe euch schon gesagt, dass wir in der Familie keine Hexen haben«, brummte Käthi.

»Weiß ich doch, ich bin nicht deswegen hier.«

»Dann geht's wohl wieder um Marlise. Ich habe schon alles erzählt.«

»Auch das weiß ich. Aber ich wollte noch einmal nachfragen, ob an dem Tag, als sie starb, niemand sonst als Erna bei Marlise zu Besuch gekommen ist.«

»Ich habe niemanden sonst gesehen.«

»Auch nichts Auffälliges – irgendetwas, das seltsam war?«

Käthi hatte die Detektivin vor der Tür stehen lassen (worüber diese froh war, denn die Wohnung roch ja nicht gerade wie eine Frühlingswiese). Da die alte Frau schlecht zu Fuß war, ließ sie sich nun auf einen Stuhl beim Eingang sinken. Eine Weile saß sie da und überlegte. »Das einzig Seltsame an dem Tag waren die Anrufe dieses Versicherungsmannes. Eine Versicherung gegen Steinlawinen! Davon habe ich noch nie gehört und sowieso, hier kommt nie und nimmer eine Steinlawine runter.«

»Vielleicht meinte er eine Versicherung gegen Naturkatastrophen allgemein und brachte die Steinlawine als Beispiel.«

»Kann sein, aber seltsam war es trotzdem. Dann hat er sogar noch ein zweites Mal angerufen, um nach meiner Adresse zu fragen. Ob er an Hirnschwund leide, fragte ich ihn, ich habe Ihnen schon gesagt, dass ich keine Versicherung will! Da sagte der Mann, aha, ob ich denn nicht Claudia Soundso sei. Der hatte überhaupt nichts im Griff und wollte mit mir sogar noch übers Simmental plaudern. Ich wurde den fast nicht mehr los.«

»Wann waren die zwei Anrufe?«

»Der erste um halb drei. Der zweite wohl kurz vor fünf.«

»Wann sind Marlise und Erna vom Bärlauch Sammeln zurückgekommen?«

»Um zwei, es kamen im Radio gerade die Zweiuhrnachrichten.«

»Und wann ist Erna gegangen?«

»Das muss nach fünf gewesen sein, jedenfalls war ihr Auto weg, als ich den Versicherungstypen endlich losgeworden bin.«

Aufgeregt machte sich April Notizen. »Hast du ein Handy?«

Käthi schüttelte den Kopf. »Hier am Gang hängt ein altes Wandtelefon. Ich wollte es behalten, da musste die Swisscom es mir halt technisch auf den neusten Stand bringen. Ich bin damit aufgewachsen und es wird noch da hängen, wenn ich sterbe.«

April kniff die Augen zusammen. »Du kannst also beim Telefonieren den Korridor nicht verlassen?«

»Warum sollte ich? Mit meinen Beinen komme ich eh nicht weit.«

»Hat der Versicherungsmann dich vom Büro aus angerufen? Saß er im Auto? War er zu Fuß unterwegs?«

»Was weiß denn ich? Das ist doch schon viel zu lange her. Wenn ich was sagen müsste, dann ging er irgendwo drinnen umher.«

»Gut. Eine letzte Frage: Sieht man vom Korridor aus zu Marlise hinüber?«

»Nein. Und was bitte hat das alles mit Hexen und Kräuterkundigen zu tun?«

»Das verrate ich dir zu gegebener Zeit – versprochen.«

April zog ihre Stiefelette zurück. Käthi brummelte etwas Unverständliches, dann warf sie die Tür unvermittelt ins Schloss. Grinsend sagte April: »Ja, dir auch einen schönen Tag.«

In Gedanken vertieft schlenderte sie zum Dorfzentrum, wo ihre Buell geparkt war. Womöglich hatte Marlise zuletzt Herrenbesuch?

Mit der kleinen Taschenlampe auf Augenhöhe

Seit dem Besuch der Niederhornbahn waren über zwei Wochen vergangen. Zoro und Lou saßen Abend für Abend zusammen, um den Einbruch in Gstaad vorzubereiten. Zweimal fuhren sie hin und kundschafteten die Lage aus.

Das Chalet des korrupten Immobilienmagnaten Theodor Bill lag am Südhang über Gstaad inmitten eines Villenviertels. Im Obersimmental herrschte die bauliche Auflage, dass jedes Haus zumindest eine Holzverschalung hatte oder eben von Grund auf als Chalet gebaut war – wegen des idyllischen Gesamtbilds.

Gstaads Häuser gruppierten sich um das riesige Hotel *Palace*, das baulich Schloss Neuschwanstein nachempfunden war. Einen weiteren Blickfang bot das ebenso riesige neue Hotel *Alpina*, mit trutzigen Türmen versehen, auf feudal ausladendem Gelände. Das *Palace,* schon vor über hundert Jahren gebaut, besaß hundertvier Gästezimmer und über zweihundert Personalräume. Zu seinen illustren Gästen zählten Elizabeth Taylor, Richard Burton, Lady Di, Michael Jackson, Prinz Rainier, Grace Kelly und Margaret Thatcher. Gstaad war außerdem berühmt für das Swiss Open, bei dem Tennisspieler aus aller Welt antraten.

Niemand konnte erklären, warum gerade dieser Ort so bekannt geworden war, aber zwei seiner Besucher war das völlig einerlei – Hauptsache, reiche Menschen hatten sich dort niedergelassen und warteten darauf, bestohlen zu werden.

Lou und Zoro spazierten gemächlich durchs Dorf und durch die Straße, an der Bill residierte. Regelmäßig blieben sie stehen, um die Aussicht zu genießen, beziehungsweise Bills Chalet zu beäugen. Die Häuser an dieser Straße waren scheinbar alle vom selben Architekten entworfen worden, glücklicherweise gab es Straßennummern. Lou sah sich nach Merkpunkten um, anhand derer sie in der Nacht das Zielobjekt finden würde. Sie trug eine Baseballmütze, in die eine Kamera eingebaut war. Mit ihr filmte sie Bills Haus und die Umgebung. Das Sträßchen war praktischerweise eine Sackgasse, so konnten sie am Ende umkehren und zurückschlendern, ohne Verdacht zu erregen.

Sie prüften an Einfahrt oder Garage, Haustür und Gartenzaun, ob und wie viele Videokameras installiert waren. Weiter suchten sie Antwort auf die Frage, wo Lou eindringen konnte. Gab es einen Eingang, der durch die Garage führte? Wie waren die Fenster gebaut, bestanden sie aus einbruchsicherem Glas?

Und, sehr wichtig: Würde das Hantieren an den Schlössern einen Alarm auslösen? Wenn eine Alarmanlage vorhanden und eingeschaltet war, ließ sich prüfen, ob die Kommunikation zwischen den einzelnen Komponenten der Anlage unverschlüsselt waren oder nicht. Zoro konnte die Signale bis rund zweihundert Meter von Bills Haus entfernt noch empfangen. Sie setzen sich auf eine Bank und er machte sich an die Arbeit. Bald war klar: Eine Alarmanlage war vorhanden und zu ihrer Erleichterung unverschlüsselt: In der Einbruchsnacht würde Zoro die Signale zwischen Steuerungszentrum, Fensterrahmen und Türen abfangen und dann »gefälschte« Signale einschleusen. Um die Anlage mit der RTL-SDR[10] knacken zu können, würde er sich ihr allerdings auf mindestens drei Meter nähern müssen.

---

10 Obschon das natürlich auch der Hinterletzte weiß: Ein RTL-SDR ist ein Breitband-Radioscanner, mit dem man Signale dekodieren kann.

Zurück in Bern, werteten sie die Aufnahmen aus. Es schien so, als gäbe es nur eine Kamera über dem Eingang, die würde Zoro mit seinem Lock-in-Gerät vorübergehend ausschalten. Er hatte das Teil selbst gebaut und träumte davon, es eines Tages dem Militär verkaufen zu können.

Nachdem sie einen Plan erstellt hatten, der keine Fragen mehr offenließ, lehnten sie sich zufrieden zurück. Zoro stopfte seine Pfeife, Lou setzte ihre Wasserpfeife zusammen. Sie zogen die Mäntel über und gingen auf die Terrasse, paffen.

»Zoro, warum hast du eigentlich deinen Bart abrasiert?«

»Einfach so.«

»Consuela hasst Bärte.«

»Ach ja?«

»Tu nicht so, als wüsstest du das nicht. Dem sagt man lügen!«

»Ich? Lügen? Nie!« Still paffte er, mit Blick in den dunklen Wolkenhimmel. Dann sagte er: »Jedenfalls nicht oft.« Und grinste.

Am Tag des Einbruchs erwachte Lou mit schlechtem Gewissen. Nicht weil sie jemanden bestehlen würden, denn dieser Bill hatte es verdient, sondern weil sie ihr Tun vor April verheimlichte. Leise seufzte sie.

Tagsüber arbeitete sie in ihrer Kletteragentur *Diretissima* und wurde mit jeder Stunde nervöser. Es war über ein halbes Jahr her, da sie das letzte Mal eingebrochen war, mal abgesehen von dem illegalen Besuch der Gondelbahn. Wenn sie nun etwas Wichtiges vergaß? Oder gar Spuren hinterließ? Um sechs Uhr kehrte sie nach Hause zurück. Während sie darauf wartete, dass Zoro sie mit seinem Wagen abholte, überprüfte sie mehrfach ihre Ausrüstung.

Und als hätte April gespürt, was die Meisterdiebin an diesem Abend vorhatte, rief sie an. Sie kam direkt auf ihr Anliegen zu sprechen: »Schatz, ich sah in einem IKEA-Katalog den Teppich, den du im Wohnzimmer liegen hast (Stockholm, flach gewebt, Handarbeit, Netzmuster. Fr. 199,–) und auf dem wir schon allerlei getrieben haben. Das hat mich angetörnt. Wie wär's mit etwas Telefonsex?«

Lou stöhnte innerlich auf, diese Frau war einfach zu viel! »Süße ... das geht jetzt nicht, so verlockend dein Angebot ist! (Es war nicht verlockend!) Ich muss gleich los, gehe mit Bella in die Kletterhalle.« Lüge.

»Aber dein Patenmädel hasst doch klettern.«

»Neuerdings nicht mehr, keine Ahnung, was zu diesem Sinneswandel geführt hat.« Lüge.

»Na, dann halt nicht. Aber telefonieren wir vielleicht später?«

»Ja – falls das möglich ist. Seit heute Morgen kann ich mein Handy nicht aufladen, ich weiß auch nicht, warum.« Lüge!

»Oder willst du nicht mit mir reden? Schlimmer noch, du kletterst nicht mit Bella, sondern steigst mit einer Frau, und zwar ins Bett.« Nun hörte sich April wirklich bekümmert an, Lou zog es das Herz zusammen. Sie sagte schnell: »Du, ich schalte jetzt einfach das Handy aus, um Akku zu sparen, und rufe dich heute Abend um zehn Uhr an, abgemacht?«

»Okay.«

Lou atmete schwer aus. Vor dem Einbruch mit ihrer Frau Telefonsex haben zu müssen, das hätte gerade noch gefehlt. Zoro würde sich freuen!

Ja, Zoro freute sich. Nicht. Einmal mehr hielt er Lou vor, warum sie sich ausgerechnet eine Detektivin angeln musste und dann erst noch eine sextolle. Lou erwiderte, dass manche nun mal eine Schwäche für potente Ermittlerinnen hätten und andere sich wegen einer Südamerikanerin den Bart abrasierten. Zoro antwortete mit beleidigtem Schweigen.

Auf dem Weg nach Gstaad kehrten sie ein und aßen Bratwurst mit Rösti beziehungsweise Wienerschnitzel mit Fritten.

Zum Dessert eine Coupe Dänemark – Vanilleeis mit heißer Schokoladensoße. Die Nacht würde lang werden, sie brauchten einen gefüllten Tank.

Um zehn Uhr befanden sie sich kurz vor Gstaad, die Temperaturen bewegten sich um acht Grad, sie hatten wohlweislich dicke Jacken und Winterschuhe mitgenommen. Lou hielt am Straßenrand und machte Zoro klar, dass sie für glaubhaften Telefonsex im Auto bleiben müsse. Er solle draußen warten und bitte außer Hörweite. Mürrisch packte er seine Sachen und verschwand im Dunkeln.

April antwortete erst nach mehrfachem Läuten.

»Ach Lou, du bist es. Ich habe jetzt leider keine Zeit. Rösli, Consuela und ich jassen[12] – das ist mein erstes Mal! Ich kann unmöglich eine Pause machen, lass uns morgen telefonieren.« Sie überschüttete Lou mit einer Reihe wunderbarer Liebeserklärungen, dann war die Leitung stumm. Kopfschüttelnd (und erleichtert) öffnete Lou die Autotür und rief nach Zoro, der kurze Zeit später ebenfalls kopfschüttelnd wieder ins Auto stieg.

Als sie in Gstaad einfuhren, war es noch nicht mal halb elf – sie mussten die Zeit totschlagen, denn fürs Einbrechen war es noch viel zu früh. Das taten sie, indem sie weiterfuhren: nach Gsteig, über den Col du Pillon bis Aigle in der Waadt, wofür sie eine Stunde brauchten, und dann das Ganze wieder zurück. (Sie hätten auch einfach später von zu Hause losfahren können, aber Lou hatte nicht die Nerven gehabt zu warten.) Zoro saß am Steuer, Lou hatte sich hinten im Fond hingelegt – nirgends konnte sie ein so gutes Nickerchen machen wie in einem fahrenden Auto.

Zurück in Gstaad, parkten sie beim Bahnhof und hievten ihre beiden Rollkoffer heraus, in der sich die Ausrüstung befand.

---

12 Für alle Stümper in Sachen Schweizer Tradition: Jassen ist ein Kartenspiel, es gilt in der Schweiz als Nationalspiel und wird üblicherweise mit vier Spielern und 36 Karten gespielt.

Wie Touristen oder Spätheimkehrende marschierten sie durch das stille Dorf, bogen aber nicht in die Straße ab, die zu Bills Haus führte, sondern gingen weiter geradeaus den Hang hinauf und nahmen die nächste Abzweigung nach links. Hier standen nur zwei Häuser, das Gebiet dahinter war Bauland.

Hinter einem Busch legten sie die Koffer nieder und bereiteten sich vor. Sie würden durch das Gras die zwanzig Meter Hang hinabsteigen und sich von dort aus an Bills Chalet anschleichen. Lou zog die Kleider über ihrem Anzug aus, schulterte ihren Rucksack und wartete auf Zoro, der noch einmal nachprüfte, ob Laptop, Lock-in und RTL-SDR sich in seinem Rucksack befanden.

Kaum standen sie am Hang, gingen plötzlich die Lichter eines Autos an und wiesen genau in ihre Richtung. Erschrocken huschten sie nach links, wären jedoch besser nach rechts ausgewichen, denn die Lichtkegel folgten ihnen. Panisch stoppten sie und flüchteten in die andere Richtung. Hinter einem Kirschlorbeerbusch ließen sie sich mit klopfenden Herzen auf die Knie fallen und kommentierten den Vorfall mit »*shit, shit, shit!*« und »*merde, merde, merde!*«. Auch als die roten Rücklichter längst verschwunden waren, warteten sie noch eine ganze Weile, bis sie sich wieder beruhigt hatten. Erst dann setzten sie den Weg fort.

Und dann geschah es, dass der Meisterdiebin der erste gravierende Fehler ihrer Karriere passierte.

Zunächst lief alles nach Plan. Zoro unterbrach mit seinem Lock-in die Videokamera über dem Eingang, dann schleuste er mit Laptop und Satellitenempfang falsche Signale in die Sicherheitsanlage. Er näherte sich dem Haus, um mit dem RTL-SDR den Alarm zu unterbrechen. Kaum war das geschehen, verschwand er hinter dem Chalet und kroch den Hang hinauf zum Busch, den er nicht auf Anhieb fand. Was ihn eigentlich hätte stutzig machen sollen.

Lou knackte das Schloss in wenigen Minuten, öffnete die

Tür so weit als nötig und schlüpfte hinein. Nach ein paar Checks in Küche, Garderobe und Wohnzimmer war sie sicher, dass niemand daheim war. Zielstrebig begab sie sich auf die Suche nach einem Safe oder einer Schublade, in denen sich Schmuck und Wertpapiere befanden. Mit der kleinen Taschenlampe auf Augenhöhe durchsuchte sie Raum für Raum. Sie wusste gut, wo Leute ihren Tresor platzierten, aber sie wurde nirgends fündig – weder hinter Bildern, noch in der Mauer oder in einem Möbel integriert. Das erstaunte sie. So ging sie dazu über, an anderen beliebten Schmuck- und Geldverstecken zu suchen: in Kopfkissen, in und unter der Matratze, in Büchern, im Wäscheschrank, im Tiefkühlfach, im Spülkasten, hinter Bildern und Wandverkleidungen, in DVD-Hüllen, Vasen, Spielen und im Kamin. Gab es einen Lüftungsschacht, wo man Wertsachen verstecken konnte? Hatte dieser Bill von oben Löcher in die Zimmertüren bohren lassen und dort Schmuck oder gerollte Geldscheine versteckt? Lou suchte und suchte, musste aber verwundert feststellen, dass sich außer einer goldenen Uhr und etwas Bargeld nichts fand. Sie nahm weder das eine noch andere.

Im Korridor fiel ihr Blick auf eine Wand, an der massenhaft Fotos hingen, alle mit dem gleichen Motiv: ein Skirennfahrer – auf der Piste oder auf dem Podest, oft auch zusammen mit einem etwa vierzigjährigen Mann. Lou trat näher. Sie erkannte den jungen Sportler: Es war Fabian Tritten, der hin und wieder in Aprils Erzählungen auftauchte. Ein Foto stach ihr besonders ins Augen: Tritten saß neben einer hübschen jungen Frau. Er hatte den Arm um sie gelegt, beide schauten glücklich in die Kamera. Es war ein schönes und berührendes Bild. Lou fotografierte es, ohne recht zu wissen, warum.

Dann war es höchste Zeit zu gehen! Sie überprüfte, ob sie auch keinerlei Spuren hinterlassen hatte, und schlich zur Haustür. Als sie das Schloss in seine ursprüngliche Position gebracht hatte, besah sie sich das Namensschild. Was dort stand, durchfuhr sie, als habe man ihr heißes Wasser übergegossen. Aufgelöst hastete sie den Hang hinauf, wo schon ein nervöser Zoro auf sie wartete.

»Ich war im falschen Haus!«

»Nein!«

Lou fragte sich, wie sie nur so stümperhaft sein konnten. Natürlich sahen die Chalets eins wie das andere aus, wie aus dem Ei gepellt, aber es hätte ihnen auffallen sollen, wie weit sie sich auf der Flucht vom Zielort entfernt hatten.

Nun fluchte Zoro so schlimm, dass es zum Wohlbefinden von Augen und Ohren hier unzitiert bleibt. Als er wieder etwas zur Vernunft gekommen war, zog er Lou mit sich. Im Trab legten sie den Weg zum Auto zurück, warfen die Koffer hinein und rasten los.

Bis Zweisimmen war kein normales Gespräch möglich – abwechselnd oder auch gleichzeitig zeterten und jammerten sie. Ab Zweisimmen verfielen sie in dumpfes Schweigen. Erst auf der Autobahnauffahrt in Wimmis fanden sie endlich zur Vernunft zurück und bewältigten die Niederlage mit den üblichen Aussprüchen bei Missgeschicken: »Hätt ich doch nur!« – »Wäre ich doch!« – »Wie konnte ich bloß?« – »Das gibt's doch nicht!« Vor Lous Hochhaus trennten sie sich niedergeschlagen und mit der Gewissheit, das erste Mal so richtig versagt zu haben.

Im Bett überlegte Lou, ob sie das Foto mit dem Skifahrer anonym April zuspielen sollte – es mochte für die Ermittlungen interessant sein. Aber vielleicht war das den ganzen Aufwand nicht wert.

Sex als Ermittlungswaffe

Detektivin April Pallas traf sich mit ihrer Auftraggeberin Verena Leibundgut im *Pony*, um über den Stand der Ermittlungen zu reden. »Ich komme nicht von dem Gefühl los, dass mit Evi etwas merkwürdig ist. Ich weiß, du bist da anderer Ansicht. Aber ich habe so ein Gefühl, es könnte sein, dass sie – keine Ahnung, es spukt schon länger in mei…« Gedankenverloren schaute April zum Fenster hinaus, durch das man nicht viel mehr sah als den Hauptparkplatz von Zweisimmen. Plötzlich erstarrte sie oder wurde vielmehr von einem Blitz der Erkenntnis getroffen. (Offenbar kann der Anblick von geparkten Autos eine erleuchtende Wirkung haben.)

»Was wolltest du sagen?«, fragte Verena.

Die Münze fiel, der Gedanke in Aprils Hinterkopf konnte sich endlich Geltung verschaffen. »Kackenschotter, das ist es! Die Geschäfte waren zu!«

»Was, wie, wo?«

»Kürzlich wollte ich nachmittags für die verunfallte Consuela ein Geschenk kaufen, da musste ich feststellen, dass ihr Hinterwäldler mitten in der Woche die Läden geschlossen habt. Deine Schwester ist an einem Mittwochnachmittag umgekommen! Evi hat aber behauptet, dass sie an jenem Tag zwischen zwei und vier Uhr einkaufen war. Was gar nicht ging! Evi hat also gelogen! Meine Güte, genau – sie hat gelogen!«

»Aber warum sollte sie lügen? Ich bin überzeugt, dass sie mit Sofias Tod nichts zu tun hat.«

»Wie kannst du dir so sicher sein?«

»Ich kenne Evi ein bisschen, sie war eine gute Assistentin und sehr nett.«

»Auch Mörder können nett sein.«

»Trotzdem. Evi ...? Das ist absurd!«

»Gefühle und Sympathien sind beim Ermitteln schlechte Ratgeber. Wie oft schon war das Unmögliche möglicher als das, was möglich schien. Oder so.« (April fand sich gerade wahnsinnig philosophisch, Verena blieb unbeeindruckt.) »Ich muss Evi unbedingt wiedertreffen.« Einen Moment dachte sie nach, dann sagte sie mehr zu sich selber: »Vielleicht doch mit ihr ins Bett gehen? Sex weicht die Abwehr auf. – Aber nein, das geht nicht, wegen Lou.« Bedauernd blickte sie zu Verena hinüber, die sie verständnislos anschaute.

»Jetzt sag nicht, dass du Sex beim Ermitteln einsetzt?!«

»Und wenn dem so wäre? Hauptsache, man kommt zu seinen Informationen und hat Spaß!«

»Auch bei Männern?«

»Die verwirre ich mit meinen weiblichen Reizen, das gibt auch gute Resultate.«

»Und Lou findet es toll?«

»Na ja, das hier ist der erste Fall, seit wir zusammen sind. Jetzt ist es schwieriger – mehr oder weniger unmöglich. Dabei ist beruflich eingesetzter Sex doch völlig harmlos.«

Wenn April sich zugehört hätte, wäre ihr aufgefallen, dass dieser Satz auch von ihrer Mutter hätte stammen können ...

Verena Leibundgut lehnte sich zurück. »Ehrlich gesagt ist es mir egal, mit welchen Mitteln du den Mörder findest – außer sie wären illegal. Hauptsache, dieser Mistkerl wird gefunden.«

April erzählte ihr vom Besuch bei Ruch und der Begegnung mit den Katzen. »Als Kind habe ich einen Großteil der Ferien bei meinem Großvater auf der Insel Amorgos verbracht. Er war berühmt dafür, dass er Tiere verzaubern konnte«, plusterte sie sich auf. »Bluthunde fraßen ihm aus der Hand, wilde Katzen wurden in seiner Anwesenheit zahm. Wie er das machte? Indem er innerlich selbst zum Tier wurde und respektvoll mit ihm in Kontakt trat. Er übte das mit mir wochenlang. Ich konnte – und kann immer noch – meine Seele den Tieren gegenüber demütig darbieten.« Gedankenverloren fuhr sie sich durch ihre Locken. »Es ist etwas sehr Schönes.«

»Wie beneidenswert!«, sagte Verena.

»Ja, nur habe ich es lange brachliegen lassen – letztes Jahr habe ich dann bei einer Dogge auf ganzer Linie versagt. Immerhin konnte ich ihre Besitzerin verführen ... Aber wo sind wir stehen geblieben? Ach ja, Ruch. Hatten die vier Frauen mit ihm zu tun?«

»Nach der hunderttausendsten Verletzung, die Dölf seiner Frau zugefügt hat und die von Sofia verarztet werden musste, unterstützte meine Schwester sie darin, ihn zu verlassen. Als Hedi tatsächlich fortging, hegte Ruch nicht nur gegen den Frauenverein allgemein, sondern gegen Sofia im Speziellen mörderischen Hass.« Verena überlegte kurz, dann fuhr sie fort: »Mit Eliane hatte er auch zu tun. Ihr Haus grenzte an sein Land, die Fehde zwischen den beiden war dorfbekannt. Und Jennifer hatte mit Freunden Stinkbomben vor Ruchs Haus geworfen. Alle außer ihr konnten ungesehen flüchten. Von da an stand sie auf seiner schwarzen Liste. Hmm, und was war noch mal mit Marlise? Irgendwas war da ...« Verena sah sich suchend nach Marina um und winkte sie zu sich. »Kannst du dich erinnern, was mit Marlise und Dölf war?«

Marina stemmte die Hände in die Hüften. »Es mich wundert, was ihr veranstaltet hier. Nein, halt, ich weiß lieber nicht, sonst komme ich noch in Schusslinie. Auf Dölfs Land gibt eine Stelle mit viele Steinpilze – Dölf mag keine Pilze, aber er wurde fuchswilder Teufel, wenn Marlise dort sammelte. Einmal er war so wítend, dass er mit Schrotflinte schoss. Er war zwar zu weit weg, um zu treffen, aber Marlise hat ihm trotzdem angezeigt.« Mit diesen Worten verließ Marina ihren Tisch.

Später am Tag saß April bei Rösli in der Stube. Die Bäuerin wusste dermaßen viele Geschichten über Dölf, dass es den Wind aus diesem Segel nahm: Ruch sei mit jedem verfeindet, so gesehen müsste er ganz Zweisimmen samt Umgebung ausradieren, erklärte sie.

April war enttäuscht. Da tätschelte Rösli ihr die Hand. »Ich bin ja besonders gespannt, was Evi zu ihrer Lüge sagt.«

Seufzend erhob sich eine niedergeschlagene Detektivin und verzog sich ins Stöckli, um noch einmal das Material der Überwachungskamera vom Beatenberg anzuschauen und besonders auch die Aufnahmen der Talstation, nachdem Eliane bereits hochgefahren war. Und tatsächlich – unglaublich! Um dreizehn Uhr tauchte Dölf Ruch dort auf! Ohne links und rechts zu schauen, steuerte er auf den Schalter zu, löste eine Fahrkarte und stieg in die Gondel. Oben angekommen, verließ er raschen Schrittes die Station. Meine Güte, dachte April, meine Güte …!

Um neunzehn Uhr rief Verena an. Bevor sie ihr Anliegen hätte vortragen können, berichtete April ihr von Dölfs Auftritt auf dem Niederhorn.

Verena gab Laute des Erstaunens und Entsetzens von sich und sagte, dass sie dem Saukerl jeden Mord zutrauen würde. Dann erinnerte sie sich, warum sie angerufen hatte: »Ich habe soeben Evi ins Restaurant *Alpenblick* gehen sehen. Das wäre eine gute Gelegenheit, sie zu befragen.«

»Aber wahrscheinlich ist sie mit jemandem verabredet.«

»Da wäre ich mir nicht so sicher. Es kommt vor, dass sie nach der Arbeit allein dort ihr Nachtessen einnimmt.«

»Woher weißt du das?«

»Du hast immer noch nicht ganz begriffen, was es heißt, in einem Dorf zu wohnen. Das Private gehört allen.«

»O Graus, als Lesbe könnte man hier nicht leben!«

»Da täuschst du dich – wenn du den Leuten sympathisch bist, kannst du dir erstaunlich viel leisten. Wir haben zum Beispiel ein älteres Frauenpaar, das seit Jahren zusammenlebt. Alle wissen, dass sie ein Liebespaar sind, und alle schweigen darüber. Was man nicht ausspricht, existiert nicht.«

»Das liegt vielleicht auch nur daran, dass man davon ausgeht, Frauen können keinen richtigen Sex miteinander haben, weil ihnen das nötige Instrument fehlt. Das erklärt auch, warum meistens nur die Schwulen strafrechtlich verfolgt wurden oder werden, die Lesben jedoch nicht – ohne Penetration kein Sex und deshalb keine Verfolgung.«

»So habe ich das noch nie betrachtet.«

Nach dem Telefonat machte sich April schleunigst auf den Weg. Eine Viertelstunde später betrat sie das *Alpenblick*. Hier war in den letzten fünfzig Jahren vermutlich rein gar nichts verändert worden – eine Vernachlässigung, die dem Restaurant jedoch gut tat: Man hatte das Gefühl, in eine andere Zeit einzutauchen, wo jede Trophäe des Kegelvereins und des Zweisimmer Fußballklubs seinen Platz hatte; wo Jass-Decken an der Wand hingen und Fotos bekannter Schwingern.[13] Darüber eine dunkle Holzdecke, darunter abgenützte Tische, Bänke und Stühle und auf dem Tisch Salzstangen, Chips und Biberli.[14]

Evi saß am Fenster und knabberte an einem Brotstück. Als sie die Detektivin auf sich zukommen sah, veränderte sich ihr

13 Für alle, die bei Schwingern fälschlicherweise an gewisse Clubs denken: Schwingen ist ein Schweizer Nationalsport – es ähnelt dem Ringen, nur findet es draußen auf dem Sägemehl statt und der Sieger erhält einen lebendigen Stier, was sich nicht ganz einfach als Trophäe ins Regal stellen lässt.

14 Für alle, die wieder einmal keine Ahnung von nichts haben: Biberli ist eine Lebkuchenspezialität aus dem Appenzell, gefüllt mit Nüssen. Häufig ziert ein Bär (das Appenzeller Wappentier) das Gebäck.

Gesichtsausdruck: War sie vorher in Gedanken versunken, runzelte sie jetzt die Stirn und blickte ihr unfreundlich entgegen.

April hingegen strahlte.

»Welch ein Zufall! Isst du hier zu Abend? Und so allein? Darf ich mich zu dir setzen?«

Bevor Evi auch nur den Kopf hätte schütteln können, hatte sie sich schon gesetzt, winkte den Wirt herbei und bestellte das Gleiche wie die Dame. Das ging so schnell, dass Evi zwar nach Luft schnappen konnte, aber keinen Ton herausbrachte.

»Schön, dich zu sehen, Evi – wie geht's dir denn so?«

»Bis eben ging es mir ganz gut«, schnappte Evi.

»Mir geht's auch gut, vor allem wenn ich dich sehe. Ehrlich gesagt kann ich unseren Kuss nicht vergessen – er war so ...« Genießerisch schloss April die Augen. »Ich weiß, dass du mit jemandem zusammen bist, aber diese Anziehung zwischen uns macht mich noch verrückt.«

Evi strich in einem fort ihr langes Haar zurück und formte mit der anderen Hand Brotkügelchen. Sie schien mehr verwirrt als verärgert zu sein und dazu hatte sie auch allen Grund – April lief zur Hochform auf: Diesem Charme, diesen dunklen Augen und dem frivolen Mund zu widerstehen, war sehr schwierig.

Bald wurden die Speisen aufgetragen. Die Detektivin flirtete so hemmungslos, dass Evi das Essen im Hals stecken blieb. Auf die Fragen, mit denen April sie bombardierte, antwortete sie einsilbig. Das störte nicht, denn die Detektivin übernahm die Konversation. Sie verstand es, über alles zu reden, nur nicht über das, was sie wissen wollte. Der anfängliche Widerstand schmolz unter Aprils feurigem Blick und je entspannter Evi wurde, desto klarer erinnerte sie sich an ihren Kuss, der heißer als alle Küsse davor gewesen war. Ihr Blick blieb an Aprils Mund hängen und Vorstellungen blubberten aus den Tiefen, die nicht im Entferntesten mit einem gewissen Leo zu tun hatten. Zum Kaffee nahmen sie einen Grappa und dann noch einen zweiten.

Lou verschwand vom inneren Schirm.

Nach dem dritten Grappa brachen sie auf. Es war gegen dreiundzwanzig Uhr, die Straßen lagen still, aus der Ferne konnte man die kleine Simme rauschen hören. April anerbot sich, Evi nach Hause zu begleiten. Schweigend gingen sie voran, April hakte sich unter und rückte so nahe, dass Evi ihren erhitzten Körper spüren konnte. So brauchte es nur eine beiläufige Bewegung, um Evi zu drehen und zu küssen. April war alkoholisiert genug, um den mittelmäßigen Kuss genießen zu können. Für Evi hingegen schien dieser Kuss wie das achte Weltwunder.[15]

Nach dem Küssen fragte April mit einer Stimme wie Schokolade: »Zu mir oder dir?«, was eine müßige Frage war, denn sie hätte Evi nie und nimmer ins Stöckli mitgenommen. Die stöhnte flüsternd (oder flüsterte stöhnend): »Ich wohne gleich da drüben« – sie wedelte vage in die Dunkelheit, es hätte praktisch jede Richtung sein können. Seufzend löste sie sich von April und zog sie mit sich.

In der Wohnung kam die Undercover-Ermittlerin gar nicht erst dazu, sich umzusehen, denn Evi riss ihr die Jacke vom Leib und küsste sie leidenschaftlich. Diese blond-adrette Person zeigte mehr Kraft und Bestimmtheit, als April erwartet hätte. Vergnügt stürzte sie sich ins Spiel. Sie bekam nicht mit, dass ihr Handy in der Tasche vibrierte. Es war Lou! Sie sprach auf den Anrufbeantworter, wünschte ihr fröhlich eine gute Nacht. Die Nachricht schloss mit einer Kusssalve.

Evi war es gewohnt, passiv Sex hinzunehmen, so musste Brucie die Hauptarbeit leisten und kam nur dank viel Erfahrung auf ihre Kosten. Einen Moment lang dachte sie an den Beruf ihrer Mutter, verdrängte das aber wieder. Evi kam zu einem äußerst befriedigenden Höhepunkt, danach zündete sie sich eine

---

15 Die sieben Weltwunder: Frauen (findet April) – Cola (findet April) – voller Akku – volle Seifenspender in Klos – rettende Steckdose (wenn Akku leer) – gültiger Garantieschein – Fahrgäste, die einsteigen, *nachdem* die anderen ausgestiegen sind.

Zigarette an, schmiegte sich glücklich in die Arme ihrer Beglückerin und puderte Asche auf die Decke. April befand sich nun zwar nicht mehr im Jäger-, sondern im Fluchtmodus, musste aber bleiben. Sie schnupperte den Zigarettenrauch und überlegte, wie sie diese Frau *über*führen könnte. Das hätte sie sich vor der *Ver*führung überlegen sollen, aber wenn sie im Eroberungsrausch war, vergaß sie solche Details. Mit halbem Ohr hörte sie Evi zu, die von ihrem Liebesspiel schwärmte.

Als die Glückliche endlich einmal Luft holte, entschuldigte sich April kurz. Auf dem Weg zum Klo tastete sie den Raum mit ihrem Laserblick ab, was dadurch erschwert wurde, dass die zwei Kerzen neben dem Bett die einzige Lichtquelle waren. Es ratterte in ihrem Hirn, aber außer dass dabei viel Lärm entstand, kam keine nützliche Idee. Gab es eine Möglichkeit, Evi zu diesem Mittwochnachmittag zu befragen, ohne ihr Misstrauen zu wecken? April tappte über den Flur ins Badezimmer und knipste das Licht an in der Hoffnung, etwas Hilfreiches zu entdecken, aber da war nur das Übliche: Zahnbürste, Zahnpasta, Seife, Tücher, Schminkzeug, ein gehäkelter WC-Rollen-Halter, neben der Wanne zwei Gummi-Enten und so weiter. Nichts, was auf eine Lügnerin oder gar Mörderin hingedeutet hätte. Wenn ihr doch nur etwas einfiele!

Als ihre Gastgeberin an der Tür klopfte und fragte, ob alles in Ordnung sei, war die Zeit des Überlegens abgelaufen. April antwortete, dass es ihr blendend gehe, und trat in den Korridor, wo eine hungrige Evi sie mit gespitzten Lippen erwartete. In einem günstigen Moment unterbrach April den Kuss: »Evi, das WC-Papier.«

»Was?!«

»Woher hast du das?«

»Bitte?!«

»Es fühlt sich so gut an, ich will das auch.«

»Von der Migros. Das gibt es neben rosa auch hellblau und weiß.«

»Hat die Migros mittwochnachmittags auch geschlossen?«

»Ja.«

»Wie unpraktisch, in Bern wäre das unvorstellbar. Was machst du denn, wenn du am Mittwochnachmittag unbedingt etwas haben musst?«

Evi blickte April etwas genervt in die Augen, dann hungrig auf die Lippen. »Man müsste nach Thun fahren oder halt bis zum nächsten Morgen warten. Bleiben wir noch lange hier stehen?«

»Nach Thun? Das ist ein rechtes Stück. Hast du das auch schon gemacht?«

»Ich bin doch nicht verrückt!«

April ließ sich widerstrebend ins Bett ziehen, wo die Zeichen nicht auf schlafen standen, sondern auf einer Neuauflage der Lust. Sie schickte sich darein (zugegeben etwa so, wie man sich hineinschickt, ein Tortenstück zu essen). Nach dem zweiten erfreulichen Abschluss glitt Evi bald in einen tiefen Schlummer. Als sie leise zu schnarchen begann, rutschte die Detektivin aus dem Bett, suchte aus ihrer Tasche die kleine Taschenlampe (ein Geschenk von Lou) und suchte die Wohnung ab.

Es war schwierig, etwas zu finden, wenn man nicht wusste, wonach man suchte. Sie würde wohl kaum eine gebrauchte Spritze mit Insulin- oder gar Sauerstoffspuren entdecken, auch nicht einen Hassbrief an Sofia Leibundgut oder deren Foto, tot auf der Liege, das Evi zur Erinnerung geschossen hatte.

Als sie an das Bild der toten Ärztin dachte, kamen ihr die Haarklammern in den Sinn. Im Badezimmer fand sich ein Behälter mit Klammern im Spiegelschrank. Sie nahm ein paar heraus und verstaute sie in ihrem Portemonnaie. Im Wohnzimmer, dessen Ausstattung sie in einen Ausstellungsraum von IKEA versetzte, hing ein Foto von Evi, Leo Gertsch, Fabian und Luginbühl. Lachend saßen sie an einem Tisch. Das Foto interessierte sie, weil Fabian so verliebt schaute, man die Person an seiner Seite aber nicht sehen konnte. Sie fotografierte das Bild.

Es war beileibe nicht das einzige Bild, auf dem Leo Gertsch zu sehen war – im Korridor, über dem Küchentisch und eben im Wohnzimmer hingen Fotos von ihm. Er war überall präsent, für Aprils Geschmack ein bisschen zu sehr.

Eine Zeit lang stöberte April in Schubladen und Schränken, fand aber nichts Bemerkenswertes. Sie wünschte, Lou wäre da, sie als Meisterdiebin wüsste besser, wie man suchen und finden konnte. Schließlich packte sie ihre Siebensachen und schrieb Evi eine Nachricht auf einen Zettel:

Evi, es war wunderschön, danke!

Dies war eine Lüge aus dienstlichen Gründen und somit gerechtfertigt. Sachte schloss sie die Wohnungstür hinter sich und machte sich auf den Nachhauseweg.

Wie sie sich nach Lou sehnte!

Eine hält das Opfer, die andere spritzt

April hatte nicht viel geschlafen. Sie, die normalerweise mit einem federleichten Gewissen ausgestattet war, ächzte unter einem Bleigewicht. An Lou hatte sie eine SMS geschickt, in der sie in blumigen Worten erklärte, wie sehr sie sich auf das Wiedersehen am Freitag freue. Sie könne im Moment leider nicht telefonieren, weil sie unterwegs sei.

Ja, unterwegs vom Stöckli zu Röslis Küche.

Lou fragte, was los sei, sie schreibe sonst nie so schwülstig?

Als April das las, fluchte sie und wünschte sich, heterosexuell zu sein. (Männer würden bei einer solchen SMS keinen Verdacht schöpfen.) Sie schrieb Lou zurück, dass diese romantischen Gefühle von einem wundervollen Traum mit ihr herrührten.

Wie der Traum gegangen sei?

Das werde sie gerne erzählen, aber jetzt habe sie ein Treffen mit Bär.

Es war nicht wirklich ein Treffen, sie suchte ihn spontan und ohne Ankündigung auf. Glücklicherweise war er zu Hause und bat sie in die Stube. Diesmal sagte sie, dass ihr ein Espresso genüge. Noch einmal eine Wanne voll Milchkaffee war ihr zu viel. Wie sie vermutet hatte, besaß der Espresso die Größe eines normal großen Kaffees. Bär setzte sich ihr gegenüber und sah sie fragend an.

Sie erzählte ihm von Evis Lüge bezüglich des Einkaufens. »Ich habe sie ein bisschen in die Mangel genommen.«

»So?«

»Ja, wie soll ich das sagen – ich habe eine gewisse Fähigkeit, ein Talent, das ich manchmal beim Ermitteln anwende ...« Verzagt schaute sie auf die Tischplatte. »Also es ist so, dass ich Frauen verführen kann. Eine sexuell befriedigte Frau sagt so manches, das sie sonst nicht verraten würde.«

Bär zog die Augenbrauen hoch. »Du meinst: Sex als Instrument der Ermittlung? Lou wird das nicht freuen.«

Neue Verknotung ihrer Finger, dann wieder Entknotung – sie schob Bär ein Foto zu: »Das habe ich bei Eva entdeckt.«

Mit der Lesebrille auf der Nase studierte er das Bild und kommentierte murmelnd: »Offenbar ein Abendessen, Leo und Evi mit Champagnergläsern. Neben Leo sitzt Fabian – und hält den Arm um eine Frau! Wer das wohl ist? Man sieht Fabian nie in weiblicher Begleitung, es wird gemunkelt, er sei schwul. Leider ist nur ihre Schulter und langes Haar zu sehen.« Er reichte das Foto zurück. »Der Junge ist dieser abgeschnittenen Frau offensichtlich sehr zugetan, er schaut so zärtlich und verliebt! Ich habe ihn noch nie so entspannt gesehen.«

April betrachtete die Aufnahme nachdenklich. »Interessant wäre zu wissen, ob die Frau erst später weggeschnitten wurde. Falls Evi das getan hat, stellt sich die Frage, warum die Frau ihrer Schere zum Opfer fiel.«

»Vielleicht mag Evi sie nicht.«

»Oder es sollte geheim bleiben, dass Fabian diese Frau so verliebt anschaut.«

»Vielleicht hat Gertsch Evi das Bild geschenkt und es vorher beschnitten.«

»Oder der Fotograf mochte die Frau ganz einfach nicht und hat sie weggelassen.« Sie seufzte. »Das sind viele Vielleichts.«

»Ja, das Schicksal der Ermittler: viele Konditionalis und Vielleichts.«

»Stimmt, ich habe eine gute Kondition.«

»Ich sagte *Konditionalis.*« Als er Aprils verständnislosen Blick sah, fügte er hinzu: »Wir Ermittler reden doch oft so: Es könnte sein, dass ... wäre der Mörder ... der Blutfleck müsste von Soundso stammen – und so weiter.«

»Ah, du meinst die Wahrscheinlichkeitsform, warum sagst du das nicht gleich?« Gedankenverloren schaute sie auf das Foto. »Ob es Sinn macht, dieser weggeschnittenen Frau nachzugehen? Aber noch einmal zurück zu Evis Lüge: Als Arztgehilfin kennt Evi bestimmt Methoden, wie man spurlos töten kann. Und es braucht mindestens zwei, um einer Person etwas gegen ihren Willen zu verabreichen. Eine hält das Opfer, die andere spritzt. Evi hätte spritzen können – sie weiß ja, wie – jemand anderer hatte Sofia festgehalten. Wer war dann der andere?«

»Jemand, der für Evi alles tun würde. Oder sie für ihn – da käme Leo Gertsch in Frage.«

»Aber weshalb sollte er Sofia umbringen wollen? Und warum außerdem noch die Hauptsponsorin seines Clubs, die eigene Nichte und eine gute Freundin? Mir kommt dazu auf die Schnelle nur eines in den Sinn: Ein Alien hat versucht, die vier Frauen zu entführen, aber die zogen nicht mit. Darum hat sich das Alien diesen Leo geschnappt und ihn ferngesteuert, damit er sie umbrachte!«

Verdutzt blickte Bär die Detektivin an, dann begann er zu lachen, dass die Unterteller der Kaffeetassen leise klimperten. »Ich verstehe, warum Rösli dich mag – mit diesem Humor!«

»Manchmal mag sie mich gerade deswegen nicht«, grinste April und trank ihren Kaffee aus. »Willst du dich nicht mal mit ihr verabreden?«

Bär wurde nicht rot, er wurde knallrot und begann nervös seine Hose glattzustreichen. Und da er scheinbar nicht vorhatte, in absehbarer Zeit zu antworten, schob sie nach: »Sie würde sich bestimmt freuen.«

Endlich ließ Bär seine Hose in Ruhe. »Aber Fritz ...«

»Ja, das war Röslis Ehemann, doch der ist vor Jahren verstorben.«

»Wir waren gute Freunde.«

»Fritz ist tot! Er schaut vom Himmel herab und fragt sich, wann ihr zwei Tölpel euch endlich verabredet. Er hat zwischenzeitlich bestimmt eine nette Engelfrau gefunden.«

»Und was ist mit meiner Frau Martha? Ich habe sie sehr geliebt und war ihr immer treu.«

»Das bezweifle ich nicht, aber beim Heiraten heißt es *bis dass der Tod euch scheidet* und nicht: bis weit über den Tod hinaus.«

Schwerfällig stand Bär auf, ging ein paar Mal auf und ab, dann trat er vor April. »Du bist eine außergewöhnliche Frau – und obschon so viel Blödsinn aus deinem Mund sprudelt, sagst du manchmal weise Dinge.«

Die Weise strahlte. »Heißt das, dass du Rösli ausführst?«

»Ich ziehe es in Betracht.«

»Hoffen wir, dass du dich dazu entscheidest, bevor der Tod dich von den Lebenden trennt.«

Wieder klimperten die Untertassen zu Bärs Gelächter. Mittendrin klopfte es an der Tür und herein kam seine Tochter Katja samt ihren drei Kindern – süße Dinger zwischen zwei und acht Jahren, zwei Mädchen, ein Junge.

Bär stand auf und umarmte, was er zu greifen bekam. »Meine Racker, da seid ihr ja!« Liebevoll gab er seiner Tochter einen Kuss auf die Wange und lachte über die Kleinste, die an seinem Bein hochklettern wollte. Es war wie bei Rösli: Kaum tauchten die Enkel auf, konnte man nichts mehr mit ihnen anfangen.

Nachdem April sich mit Katja unterhalten und ein paar der Bälger durch die Luft geschwungen hatte, packte sie Notizbuch und Tasche und verabschiedete sich.

Draußen schaltete sie ihr Handy ein. Lou hatte geschrieben: *Ruf mich an, ich muss mit dir reden.*

Au Backe! Ihre Diebin wusste das mit Evi und würde mit ihr

Schluss machen! Obschon die Frühlingssonne die Landschaft in ein warmes Licht tauchte, war April plötzlich kalt und bang. Rasch überlegte sie sich verschiedene Strategien: Sie könnte so tun, als hätte sie die SMS nicht erhalten. Das gäbe ihr Aufschub. Sie könnte anrufen und alles abstreiten. Eine verlockende Möglichkeit. Sie könnte in Totenstarre verfallen. Reizvoll. Sie könnte von einer ganz schlimmen Krankheit befallen worden sein, da wären Lappalien wie Fremdgehen unbedeutend. Oder sie könnte nach Bern fahren, um von Angesicht zu Angesicht mit Lou zu reden; das hätte den Vorteil, dass sie mit ihrem Charme und Liebreiz das Schlimmste ausbügeln könnte.

Gute Idee!

Bald schwang sie sich auf die Buell und fuhr in halsbrecherischem Tempo über die Autobahn. Ihre Schutzengel konnten nur mit Mühe Flug halten und waren einmal mehr wütend auf diese Irre. Der eine sagte: »Ich meinte, ich sei in den Himmel gekommen – das hier aber ist die Hölle!« und zum hundertsten Mal griff er in Aprils Lenkstange, um eine schlimme Kollision zu verhindern.

Bei Lous Kletteragentur *Diretissima* angekommen, stürzte sie hinein, ohne die Biker-Utensilien abzulegen. Die Sekretärin Moneypenny beziehungsweise Klara, Lous rechte und linke Hand und Frau für alles, schaute das behelmte Wesen gleichmütig an und sagte nur: »Lou ist im Büro.«

Die ersten Male war Lou erschrocken, als ihre Geliebte so hereinkam, jetzt nicht mehr. »Was machst denn du hier?« Erstaunt beäugte sie die Atemlose.

»Du hast geschrieben, dass du mit mir reden musst.«

»Hab ich das?« Lou überlegte. »Ah ja, aber das hat sich erledigt. Ich überlegte mir, ein neues Sofa zu kaufen, und wollte mit dir die Farbe besprechen. Aber ich habe mich anders entschieden – schließlich ist es unser Sofa, wir haben gar manches darauf gemacht, es bedeutet mir zu viel.« Sie strahlte April so liebevoll an, dass die Motorradraserin weiche Knie bekam.

Außerdem war sie kolossal erleichtert. Sie nahm ihre Geliebte in die Arme und drückte sie an sich.

»Wie oft muss ich dir das noch sagen: Es macht keinen Spaß, wenn du mich an deine Ledermontur drückst!«

Lachend ließ April Lou los und schälte sich aus dem Overall. »Vielleicht musst du Klara sagen, dass du niemanden empfangen kannst«, schlug sie vor und umarmte sie von neuem.

Gehen wir in den Kreuzgang

Am Samstag gingen die Detektivin und die Meisterdiebin mit Lous Patenmädchen Bella in den Tierpark und versuchten die Kleine davon zu überzeugen, dass es noch andere interessante Gehege gab als das der Bisons. Letztes Mal hatte sie sich nur für den Fuchs interessiert (der sich nie zeigte), im vorigen Jahr für einen Schmetterling. Mittlerweile war Lou an Bellas einseitigen Geschmack gewöhnt und blieb gleichmütig stundenlang vor ein und demselben Gehege stehen. Aprils Küsse, Zärtlichkeiten und Witze machten die Warterei kurzweilig. Bella konnte nicht verstehen, warum die beiden Frauen Liebeleien spannender fanden als Bisons. In ein paar Jahren würde sie es begreifen.

Nach dem Ausflug konnten die Verliebten sich ausgiebig einander widmen. Sie taten das wie fast immer bei Lou, was April nach wie vor störte, aber da sie unter der Woche im Simmental war, sank die Attraktivität ihrer eigenen Wohnung auf Null.

Am Montagmorgen verabschiedeten sie sich, als müsste April in den Krieg ziehen. Brucie schaute Lou in die Augen und fragte sich, wie sie jemals mit Evi ins Bett gehen konnte. Nun gut, sie hatte das aus selbstlosen Gründen getan, es ging nur um den Fall.

Natürlich, Frau Pallas ...!

Bevor sie nach Zweisimmen fahren würde, wollte sie zwei

Zwischenstopps einlegen: In Thun, um im Gymnasium Freundinnen von Jennifer aufzutreiben – und vorher im Kanton Solothurn, um das Kloster und Waisenhaus St. Helena zu besuchen. April hatte sich in den Kopf gesetzt, Lous Mutter ausfindig zu machen. Außerdem wollte sie sehen, wo ihre Geliebte aufgewachsen war.

Das Grundstück war weitläufig, es bestand aus mehreren Gebäuden: Zuerst einmal das Kloster selber mit Kreuzgang und Klosterhof, Speisesaal, Sakristei und Krypta. Dann die Neben- und Wirtschaftsgebäude sowie zwei Neubauten. Rösli hatte ihr das Wenige, das im Internet über St. Helena zu finden war, zusammengetragen und sich in den Klostercomputer einzuhacken versucht, was ihr zu ihrem eigenen Erstaunen noch nicht gelungen war.

April stellte sich beim Empfang vor und erklärte, sie würde gerne mit jemandem sprechen, der schon in den siebziger Jahren hier gearbeitet hatte. Die Sekretärin wollte wissen, warum, erhielt aber nur vage Auskunft. Das sei eine private Angelegenheit und überdies sehr wichtig.

»Wir haben leider niemanden mehr, der zu dieser Zeit hier gearbeitet hat«, erklärte die Frau. »Ich kann Schwester Magdalena fragen; sie ist im Ruhestand, hat aber immer noch ihr Zimmer im Kloster. Vielleicht kann sie weiterhelfen.«

Begeistert nickte April und setzte sich in der Warteecke nieder, wo sie einen Prospekt der Anlage studierte: St. Helena war inzwischen nicht mehr nur ein Waisenhaus, sondern auch ein Heim für verhaltensauffällige Kinder und Jugendliche. Die Morgensonne schien durch die Fenster der dicken, weißgetünchten Mauern. Es war kühl und frisch, kaum ein Laut drang von außen herein, ganz leicht roch es nach Kirche und ihr war, als würde sie in frühere Zeiten katapultiert. Sie stellte sich vor, wie die kleine Lou in diesen Gemäuern gelebt hatte, ohne ihre Familie, inmitten von Nonnen, die von den Kindern Kohlesäcke genannt wurden. Sie sah den kleinen Zoro, Lous Wahlbruder und Verbündeten, und wie die beiden Racker die Schwestern in den Wahnsinn trieben.

Die Sekretärin hatte Schwester Magdalena offenbar erreicht, sie sprach laut mit ihr, erklärte, dass jemand Informationen von früher brauche. Nachdem sie eine Weile gelauscht hatte, deckte sie die Sprechmuschel ab und fragte die Ermittlerin, ob es um ein ehemaliges Kind gehe und wenn ja, um welches. Die Detektivin nannte Lous Namen, da sagte Schwester Magdalene offensichtlich nur noch etwas Kurzes, denn die Sekretärin hängte gleich auf. »Einen Moment, sie kommt sofort.«

Einen Moment und *sofort* haben bei alten Menschen eine andere Bedeutung als bei jungen, April hätte es eher *eine Ewigkeit und irgendwann* genannt. Als Schwester Magdalena hereinkam, war klar, warum sie so lange gebraucht hatte: Sie stützte sich schwer auf einen Stock. April begrüßte die Nonne charmant lächelnd und bot ihr den Arm als Stütze, was Schwester Magdalena gern annahm. Sie war groß, hager, mit kantigen Gesichtszügen, die von einem Leben in Disziplin zeugten. Man hätte sich ein bisschen vor ihr fürchten können, wenn nicht ihre Augen gewesen wären, die sanft, fast liebevoll wirkten. Jetzt ruhten sie interessiert auf April: »So, so, es geht um Louise – da kann ich meine Neugierde nicht zügeln, auch wenn das keine Tugend ist.«

Die Besucherin nickte. »Können wir uns irgendwo hinsetzen, wo wir ungestört sind?«

»Gehen wir in den Kreuzgang. Seit man ihn verglast hat, ist es dort auch in dieser Jahreszeit recht gemütlich. Früher, im Winter, wenn wir Nonnen nach Mitternacht hier durchgehen mussten, war es grauenhaft.«

»Nach Mitternacht?«, fragte April verwundert.

»Um zu beten, natürlich. Zu Vigil, sie findet zwischen Mitternacht und frühem Morgen statt.«

Der Eingang in den Kreuzgang war so groß und schwer, dass man seine liebe Mühe damit hatte. Die Klinke aus Metall schien für einen Riesen gedacht. Fratzen waren ins Holz geschnitzt – sie sollten wohl die bösen Geister abhalten, wobei man sich fragen konnte, ob böse Geister sich beim Anblick von Fratzen nicht eher angezogen fühlten. Schwester Magdalena setzte sich auf einen der verzierten alten Holzbänke, von wo aus man durch das Glas in den Innenhof sehen konnte. Dort lachte eine gepflegte Rasenfläche mit akkurat zugeschnittenen Sträuchern. »Uns sind hier manchmal fast die Beine abgefroren. Die meisten hatten unter der Soutane einen wollenen Schal umgebunden, damit man keine Blasenentzündung bekam.«

Die Detektivin betrachtete die gotischen Bogen. »Die Verglasung muss ja ein Vermögen gekostet haben.«

»Fürwahr! Aber Gottes Wege sind manchmal unergründlich: Eines Tages wurde von anonymer Stelle eine Spende überwiesen, mit dem Hinweis, dass sie für die Fenster bestimmt sei. Der Geldgeber hat sich im Vorfeld wohl informiert, jedenfalls deckte der Betrag die Verglasung ab.«

»Unglaublich! Hat man den Spender jemals gefunden?«

Schwester Magdalena schüttelte den Kopf. »Aber wir werden ihm ewig dankbar sein.«

Da musste April lächeln; sie hatte so ein Gefühl, wer dieser anonyme Spender sein könnte. Ach, Lou war so süß! Wenn auch nicht auf legale Weise.

Die Nonne betrachtete sie von der Seite. »Wie kann ich Ihnen helfen, Kind?«

»Es geht um Lou.«

»Wie geht es ihr denn? Ich habe sie schon so lange nicht mehr gesehen.«

»Glaub ziemlich gut. Ihre Kletteragentur läuft, sie ist verliebt«, stolz zeigte sie auf sich, was Magdalena geflissentlich übersah. »Sie weiß übrigens nicht, dass ich hier bin. Ich habe beschlossen, dass ich ihre Mutter finden werde, ich bin von Beruf Detektivin.«

»Eine Mutter, die ihr Kind gleich nach der Geburt im Waisenhaus abgibt, will vermutlich anonym bleiben – meinen Sie nicht auch?«, sagte Schwester Magdalena mit unverhohlener Missbilligung.

»Das mag so gewesen sein – aber mittlerweile will sie doch bestimmt wissen, was aus ihrer Tochter geworden ist! Und das würde sich lohnen, denn Lou ist in jeglicher Hinsicht gut herausgekommen. Was sie ja auch euch Schwestern verdankt.«

»Ich verstehe immer noch nicht, was Sie von mir wollen.«

»Haben Sie Hinweise oder eine Vermutung, wer die Mutter ist oder wo ich sie finden könnte?«

Die Nonne stützte sich schwer auf den Stock, als wollte sie aufstehen.

»Bitte gehen Sie nicht, ohne mir zu sagen, was Sie wissen.«

»Ich weiß nichts«, sagte Schwester Magdalena hart.

»Ist Lüge laut der Bibel nicht eine Sünde?«

»Sie unterstellen mir, dass ich lüge?!«

»Nein, ich unterstelle Ihnen nichts. Es ist eher so, dass ich es im Urin spüre, wie eine Freundin von mir das so schön ausdrückt.«

»Ich sehe nicht, warum ich weiter mit Ihnen reden sollte.«

»Vielleicht, weil Sie etwas wissen, das mir weiterhelfen könnte? – Aber es ist letztendlich Ihre Entscheidung. Erzählen Sie mir doch, wie Lou so war.«

Die Schwester war sichtlich erleichtert, dass April das Thema wechselte. »Sie war ein Satansbraten – süß, höflich und hilfsbereit, aber mit Flausen im Kopf. Zusammen mit Manfred war sie unerträglich.«

»Manfred?«

»Die meisten nannten ihn Zoro. Lou kletterte überall hoch, sie brach in unsere Zellen ein und entwendete Dinge oder platzierte etwas: Nonnen, die sie nicht mochte, fanden Pferdeäpfel auf dem Schreibtisch oder ihren BH auf dem Altar. Das Ärgerliche war, dass man ihr nie etwas nachweisen konnte. Wir waren uns ziemlich sicher – aber die Beweise fehlten. Außerdem hatte sie bei uns eine Sonderstellung, vermutlich, weil wir sie vor unserer Türe gefunden haben, das arme Ding!« Magdalenas Gesicht bekam einen zärtlichen Ausdruck.

»Wer ist ihre Mutter?«

»Woher soll ich das wissen?!« Ärgerlich stieß die Schwester ihren Stock auf den wunderschön gefliesten Boden.

»Könnte ja sein, dass es Ihnen und anderen Nonnen bekannt war, sie es aus irgendeinem Grund Lou aber verheimlichten.«

»Was erlauben Sie sich! – Sie kommen hier reingeplatzt, um mich angeblich zu befragen, scheinen aber schon alles zu wissen. Und was geht Sie das überhaupt an?«

»Lou würde gern erfahren, wer ihre Eltern sind. Das ist wohl nicht so schwer zu verstehen.«

»Es ist das Los mancher Menschen, ihre Eltern nicht zu kennen. Gottes Wege sind eben unergründlich, er wird schon wissen, warum er Lou dieses Schicksal zugedacht hat.«

»Oder er hat sich nichts überlegt dabei – was wissen wir schon.«

»Was Sie da sagen, ist Blasphemie«, fauchte Schwester Magdalena.

»Blasphewas? Ein Blasinstrument?«

Die Nonne stand abrupt auf (ein sogenanntes Zeitlupen-Abrupt). »Ich betrachte dieses Gespräch als beendet«, erklärte sie grimmig.

April erhob sich ebenfalls. »Na gut. Aber was ich mich frage: Warum regt Sie das Thema so auf? Wissen Sie doch mehr, als Sie zugeben wollen?«

»Nun ist aber genug!« Schwester Magdalena drehte sich ohne Gruß um und klackte durch den Kreuzgang davon.

»Warten Sie! Können Sie mir sagen, wo ich andere Schwestern finde, die Lou mit aufgezogen haben?«

»Damit Sie die auch belästigen? Gott bewahre!«

Seufzend blickte April der Nonne hinterher und dachte: Da war was im Busch! Enttäuscht verließ sie das Kloster.

Sie meinen allen Ernstes, dass eine Nonne …?

Vor dem Hauptgebäude sah April sich um. Die Forsythien zeigten schon ein bisschen von ihrem Gelb, bald würde Farbe in die Natur zurückkehren. Ziellos schlenderte sie in der Anlage herum, bis sie einen älteren Mann entdeckte, in Gärtnerbekleidung, der versonnen ein paar dornige Triebe betrachtete. Sie trat neben ihn und schaute auch auf die Dornen.

»Ingrid Bergmann.«

»Wie bitte?«

»Die Rose – sie heißt Ingrid Bergmann, mit dunkelroten Blüten, samtiger Tiefe und einer besonders satten Farbe. Eine sehr edle Sorte«, erläuterte der Gärtner.

»Im Moment kann man sich nicht vorstellen, dass da schöne Rosen wachsen sollen. Arbeiten Sie schon lange hier?«

»Vierzig Jahre. Eigentlich bin ich pensioniert, aber ganz kann ich das Gärtnern nicht lassen, auch wenn die Gelenke nicht mehr so mitmachen.« Der Mann lächelte wehmütig.

»Wenn Sie schon so lange hier sind, kennen Sie wohl auch Louise – Lou, die zusammen mit Zoro hier aufwuchs?«

»Aber natürlich kenne ich die Kleine – nun gut, so klein ist sie wohl nicht mehr. Wenn ich jemanden brauchte, der auf einen Baum stieg, war sie immer zur Stelle.«

»Sie ist meine Freundin.«

»Schön, sagen Sie ihr, dass sie doch wieder einmal vorbeikommen und mit dem alten Heinrich ein Bier trinken soll.«

»Schon verrückt, dass ihre Mutter sie hier vor die Tür gelegt hat.«

»Ja, sicher – schauen Sie mal, hier wächst eine Gloria Dei: leichtgelbe Blüten mit rosa Ränder, wirklich göttlich.«

»Waren Sie da, als man den Säugling fand?«

»Ich habe geschlafen.«

»Lou hat mir gesagt, dass sie die Nonnen Kohlesäcke genannt haben.«

Heinrich lachte. »Ja, ich weiß!«

»In denen sieht man schon sehr formlos aus. Immerhin merkt dann keiner, wenn eine Nonne zugenommen hat.«

Grinsend nickte er. »Deshalb wohl sind viele der Nonnen stattlich – die können so viel essen, wie sie wollen, und haben doch nicht mit zu enger Hose zu kämpfen.«

»Da könnte man sogar schwanger sein und niemand würde es sehen.«

»Seltsame Vorstellung«, Heinrich kratzte sich im Kragen, »aber ja, stimmt. Liebes Fräulein, warum wollen Sie das alles wissen?«

»Ich möchte Lous Mutter finden.«

Verwundert beäugte der alte Mann die Detektivin von der Seite. »Da haben Sie aber Großes, um nicht zu sagen: Unmögliches vor!«

»Da wäre ich mir nicht so sicher. Menschen, insbesondere Mütter können nicht einfach verschwinden. Sagen Sie mir doch: Wie war Lous Verhältnis zu den Schwestern? Bestimmt gab es solche, die sie liebte, und solche, die sie nicht ausstehen konnte.«

»Soweit ich mich erinnere, war Schwester Maria ihre Lieblingsnonne. Sie war Leiterin des Krankentraktes und weil Lou bei ihren Klettereien immer mal wieder runterfiel, lag sie regelmäßig dort und genoss Marias Zuwendung. Man merkte schon, dass Lou ein bisschen ihr Lieblingskind war. Leider starb sie vor fünf Jahren – was für Lou ein Schlag war.«

April sinnierend: »Vielleicht war sie die Mutter?«

Da begann der Gärtner zu lachen. »Schon gehört, dass Nonnen enthaltsam leben?«

»Das behaupten sie jedenfalls – man weiß ja nicht, was in den Zellen oder hier im Garten abgeht.«

»Junge Frau, Sie haben eine blühende Phantasie!«

»Gab es neben Ihnen noch andere Männer, die hier arbeiteten?«

»Sie meinen allen Ernstes, dass eine der Nonnen ...?«

»Ich meine gar nichts, sondern gehe immer von allem Möglichen und Unmöglichen aus – das Leben schreibt ja die wildesten Geschichten.«

»Es gab hier schon immer einen Hauswart mit Gehilfen, dazu Lehrer, die die Kinder unterrichteten. Sie müssten das im Personalarchiv nachschauen.«

»Man wird mir wohl kaum erlauben, dort zu stöbern.«

»Vermutlich nicht.«

»Und Sie?«

Heinrich blickte sie verdutzt an. »Als Gärtner habe ich da genauso wenig Zugang wie Sie. Es müsste jemand vom Büro nachschauen gehen.«

»Wo befindet das Archiv sich denn?«

»In der Sakristei gibt es eine Hintertüre, dort ist es untergebracht.«

»Was ist eine Sakristei?«

»Sie sind wohl keine Katholikin, oder«, lächelte der Gärtner verschmitzt.

April schüttelte den Kopf. »Im Pass steht *reformiert*, ich bin also erneuert. In Wirklichkeit habe ich mit keiner Religion etwas am Hut und seit meinem letzten Fall weiß ich, welche Brutalitäten in der Bibel stehen. Nein danke, da les ich lieber Stephanie-Plum-Krimis.«

»In der Sakristei bereitet sich der Priester auf die Messe vor, zieht sich mithilfe der Messdiener an und so weiter.«

»Ach dort, wo so viele Jungs missbraucht werden?«

»Sie nehmen den Mund aber recht voll«, erwiderte Heinrich missbilligend.

»Ich lese nur die Zeitung.«

»Wie dem auch sei, das Archiv liegt hinter der Sakristei, aber ich habe Ihnen nichts gesagt.« Er nickte ihr zu und schlenderte zu den nächsten Rosen hinüber.

April rief Rösli an. »Kannst du mal nachschauen, ob du einen Grundriss vom Kloster findest? Ich möchte wissen, wie man ins Archiv hinter der Sakristei kommt. Und frag nicht, Erklärungen kommen später.«

Rösli war wie immer sehr effizient, nach zehn Minuten rief sie zurück. »Wenn du vom Empfang aus in den Kreuzgang kommst, liegt auf der linken Seite der Eingang zur Sakristei. Drinnen rechts sollte die Tür zum Archiv sein.«

»Danke!«

»Hast du schon was herausgefunden?«

»Nur, dass da etwas faul ist. Ich glaube, ich bin auf der richtigen Fährte.«

Sie betrat erneut das Kloster, kam zur Empfangsdame und erklärte ihr, der Kreuzgang habe ihr so gefallen, dass sie gern noch einmal dorthin ginge, um die friedliche Stimmung auf sich wirken zu lassen und vielleicht auch ein paar Fotos zu machen.

Die Sekretärin lächelte erfreut und sagte, sie könne so lange dort wandeln, wie sie Lust habe. April warf ihr ein charmantes Lächeln zu, was die Frau bereitwillig entgegennahm.

Der Kreuzgang hatte es April wirklich angetan, sie mochte die gotischen Bogen und wie das Licht in den Gang fiel. Sie ging an der Bank vorbei, auf dem Magdalena und sie gesessen hatten, und näherte sich mit klopfendem Herz den Eingang zur Sakristei. Während sie ständig um sich spähte, drückte sie vorsichtig die Klinke – die Tür öffnete sich! Rasch schlüpfte sie hindurch und fand sich in einem nüchtern gehaltenen Raum. Alte, schön geschnitzte Schränke standen an seinen Wänden. Sie sah einen Vorhang und dahinter eine Tür – auch die war unverschlossen.

Das Archiv füllten Regale bis an die Decke, zum Glück ordentlich sortiert und beschildert. Manche enthielten die Buchhaltung und Lohnabrechnungen, chronologisch geordnet, andere die Daten der Kinder und der Angestellten nach Alphabet. Als Erstes suchte April Lous Akte heraus – eine dicke Akte, kein Wunder, sie hatte ja auch sechzehn Jahre hier gelebt. Zärtlich strich sie über den Deckel. Am liebsten hätte sie die Unterlagen durchgelesen oder gleich mitgenommen, aber sie hatte kein Recht, ungefragt in den Daten zu schnüffeln. So fotografierte sie nur die Angaben über Lous Eintreffen im Kloster.

Dann ging sie zu den Lohnabrechnungen über, um nachzuschauen, wer zu dieser Zeit hier gearbeitet beziehungsweise gelebt hatte. An Männern aufgeführt waren der Gärtner, Liegenschaftsverwalter, Lehrer, Gehilfe, Koch, Küchenhilfe und Bauer (der das Land des Klosters bestellte). April fotografierte die Liste; anschließend fischte sie aus den Personalkisten die Akten aller Nonnen im gebärfähigen Alter. Wenn sie die alle fotografieren wollte, würde sie hier übernachten müssen! Sie entschloss sich, die Seiten zu filmen, während sie durchblätterte.

So verging eine Stunde, bis alle Akten erfasst waren und April erschöpft in den Kreuzgang hinaustrat. Als sie in den Empfangsraum zurückkam, war die Sekretärin gerade am Telefon und gab ihr Zeichen, herüberzukommen. April tat, als würde sie nicht verstehen, winkte zurück und verließ eilig das Kloster.

Die Buell hatte sie nicht weit vom Eingang abgestellt. Sie zog nur rasch den Helm auf und brauste davon in der Sorge, dass die Sekretärin sie einholen und fragen wollte, was sie so lange im Kreuzgang gemacht hatte.

Kalkweiß und völlig geschockt

Vor dem Thuner Gymnasium, wo Jenny in die Schule gegangen war, saß eine Detektivin auf ihrem Motorrad und aß zu Mittag: ein Milky Way und ein Twix. Dazu trank sie Cola, abwechslungsweise mit Wasser (das hatte ihr Lou beigebracht: Der Mensch bestehe vor allem aus Wasser, der Körper brauche daher Wasser und nicht Cola, um optimal zu funktionieren), außerdem – man höre und staune! – aß sie ein paar Karotten! Diese enorme Erweiterung ihrer Ernährung hatte sie ebenfalls Lou zu verdanken: Der war aufgefallen, dass April Karotten im Unterschied zu den meisten Gemüsen gerne aß. Man konnte sie am Morgen schälen, in eine Tüte packen und zu den Riegeln legen. Meistens übernahmen Rösli oder Consuela das Schälen, damit es nicht vergessen ging.

Es war bald zwei Uhr, als April nach ihrem abwechslungsreichen Mahl die Schule betrat. Das Haus bestand aus einem roten und einem weißen Würfel, die miteinander verbunden waren, und vielen großen Fenstern. Hinter der Empfangstheke stand eine junge Frau, die so wirkte, als sei sie noch in Ausbildung und damit betraut, einen Moment lang die Stellung allein zu halten.

Die Detektivin grüßte freundlich und kam gleich zur Sache: »Ich bin die ältere Schwester von Jenny Gertsch, Sie wissen wohl, wer, oder?«

Die Frau nickte bekümmert.

»Wir fanden in ihrem Zimmer etwas, das einer ihrer Freundinnen gehört. Können Sie mir sagen, wo ich ihre Klasse finde?«

»Wen betrifft es denn?«

»Das möchte ich nicht verraten, sondern es der Schülerin persönlich übergeben. Sie werden das sicher verstehen.«

Die junge Frau nickte heftig, obschon sie vermutlich nicht ganz verstand. »Klar. Jenny wäre jetzt in der Oberprima. Sie war in der Klasse a.«

»Genau, Klasse a. Und die finde ich wo?«

Die Thekenkraft schaute auf dem Stundenplan nach, wo die Klasse Unterricht hatte. »Zweiter Stock, drittes Zimmer von links, sie haben gerade Deutsch. Aber warten Sie bitte bis zum Ende der Stunde.«

Zwanzig Minuten später strömte ein Pulk Jugendlicher aus dem Zimmer. April stellte sich auf einen Heizkörper und rief: »Bitte herhören! Wer mit Jenny Gertsch befreundet war, soll mal zu mir kommen. Es ist wichtig.« Die Jugendlichen schauten irritiert, manche grinsten und gingen weiter, andere zögerten, entfernten sich aber dann doch. Drei Mädchen blieben übrig.

Geschmeidig sprang April von der Heizung herunter. »Ich habe von der Schulleitung die Erlaubnis bekommen, dass ihr bei der nächsten Unterrichtsstunde fehlen dürft.«

Eine junge Frau mit rot gefärbtem, asymmetrisch geschnittenem Haar sagte traurig: »Was kann jetzt noch wichtig sein, wo sie ...«

»Nehmen wir mal an, der Sturz in die Jauche war kein Unfall, sondern jemand hatte das eingefädelt.«

»Was?! Jenny ermordet?«, rief die Rothaarige entsetzt.

Die Detektivin sah in drei offene Münder. »Gehen wir in die Cafeteria, damit wir in Ruhe reden können.«

Betäubt folgten ihr die drei. Sie setzten sich in die hinterste Ecke, damit sie ungestört waren. Ohne Umschweife begann April: »Als Freundinnen wisst ihr vermutlich mehr über Jenny als irgendjemand sonst. War irgendetwas Besonderes passiert, bevor sie starb? Streit, Niedergeschlagenheit, Drogenkonsum? Wollte sie abhauen? Hat sie etwas besonders beschäftigt, war sie unglücklich verliebt?«

Die Braungelockte, die sich als Michèle vorgestellt hatte, nickte. »Sie war ziemlich verzweifelt, weil ihr bester Freund den Kontakt zu ihr abgebrochen hatte. Zumal sie eigentlich in ihn verliebt war.«

»Weißt du, warum er nichts mehr mit ihr zu tun haben wollte?«

Die Gelockte schüttelte den Kopf. »Jenny wollte nicht darüber reden. Sie sagte nur, dass sie etwas Blödes getan und den Fabian verletzt hätte. Mehr sagte sie nicht – oder?« Fragend wandte sie sich an die zwei anderen. Die schüttelten den Kopf.

»Fabian wer? Tritten?«

»Ja, der. Die sind zusammen aufgewachsen, und obwohl Jenny mit anderen Jungs Beziehungen hatte, war er ihre große Liebe.«

»Was könnte sie gemacht haben, dass er so verletzt war?«

»Ja, das hätten wir auch gern gewusst, aber sie sagte keinen Ton. Ich glaube, sie schämte sich zu sehr dafür.«

»Wann ungefähr war das?«

»Etwa vor zwei Jahren, da kam sie eines Tages kalkweiß und völlig geschockt in die Schule. Wir wollten wissen, was los sei, aber sie weinte und sagte nur, ich hab das Schlimmste gemacht, das man machen kann.«

Regula, die Schülerin mit wasserstoffblonder Igelfrisur, fügte hinzu: »Sie war danach wie ausgewechselt und kaum ein Jahr später war dann die Sache mit dem Sturz.« Die drei starrten bedrückt auf die Tischplatte. »Was nur, wenn sie wirklich ermordet wurde? Das ist ja grauenhaft«, sagte Regula schließlich.

April seufzte. »Es sieht leider danach aus, als hätte man ihr eine tödliche Falle gestellt. Könnte es jemand geben, der weiß, was zwischen Jenny und Fabian geschehen ist?«

»Wir waren ihre besten Freundinnen – wenn sie es uns nicht gesagt hat, dann wohl niemandem«, sagte Gabriela.

»Hat Jenny jemals eine der drei folgenden Frauen erwähnt: Marlise Ueltschi, Eliane Mattis oder Sofia Leibundgut?«

Drei Köpfe wurden geschüttelt. Die Detektivin machte sich Notizen und fragte dann nach Telefonnummern, falls sie noch eine Frage hätte. Nachdem sie ihr Büchlein zugeklappt hatte, bemerkte Gabriela grinsend: »Voll cooles Teil!«

Liebevoll strich die Detektivin darüber. »Es geht nichts über eine gute Tarnung.« Sie zwinkerte. »Ich gebe euch meine Visitenkarte, ruft mich an, falls euch noch etwas einfällt.«

Nachdem April erfolglos ihre Taschen durchsucht hatte, holte sie drei Servietten, schrieb Namen und Telefonnummer darauf und reichte sie den Schülerinnen.

»Voll krass, dass Sie Motorrad fahren«, sagte Michèle.

»Woher weißt du, dass ich eines habe?«

Lächelnd deutete Michèle auf ihren Overall.

»Scharf beobachtet, junge Dame, aus dir wird vielleicht mal eine große Detektivin!« April packte ihre Sachen zusammen und verabschiedete sich. Die drei schauten belustigt und gleichzeitig bewundernd ihrem lässigem Gang hinterher.

Vermutlich stellte an diesem Tag Brucie Lee einen neuen Rekord über die Distanz Thun–Zweisimmen auf. Vorher hatte sie Bär und Rösli angerufen und ihn zu Rösli gebeten. Als sie in Zweisimmen eintraf, stand er schon vor dem Bauernhaus. Rösli kam später würdevoll daher, in Sonntagskleidung, das Gesicht frisch gepudert (ungewollt auch ein bisschen das Haar) und so stark parfümiert, dass April übel wurde. Ces' Lächeln hingegen bestätigte die These, dass Männer ein schlechteres Riechorgan haben als Frauen, oder er merkte vor lauter Freude, Rösli zu sehen, nicht, dass er an und für sich betäubt auf dem Boden lag.

Am Stubentisch erzählte April von der Begegnung mit den drei Schülerinnen.

»Was ich besonders interessant fand: Jenny hat offenbar irgendetwas Schlimmes mit Fabian angestellt, darum brach er den Kontakt mit ihr ab. Laut der Wirtin vom Niederhorn hat Eliane auch irgendetwas Schlimmes getan, das eine Wiedergutmachung verlangte, weshalb sie auf dem Niederhorn gleich zwei Sträuße niederlegen wollte. Hatte das eine mit dem anderen zu tun? Vielleicht sollten wir Fabian im Auge behalten.«

Rösli schaute versonnen auf das Tischtuch, dann blickte sie zu Bär, eine feine Röte überzog sein Gesicht. »Ws mnst d, Rsl?«

Falls man innerlich die Augen verdrehen konnte, so machte April das nun. »Ja, also was meinst du, Rösli?«

Deren Gesicht erblühte ebenfalls, ehe sie zu einer Antwort ansetzte. Vorsorglich sagte die Detektivin: »Sprich zu mir, Rösli, ich möchte etwas verstehen.«

Die zischte: »Ich entscheide selber, mit wem ich rede – Ces hat mir eine Frage gestellt!« Sie wandte sich ihm zu und schmachtete: »ch dnk, ds st n wchtg nf.«[16]

Stöhnend befahl die Detektivin: »Sag: a–e–i–o–u–ä–ö–ü!«

»Spinnst du?!«

»Du verschluckst das Zeugs, ich kann dich nicht verstehen – euch beide nicht! Von jetzt an sprecht ihr nur zu mir, kapiert?«

Rösli verschränkte die Arme. »Du bist hier zu Gast, ich lasse mir von dir nichts sagen.« Und zu Bär gerichtet: »Stmmt dch, dr ncht?«[17]

»Hh, d hst rcht, br vllcht st ws drn, ws prl sgt.«[18]

April verwarf die Arme. »Also, Fabian scheint eine Rolle zu spielen. Er hat sicher auch eine Beziehung zu seiner Hauptsponsorin Marlise Ueltschi gehabt. Gab es eine Verbindung zwischen ihm und Sofia?« Schon wählte April Verenas Nummer. Nach dem Gespräch schaute sie triumphierend auf. »Ha, Sofia war

---

16 Für alle, die ohne Vokale kein Wort verstehen: »Ich denke, das ist eine wichtige Info.«

17 Für die gleichen Banausen: »Stimmt doch, oder nicht?«

18 »Ja, du hast recht, aber vielleicht ist was an dem dran, was April sagt.«

Fabians Vertrauensärztin! Sie war ein großer Sportfan und hat sich für ihn engagiert. Endlich fügen sich Puzzlesteine zusammen! Tritten hatte mit allen vier Frauen eine nähere Beziehung. Aber warum hätte er sie umbringen wollen?«

»Das ist absurd«, sagte Bär. »Fabian kommt übrigens demnächst wieder nach Hause. Die Skisaison ist fast zu Ende, noch zwei Rennen in Kanada.«

»Das Foto!« April fuhr hoch und rannte aus der Stube, Rösli und Ces schauten sich verwundert an.

»W ght s hn?«, fragte Rösli ihren Bären.

»So, du redest wieder mit Knoten im Mund?«, sagte Consuela, die soeben in die Stube humpelte. »Muss ich setzen auf Sofa, für Fuß«, erklärte sie und machte es sich bequem. Sie ignorierte die romantisch aufgeladene Stimmung im Raum und begann in einer Zeitschrift (*Schweizerbauer*) zu blättern. Als sie das Schweigen bemerkte, sagte sie: »Wer gestorben oder ihr macht Meditation? Ist unheimlich, wenn so still.«

»Man muss nicht immer so viel plappern wie du, Consuela«, erklärte Rösli mit säuerlichem Gesichtsausdruck.

»Wie man soll der Mensch verstehen, wenn nicht spricht? Ihr Schweizer seid Fische, nur blubb blubb – so langweilig!«

»Da könntest du recht haben«, Ces lächelte Consuela an, die jedoch ignorierte ihn und blätterte weiter.

April rauschte wieder herein, in der Hand ein Foto, mit dem sie herumwedelte. »Schaut euch das an: Fabian, der eine Frau anhimmelt, die man nur leider nicht sieht. Warum? Hat sie etwas mit den Morden zu tun? Alle, die ich bisher befragt habe, behaupteten, dass Fabian keine Freundin hatte. Das sagt ihr doch auch, oder?«

Rösli und Ces nickten.

»Ich muss unbedingt mit Evi reden, um herauszufinden, in wen er verliebt war.«

»Und wie willst du das tun?«, fragte Rösli skeptisch.

»Ich finde schon einen Weg.«

»Mach keine Dummheiten! Und wehe, du riskierst dafür deine Beziehung zu Lou!«

»Würde ich nie.«

»Warum wirst du dann rot?«

April packte Notizbuch und Foto und sagte eisig: »Ich verlasse jetzt diesen Raum, bevor ich *Ich weiß nicht was* mache!«

»Wenn man gibt Drohung, muss genau sagen, was – sonst es macht keine Eindruck«, bemerkte Consuela.

»Okay. Sonst ... werde ich auf deinem lädierten Fuß auf und ab hüpfen!«

»Würdest du nie, weil du bist freundlicher Mensch.«

April glaubte nicht richtig gehört zu haben – Consuela sagte etwas so Nettes über sie? Entzückt ging sie auf die Kolumbianerin zu und pflanzte ihr einen schmatzenden Kuss auf die Stirn. »Du auch«, sagte sie und verließ gerührt die Stube.

Zurück blieb eine unpassende Konstellation: Consuela blätterte seelenruhig weiter in ihrer Zeitschrift, während die beiden am Tisch nicht wussten, wohin mit Blicken, Händen und Tassen.

»Fur was macht ihr Schweigeminute?«, kam es vom Sofa.

Am Tisch wurden Schultern gezuckt. Dann stand Ces unbeholfen auf und richtete sich an Rösli. »Ch wllt ws frgn ...«

Die Bäuerin nickte aufgeregt. »Ws?«

»Er will ausgehen mit dir, ist doch klar.« Consuela verdrehte die Augen, »stimmt's, Ces?«

Bär nickte nur.

»Und wohin? In Gasthof Bären in St. Stephan man isst gut. Du, Ces, holst Rösli morgen Abend um sieben, dann fahrt ihr.«

Beide nickten ergeben.

»Ihr Schweizer seid nicht richtig im Schädel. Kein Wunder, ihr wandert zu viel, das schädigt Hirn.« Kopfschüttelnd nahm Consuela die nächste Zeitschrift (*TV-Woche*) zur Hand.

Manchmal muss man selbstlos sein

Unterdessen parkte April in der Einkaufsmeile von Zweisimmen und betrat den Kleiderladen. Evi zeigte einer Kundin gerade ein paar glitzernde Hosen, als sie die Detektivin erblickte. Prompt spiegelte ihre Miene in kurzer Abfolge eine erstaunlich breite Palette an Gefühlsregungen: Sie erbleichte, riss die Augen auf, errötete, verengte die Augen zu schmalen Schlitzen, schürzte die Lippen verachtungs- bis lustvoll, dann nahm sie sich zusammen, ordnete ihre Gesichtszüge zu einem freundlichen Lächeln und bediente weiter. Derweil sah April sich ein bisschen um, blieb bei den BHs hängen und stellte sich vor, wie Lou in diesen spitzen- und glitzerbesetzten Wundern aussehen würde. Endlich zahlte die Kundin und verließ den Laden.

Evi trippelte hinter der Theke hervor. »Was suchst du hier! Verschwinde!«

April, einen BH um die Hand gewickelt, sagte verlegen: »Es tut mir leid, dass ich nach dieser wundervollen Nacht grußlos gegangen bin. Ich war so durcheinander ... es war wahnsinnig intensiv ... da habe ich Angst bekommen und bin geflohen. Verzeih mir. Aber jetzt habe ich den Mut gefunden und bin gekommen. Ich musste in den letzten Tagen dauernd an dich denken.« (Was nicht mal gelogen, aber anders gemeint war.)

Dazu nahm sie ein Lächeln der Extraklasse aus ihrem Köcher und traf mitten ins Herz.

»Ich dachte, es sei eine einmalige Sache für dich«, stammelte Evi verloren.

»Ich habe doch geschrieben, dass ich es schön fand – etwas Schönes will man wiederholen. Wollen wir uns wiedertreffen? Am liebsten noch heute. Darf ich dich nach Ladenschluss abholen?«

Evi nickte nur stumm, wohl auch, weil eine neue Kundin den Laden betrat. Das war schon mal gut gelaufen! Zur Feier des Tages begab sich April zum Kiosk.

»Diesmal räumen Sie nicht alle Schokoriegel ab, ich habe noch andere Kunden«, warnte die Inhaberin.

»Nein, heute bitte nur zwei Milky Way und zwei Mars. Waren Sie bei Vreni die Haare schneiden? Ihre Frisur sieht so frisch aus.«

Die Frau war zwar nicht eitel, aber das Kompliment nahm sie trotzdem freudig entgegen.

»Haben Sie die arme Melissa eigentlich gut gekannt?«, fragte April noch weiter.

»Was heißt gut …«, erwiderte die Kioskfrau, »sie kaufte ab und zu Schleckereien bei mir. Es war eine besondere junge Frau, sehr sympathisch. Oft sah man sie nicht, sie saß ja im Rollstuhl und lebte in einem Behindertenheim.«

»Hatte sie einen Freund?«

»Keine Ahnung, ist jedenfalls nie mit einem aufgetaucht.«

Kauend schlenderte April zum Tearoom *Pony*. Ob Marina da war? Ja, sie war, bediente soeben ein älteres Ehepaar am Fenster. Inzwischen grüßte Marina sie wie eine alte Bekannte. Noch bevor April sich richtig setzen konnte, stand der doppelte Espresso mit vier Cremes vor ihr.

»Was macht dein sogenanntes Buch?« Marina zwinkerte.

»Das kommt gewissermaßen vorwärts. Eine Frage: Hat der Fabian eigentlich eine Freundin?«

»Du meinst, eine Hexe oder Kräuterkundige?« Nochmaliges Zwinkern.

»Ja, so ungefähr.«

»Da ist mir nichts zu Ohren gekommen. Er ist ja viel weg – entweder Rennen oder Trainingscamp. Ich habe nur gesehen mit Jenny, aber die waren befreundet schon Jahre. Er ist schíchtern, kann nicht so gut umgehen mit Menschen. Und noch Frauen! Seitdem er so berímt ist, tut er sich noch schwerer. Er lässt sich selten blicken und wenn, dann tun immer gleich Leute ihm belästigen. Er ist ja besonderer Stolz von hier, der arme Junge!«

»Wo wohnt er?«

»Hat eigene Wohnung. Früher er war viel bei Eliane. Ihr Sturz von Klippe hat ihn sehr erschíttert, obwohl sie in den Monaten davor nicht mehr so gut miteinander waren.«

»Woher weißt du das?«

»Seine Mutter mir gesagt. Sie verstand auch nicht, was los war.« Marina schaute der Detektivin zu, wie sie rasch Notizen machte. »Hübsches Bíchlein hast du, das würde Mädchen in unsere Haus gefallen.«

»Ich habe es aus dem hiesigen Schreibwarenladen. Bin sehr zufrieden damit.«

Marina tätschelte ihr auf die Schulter. »Du bist Lustige, ich mag das.«

Evi brauchte einen Moment, um den Laden zu schließen. Während April wartete, schrieb sie Lou eine saftige SMS als Zeichen, dass sie ihr treu war, auch wenn es nicht ganz stimmte. Sie schrieb ein Hohelied auf Lous Körper.

»Gehen wir zu mir?«, fragte Evi.

Ein solch steiler Einstieg kam selbst für die unwiderstehliche Frau Pallas unerwartet. »Nichts lieber als das, aber ich möchte ganz romantisch mit einem Apéro beginnen.«

Evi nickte. »Ich kann dich hier leider nicht küssen – wir sind in einem Dorf und Leo darf natürlich nichts davon erfahren.

Gehen wir ins *Ädu's Bar*?«[19] Ungeduldig zog sie April mit sich und während diese sich ziehen ließ, dachte sie fieberhaft über das weitere Vorgehen nach. Sich ordentlich vorzubereiten war nicht ihre Stärke – gelinde ausgedrückt. Als sich die beiden mit einem Glas Champagner gegenübersaßen, war April immer noch nicht viel eingefallen, also fragte sie: »Wenn Leo zurückkehrt – und das sollte doch bald sein – was ist dann mit uns?«

Offensichtlich hatte sie ein unangenehmes Thema angesprochen, denn Evis Gesicht verdunkelte sich. »Ich weiß im Moment überhaupt nichts.«

»Was heißt das?«

»Leo und ich ...« Evi brach ab, in ihren Augen zog eine Kaltwetterfront mit Gefahr von Hagel auf. »Ich weiß nicht mehr, ob ...« Die Kaltwetterfront breitete sich weiter aus. »Es ist zu viel geschehen ...« Energisch schüttelte sie den Kopf. »Sprechen wir lieber von uns.«

»Willst du dich von ihm trennen?«

Evi zögerte. »Das ist keine Option.«

»Was denn ... Hält er dich gefangen oder droht damit, dich auf einen Skistock aufzuspießen?«, witzelte April, doch ihr Scherz zeigte nicht die erwartete Wirkung: Statt zu lachen, begann Evi zu weinen. Erschrocken nahm April ihre Hand und tätschelte sie. »Nun sag schon, was ist los?«

Evi schniefte und tupfte sich mit einer Serviette die Augen trocken. »Es ist nichts – nur Beziehungsmist. Das kommt vor. Lass uns von schöneren Dingen sprechen.«

»Also, falls es mit uns mehr würde, bliebest du trotzdem mit Leo zusammen?«, fragte April (gespielt) bekümmert.

»Anders geht es nicht. Leo ist häufig weg, ich könnte dich oft treffen, aber ich *muss* einfach mit ihm zusammenbleiben.«

---

19 Schon wieder ein verhunzter Name: Ädu = Adrian. Übrigens wäre richtig: *Ädus Bar* – im Deutschen verlangt der Genitiv nur ein S und kein Apostroph. Aber dank *McDonald's* wissen dies die meisten nicht mehr.

»Musst oder willst du?«

»Beides. Er ist schließlich die Liebe meines Lebens.« Sie begann wieder zu weinen.

»Ich verstehe dich nicht. Wenn du ihn verlassen willst, verlasse ihn. Oder wird er dir dann die Hölle heiß machen? Falls ja, gibt es die Polizei und Frauenhäuser, die können dir helfen.«

»Es geht einfach nicht, basta! Entschuldige mich.«

Evi sprang auf und verschwand Richtung Toiletten. Das gab April Zeit zum Nachdenken. In dieser seltsamen Beziehung war der Wurm drin, nur: welcher Wurm und wo genau? Sie würde nicht mehr weiter nachfragen, Rückzug war oft der beste Angriff. Höchstens vielleicht noch einmal mit Evi ins Bett gehen und nach dem Höhepunkt weitere Fragen stellen. Sie hatte eigentlich keine Lust dazu – oder jedenfalls nicht sehr viel Lust – und Lou ... Aber manchmal musste man selbstlos sein und dem Beruf alles opfern.

Für den Bruchteil einer Sekunde war April sich wohlgefällig, doch dann kam ihr eine der wenigen Konfirmationsstunden in den Sinn, die sie besucht hatte: Dass man Balken vor den Augen habe und deshalb nicht über die Splitter in der Optik der andern lästern solle, hatte der Pfarrer damals Jesus zitiert. Und dass es Ehebruch sei, wenn man schon nur eine andere Frau im Kopf begehre. Nun, im Kopf begehrte sie Evi nicht, also beginge sie Lou gegenüber keinen Ehebruch – sie würde mit Evi ja nur ins Bett gehen, im Kopf und Herzen aber ihre Meisterdiebin behalten. – Nie hätte sie gedacht, dass der Konfirmationsunterricht ihr einmal von Nutzen sein würde!

Also tat Brucie ihre Dienstpflicht und ging mit Evi ins Bett.

Da man auch im Dienst alles geben soll und dabei Spaß haben kann, gab sie alles und hatte einigermaßen Spaß.

Nach erreichtem Höhepunkt wäre sie zwar am liebsten aus dem Bett geflohen, aber jetzt kam der wichtigste Teil der Arbeit: Evis Tiefenentspannung nützen, um sie weiter zu befragen. Erst plänkelten und kicherten sie herum, dann betrachtete April eines der Fotos an der Wand und sagte: »Du hast viele Fotos von Leo aufgehängt.«

Evi seufzte: »Ja, ich war sehr verliebt in ihn.«

»Und jetzt nicht mehr?«

Da schaute Evi ihr intensiv in die Augen – zu intensiv für deren Geschmack – und wisperte: »Es könnte sein, dass ich mich bald in jemand anderen verliebe.«

Brucie Lees Verführungskünste waren wieder einmal zu gut gewesen! Es wäre nicht das erste Mal, dass eine Frau sich unglücklich in sie verliebte!

»Ich hoffe, nicht in mich, denn du willst ja mit Leo zusammenbleiben. Ich wäre dann nur die Affäre, die immer an zweiter Stelle kommt, und das will ich nicht.«

»Leo ist das halbe Jahr über weg, du wärst mehr als an zweiter Stelle.«

»Trotzdem.« April stand auf und verschwand im Badezimmer. Danach ging sie ins Wohnzimmer, wo das Bild hing, das sie fotografiert hatte, nahm es von der Wand und ging damit ins Schlafzimmer zurück. »Auf diesem Foto gefällst du mir besonders, du siehst so fröhlich aus.«

Evi saß im Bett auf und betrachtete es. »Ja, da war ich sehr verliebt.«

»Der links neben dir ist Fabian, oder?«

»Ja, und da sitzt Martin Luginbühl, Leos bester Freund.«

»Genau, ich habe ihn mal getroffen. Und wer war da neben Fabian? Er schaut so verliebt hinüber. Manche munkeln ja, er sei schwul, aber das ist eindeutig eine Frau, oder?«

Über Evis Gesicht flogen dunkle Wolken, so rasch, dass man sie glatt hätte übersehen können. April nicht. »Keine Ahnung, ist ja schon länger her.«

»An die Frau kannst du dich nicht mehr erinnern? Das glaube ich dir nicht. Wer hat das Bild überhaupt gemacht?«

»Irgendwer halt, der am Tisch saß.«

»Hat Fabian eine Beziehung?«

»Hat er nicht. Sag mal, bist du von der Regenbogenpresse und horchst mich aus?«

»Regenbogenpresse – du meinst schwullesbische Zeitschriften?«

Evi rollte die Augen. »Das ist ein Ausdruck für Frauenzeitschriften, die sich für Königshäuser und Stars interessieren.«

»Wenn die wüssten, was der Regenbogen mittlerweile bedeutet«, kicherte April.

»Ach, es könnte so schön mit dir sein, wenn du mich nicht ständig mit lästigen Fragen bombardieren würdest!«

»Weißt du, wenn mich jemand interessiert, will ich einfach alles wissen. – Und du interessierst mich ...« Was auch stimmte, aber nicht auf die Art, die Evi vermutete. Immerhin entspannte die sich wieder ein bisschen und umarmte ihre Bettgespielin hungrig. April jedoch hatte genug erfahren und wollte gehen. Blieb aber dennoch – denn was gibt es schon gegen körperliche Genüsse einzuwenden?

Nach dem Spiel stand sie auf und ließ sich von Evi nicht mehr halten. Sie müsse morgen früh raus, Rösli helfen, da wolle sie lieber bei sich schlafen. Widerwillig ließ Evi sie ziehen.

Lou hatte zwei Nachrichten hinterlassen, eine um zehn Uhr, die zweite um halb zwölf. Wo sie sei, sie mache sich Sorgen. Inzwischen war es eins. April schrieb, sie sei unterwegs gewesen und der Akku schlapp. Und wie sehr sie den Freitag herbeisehne, da sie einander wiedersehen würden. In Gedanken liege sie jetzt neben ihr.

Aha, schrieb Lou zurück, sie liege jetzt also im Bett?

Ja.

Merkwürdig – *sie* liege in ebendiesem und keine April sei da. Ihre Überraschung sei wohl etwas in die Hose gegangen.

Kaaaaackeeeeenschoooottttteeeeer!!!

Nun saß sie im Schlamassel! Am liebsten wäre April auf ihrer Buell über alle Berge verschwunden, nur leider würde abhauen das Problem nicht lösen. Sie schrieb Lou, dass sie gleich zu Hause sei, und fuhr los.

Lou saß angezogen auf der Bettdecke und starrte ihr feindselig entgegen.

»Es ist nicht so, wie du denkst«, war das Erste und Dümmste, was April in den Sinn kam.

»Was meine ich denn?«, schnappte Lou.

»Eben das, was nicht so ist.«

»Du warst mit einer Frau im Bett.«

»So kann man's nicht sagen. Ich habe gearbeitet.«

»Ach ja – wie deine Mutter? Als Sexarbeiterin?«

April hatte sich aus den Motorradkleidern geschält, kratzte sich am Kopf und überlegte. »Scheibenkleister, das hat was – meine Güte, so hab ich das noch nie betrachtet! Ach, du Scheiße! Sie macht's für Geld, ich, um Antworten zu bekommen, was letztendlich auch Geld bedeutet. Ach, du Oberscheiße! Ich bin nicht besser als sie!«

»Du warst also mit einer Frau im Bett.« Lous Stimme klirrte vor Kälte.

Nervös tigerte April im Zimmer auf und ab. »Ja, ich war, aber nicht wirklich! Doch nur wegen dem Fall! Es ist nichts passiert, nichts jedenfalls, das wichtig gewesen wäre. Rein geschäftlich!«

»Hast du der anderen rein geschäftlich einen Orgasmus beschert?«

»Nein.«

»Zwei?«

»Ja, aber nur mit den Fingern.«

»Keine Details!«

Lou war vom Bett aufgesprungen und schmiss ihre Tasche derart wild gegen die Tür, dass April zusammenzuckte – so hatte sie ihre Meisterdiebin noch nie erlebt.

»Jesus sagte, dass man im Kopf Ehebruch macht. Im Kopf

und im Herzen bin ich aber bei dir geblieben! Es war rein körperlich, das zählt nicht.«

»Red keinen Stuss! Das zählt sehr wohl – wusste ich doch, dass du es nicht lassen kannst!«

»*So schlecht* denkst du über mich?!«

»Du müsstest wohl eher sagen: *So richtig* schätze ich dich ein.«

»Drehen wir den Spieß doch mal um: Bestimmt bist du wieder einbrechen gegangen ... Gib es zu!«

»Ja, das weißt du doch – in die Gondelbahn.«

»Und sonst noch?«

»Nirgends.« Lou fand, dass sie damit nicht wirklich log, weil sie ja nichts erbeutet hatte. Sie wusste, dass sie log, aber sie durfte, weil Einbrechen niemals so schlimm war wie Ehebrechen. Auch sie war nicht davor gefeit, sich die Wahrheit ordentlich zurechtzubiegen.

»Aber du wirst wieder einbrechen, ich spüre das im Urin.«

»Und wenn schon, das ist niemals so schlimm, wie wenn man fremdgeht.« Damit schmiss sie zwei Stephanie-Plum-Krimis gegen die Tür.

»Mach meine Bücher nicht kaputt«, schrie April, als hätte man ihr die Leber aus dem Leib geschnitten. »Und warum kommst du überhaupt unangekündigt und brichst in mein Stöckli ein?«

»Erstens ist es nicht dein Stöckli und zweitens war die Tür unverschlossen.«

»Trotzdem – was für ein Eingriff in meine Privatsphäre!«

»Ja, darauf hätte ich wahrlich verzichten können. Deine Privatsphäre stinkt zum Himmel!«

»Wenn es dir stinkt, dann geh doch!«

»Das ist wohl auch das Beste. Du bist dermaßen triebgesteuert, mich widert das an. Mach nur weiter, bis du jeder Frau das Herz gebrochen hast!«

»Genau das werde ich! Beziehungen sind sowieso nur ein Knast, der einem alle Freude verdirbt!! Ich hatte gehofft, es sei mit dir anders, ich habe mich getäuscht!!!«

Lou packte schweigend ihre Tasche, kickte Aprils nebst den zwei Büchern weg und stand schon auf dem Gang. »Adieu – du … du … Hure!« Damit schlug sie die Tür hinter sich zu.

»Verdammte Diebin, fahr doch zur Hölle!«, schrie April ihr nach, dann warf sie sich aufs Bett, wo sie schockgefror.

Außerdem wird die Liebe überbewertet

Die Buell stand vor dem Stöckli, April musste also zu Hause sein. Rösli klopfte zuerst leise, dann weniger leise, dann laut. Nichts regte sich. Schließlich schlug sie mit der Faust an die Tür, was Tote hätte wecken können, aber nicht Brucie Lee. Rösli öffnete vorsichtig die Tür, ging zum Schlafzimmer und öffnete auch hier. April lag von Fuß bis Kopf unter der Zudecke. Die Bäuerin zupfte daran, doch das Darunter machte keinen Wank. Da riss sie mit einem Ruck die Decke vom Bett.

»Geht's noch?!«

»Zwölf Uhr, Mittagessen! Es ist nicht normal, dass du noch nicht auf bist, was ist los?«

»Nichts«, mürrisch langte April nach der Bettdecke und zog sie wieder über sich.

»Das glaubst du doch selber nicht! Rück raus damit, was hast du angestellt?«

»Nichts.«

»Rück raus!«

»Lou war da.«

»Wie schön, und wo ist sie?«

»Ich hab ihr geschrieben, ich liege in meinem Bett, aber in Tat und Wahrheit lag sie dort und ich kam von Evi –«

»Nein, sag nicht!«

»Doch. Rein geschäftlich …«

»… ins Bett gegangen.«

»Ja, rein geschäftlich. Ich habe ein paar Dinge herausgefunden, soll ich sie dir erzählen?«

»Später. Hast du Lou gestanden, was du getan hast?«

»Ja, und ihr auch erklärt, dass ich im Kopf und Herz nicht fremdgegangen bin.«

»Wow, das hat sie bestimmt beruhigt. Wo ist Lou?«

»Vermutlich zu Hause. Sie hat mich eine Hure genannt und ist gegangen.«

»Damit hat sie ja auch gewissermaßen recht.«

»Ich bin nicht wie meine Mutter«, rief April. »Jedenfalls nicht ganz. – Ach du Kackenschotter!«, stöhnend ließ sie sich auf die Kissen zurückfallen.

»Kein Selbstmitleid. Steh auf und iss mit uns, dann sehen wir weiter.«

»Ich verlasse heute das Bett nicht.« Sie tauchte unter die Decke.

»Oh, tust du sehr wohl«, Rösli riss ihr das Bettzeug weg und verschwand damit.

Hysterisches Gejammer. Unbeeindruckt warf Rösli von der Tür aus ein paar Kleider hinüber. »Du stehst jetzt auf, aber dalli!«

Als April begriff, dass hier jemand sturer war als sie, gab sie auf und erhob sich. Fluchend zog sie sich an, fluchend folgte sie Rösli ins Bauernhaus.

Dort saß schon Consuela vorm Teller, den Fuß auf einen Stuhl gelagert. »Das Essen ist verfroren«, sagte sie. Als sie Aprils Gesichtsausdruck sah, entschloss sie sich vernünftigerweise, nichts weiter zu sagen. Man begann zu gabeln, erst schweigend, dann konnte Rösli ihre Neugierde nicht mehr zurückhalten.

»Und was hast du herausgefunden?«

April schob ein Handy auf den Tisch und grinste siegesgewiss.

Bevor Rösli reagieren konnte, schnappte Consuela sich das Telefon. »Du hast Evi das geklaut, du Schlauminer. Was sind auf Telefon fur Geheimnisse? – in die SMS oder Nachrichten oder Bilder? Spann uns nicht auf!«

»Ich weiß es noch nicht, man muss erst den Code knacken. Kannst du das, Rösli?«

Die Bäuerin war schon aufgesprungen, alles an ihr funkte vor Neugierde, sie stürzte zu ihrem Computer, schloss das Handy an und hämmerte auf die Tastatur ein.

Consuela hantierte an ihrem lädierten Fuß und sagte beiläufig: »Jetzt du bist wie Lou – ein Dieb. Hat abgeschwärzt.«

»Das ist nicht geklaut, sondern nur geliehen – ich verkaufe keine Diebesware, außerdem ist es für einen guten Zweck.«

»Das auch sagt Lou.«

»Ich bin nicht wie sie!«

»Nein, aber würde dir nicht schaden, ein bisschen zu sein wie sie.«

Die Detektivin wollte sich schon auf die Hinterbeine stellen, da triumphierte Rösli. Sie kam mit dem Handy zum Esstisch und reichte es ihr. »Also, wollen wir doch mal schauen, was Evi und Leo einander so schreiben.« Eilig scrollte April durch die SMS: »Langweilig, langweilig, langweilig, Liebesbezeugungen, bla bla, Zustandsberichte, bla bla, sie tauschen sich über Fabians Leistungen aus, bla bla, Evi hat blaue Vorhänge für ihn genäht ... ah, hier sprechen sie über Sex. Ich scrolle mal zurück bis in die Zeit vor dem Tod ihrer Chefin, aber das könnte etwas dauern, bis die ganzen SMS geladen sind.«

Während sie warteten, räumte Rösli den Tisch ab und machte für alle Kaffee. Plätzchen kauend stellte sie sich hinter April. Diese grunzte befriedigt. »So, jetzt befinden wir uns einen Monat vor Sofias Tod. Leo ist wohl im Lande, sie schreiben einander nicht oft. Belanglos – belanglos – belanglos. Da! Leo: *Hast du es organisiert?* Evi: *Ja, wie abgemacht, war einfach, sie wird nichts merken.* – Ha! Das ist sehr verdächtig!«

»Nein, es könnte heißen: Hast du organisiert Geschenk oder Uberraschung«, sagte Consuela nüchtern.

»Sie hat recht, mit dieser Aussage hast du nichts in den Händen«, ergänzte Rösli.

»Vielleicht, aber für uns ist es ein Hinweis. – Hier! Einen Tag vor Sofias Tod schreibt Leo: *Alles vorbereitet. Kann losgehen, endlich ist es so weit.* Und Evi erwidert: *Wäre es doch schon vorbei!* Daraufhin er: *Keine Angst, ich bin bei dir.* – Das spricht Bände! Hier verraten sie sich!«

»Nein, tun sie nicht. Das reicht als Beweis nirgends hin«, sagte Rösli bedauernd, »aber schauen wir weiter.«

»Seht, erst ein Monat später gibt es wieder einen SMS-Austausch. Leo: *Wir sind jetzt im Resident angekommen, gleiches Hotel wie letztes Jahr, ich rufe dich später an. Und nicht vergessen: Wir schaffen das! PS: Fabian ist ziemlich gut gelaunt. Er hat eine super Saison vor sich.*«

»Bestimmt hat sie Zweifel wegen des Mordes, deshalb versucht er sie aufzumuntern.«

Consuela schnalzte mit der Zunge. »Vielleicht-vielleicht-vielleicht, du kannst beweisen gar nichts. In Kolumbien vielleicht würde reichen, mit richtige Draht, aber hier sie sind pinkelig.«

»Pingelig? Wohl eher rechtmäßig«, bemerkte die Bäuerin.

Sie gingen alle SMS noch einmal durch, aber es fand sich nichts Stichhaltiges. Über den Bildschirm gebeugt, betrachteten sie schließlich zu dritt die Handy-Fotos. Es gab Bilder von Leo in wirklich jeder Lebenslage (hier drückten sie schnell weiter), Fotos, die wohl Evis Familie zeigten, die Schwester, die eine kleine Tochter hatte, ein paar kitschige Sonnenuntergänge, Ferienschnappschüsse – keines davon älter als aus dem letzten halben Jahr.

»Geschotterte Scheiße, das gibt nichts her! Jetzt werde ich auch noch alle anderen SMS und Whatsapp-Einträge durchgehen müssen. Ich brauche unbedingt eine Cola!«

Nachdenklich blickte Rösli aufs Telefon. »Du musst vorwärts machen. Evi hat bestimmt längst bemerkt, dass ihr Handy weg ist. Am besten rufst du sie ein paar Mal an und hinterlässt eine Nachricht, das lenkt den Verdacht von dir ab.«

April nickte, holte sich im Käsekeller eine Cola-Flasche (sie hatte sie hier gelagert, weil in diesem Raum genau die richtige Kühle für den Saft sei) und verzog sich ins Stöckli. Dort widmete sie sich der undankbaren Aufgabe, alle Nachrichten durchzugehen. Ihr schwindelte schon nach wenigen Klicks. Was für ein banaler Mist da ausgetauscht wurde! Wenn dereinst Aliens Handys von Erdenbürgern in die Hände bekämen, dächten sie sich bestimmt, dass auf diesem Planeten nur hirnlose Idioten gelebt haben konnten. Womit sie vermutlich gar nicht so falsch lägen.

Was die Detektivin nicht erwartet hatte: Evi und Sofia hatten einander geschrieben – bis vor zwei Jahren regelmäßig und freundschaftlich. Sie schickten sich lustige Fotos zu und schrieben einander aus den Ferien. – Von wegen: nur eine rein berufliche Beziehung! Dann, vor zwei Jahren, hörte der SMS-Verkehr auf, ein einziges Mal noch schrieb Evi ihrer Vorgesetzten. Sie habe sich übergeben müssen und könne am nächsten Tag wohl nicht arbeiten. Sofia antwortete mit einem knappen OK.

Vor zwei Jahren waren Evi und Leo zusammengekommen. Lag darin der Grund für die Funkstille in Bezug auf Sofia? Aber inwiefern? Vielleicht war Evi eine jener Frauen, die Freundschaften links liegen ließen, sobald sie einen Freund hatten. Oder hatte Sofia doch etwas mit Leo gehabt und regierte nun eifersüchtig? Verena sagte zwar, dass ihre Schwester sich mit Leo nicht so gut verstanden hätte, aber vielleicht täuschte sie sich da.

April sah auf die Uhr. Es war höchste Zeit, Evi das Handy wieder zukommen zu lassen! Noch einmal rief sie es selbst an – das wären dann insgesamt drei Mal –, zog die Motorradjacke über und fuhr zum Kleiderladen. Evi begann zu strahlen, als sie April hereinkommen sah, bedeutete ihr zu warten und verschwand mit einer Kundin zur Garderobe. Die Theke stand verlassen da. April schlich hin und warf das Handy in eine Schublade. Kaum hatte die Kundin kurz darauf mit einer vollen Tüte den Laden verlassen, schenkte sie Evi ein Luftküsschen. Wie sehr sie Angst gehabt habe, weil sie ihre Anrufe nicht entgegennahm! Evi erklärte, das tue ihr leid, sie könne ihr Handy nicht finden. Da schlug die Detektivin hilfsbereit vor, es noch einmal anzurufen, vielleicht habe sie es ja hier irgendwo im Laden vergessen.

Und tatsächlich: Ein Lied trällerte aus der Ladentheke! Erleichtert fischte Evi ihr Telefon aus der Schublade und konnte sich nicht erklären, warum sie es nicht schon vorher entdeckt hatte. April freute sich mit, erklärte, dass sie leider gleich los müsse, und machte sich nach ein paar zugeworfenen Luftküssen davon. Glücklicherweise sah sie nicht Evis enttäuschtes Gesicht, sonst hätte sie sich noch mieser gefühlt. Es ging ihr sowieso schon schlecht genug – wegen Lou und weil sie wirklich die ganze Zeit Angst hatte. Davor, dass Lou ihr den Laufpass gab.

Sie irrte orientierungslos durchs Dorf, als Zoro sie anrief. Mit klopfendem Herzen nahm sie den Anruf entgegen. »Ich weiß schon, was du sagen willst.«

»Ach ja, kannst du hellsehen?«

»Dazu braucht es keine hellseherischen Fähigkeiten – Lou lässt mir durch dich den Schuh geben.«

»So – hätte sie denn einen Grund dazu?«

»Ich finde nicht. Aber sie wohl schon.«

»Du hast es also gemacht.«

»Wie bitte?«

»Eine flachgelegt.«

»Ja – aber nur aus beruflichen Gründen!«

»Du solltest vielleicht an deiner Befragungstechnik arbeiten. Es kann doch nicht sein, dass du nur mithilfe von Sex an Informationen kommst.«

»Nein, natürlich nicht, aber es hilft und macht Spaß. Meistens.«

»Und rammt deiner Geliebten einen Dolch ins Herz.«

»Aber es ist doch nur körperlich, mir bedeuten die Frauen nichts! Außerdem hat Jesus gesagt, dass man Ehebruch im Kopf mache, nicht im Bett, und bei mir im Kopf ist nur Lou.«

Zoro begann zu lachen. »Die Bibel möchte ich sehen, in der das geschrieben steht. Die heißt wohl Pallas-Bibel.«

»Das weiß ich aus dem Konfirmationsunterricht«, entgegnete April beleidigt. »Hat Lou sich bei dir seit gestern Abend nicht gemeldet?«

»Nein, aber sie wird wohl bald.«

»Könntest du nicht ein Wort für mich einlegen?«

»Wie denn? Du hast getan, was du getan hast.«

»Ja, aber es geht doch darum, was im Herzen ist – das zählt.«

»Du meinst die Liebe?«

»Sozusagen.«

»*Sozusagen* ... Hast du Lou eigentlich schon mal gesagt, dass du sie liebst?«

»Guter Witz. Lou hat mir auch nie ihre Liebe gestanden! Ich wüsste nicht, warum ich mich exponieren sollte und sie nicht.«

»Ihr passt so gut zusammen, Tölpel, die ihr seid!«

»Tu nicht, als verstündest du etwas von Beziehungen. Du bist ja auch nicht mehr mit Bellas Mutter zusammen! Hast du ihr gesagt, dass du sie liebst – und das immer und immer wieder?«

»Gewissermaßen.«

»*Gewissermaßen*? Ha, erwischt! Du bist keinen Deut besser als wir.«

»Man muss es doch nicht sagen, man kann es zeigen. Außerdem wird die Liebe überbewertet.«

»Komplett.« Darauf erzählte April ihm die neusten Entwicklungen mit Evi und sie waren sich einig, dass etwas sich zusammenbraute, Indizien sich verdichteten und es nur eine Frage der Zeit sei, bis die Wahrheit ans Licht käme.

Als sie das Gespräch beendet hatten, war die Detektivin bei der Großen Simme angekommen und spazierte flussabwärts, bis sie zu der Stelle kam, wo Ruchs Tochter ihr Leben gelassen hatte, und starrte Löcher ins Wasser.

Dann rief sie Lou an, doch deren Handy war ausgeschaltet.

Da versenkte April einen tiefen Seufzer in die Simme und verließ das Flussufer Richtung Coop, wo sie sich einen Appenzeller Kräuterschnaps kaufte.

Zu Hause aß sie ein Snickers, das sie mit dem Schnaps hinunterspülte – eine grässliche Kombination, gerade richtig für ihren Zustand. Als sie die Hälfte der Flasche getrunken hatte, ging sie sich erbrechen und trank weiter. Um neunzehn Uhr humpelte Consuela herein, weil Rösli erfolglos bei April angerufen hatte, damit sie zum Abendessen käme. Die Kolumbianerin stupste ihr mit dem Gehstock in die Seite, konnte aber nicht mehr als ein lalliges Grunzen hervorlocken. Schulterzuckend kehrte sie ins Bauernhaus zurück und gab mit einem Grinsen zu Protokoll: »April hat gegessen schon flüssige Nahrung, sie kann nicht mal gerade liegen, so vollgelaufen sie ist.«

April existiert nicht mehr

Als Erstes warf Lou alle Schokoriegel weg. Sie hatte ein ganzes Regal voll und jetzt war das leer, dorthin würde sie die Pasta verstauen. Als Zweites schmiss sie das lächerliche Kuscheltierchen in den Eimer. Sie hatte es April gekauft, weil die gerne mit einem Kuscheltier schlief, dieser Kindskopf. Als Drittes packte sie den Helm, den die Motorradfanatikerin ihr geschenkt hatte, und ging damit hinaus auf die Dachterrasse. Neben dem Hochhaus lag ein kleiner Park – Lou nahm Anlauf und schleuderte den Helm in die mächtigen Kastanienbäume. Er landete mit dumpfem Schlag an einem der Stämme.

Aprils Kleider stopfte sie in einen Sack fürs Rote Kreuz, alle April-Fotos wurden sorgsam zerschnippelt. Wieder und wieder durchkämmte Lou die Wohnung auf der Suche nach Spuren dieser elenden Frauenflachlegerin, um alles, was sie fand, zu zerstören. Dann schaltete sie das Handy aus und benützte vorderhand nur jenes, das sie bei ihren Einbrüchen bei sich trug.

Und zwischendurch heulte sie heiße Tränen.

Was auch immer Lou in Angriff nahm, tat sie gründlich, ohne zu überlegen, radikal. Sie war schon immer eine Überlebende gewesen, eine die fast nur auf sich selber zählen konnte, die immer weiterging, ohne zurückzuschauen. Diese Strategie hatte sich stets als hilfreich erwiesen, also würde sie es auch jetzt sein. Sie ging so verbissen an die Arbeit, dass Zahnabdrücke auf ihren Lippen zurückblieben. Stur überhörte sie die Türklingel und kriegte dennoch Herzrasen. Bald hörte sie Schlüssel klimpern und gleich darauf öffnete sich die Tür. Lou hatte vorsorglich den Schürhaken in die Hand genommen, bereit, loszuschlagen. Im Eingang erschien Zoros Kopf.

»Ich bin's, lass mich bitte am Leben!«

»Ich hatte dir den Schlüssel für *Notfälle* gegeben, nicht um in meinem Leben herumzuschnüffeln.«

»Jetzt ist ein Notfall. So wie ich dich kenne, bist du dabei, das Kind ordentlich mit dem Bad auszuschütten.«

»Keine Ahnung, was du da schwafelst.« Lous Augen waren normalerweise von einem hellen und strahlenden Blau, jetzt aber schimmerten sie fast schwarz.

»Ach komm, ich kenne dich – bestimmt wirfst du noch das letzte Fitzelchen April aus deiner Wohnung.«

Der Schürhaken landete mit Getöse neben dem Kamin. »Was willst du?! Vorträge halten?! Mir ins Gewissen reden?! Davon labern, dass ich überreagiere? Bla bla bla! Du kannst dir die Mühe sparen: Die Schlampe existiert nicht mehr für mich. Sie ist ein treuloses Miststück. Das wusste ich schon immer, aber ich Idiotin meinte ja, dass sie ein Tortenstück werden könnte, ich dumme, blinde Kuh. Ich oberdumme, taube, blinde Kuh. Ich debile, blinde, taube, behinderte, blinde Kuh. Ich –«

»Ja, ich hab's kapiert. Willst du mir nicht was zu trinken anbieten?« Zoro ließ sich aufs Sofa plumpsen.

»Nicht auf dieses Sofa!«, schrie Lou und bugsierte Zoro in einen Sessel. Das Sofa schob sie wie eine Irre ins Arbeitszimmer. »Das Ding ist versaut!«, erklärte sie und verschwand in die Küche, von wo sie mit zwei Flaschen Bier zurückkehrte.

»Du meine Güte, Lou! Willst du nicht erst einmal abwarten und erfahren, was sie zu ihrer Verteidigung zu sagen hat?«

»Ich kann auf ihren scheiß Charme verzichten, auch auf ihre Ausreden und Schönredereien. War doch klar, dass es so kommen würde. Warum bloß habe ich mich auf das Biest eingelassen?«

»Weil du dich verliebt hast. Weil du sie liebst.«

»Verschon mich!«

»Hast du vergessen, dass du April ebenfalls hintergangen hast? Stichwort Gstaad.«

»Das ist bei weitem nicht dasselbe! Mit ihren Seitensprüngen hat sie mich viel mehr verletzt!«

»Warum hast du den Einbruch dann nicht erwähnt?«

»Wir haben ja gar nichts gestohlen!«

»Lou – das ist ein billiges Argument.«

»Find ich nicht.«

»Eure Ausgangslage war: Du würdest es nicht ertragen, wenn sie fremdgeht, sie würde es nicht ertragen, wenn du einbrichst. Und jetzt ist es geschehen: Sie hat dich betrogen und du sie.«

»Es ist einfach nicht dasselbe – sie hat mich persönlich verletzt! Und sowieso: Was hältst *du* mir Vorträge? Du wolltest mich doch davon abhalten, überhaupt was mit ihr anzufangen.«

»Ich habe sie zu schätzen gelernt und ich finde, dass ihr formidabel zueinander passt.«

Lou stand auf. »Besser, du gehst jetzt. Ich bin nicht empfänglich für solches Gesülze.«

Seufzend erhob sich Zoro. »Wenn du mich brauchst – du weißt ja, wie du mich erreichst.«

Kaum war er gegangen, fuhr Lou mit ihrer Säuberungsaktion fort. Als sie im Arbeitszimmer das Sofa mit zwei Decken abdeckte, fiel ihr Blick auf den Schreibtisch, genauer gesagt, auf das Foto mit dem Skifahrer und der jungen Frau, das sie beim versehentlichen Einbruch in Leo Gertschs Haus gemacht hatte. Sie hatte das Bild ausgedruckt, dann aber vergessen, es April anonym zukommen zu lassen. Kurz entschlossen steckte sie es in einen Umschlag und adressierte es an »A. Pallas c/o Rösli«. Später, als sie fertiggeräumt hatte, fuhr sie mit dem Rad in den Westen Berns und warf den Brief dort in einen Briefkasten.

Danach beschloss sie, erst wieder zu leben, wenn der Schmerz im Herzen vorüber wäre.

Miris alles sowasvon Käse

Mitten in der Nacht erwachten Rösli und Consuela, weil Gesang – oder wie man das auch immer nennen wollte – aus dem Käsekeller drang, vermischt mit gacksendem Grinsen, grinsendem Gacksen, Geächze und heftigem Rumpeln. Da sich im Keller nichts als Käselaibe befanden, ahnten sie, was das Rumpeln verursachte. Eilig stiegen beziehungsweise humpelten sie die Steintreppe hinunter, Rösli öffnete vorsichtig die Tür. Drinnen auf dem Holztisch lagen eine leere Schnapsflasche, daneben eine ausgetrunkene und zwei angebrochene Colaflaschen. Brucie Lee stand, nein, schwankte, neben einem Käseturm: Die Laibe stapelten sich bis in zwei Meter Höhe.

»April!!« Alles an Rösli wogte wütig.

»Darfich vorstlln: Meine neue Freundin Gretl.« Stolz schaute Brucie die beiden Frauen an.

»Bist du noch bei Sinnen?«

»Du fragst das ernsthaft?«, bemerkte Consuela trocken.

»Ich bringe sie um!«

»Nein, du tust das nicht. Wir gehen jetzt wieder.« Consuela zog Rösli am Arm.

»Aber mein Käse!«

»Sieht noch ganz aus, Haut von Käse ist dick. Komm mit!«

April hatte eine der Colaflaschen gepackt und leerte sie in einem Zug. »Ichbin sso glücklch, ichbin frei, habjetz ne neue

Frau. – Gretl, stell dichvor.« Der Käse Turm blieb stumm. »Ah, siekannleidernur käsisch, muss noch döitsch lernn.«

Da brannten bei Rösli die Sicherungen durch: »Du Doofkopf, da hattest du die beste Frau überhaupt und sie weggeworfen. Und das wegen dieser Gretel!«

Consuela brauchte ihre ganze Kraft, um die aufgebrachte Frau aus dem Keller zu ziehen. »Rösli, bist du richtig? Gretel ist Käse! Wir gehen jetzt.«

Nach einigem Hin und Her stiegen die beiden die Treppe hoch und verzogen sich in ihre Schlafzimmer. Während Consuela sofort einschlief, blieb Rösli wach, horchte auf jedes Geräusch, das aus ihrem Keller drang, und fand erst in den Morgenstunden Schlaf – kurz bevor sie wieder aufstehen musste.

Derweil verabschiedete sich April tränenreich von der stummen Gretel und wackelte ins Stöckli. Sie sank ins Bett mit den Worten: »Miris alles sowasvon Käse«, dann fiel sie in einen tiefen Schlaf und wäre dort auch noch lange geblieben, wenn es nicht so wahnsinnig laut geworden wäre – als läge sie in einem Maschinenraum.

Man konnte mit gutem Recht sagen, dass Rösli ein herzensguter und geduldiger Mensch war. So schnell brachte sie nichts aus der Ruhe, sie war weder rachsüchtig noch in irgendeiner Art sadistisch veranlagt. Wenn man es aber einmal überspannt hatte, dann rissen bei ihr Saiten und sie kannte keine Gnade mehr. Wie an diesem Morgen: Nach dem Melken zerrte die Sennerin alles, was Lärm produzieren konnte, aus dem Schuppen, stellte es vor das Stöckli – Motorsäge, Häcksler, Traktor, Gebläse – und lärmte los. April, in deren Schädel es sowieso schon brummte, wusste nicht, wohin mit sich. Jammernd kroch sie unter die Decke, dämmte den Kopf zusätzlich mit Kissen, aber es nützte nichts: Das Stöckli erzitterte unter vielfältigem Getöse. Sie lag in der Hölle! Immer noch war sie viel zu alkoholisiert, um zu intervenieren – oder auch nur einen Fuß aus dem Bett zu strecken.

Nach vierzig Minuten Tohuwabohu konnte Consuela die Rasende davon überzeugen, dass ihre Bestrafungsaktion lange genug gedauert hatte. Die Gerätschaften wurden vom Stöckli abgezogen und Rösli wandte sich wieder sinnvolleren Betätigungen zu. Consuela zeigte Erbarmen und brachte April ein Getränk: »Es macht dich lebendig, garantiert. Alte kolumbianische Rezept – Geheimnis, aber vertraue mir.«

Dankbar nahm April das Glas entgegen. Beim ersten Nippen war sie nicht mehr dankbar, es schmeckte einfach zu widerlich. »Nicht spucken, obschon du möchtest. Da du musst durch.« Nach ein paar Schlucken raste Brucie zum WC und übergab sich.

»Genau, so ist richtig, erst entgiften. So, und jetzt du trinkst den Rest.«

April wollte nur über ihre Leiche das Glas austrinken, aber dann stürzte sie den Rest des Gesöffs doch hinunter. Und tatsächlich: Bald ging es ihr besser. Sie stand auf und verspürte Hunger. So sehr sie auch Consuela bezirzte, war diese nicht bereit, das Rezept dieses Auferweckers preiszugeben. »Ist von meiner Großmutter, sie sagte, ich werde verhext, wenn ich Rezept verrate. Ich will nicht verhext werden.«

An diesem Tag rief die Detektivin ihre Meisterdiebin unzählige Mal an, aber jedes Mal sagte eine neutrale Stimme, dass der Anschluss im Moment nicht erreichbar sei, man solle es später versuchen. Also versuchte sie es später, noch später und noch, noch später, aber die Telefonstimme hatte kein Erbarmen mit ihr. Darum ging sie zu ihrer Buell, um darauf zu springen und loszubrausen, was sie auch getan hätte, aber der Schlüssel steckte nicht und sie fand ihn auch im Stöckli nirgends. (Consuela hatte ihn in weiser Voraussicht annektiert.)

Erschöpft schlich April zu Rösli, wo sie alle, wirklich alle Überredungskünste aus ihrer Trickkiste brauchte, bis diese bereit war, ihre Freundschaft wiederaufzunehmen. Aber ihr verzeihen, dass sie die Beziehung zu Lou aufs Spiel gesetzt hat, das würde sie nie!

So verlief der Tag recht holperig – April setzte sich vor den Computer, schlug die *Bibel-online*-Seite im Internet auf und gab verschiedene Begriffe ein (Jesus, Ehe brechen, Weib, begehren), bis sie schließlich fündig wurde:

Ihr habt gehört, dass zu den Alten gesagt ist: »Du sollst nicht ehebrechen.« Ich aber sage euch: Wer ein Weib ansieht, ihrer zu begehren, der hat schon mit ihr in seinem Herzen die Ehe gebrochen. (Matthäus 5.27)

Eben, so war es! Sie hatte Evi nicht begehrt, sie war einfach mit ihr ins Bett gegangen, um zu ermitteln, und natürlich hatte es auch etwas Spaß gemacht – aber in keinem einzigen Moment hat sie diese Frau begehrt! Sie wollte nichts von ihr außer Informationen. Also blieb ihr Herz unberührt, also hatte sie die Ehe nicht gebrochen! Wenn Lou das doch einsehen würde! Wenn sie es ihr nur mitteilen könnte!

Da wurde sie so bekümmert, dass sie nach Zweisimmen ging und einen weiteren Appenzeller Kräuterschnaps kaufte – zur Sicherheit gleich zwei. Nach dem Nachtessen öffnete sie die erste Flasche und weil die Kräuter im Schnaps glücklich machen, war sie auf einmal glücklich (wenn sie nicht gerade weinte). Mit einem Mal kam ihr in den Sinn, dass sie mit Lou ja auch noch über Facebook verbunden war und ihr da schreiben konnte. Sofort machte sie sich daran, den Brief ihres Lebens zu verfassen:

Meine liebste Lou!

Es tut mir sooooooooooooooooooo leid, aber es ist wirklich nicht so, wie du denkst!

Ich habe nur, und das sage ich ganz ehrlich, auch wenn du mir nicht glaubs, was ich traurig finde – warum eientlich glaubst du mir nicht?! ich habe dich nie angelogen, vielleicht, ich gebe zu, hab ich geschwiegen aber was solllte ich tun??

Ich wollte ja nicht etwas sagen, was nicht stimmt. Die Frage ist – wir müssen wirklich klären, ob wir bereit dazusind, also, ICH BIN ES, aber bist es du???? Ich hoffe, du bistes – zusammen sind wir mehr als eins, vergiss das nie11! Also vergiss, was nicht hätte sein sollen man kann vergessen! ich vergesse zum Breispiel dauernd, wo meine Wisitenkarten sind. Und dabei bist du für mich soffiel wichtiger als diese dummen Karten!! Vielleicht sollte ich neue machen lasen – du hast so schöne, du bist auch sosonsso schön und ich begehe dich über alles, ich kenne keine eine andere Meisterdiebin, die so toll ist, so wie du.

Und so bitte ich dichmir zu verzeihen und es noch eimer mit mir versuchen – weil, dusund ich sind wie Zündkerze und Motor!!!!

Xxxxxxxxxxxx April

Ein Kopf mit Schrotflinte

Am darauffolgenden Morgen war Consuela so gnädig, noch einmal einen Ernüchterungstrank zu mischen. April erbrach sich neu und ward wiedergeboren. Die Kolumbianerin hatte ihr mit dem Trank außerdem einen Brief gebracht. Verwundert betrachtete die Detektivin das Adressetikett – wer wusste schon, dass sie zurzeit bei Rösli wohnte? Im Brief lag ein Foto. Auf der Rückseite stand nichts; auch war kein Begleitbrief beigelegt. Der Stempel trug die Postleitzahl des Berner Stadtteils Bümpliz.

April betrachtete das Bild: Fabian Tritten, an einem Tisch sitzend, neben ihm eine Frau, die er verliebt anlächelte. War das dieselbe von dem Foto in Evis Wohnung?!

Hinten beim Hühnerstall werkelte Rösli, die wie Aschenputtel nach der Ballnacht aussah. Wortlos hielt April ihr das Bild vor die Nase.

»Woher hast du das?«, fragte Rösli verdutzt.

»Keine Ahnung. Kennst du die Frau?«

»Natürlich, das ist Melissa. Aber wie kommt es, dass die zwei ...«

»Melissa, die in der Simme ertrunken ist? War sie Trittens Freundin?«

»Nicht dass ich wüsste, man sieht ihn nie mit einer Frau.«

»Sie sehen sehr verliebt aus.«

»Allerdings. Wer hat das Foto gemacht?«

»Wenn ich das wüsste ...«

Eine Stunde später fuhr April zu Bär. »Ah, die Detektivin«, sagte er, als er ihr die Hand schüttelte. »Du hast auch schon lebendiger ausgesehen. Komm herein.«

»Ich habe etwas Wichtiges erhalten, vielleicht kannst du mir weiterhelfen«, sie kramte das Foto aus ihrer Tasche.

»Fabian und Melissa – wie kommt denn das?«, fragte Bär erstaunt, »woher hast du das Bild?«

April erzählte ihm, was sie wusste, sprich: dass sie nichts wusste.

»Die beiden sehen verliebt aus«, wunderte sich Bär. »Ich wusste gar nicht, dass die einander näher kannten.«

»Vielleicht wurde es geheimgehalten.«

»Warum? Eine gelähmte Frau macht einen Skifahrer nicht langsamer.«

»Natürlich nicht, aber vielleicht hatte jemand Angst, dass sich das Bild eines Handicaps irgendwie überträgt.«

»Schon wieder kommt dieser Fabian ins Spiel. Ich nehme an, es war auch Melissa, die auf Evis Foto abgeschnitten wurde, jedenfalls ähneln sich die Haare. Warum wurde diese Verbindung verheimlicht? Und falls sich Melissa wirklich umgebracht hat: wieso? Wer verflixt nochmal kann mir darauf eine Antwort geben?« Vorsichtig legte sie das Foto auf den Tisch zurück. »Dieses Bild ist der Schlüssel zu allem, ich fühle das im Urin. Ach, apropos Urin: Wie war's gestern mit Rösli?«

Ces wurde puterrot. »Was hat sie dir denn erzählt?«

»Nichts, aber ich gab ihr auch nicht die Möglichkeit dazu. Erzähl du es mir!«

Der große, breite Mann wand sich, er wusste nicht, wohin mit sich, rührte in seinem Kaffee (nach dem hellen Klang der Tasse zu urteilen, war diese leer) und wischte imaginäre Brotkrümel vom Tisch.

»Du musst nicht darüber reden, wenn du nicht willst«, sagte April amüsiert. »Ein Zeichen reicht. War es schön?«

Heftiges Nicken.

»Habt ihr euch verständlich unterhalten können?«

Lächelndes Nicken.

»Habt ihr das Essen runtergekriegt?«

Kopfschütteln.

»Als du sie nach Hause gefahren hast, seid ihr noch eine Weile im Auto geblieben?«

Verlegenes Nicken.

»Ah, jetzt wird's spannend. Seid ihr euch nähergekommen? Hast du sie geküsst?«

Sein Kopf bewegte sich in Form einer liegenden Acht.

»Ich nix verstehn.«

Er war wieder rot geworden. »Ich habe sie nicht geküsst.«

»Nicht?«

»Nein – sie mich.« Verlegen schaute er hinunter, während April laut lachte.

Nachdem April Bärs Haus verlassen hatte, entschied sie sich, Melissas Vater Dölf Ruch einen zweiten Besuch abzustatten – im Moment wäre es ihr auch egal gewesen, wenn er sie mit der Schrotflinte durchlöchert hätte. Trotzdem wollte sie sich keine Blöße geben. Also parkte sie die Buell bei der Hauptstraße, pirschte sich durch das Wäldchen an, das in der Nähe seines Hauses lag, und näherte sich dem Haus von hinten. Die Katzen ließen nicht lange auf sich warten. Sie setzte sich und grüßte die Viecher innerlich. Bald strichen drei um ihre Beine. Mit gezieltem Griff hob sie eines der Tiere hoch und steuerte auf die Haustür zu. Die zwei anderen folgten ihr.

»Ist jemand zu Hause?«, rief sie und beobachtete die Fenster. Nach mehrmaligem Rufen erschien wie letztes Mal ein Kopf mit Schrotflinte. Als der Kopf April und die Katzen gewahrte, schrie er: »Nicht schon wieder du! Ich habe dir gesagt, dass ich dich durchlöchere, wenn du noch einmal auftauchst.«

Brucie Lee kraulte die Kampfkatze zwischen den Ohren, was diese sichtlich genoss. »Sie würden wohl kaum die eigenen Miezen über den Haufen schießen. Ich muss mit Ihnen reden und zwar, ohne dass ständig eine Waffe auf mich gerichtet ist. Es geht um Ihre Tochter.«

»Was soll mit ihr sein? Sie ist tot!«, brüllte Ruch.

»Ja, leider – sie war ein entzückendes Wesen.«

»Hast du sie gekannt?«

»Nein, aber man sieht auf den Fotos, dass sie wunderbar gewesen sein muss.«

Ruch schloss das Fenster. April hoffte, dass dies ein gutes Zeichen war. Kurze Zeit später öffnete er die Tür und winkte sie zu sich; sie ging über die Rampe, die wohl für Melissa gemacht worden war, und streckte ihm die Hand entgegen. Grußlos drehte er sich um und schritt voran. Das Haus sah von außen lottriger aus, als es tatsächlich war. Im Erdgeschoss war alles rollstuhlgängig eingerichtet. Die für solch alte Häuser typischen hohen Schwellen waren entfernt worden, die Türen ausgehängt und die Durchgänge verbreitert. Es gab sogar einen Behindertenlift in den ersten Stock, der verlassen und staubig aussah. April folgte Ruch in die Stube. Entgegen ihrer Erwartung war es dort ziemlich sauber, sogar aufgeräumt.

Kaum saßen sie, schnappte Ruch, was sie von ihm wolle.

»Verstehen, warum Melissa in die Simme gefahren ist.«

»Oder gefahren wurde. Alle sprechen davon, dass sie sich umgebracht hat – aber wer weiß das schon? Es ist verdammt einfach, einen Rollstuhl in einen Fluss zu schieben.«

»Aber wer hätte denn so was tun sollen?«

»Alle, die gegen uns sind. Die waren doch immer alle gegen uns! Um mich zu bestrafen.«

»Warum sollte man Sie bestrafen – haben Sie was verbrochen?«

»Jetzt komm du auch noch damit! Ich habe niemandem etwas getan.«

»Ach, nur ein bisschen mit der Schrotflinte rumgewedelt und Ihre Frau misshandelt.«

»Lüge!«

»Warum hat Hedi Sie verlassen?«

»Melissas Tod hat uns auseinandergebracht und der Frauenverein hat sie zusätzlich aufgestachelt.«

»Sofia hat bei Ihrer Frau viele Wunden verarzten müssen.«

»Ja, und? Sie ist halt schusselig – stößt sich überall an und fällt runter.«

»Das schildert Hedi etwas anders. Ich habe persönlich mit ihr telefoniert.« (Das stimmte nicht ganz, bisher hatte sie sich die Nummer besorgt, aber die Frau noch nicht erreicht.)

»Die Schlampe lügt!«

»Hatte Melissa einen Freund?«

»Das ist keine ernste Frage, oder? Wer will schon eine Frau im Rollstuhl?«

»Fabian Tritten.«

Ruch glotzte sie verständnislos an, dann begann er zu lachen. »Das ist der beste Witz, den ich je gehört habe! Melissa und Fabian – der Krüppel und die Sportskanone.«

Wortlos hielt sie ihm das Foto der beiden vor die Nase.

»W-was soll der Scheiß?! Heutzutage kann man mit Fotoschopp ja alles machen.«

»Sie haben also nicht mitbekommen, dass Ihre Tochter und Fabian ineinander verliebt waren? – Es könnte sein, dass sie, als nichts daraus wurde, sich aus Verzweiflung umgebracht hat.«

Ruch erhob sich. »Du gehst wohl besser, ich mag mir diesen Unsinn nicht länger anhören. Aber eines will ich noch wissen: Wie verdammt noch mal machst du das mit den Katzen?«

»Es ist einfach: sich mit ihnen seelisch verbinden. Ein Kinderspiel.«

Vor der Haustür drehte sie sich noch einmal um. »Wollen Sie nicht endlich die Kehrichtsäcke abtransportieren lassen? Es stinkt grässlich.«

»Kümmer dich um deinen eigenen Dreck«, schnappte Dölf Ruch und schmetterte die Tür zu. Beim Weggehen dachte April nach: Der Mann schien nichts von der Beziehung zwischen seiner Tochter und Fabian gewusst zu haben. Fragt sich, ob seine Frau Hedi etwas wusste? Und warum eigentlich wunderte Ruch sich nicht, dass sie ihm all diese Fragen stellte?

Im *Pony* legte April einen kurzen Zwischenstopp ein. Heute war Marina etwas weniger grell geschminkt, was ihr gut stand. Schon stand der doppelte Espresso mit den vier Cremes auf dem Tisch, schon plauderten sie zusammen.

»Du siehst heute so ungebígelt aus, bist du traurig?«, fragte Marina schließlich.

»Ich war schon glücklicher. Habe einen Fehler gemacht, den man vielleicht nicht mehr korrigieren kann.« Ihre Augen füllten sich mit Tränen.

»Warum kannst du es nicht wiedergutmachen – ist gestorben?«

April schüttelte den Kopf.

»Also, dann du kannst wiedergutmachen, wenn du mutig genug.«

»Schön wär's.«

»Nicht schön wär's – schön ist! Von Möglichkeit muss man ausgehen.« Marina tätschelte ihre Schulter und ging.

April schluckte ihre Tränen hinunter, dann wählte sie zum tausendsten Mal Lous Nummer. Nichts. Anschließend versuchte sie es bei Hedi Ruch, mit demselben Ergebnis.

Es war frühlingshaft warm, ideal, um über die Straßen zu wetzen. Vielleicht hatte sie mehr Erfolg, wenn sie persönlich bei Hedi vorbeifuhr. Nachdem sie den Espresso getrunken hatte, schwang sie sich auf den Sattel. Am Morgen hatte Consuela ihr nach längerem Bitten und Betteln den Motorradschlüssel zurückgegeben. Sie war der Kolumbianerin letztlich dankbar, dass sie ihn ihr weggenommen hatte, als sie von der Rolle war. Glücklich spürte sie nun das Vibrieren der Maschine unter sich und dachte, dass die Beziehung zur Buell immer noch die beste überhaupt war.

Das Haus, in dem Hedi wohnte, lag etwas erhöht und gab die Sicht frei auf den Thunersee und das Schloss Thun mit der Altstadt. Auf gut Glück klingelte April bei dem Schild, auf dem bloß H.R. stand. Der Spion verdunkelte sich kurz, dann öffnete sich die Tür. Hedi war zweifellos Melissas Mutter, die Ähnlichkeit frappierend. Die Detektivin spürte, dass sie den wahren Grund ihres Besuchs verraten musste, wenn sie Vertrauen gewinnen wollte.

Das Gesicht der Frau verdunkelte sich, als der Name ihrer toten Tochter fiel, aber sie ließ April eintreten.

Hedi Ruch lebte in einer Einzimmerwohnung mit separater Küche. Das Sofa diente in der Nacht wohl als Bett. Es war sparsam, aber liebevoll eingerichtet. Die Detektivin setzte sich und wartete, bis Hedi mit zwei Gläsern Wasser zurückkam. »Was möchten Sie wissen?«, fragte sie und strich ihr langes, gelocktes Haar zurück. April verstand nicht, wie diese Frau einen Dölf Ruch hatte heiraten können. Aber vielleicht war er in jungen Jahren um einiges hübscher – und netter gewesen.

»Entschuldigen Sie, wenn ich Sie so direkt anspreche: Glauben Sie, dass Ihre Tochter sich das Leben genommen hat?«

Hedi seufzte. »Ich glaube das nicht nur, ich weiß es.« Sie stand auf und ging zum Regal, wo sie einen Umschlag aus einer Schachtel nahm. Kommentarlos gab sie ihn April. Ein zerknitterter Bogen steckte darin, wohl hundertmal gelesen und wiedergelesen, das Papier war abgegriffen, die Schriftfarbe bleich.

»Es ist ihr Abschiedsbrief.«

Aprils Augen huschten über die Zeilen.

Liebe Mama!

Es tut mir leid, dass ich dir Kummer bereite, aber es ist besser so, ich war immer eine Last für euch. Du weißt, wie sehr ich Fabian liebe und wie sehr er mich zurückgeliebt hat. Ich war der glücklichste Mensch auf Erden, mit einer hoffnungsvollen Zukunft. Aber jetzt ist alles aus: Fabian hat mich verlassen und ich weiß nicht, warum! Er sagt, dass er nicht mehr dasselbe für mich empfinde, und ging auf Distanz.

Ich verstehe es nicht! Etwas muss passiert sein, dass er auf einmal keine Gefühle mehr für mich hat. Vielleicht hat er sich in jemand anderen verliebt, vielleicht ist ihm mein Rollstuhl lästig geworden. Er spricht nicht mehr mit mir, ich erreiche ihn nicht – ich bin in der Hölle! Ohne ihn kann ich nicht leben. Ich will nicht ohne ihn leben. Alles scheint mir sinnlos, ich bin nur eine Bürde.

Bitte verzeih mir, dass ich diesen Weg wähle, aber es ist besser so.

Du warst mir die beste Mutter!!!

Deine Melissa

P.S.: Verlasse endlich Vater – jetzt bist du frei, es zu tun.

Schniefend gab April den Brief zurück. »Wie schrecklich! Ja, was nur ist geschehen, dass er sich abgewandt hat? Ist er zur Beerdigung gekommen oder hat sich sonst gemeldet?«

Hedi schüttelte den Kopf. »Es war wie eine Ohrfeige. Natürlich fuhr er in dieser Zeit Rennen, aber er hätte einen Weg finden können, um an die Beerdigung zu kommen. Letztendlich aber passt dieses Verhalten zu ihm, er stand nie öffentlich zu seiner Beziehung mit Melissa.«

»Haben Sie eine Vermutung, warum?«

»Keine Ahnung. Er schien sich wegen des Rollstuhls nicht zu

schämen, hatte einen natürlichen und unkomplizierten Umgang damit. Ich vermute, dass es jemandem in seinem Umfeld nicht gepasst hat.«

»Ihr Mann wusste offenbar nichts von Fabian – das jedenfalls hat er behauptet.«

Hedi lachte bitter. »Das stimmt, der hätte ihn womöglich umgebracht. Er war ja sowieso mit allen verfeindet und hätte es nicht ertragen, wenn ein *Abschaum* sich seiner Tochter genähert hätte.«

»Wo trafen sich die beiden?«

»Bei Fabian, manchmal bei Eliane Mattis.«

»Ach so?!«

»Ja, zu ihr hatte er ein enges Verhältnis.«

»War Eliane auf der Beerdigung?«

»Ja, und sie weinte die ganze Zeit, sie war fassungslos und am Boden zerstört.«

»Dann hatten sie und Melissa ein inniges Verhältnis?«

»Nicht dass ich wüsste. Sie haben sich gut verstanden, das schon – aber dass es gerade sie so mitgenommen hat …«

»Waren Marlise Ueltschi, Sofia Leibundgut und Jenny Gertsch eigentlich auch bei der Beerdigung?«

»Ja, es kam das halbe Dorf, das ist auf dem Land so üblich.« Einen Moment schaute Hedi aus dem Fenster und überlegte. »Die arme Jenny war kalkweiß im Gesicht und sah aus, als würde sie gleich umkippen. Kein Wunder, Melissa und sie waren ja befreundet. Aber dass sie so himmelselend aussah, hat mich doch gewundert. Sofia schien unbeteiligt, bei ihr wusste man nie, wie sie sich fühlte. Marlise hingegen benahm sich schrecklich: Der alten Kräuterhexe stand ein feines Lächeln auf dem Gesicht. Sie hätte mir gerade so gut ins Gesicht schlagen können, nein, das wäre weniger schlimm gewesen als diese Zufriedenheit, die sie ausstrahlte.« Unvermittelt begann sie zu weinen. Als April ihre Hand umschloss, zuckte sie ein bisschen zurück, nahm aber die Berührung dann dankbar an.

»Wenn ich fragen darf: Haben sich Melissa und Marlise näher gekannt?«

Hedi zuckte die Schultern. »Nicht dass ich wüsste.«

»Und Sofia?«

»Sie war unsere Hausärztin. Worauf wollen Sie hinaus? Ich verstehe nicht, was Melissas Selbstmord mit dem Tod dieser vier Frauen zu tun haben soll.«

»Ich auch nicht. Noch nicht. Aber ein Gefühl sagt mir, dass es einen Zusammenhang gibt.«

Nach dem Besuch fuhr sie Richtung Bern, genauer: zu Lou. Vorher checkte sie ihr Handy. Schon wieder Evi! Das verzückte Wesen hatte sie in den letzten zwei Tagen mit SMS und Sprachnachrichten bombardiert. April antwortete und erklärte ihr, dass sie sich eine Grippe eingefangen habe, und nein, sie wolle keinen Besuch, und ja, sie habe alles, und nein, sie wolle wirklich keinen Besuch, sie müsse sich erholen. Wenn sie nur diese sexuelle Ermittlung aus der Geschichtsschreibung tilgen könnte, dann müsste sie jetzt nicht mit bangem Herzen zu Lou fahren, um zu retten, was hoffentlich noch zu retten war!

Zu ihrer Überraschung stand ein Handwerker vor Lous Türe. Zu ihrer zweiten Überraschung lehnte im Treppenhaus Lous Sofa aufrecht an der Mauer.

»Was machen Sie da?«, fragte April erstaunt.

»Was geht Sie das an?«, gab der Mann zurück.

»Ich bin die Partnerin von Frau St. Helena.«

»Wenn das stimmen würde, wüssten Sie, was ich hier mache.«

Die Detektivin pfiff anerkennend. »Gut pariert.«

Grinsend sah der Handwerker sie an. »Ich flicke das Einschussloch und wechsle das Schloss.«

Ihr sank der Mut – Lou ließ das Schloss wechseln und das Loch stopfen! Das Loch, das sie, April, eigenhändig geschossen hatte. Ihr Liebesloch sozusagen. Zweifelsohne meinte Lou es ernst!

»Und was ist mit dem Sofa?«

»Das holt die Heilsarmee.«

Auf die Frage, ob Lou zu Hause sei, schüttelte der Mann den Kopf. Wie eine Königin, die soeben ihr ganzes Königreich verloren hatte, wartete April auf den Lift. Als sie unten ankam, war sie Jeanne d'Arc, die zum Scheiterhaufen geführt wurde. Sie gab den Plan auf, Lou in der Agentur aufzusuchen oder ihre Rückkehr abzuwarten. Wenn Lou das Schloss ersetzen, die Tür reparieren und das Sofa von der Heilsarmee holen ließ, meinte sie es ernst.

Es war aus.

Als hättest du den Teufel persönlich gesehen

Leo Gertsch und Fabian Tritten kehrten aus Kanada zurück. Die Medien fingen sie im Flughafen Zürich ab, sie mussten den Journalisten tausend Fragen beantworten, den Fans Karten, Blätter und Arme signieren und lautes Jubeln, Kuhglockengeläut und Schweizerfahnen-Gewedel über sich ergehen lassen. Das Schweizer Fernsehen strahlte eine Extrasendung aus, um Trittens triumphale Rückkehr zu zelebrieren. Zwar hatte Fabian nicht die Höchstleistungen der vorletzten Saison erreicht, aber die Resultate waren vielversprechend. Außerdem liebte das Publikum den bescheidenen und freundlichen jungen Star.

April, Rösli und Consuela schauten in der Stube fern und kommentierten die Sendung.

Consuela: »Fabian hat Ausstrahlung von eine tote Fisch.«

Rösli widersprach: »Ach was, er ist immer noch der süße Kleine von früher.«

»Er scheint so unglücklich. – Oh, da kommt Leo Gertsch«, kommentierte April.

Die Bäuerin seufzte: »So ist es immer. Fabian redet ein paar Worte, dann labert Leo wichtigtuerisch herum. In erster Linie werden ja die Sportler interviewt und nicht die Trainer, aber bei den beiden hat Leo von Anfang an den Ton angegeben.«

»Angeber eben«, echote April.

»Furchterlicher Gockel!«, kam es von Consuela.

Wie aus dem Ei gepellt sah der Gockel aus, durchtrainiert und strotzend vor Kraft und Bräune. Ein drahtloses Headset hing ihm im Ohr, der Ehrgeiz strömte aus jeder Pore. Den dunklen Schopf hatte er zu einer Igelfrisur gegelt, das rosa Hemd war ein paar Knöpfe zu weit geöffnet, im Ausschnitt blinkte die goldene Kette mit dem Kreuz, eine goldene Armbanduhr sowie ein Siegelring leuchteten jenseits der Manschette.

Wie eine Mischung aus Vater und Bodyguard schob Leo Fabian vor sich her. Oder vielmehr seinen Goldesel. Im Interview prahlte er damit, wie viel besser Fabian nun wieder sei, und ließ keinen Zweifel daran, wessen Hauptverdienst das war. Er schaue zuversichtlich in die Zukunft: »Sie werden noch viel von Fabian Tritten hören!«

Leo strahlte mit seinem Sunnyboylächeln siegesgewiss in die Kamera, Fabian hingegen starrte vor sich auf den Boden. Nach dem Interview zeigte das Fernsehen Fabians Höhepunkte in dieser Saison, anschließend diskutierten Fachleute über seine Stärken und Schwächen. Rösli schaltete den Apparat aus.

Gedankenverloren betrachtete die Detektivin die dunkle Mattscheibe. »Wenn man sich das so vorstellt: Fabian hat seine Liebe verloren, dazu seine Ziehmutter, die beste Freundin, seine Vertrauensärztin und die Hauptsponsorin. Was ist ihm geblieben? Dieser Sklaventreiber. Unter solchen Bedingungen Erfolg zu liefern ist schon eine besondere Leistung.«

»Apropos Erfolg«, Rösli betrachtete sie. »Hast du Lou erreicht – oder sie dich?«

Traurig schüttelte April den Kopf. »Zoro hat mir erzählt, nichts in der Wohnung erinnere mehr an mich.« Ihre Augen schwappten über und diesmal versuchte sie das nicht zu vertuschen.

»Du bist selber schuld, man kann nicht umspringen mit Leuten so.«

»Consuela, muss das jetzt sein?«

»Wenn man nicht ist beziehungsfähig, man sollte auch nicht haben Beziehung. Wenn du willst frei sein, dann du nicht sollen so dumm sein und binden andere an dich. Lou ist eine wunderbare Mensch, aber du siehst das nicht. Selber schuld. Du kannst vergessen Lou.«

April verlor nie die Contenance, aber jetzt tat sie es. Sie knickte auf dem Sofa ein, vergrub ihr Gesicht ins Kissen und flennte und jammerte. Rösli verwarf die Hände und bedeutete Consuela, die Stube zu verlassen. Vorsichtig setzte sie sich neben die Freundin und streichelte ihren Rücken. Heulend ins Kissen zu reden war nicht die deutlichste Form der Kommunikation: Rösli verstand jedenfalls nichts von dem, was Brucie schluchzend stammelte, also wartete sie ab, bis die Tränen versiegten.

Mit einem Ruck und tränenverschmiertem Gesicht setzte April sich schließlich auf. Ihre Augen funkelten trotzig.

»Man verlässt nicht die Partnerin, nur weil sie beruflich oder anderweitig fremdgegangen ist! Warum ein solches Tamtam um Sex? Wenn man sich nicht mehr versteht, wenn es einem langweilig miteinander wird und man nichts mehr zu sagen hat – *dann* soll man sich trennen, aber doch nicht wegen einem läppischen Seitensprung! Das ist eine totale Überreaktion, aber Lou ist nicht mal zu einem Gespräch bereit. Ist ihr unsere Beziehung wirklich so wenig wert?«

»Sie ist verletzt.«

»Dann soll sie sich rasch heilen!«

»Du hast einfach reden. Du warst ja nie diejenige, die hintergangen wurde.«

»Moraltante! Als würde Lou nie einen Fehler begehen. Wir sind nun mal polyphone Wesen.«

»Sind wir? Oder nur polygame?«, lächelte Rösli.

»Du weißt, was ich meine«, schnappte April.

»So, wie ich Lou kenne, zieht sie das durch. Ein Mensch ohne Familie braucht Beständigkeit, Treue und viel Vertrauen. Das sind nicht unbedingt deine Stärken. Was hat dir Zoro geraten?«

»Er meinte, es brauche viel Fingerspitzengefühl, um sie zurückzuerobern, und ich sei ja nicht gerade bekannt für mein Fingerspitzengefühl – dieser freche Hund.«

Als Antwort lachte Rösli laut heraus, was Aprils Laune nicht hob.

»Ich werde gelegentlich mit Lou reden, vielleicht kann ich sie etwas besänftigen.«

»*Gelegentlich?* Wenn ich alt und grau bin?! Bis dann bin ich längst gestorben!«

»Hast du ihr mal gesagt, dass du sie liebst?«

»Warum bringt ihr immer dieses Wort ins Spiel? Warum sollte ich ihr das sagen? Dieses Wort wird gewaltig überbewertet, jeder Trottel sagt es jedem anderen Trottel und im nächsten Moment einem weiteren Trottel. Das ist ein Wort, nichts als ein *Wort.*«

»Du hast es ihr also nicht gesagt?«

»Bin ich etwa blöd?«

»Das trifft es ziemlich genau.«

In dem Stil ging das Gespräch weiter, ohne irgendwohin zu führen. April brauchte unbedingt Rat und Unterstützung, wies aber jeden Rat und jede Unterstützung weit von sich. Wer kennt das nicht: weder ein noch aus zu wissen, aber wehe, jemand will einem den Weg aufzeigen! Diese nutzlose Unterhaltung wurde von Consuela gestört, die zurückkehrte und erklärte, dass sie jetzt fernsehen wolle – sie könnten ja im Stöckli weiterplappern wie Papageien. Die Unterbrechung kam sehr gelegen, denn sie erinnerte die Detektivin in April daran, dass sie bald gehen musste: In einer Stunde würden Gertsch und Tritten im Bahnhof von Zweisimmen eintreffen und von Fans und Medien empfangen werden!

Journalistin Pallas vom *Lötschentaler Boten* erreichte den Bahnhof zwanzig Minuten vor Ankunft der Männer. Den *Lötschen-*

taler Boten gab es nicht und der Presseausweis war ein Werk von Zoro, aber das würde niemanden interessieren: Das Lötschental lag im Kanton Wallis, auf der anderen Seite des Balm-, Hocken-, Sack- und Birghorns, das war weit, weit weg.

Am Bahnhofseingang gab es kaum ein Durchkommen: Fans und Medienleute standen einander auf den Füßen, jeder wollte ganz vorn sein, aber bekanntlich können das nur die wenigsten. Man hatte den Weg zu den Gleisen mit Schranken abgesperrt, damit die ankommenden Passagiere den Zug unbeschadet verlassen konnten.

Mühselig schlängelte, nein, presste die Journalistin sich durch die Meute, als die Durchsage kam, dass der Zug nicht wie gewohnt auf Gleis sechs eintreffe, sondern auf Gleis fünf. Die Masse geriet in Bewegung, die Schranken wurden verschoben.

Mit jeder Minute wuchs die Spannung. Als der Zug im Blickfeld erschien, begann man jubelnd mit Kuhglocken zu läuten. Irgendein Doofkopf ließ ein Feuerwerk los, dessen einzige Kunst im Knallen bestand. Dann war es soweit: Zu aller Überraschung fuhr der Zug nun doch auf Gleis sechs ein, was die Durchsage stotternd bestätigte. Man versuchte noch einmal die Schranken den Gegebenheiten anzupassen, aber die Masse schob sie einfach zur Seite. Die Fahrgäste kamen nicht vorwärts, weil die Fans an den Zug drängten, die Journalisten mit Mikrofon oder Kamera fluchten in einem fort und wo waren eigentlich Gertsch und Tritten?

Kurzerhand kletterte April auf das Kiosk-Häuschen direkt neben dem Gleis, setzte sich breitbeinig auf den Dachfirst und hielt Ausschau. Da sah sie eine Tür auf der Rückseite des Zugs sich öffnen und zwei Männer heraustreten. Sie überquerten die Gleise und spazierten über den Bahnsteig fünf: stolz voranschreitend Gertsch, Tritten unschlüssig hinterher. Um Zeit zu sparen, sprang die Detektivin die drei Meter vom Dach hinunter, was verdammt wehtat, und humpelte los. Bis die Meute die Männer bemerkte, hatte sie sich einen Platz ganz vorn ergattert.

Man schrie hipp, hipp, hurra und heischte um Autogramme. Schweizer und Berner Fahnen wehten, die Glocken wurden noch wilder geschwenkt, Trittens Name skandiert. April hätte den Berglern nie so viel Leidenschaft und Ausgelassenheit zugetraut. Und das nur, weil einer um Bruchteile schneller als andere einen Schneehang runterfahren konnte!

Schließlich fanden die beiden Ankömmlinge den Weg zu einem eigens errichteten Podest, wo der Gemeindepräsident sie schon strahlend erwartete, wortreich begrüßte und sich in einer schwülstigen Rede erging.

Nach einer Ewigkeit gab er das Mikrofon an Fabian weiter, der sich einsilbig für den Empfang bedankte und sagte, dass er glücklich sei, wieder zu Hause zu sein. Damit reichte er das Mikrofon an Gertsch weiter, der sich benahm, als wäre er ein Rockstar. Wie schon am Flughafen vermittelte der Trainer das Gefühl, als wäre er gefahren und hätte er gesiegt. Nach dieser Rede informierte der Gemeindepräsident darüber, dass die Pressekonferenz um drei Uhr im Säli des Gasthofs Löwen stattfinden würde und nur Journalisten zugelassen seien.

So kam April zu ihrer ersten Pressekonferenz. Sie war erstaunt, wie viele Fragen die Medienleute stellten: zu Gefühlen, Eindrücken, Gedanken, Rückblicken, Prognosen, zum Privatleben – es hätte sie nicht verwundert, wenn jemand gefragt hätte, wie viel Klopapier Tritten beim dicken Geschäft benützte.

Als die Detektivin vor Langeweile in Ohnmacht zu fallen meinte, fand die Konferenz doch noch ein Ende. Sie blieb sitzen und wartete, bis sich die letzten Journalisten verzogen hatten, dann stellte sie sich Gertsch und Tritten vor und bat um ein Interview. Dabei hoffte sie, dass sich Leo nicht an die Begegnung im Schreibwarenladen erinnern konnte, wo sie ihm vorgeworfen hatte, sich vorzudrängeln.

Er erkannte sie natürlich.

April musste alle Register ihres Charmes ziehen und sich ordentlich unterwerfen, als sie ihr Anliegen vortrug: Sie wolle einen Artikel schreiben aus der Sicht des Trainers und aus diesem Grund ein ausführliches Interview mit ihm persönlich machen, dazu ein kürzeres mit Tritten. Gertsch ließ sich sofort ködern. Sie vereinbarten einen Termin für den nächsten Tag.

Als sie den Gasthof Löwen verließ, kam ihr Evi entgegen. Sie nickten einander nur zu, April sah den sehnsüchtigen Blick in Evis Augen. Wie viel gäbe sie darum, einen solchen Blick aus Lous Augen zu erhalten!

Mutlos trottete sie zu ihrer Buell.

Wer ist ermordet worden?

Um zwei Uhr nachmittags traf sich April mit Leo Gertsch im *Pony*. Sie saßen in der hintersten Ecke, wo sie weitgehend ungestört blieben, zumal Marina so nett gewesen war und auf die umliegenden Tische Reserviert-Schilder gestellt hatte. Als Leo hereinkam, wurde er gleich von mehreren Gästen angesprochen. Er scherzte und zeigte seine schneeweißen Zähne. Dann kam er federnden Schrittes auf die Journalistin zu und schüttelte ihr jovial die Hand. April hatte es so eingerichtet, dass er mit dem Rücken zum Restaurant saß. Das Handy neben ihr auf dem Tisch zeichnete das Gespräch auf, was sie Gertsch jedoch nicht sagte. Menschen drücken sich freier aus, wenn sie meinen, dass ihre Worte sofort im Äther verschwinden.

Leo bestellte ein Bier. Marina war nicht unhöflich zu ihm, aber April hatte sie schon freundlicher erlebt. Als das Glas vor ihm auf dem Tisch stand, begann das Interview. Erst fragte sie nach Gertschs Leben und der Entdeckung seines Schützlings, dann sprach sie den Leistungseinbruch vor zwei Jahren an. Der Trainer reagierte kurz angebunden: Fabian habe Probleme mit dem Fuß gehabt, abgesehen davon sei er so schlecht auch nicht gewesen. Außerdem habe diese Saison gezeigt, dass er nach wie vor Spitzenklasse sei. Gertsch erklärte mit vielen Worten, wie er Tritten wieder ganz nach oben gebracht hatte, seinen Gebrauch des Wortes *Ich* konnte man nur als inflationär bezeichnen.

Schließlich lenkte die Detektivin das Gespräch auf private Themen: Ob ein so vielbeschäftigter, erfolgreicher Startrainer eigentlich liiert sei, wollte sie wissen. Er bejahte. Schon lange? Zwei Jahre. Und davor?

Gertsch grinste: »Man darf sich nicht zu früh festlegen.«

»Ja«, lächelte April ironisch. »Sie sind ja noch jung.«

Der eitle Leo nickte geschmeichelt.

Dann ging sie auf Konfrontationskurs: »Waren Sie nicht auch einmal mit der Ärztin Sofia Leibundgut zusammen? Ich meine dergleichen gehört zu haben.«

Zum ersten Mal brach das Dauergrinsen in sich zusammen. »Wer erzählt dieses Märchen?«

»Ehrlich gesagt, weiß ich es nicht mehr. Stimmt also nicht?«

»Wir gingen zusammen zur Schule, das sagt ja schon alles.«

»Was sagt es denn?«

»Waren Sie mit jemandem im Bett, mit dem Sie die Schulbank gedrückt haben?«

April überlegte kurz. »Ja, mit zwei.«

Das war nicht die Antwort, die er hören wollte. »Wie auch immer, Sofia und ich hatten das Heu nicht auf derselben Bühne.«[20]

»Schon merkwürdig, dass sie so früh gestorben ist. Ein Herzstillstand und weg war sie.«

War es Einbildung oder weiteten sich seine Augen? Und war es Zufall, dass er nervös mit dem Fuß wippte?

»Ja, die arme Sofia – sie war eine gute Ärztin.« Er sagte das ungefähr im gleichen Tonfall, wie wenn man beim Einkaufen sagt: Wir müssen noch Zahnseide kaufen.

»Für Herrn Tritten war es gewiss nicht gerade einfach, seine vertraute Ärztin zu verlieren.«

Er zuckte mit den Schultern. »Fabians Sportarzt ist große Klasse.«

---

20 Eine schöne Redewendung, welche die Unschweizer wohl nicht kennen. Sie bedeutet: nicht dieselben Ansichten haben.

»Und dann seine beste Freundin Jenny. In der Gülle zu ersticken, welch grausamer Tod! Das Mädchen war noch so jung! Wie unglückselig das letzte Jahr für ihn war: Obendrein verlor er seine Ziehmutter *und* seine Hauptsponsorin.« Während sie das sagte, beobachtete sie Gertsch aufmerksam. Er schaute ihr unbewegt in die Augen, nickte leicht und drehte an seinem Siegelring. Dann erhob er sich mit der Bemerkung, dass er kurz *Sie wissen schon*, und verschwand zum Herrenklo.

Als er zurückkam, hatte er wieder sein Gewinnergesicht aufgesetzt. »Haben Sie noch Fragen? Ich muss dann mal ein Haus weiter.«

»Ja: Wer hat die vier Frauen wohl umgebracht?«

Konsterniert schaute Gertsch sie an. »Wer ist ermordet worden?«

»Jenny, Eliane, Sofia und Marlise.«

»Was schwafeln Sie da – die sind tödlich verunfallt, die Polizei hat das doch alles untersucht.«

»Die waren bei den Ermittlungen schlampig. Fakt ist: Jemand hat sie umgebracht. Stellt sich bloß die Frage, wer es war. Aber das kommt noch zutage, da bin ich mir sicher.«

Gertsch legte eine Zehnernote auf den Tisch und erhob sich. »Ich weiß echt nicht, wie Sie zu einer solchen Theorie kommen, aber was interessiert es mich. Schicken Sie mir den Artikel zu, wenn Sie fertig sind.« Im Nullkommanichts war der Mann aus dem Tearoom verschwunden.

Bald darauf erschien wie verabredet Fabian Tritten im *Pony*. Er war pünktlich, gab April freundlich die Hand und setzte sich so vorsichtig, als befürchtete er, dass der Stuhl eine voll aufgedrehte Herdplatte sei. Die Detektivin betrachtete ihn – wie jung er noch war, wie sanft seine Augen und wie traurig der Ausdruck darin! Woher nur nahm dieser Junge den Ehrgeiz, Erster zu werden?

»Woher nehmen Sie den Ehrgeiz, bei den Rennen Erster zu werden?«

Fabian schaute kurz auf, dann richtete sich sein Blick wieder auf die Tischplatte. Er überlegte, kratzte sich in seinem Dreitagebart und zuckte mit den Schultern. »Es ist wohl eher so, dass ich es so schnell als möglich hinter mich bringen will – den Stress loswerden.«

»Haben Sie denn keinen Spaß dabei?«

»Doch. Wenn ich im Ziel bin, freue ich mich, und wenn ich gut war, freue ich mich noch mehr und Leo ist zufrieden. Aber schreiben Sie das lieber nicht, sonst meinen die Leute, dass mir der ganze Zirkus lästig ist.«

»Ist er das denn?«

Fabian schlug kurz die Augen auf. »Ich mache, seit ich sieben bin, nichts anderes. Es ist mein Leben, ich habe damit Erfolg.«

»Ist Ihr Fuß wieder ganz ausgeheilt?«

»Welcher Fuß?«, fragte er verständnislos.

»Der, wegen dem Sie vor zwei Jahren einen Leistungseinbruch hatten.«

Sein Blick flatterte unruhig. »Ach so. Ja, dem geht es gut.«

»Oder sind Sie damals zusammengeklappt, weil Ihre große Liebe sich umbrachte, nachdem Sie sie verlassen hatten?«

Er sah April fassungslos an. Dieses blanke Entsetzen, das ihm auf dem Gesicht geschrieben stand, ergriff sie. Eine Sekunde lang wünschte sie sich, dass sie nicht so auf Konfrontationskurs gegangen wäre, aber ihre Erfahrungen mit dieser Strategie waren immer wieder gut: Schock brachte oft die wahren Gefühle an die Oberfläche. »Warum ließen Sie sich damals eigentlich davon überzeugen, dass es besser sei, Melissa zu verlassen?«

Was ist die Steigerung von fassungslos? Vom Donner gerührt, vom Blitz getroffen, vom Hagel erschlagen? April hatte offensichtlich in eine schwärende Wunde gestochen und wer schon einmal erlebt hat, wie einem in eine eitrige, entzündete

Wunde gestochert wird, weiß, wie schlimm sich das anfühlt. Tritten kippte im Stuhl zurück und sackte in sich zusammen, seine Lippen bebten. »W-woher? W-wieso?!« Er brach ab, lehnte sich vornüber und bedeckte sein Gesicht.

»Erst ließen Sie sich von ein paar Frauen zu der Trennung überreden und dann haben Sie sich an ihnen dafür gerächt und Ihre Ratgeberinnen umgebracht!«

Nun folgte die Steigerung der Steigerung von fassungslos. Trittens Kopf glühte in tiefstem Rot, dann wich alles Blut daraus zurück und hinterließ eine Leichenblässe. Es dauerte nicht lange, dann platzte es aus ihm heraus: »Ich habe ihnen tausend Mal den Tod gewünscht – das habe ich! Und vielleicht hat mich Gott erhört und meinen Wunsch ernst genommen. Hoffentlich nicht! Aber so sehr ich sie auch gehasst habe, die Schuld trage trotzdem ich allein: Ich habe die Entscheidung getroffen und Melissa verlassen, ich hätte mich nicht so beeinflussen lassen dürfen. Aber getötet habe ich die Frauen nicht!«

»Wer dann?«

»Niemand. Es war ein unglaublicher Zufall, dass alle vier letztes Jahr verunfallt sind.«

»Das glauben Sie doch selber nicht! Sie wurden ermordet!«

»Es gibt niemanden, der einen Grund dazu gehabt hätte.«

»Ach ja? Wie wär's mit Leo Gertsch? Damit Sie gerächt sind und zur alten Kraft zurückfinden.«

»Für so etwas bringt man doch keinen Menschen um! Erst recht nicht vier!«

»Wenn man dermaßen ehrgeizig ist wie Leo Gertsch, vielleicht schon.«

»Das ist eine ungeheure Anschuldigung!«

»Haben Sie sich nie gefragt, warum alle diese Frauen Sie davon überzeugen wollten, Melissa zu verlassen? Einzig Jenny hatte dafür einen plausiblen Grund: Sie war in Sie verliebt.«

»Jenny war nicht in mich verliebt.«

»Oh doch!«

»Das wusste ich nicht.«

»Wie verhielt Leo sich Melissa gegenüber?«

»Freundlich. Er schien nichts gegen sie zu haben.«

»Oder Sie merkten es nicht – so, wie Sie auch nicht gemerkt haben, dass Jenny in Sie verliebt war!«

»Warum hätte er etwas gegen Melissa gehabt haben sollen?«

»Das werden Sie wohl besser wissen als ich, Sie kennen ihn. Bestimmt hat sich Ihre Einstellung zum Sport verändert, als Sie sich in sie verliebten.«

»Ja, das stimmt«, sagte er dumpf, »zum ersten Mal in meinem Leben war ich glücklich. Zum ersten Mal verstand ich, was wirklich wichtig ist: Liebe.«

Dies nun war ein Stich in Aprils schwärende Wunde, so dass Blut und Eiter nur so spritzten, metaphorisch natürlich. »Wenn es wirklich Liebe war, warum haben Sie Melissa dann verstoßen?«

»Das kann ich Ihnen sagen: Weil sie sich in einen anderen verliebt hat! – Außerdem drohte Marlise Ueltschi, dass sie mich nicht mehr sponsert, wenn wir zusammenbleiben. Und Eliane warnte mich, dass Melissas Vater mich umbringt, wenn er von unserer Beziehung erfährt.«

»Ruch ist ein Hitzkopf mit Schrotflinte, aber ich glaube nicht, dass er jemanden erschießen könnte. In wen hat sie sich denn neu verliebt?«

»Weiß ich nicht.«

»Wer hat Ihnen überhaupt davon erzählt – Melissa?«

»Nein, Jenny und Sofia.«

»Haben Sie Ihre Freundin zur Rede gestellt?«

»Warum hätte ich das tun sollen? Zwei voneinander unabhängige Personen haben mir das Gleiche erzählt!«

»Nun, man könnte ja trotzdem mit der Person sprechen, die es betrifft. Zumal wenn es die eigene Freundin ist!«

»Ich war so verletzt! Ich konnte nicht. Ich wollte nicht, außerdem musste ich nach Südamerika ins Trainingslager.«

»Sie hätten besser nachfragen sollen. Denn wenn Sie Melissas Abschiedsbrief gelesen hätten, wüssten Sie: Wegen Ihrer Trennung wollte sie nicht mehr leben.«

Fabian fiel wie ein Soufflé in sich zusammen, Tränen schossen in seine Augen. Er brauchte Zeit, um sich wieder zu fassen.

April fragte: »Als Sie sich in Melissa verliebt haben, sagten Sie da Leo, dass die Rennen nicht mehr so wichtig für Sie seien?«

»Ja. Er wurde ziemlich wütend. Ich könne nicht sein Lebenswerk zerstören, sagte er.«

»Mit Lebenswerk meinte er wohl Ihre Erfolge als Skirennfahrer.«

»Ich nehme es an.«

»Hatte Leo etwas mit Sofia Leibundgut?«

»Eine Affäre, die kurz nach Melissas Tod auseinanderging, aber das war bei ihm ja nichts Besonderes. Dann kam er mit Evi zusammen. Ich mag sie nicht, sie ist so fixiert auf Leo. Sie täte alles für ihn.«

»Auch töten?«

»Wie bitte?!« Fabians Augen wurden kreisrund.

»Hätte sie Leo Gertsch womöglich geholfen, Sofia aus dem Weg zu schaffen?«

»Wer sind Sie eigentlich?«

»April Pallas, Privatdetektivin. Engagiert von Sofia Leibundguts Schwester Verena, um herauszufinden, ob die vier Frauen wirklich verunfallt sind oder nicht etwa ermordet wurden.«

Fabian schluckte trocken und begrub sein Gesicht in den Händen. »Ach, mein Leben ist ein einziger Scherbenhaufen!« Lange saß er so da und weinte stille Tränen – er tat ihr so leid, aber ihr kam kein tröstendes Wort in den Sinn. Von der Theke aus sah Marina sie fragend an, als Antwort hob April nur leicht die Schultern.

»Glauben Sie, dass Ihr Trainer dazu fähig gewesen wäre, die Frauen aus dem Weg zu schaffen?«, fragte sie ruhig.

Sichtlich entsetzt von dem Gedanken, rutschte er auf seinem Stuhl hin und her, dann rief er empört: »Sicher nicht! Ich kenne Leo, er könnte so etwas niemals tun!«

Das nahm sie nicht Wunder, aber noch weniger überzeugte es sie. Gertsch war Fabians Vaterersatz, seit zwölf Jahren ständiger Begleiter, Trainer und Mentor. Ihm hatte er seine Karriere zu verdanken, Leo Gertsch war der Gestalter seines Lebens. Und jetzt sollte er diesem Mann vier Morde zutrauen – und erst noch seinetwegen? Falls er Leo Gertsch für einen Mörder hielte, würde auch Fabians Leben in sich zusammenstürzen, mehr noch: In der Konsequenz müsste er vor Gericht Zeuge der Anklage gegen seinen Trainervater sein. Könnte er damit leben? Ohne Gertsch würde er alles verlieren.

Fabian Trittens Unterlippe zitterte, als er wieder zu sprechen begann: »Wenn's recht ist, gehe ich jetzt. Ich weiß nicht mehr, wo mir der Kopf steht.«

April nickte verständnisvoll.

Nach den Interviews stürmte sie aufgeregt zu Rösli in den Stall, wo diese mit der Melkmaschine zu Gange war. An eine Kuh gelehnt, erzählte April, wie die Gespräche verlaufen waren.

»Bei drei der Frauen kann ich mir jetzt genau vorstellen, wie sie ermordet wurden – wie Gertsch es aber mit Marlise hinbekommen hat, ist mir nicht klar. Er hätte beim Pflücken oder Verarbeiten die Herbstzeitlose unter den Bärlauch mischen müssen. Aber wie hätte er das anstellen sollen, ohne Marlises Verdacht zu erregen? Außerdem war ja Erna bei ihr. Stinki-Käthi sagte, dass die beiden Frauen nach zwei Uhr vom Sammeln zurückkamen und Erna dann um fünf wieder ging.«

»Hat Käthi Erna fortgehen sehen?«

Eifrig blätterte die Detektivin in ihrem Notizbuch. »Nein, sie hat nur mitbekommen, dass nach fünf Uhr das Auto weggewesen ist. Außerdem hat sie mir gesagt, dass sie an dem Nachmittag zwei Mal von einem Versicherungsvertreter telefonisch gestört wurde.«

»Wusste sie noch, wann der angerufen hat?«

»Das erste Mal um halb drei, das zweite Mal vor fünf.«

»Erna hat demnach Marlises Haus verlassen, als Käthi am Telefon war.«

»Oder Erna verließ das Haus schon um halb drei, als der Versicherungstyp das erste Mal anrief – gleichzeitig traf der Mörder ein und ging kurz nach fünf. Gibt es eigentlich eine Beziehung zwischen Gertsch und dieser verwirrten Erna?«

»Das fragst du nicht ernsthaft.« Rösli schaute verwundert auf, während sie die Milchbecher von den Kuheutern nahm.

»Warum?«

»Erna ist Leos Mutter – das weiß doch jeder!«

»Kackenschotter, vielleicht weiß das jeder im Dorf, aber mir hat niemand was gesagt!« Aufgeregt tätschelte April den Rücken der Kuh. »Ja, so könnte es gewesen sein: Gertsch rief Käthi an und gab vor, ein Versicherungsmann zu sein. In der Zeit, als Stinki im Korridor am Telefon saß, konnte er unbehelligt in Marlises Haus gehen. Leo Gertsch und Marlise standen sich nahe wegen des Skiklubs, es wäre also gar nicht so abwegig gewesen, dass er sie besucht und ihr ein wenig beim Einmachen zur Hand geht. Und um wieder unbehelligt hinausgehen zu können, rief er noch einmal Käthi an und verwickelte sie in ein neues Gespräch.«

»April, hör bitte auf, Helga mit Freudenschlägen zu traktieren.«

»Helga?«

»Die Kuh neben dir. Du machst sie nervös!«

Erschrocken drehte sich die Detektivin zu dem Tier um und streichelte es beruhigend. Bis sie das arme Vieh wieder begeistert tätschelte, Rösli sie von der Kuh wegzog und mit der Bemerkung in die Stube schickte, dort könne sie das Sofa durchkneten.

Fos sur Mer

Am nächsten Tag nach dem Frühstück betrachtete April ihre Ermittlerwand und ging das Notizbuch durch. Es regnete, die Wolken hingen in den Bäumen und drückten bis hinein in die Seele. Sie war grundsätzlich ein frohes Wesen, das sich nicht so schnell die Laune verderben ließ. Aber jetzt hatte sie dieses Grau einfach satt, es war höchste Zeit für einen Tapetenwechsel.

Auf dem Handy schaute sie nach, wo das Wetter besser war, dann machte sie von der Ermittlerwand Aufnahmen, packte ihr Notizbuch und ein paar Kleider zusammen, trank in der Küche stehend einen Kaffee und aß dazu Käse mit Schokoriegel. Rösli und Consuela waren nirgends zu sehen, darum schrieb sie ihnen auf einen Zettel, dass sie in die Sonne gegangen sei.

Auf ihrer Buell raste sie nach Fribourg, Lausanne, weiter den Genfersee entlang nach Genf, über die Grenze, das Rhônetal hinunter, an Lyon, Valence und Avignon vorbei – immer weiter und weiter. Je südlicher sie kam, desto frühlingshafter wurde die Natur, sie konnte zuschauen, wie die Jahreszeit voranschritt, wie die Büsche und Bäume schon kleine Blätter hatten und weiter im Süden voll ausgewachsene. Als sie in Arles tankte, spürte sie, wie warm die Luft war, eine weiche, wohltuende Wärme.

Nach sechs Stunden erreichte sie Fos sur Mer, ein kleines Dorf direkt am Meer. April schlüpfte aus der Motorradkleidung und rannte zum Strand, wo sie sich erschöpft fallen ließ. Das

Wellenrauschen, dieses Vorwärtsrollen und Zurückziehen entführte sie in eine zeitlose Welt und erinnerte sie an ihre Bedeutungslosigkeit. Auf die Gefahr hin, später in jedem Winkel ihrer Kleidung auf Sand zu treffen, streckte sie sich der Länge nach aus und weinte wieder bittere Tränen. Ermittlungssex hieß für sie nicht mehr als eine Massage! Wenn Lou das doch nur begreifen würde! Bestimmt hätte Lou sie nicht verlassen, wenn sie sich hätte massieren lassen. Es war ein genussvoller Moment, nicht mehr. Lou hingegen bedeutete ihr mehr als alle Motorräder und Schokoriegel der Welt und alles Glück zusammen.

Als es dämmerig wurde, stand sie auf, schüttelte den Sand von den Kleidern und fuhr ins Dörfchen, auf der Suche nach einer Bar. April war nicht gesegnet mit viel Schulbildung, es kam oft vor, dass sie bei einem Thema Bahnhof verstand, aber mit den Sprachen war das anders: Sie besaß diese Fähigkeit, eine Fremdsprache osmotisch aufzunehmen und in sich aufzusaugen, so wie das Kinder tun. Von Grammatik hatte sie keine Ahnung, aber reden konnte sie. An der Theke bestellte sie sich ein Glas Rotwein und sprach mit dem Barmann über das Wetter, den Wein und die hiesigen Übernachtungsmöglichkeiten. Schließlich machte sie sich auf zu dem Hotel, das der Mann an der Bar ihr empfohlen hatte. Dort bekam sie ein hübsches, kleines Zimmer mit Doppelbett samt Nackenrolle und Ausblick aufs Meer.

Es war um die achtzehn Grad, im Himmel strahlten fröhlich die Sterne, als sie auf dem kleinen Balkon die Rotweinflasche öffnete, die sie zusammen mit einem Baguette, Pâté und Schokoriegeln auf dem Weg vom Strand erstanden hatte.

Und wie sie sich gerade Wein in einen Becher goss, hörte sie ein Poltern. Im Bruchteil einer Sekunde verwandelte April sich in Brucie Lee, ging in Verteidigungsstellung und horchte. Nochmaliges Gepolter, dann eine Person, die etwas lallte – wohl ein Betrunkener, der sein Zimmer nicht auf Anhieb fand. Brucie entspannte sich, um sich gleich wieder zu straffen. »Aua!« Sie hatte sich in der Verteidigungsstellung offenbar die Bandscheiben gezerrt! Mit der Hand auf dem Rücken schlurfte sie zum Stuhl und setzte sich.

Als Gegenmedizin schüttete sie ein halbes Glas Rotwein hinunter und dachte über Kung Fu nach. Beziehungsweise darüber, dass sie seit Monaten das Training hatte schlittern lassen, wohl deshalb konnte sie sich jetzt etwas zerren. Seit sie diesen Fall übernommen hatte, unterrichtete sie nicht einmal mehr die Mädchen in Selbstverteidigung. Das musste sich ändern.

Sie würde wieder mit dem Training beginnen, am besten gleich jetzt: Mühsam richtete sie sich im Stuhl auf und konzentrierte sich auf ihr Chi. Sie hatten das oft genug gemacht, ihr Lehrer, ein Chinese, hatte sie gelehrt, dass nicht nur die Bewegungsabläufe wichtig waren, sondern auch die Aktivierung der Energie, die einen stärkte, schützte und heilte. Wie an jenem Morgen im kalten Stöckli, als sie sich mit Chi aufgewärmt hatte, konzentrierte sie sich jetzt auf ihren Bauchnabel, die Quelle des Chi, und baute die Energie mithilfe von Konzentration auf. Es dauerte einen Moment, bis ihr das gelang, Rotwein war nun wirklich nicht die ideale Vorbereitung auf solche Übungen.

Schließlich begann das Chi doch zu fließen, passierte Eierstöcke, Vulva, Anus, floss den Rücken hinauf bis zum Scheitelpunkt, hinab durchs dritte Auge, über Zunge, Kehlkopf, Herz, Sonnengeflecht und wieder zurück zum Nabel. So ließ April die Energie kreisen, sank in sich hinein und dehnte sich gleichzeitig in den Raum hinaus.

Und wie sie da so meditierend saß, ließ sie ihre Ermittlungen im Raum entstehen. Wie Sterne platzierte sie die beteiligten Personen an den Himmel: Melissa und Fabian – die vier Toten – Leo, Evi, Dölf Ruch und Luginbühl. Sie stellte sich vor, wie dieser schüchterne, auf Leistung getrimmte junge Mann, der unter der Fuchtel seines Trainers lebte, Melissa kennenlernte. Die schöne Frau im Rollsuhl mit dem langen, lockigen Haar. Wie sie sich verliebten und dadurch aufblühten: Die Liebe hatte sie erfasst und tat beiden eine völlig neue Welt auf. Fabian liebte

Melissa trotz ihrer Behinderung und Melissa liebte Fabian nicht wegen seiner Skierfolge. In das Einerlei von Training, Rennen, Hotels und Gertschs umfassender Präsenz drangen Farben, Fröhlichkeit, Sinnlichkeit und vermutlich auch Sinnhaftigkeit in Fabians Leben. April sah diesen aufgeblühten jungen Mann, in dessen Zentrum plötzlich die Liebe stand und nicht mehr der Skibetrieb. Vielleicht wurde er nachlässiger? Wollte nicht mehr jede Minute trainieren? Kam ihm der Biss abhanden?

Leo hingegen bekam Angst: Nun war da ein Störfaktor eingetreten, beziehungsweise eingerollt. Würden Fabians Leistungen schwächer werden? Würde damit seine ganze Aufbauarbeit zerstört? Fragen, die ihn ängstigten, aber April las an ihrem inneren Sternenhimmel auch, dass Leo seinen Ziehsohn so oder so nicht selbständig werden lassen wollte. Ihre Symbiose war über Jahre perfekt gewesen: Er hatte Fabian nach seinem Gutdünken geformt – wer gab diese Macht und Sicherheit freiwillig auf? Gertsch war aber clever genug, Fabian nicht einfach den Kontakt zu Melissa zu verbieten, denn ihm war klar, dass er nie und nimmer von Melissa lassen würde. Schon beim kleinsten Versuch, ihn von ihr abzuhalten, wurde der sonst so Sanftmütige unerwartet störrisch sein.

Also musste Gertsch einen anderen Weg finden: Er würde Fabian indirekt beeinflussen – über Menschen, die ihm nahe standen. Vor ihrem inneren Auge sah April den Trainer mit Eliane sprechen – Eliane, der Skifanatikerin. Vielleicht sagte er Dinge wie: Findest du nicht auch, dass Fabian zu sehr unter der Fuchtel von dieser Melissa steht? Der Junge ist nachlässig geworden. Wenn das so weitergeht, wird er nicht mehr siegen. Und dann eher beiläufig: Sie tut ihm nicht gut, man sollte sie ihm ausreden. Kannst du nicht mal mit ihm sprechen?

Und weil Leo wusste, dass Jenny in Fabian verliebt war, wandte er sich auch an seine Nichte und log sie an, dass Fabian schon immer Interesse an ihr gehabt habe, und wenn Melissa ausgeschaltet wäre, hätte sie echte Chancen.

Er überzeugte Sofia, mit der er eine Affäre hatte, dass Melissa einen schlechten Einfluss auf Fabian ausübte. Eine kleine Lüge ihrerseits (Melissa habe sich anderweitig verliebt) könne das Problem wohl beheben. Marlise Ueltschi musste er nicht überreden, Fabian auf den rechten Weg zu führen: Als Hauptsponsorin hatte sie ein großes Eigeninteresse, Fabian bei der Stange zu halten. Sag ihm, dass du ihn nicht länger sponserst, wenn er die Liebelei weiterführt, schlug Leo vor.

Und als er das aufs Gleis gebracht hatte, wartete er hoffnungsvoll ab. Die Frauen gingen ans Werk. Schließlich schluckte der Fisch den Köder. Und weil Fabian von Beziehungen und dem Leben so wenig Ahnung hatte, zog er sich tief verletzt von Melissa zurück, brach den Kontakt ab, ohne mit ihr zu reden. Das Trainingslager gab ihm zusätzlich die nötige Distanz.

Dann aber geschah etwas, womit niemand gerechnet hatte: Melissa brachte sich vor Kummer um. Zum Entsetzen der vier Frauen, die das nie gewollt hatten, und zum Entsetzen von Leo – weil nun genau das geschah, was er doch so unbedingt hatte vermeiden wollen: Fabians Leistungen brachen ein.

Welch ein Debakel das gewesen sein musste: Gertsch und die Frauen hatten einen Selbstmord ausgelöst und das Goldkalb schiss noch kleinere Häufchen. Fabian war am Boden zerstört und was immer auch Leo versuchte, um ihn aufzubauen, nichts half. In seiner Verzweiflung hatte Fabian vielleicht gemurmelt: Wenn diese Mörderinnen doch nur tot wären!

Wie weit geht ein Mensch, wenn er Angst hat, alles zu verlieren, was er über Jahre aufgebaut hat? Ein Mensch, der so fanatisch ehrgeizig ist wie Leo Gertsch?

Wohl über Leichen.

Was Fabian in seiner Verzweiflung dahergesagt hatte, wurde bitterer Ernst. Und obwohl Fabian es nicht wörtlich gemeint hatte, verschafften die tödlichen Unfälle ihm eine gewisse Genugtuung. Mit jeder weiteren Toten geriet Fabian in noch tiefere Verstrickungen mit Leo, suchte in dieser Symbiose, diesem Kokon ahnungslos Schutz just bei dem Menschen, der an allem die größte Schuld trug.

April öffnete die Augen.

So oder in dieser Art könnte es gewesen sein! Dank des Chi fühlte die Erleuchtete sich klar, ruhig und zentriert. Gegen fünf Uhr morgens stand sie auf und machte einen Spaziergang am Meer. Im Osten zeigte sich das erste Licht, eine kühle, aber angenehme Brise spielte mit Aprils Locken, tief atmete sie die salzige Luft ein und fühlte sich einen Moment lang glücklich, obschon sie es nicht war. Und in diesem Rausch der Erkenntnisse, wurde ihr eines klar: Sie würde um Lou kämpfen – Detektivin und Meisterdiebin gehörten zusammen, alles andere wäre verkehrter als verkehrt.

Wie eine mittelalterliche Burg

In der Zwischenzeit hatte Lou ihr Leben weitergelebt – doch was genau hatte sie während all der Tage und Wochen gemacht, außer sämtliche Spuren von April zu tilgen?

Nichts.

Sie hatte lediglich funktioniert, hatte getan, was in der Kletteragentur erledigt werden musste, den Haushalt in Ordnung gehalten, mit Bella Zeit verbracht und nicht hingehört, wenn die Kleine nach April fragte; sie hatte mit Zoro Einbrüche vorbereitet, Tag und Nacht über Plänen und Strategien gebrütet und stur weggehört, wenn der Freund ihr davon abraten wollte; hatte ebenso stur geschwiegen, wenn er auf April zu sprechen kam. Sie war wie eine mittelalterliche Burg mit Wehrturm, Tor- und Ringgraben, Zugbrücke, Fallgitter, Schießscharten und Bastion. Grimmig beschloss sie, ein Leben lang Jungfrau zu bleiben, und ließ dabei außer Acht, dass sie gar keine mehr war.

Sie würde sich einen Keuschheitsgürtel umschnallen und ihr Leben als Eremitin und Rächerin der Armen fristen! Nie mehr würde eine Frau sie verletzen können!

Zoro, der es nicht schaffte, zu ihr durchzudringen, setzte seine Hoffnungen darauf, dass die Zeit die Trutzburg in eine Sandburg verwandelte und man eines Tages wieder vernünftig mit Lou reden konnte. Doch das würde wohl dauern.

Lou hatte sich innerlich so erfolgreich von ihrer Exgeliebten distanziert, dass sie April gegenüber null Gefühl mehr empfand – das hatte sie in ein Betongemisch eingegossen und damit ließ es sich leben. Irgendwo in ihrem Hinterkopf eingekerkert hockte der Gedanke, dass sie überreagierte, dass sie maßlos überreagierte, aber die Mauern waren gewaltig dick und die Einsicht konnte sich kein Gehör verschaffen.

Die Meisterdiebin rüstete sich für drei Einbrüche bei Männern, die ihr Vermögen auf undurchsichtige Weise erlangt hatten und die man mit Recht als Wirtschaftsgauner bezeichnen konnte. In Gstaad brach sie diesmal im richtigen Haus ein und erbeutete mehr Schmuck, als sie erhofft hatte. Auch die anderen beiden Reichen – einer von der Zürcher Goldküste, der andere wohnte in Genf – hatten volle Tresore. Diese drei Einbrüche brachte sie innerhalb von wenigen Tagen hinter sich. Zoro zitterte, ob alles gut gehen würde. Aber Lou war eiskalt, eiskalt und berechnend, was für einen Einbruch ideal war – für das Leben weniger. Sie ließ ihren genialen Hehler Lenz kommen, der den Wert des Schmucks schätzte und die richtigen Abnehmer eruierte. Rund drei Millionen hatte sie erbeutet, damit zahlte sie Zoro und sich einen Lohn, den Rest ließ sie als anonyme Spende dem Kinderheim zukommen.

Als sie das alles erledigt hatte, brach Lou zusammen, wobei zusammenbrechen der falsche Ausdruck war: Sie blieb auf ihrem neuen Sofa sitzen, kerzengerade, und stand nur auf, wenn es unumgänglich wurde. Manchmal nicht mal dann. Sie beantwortete keine Anrufe, hatte sich in der Agentur abgemeldet und starrte aus dem Fenster. Nur wenn sie Vögel vorbeifliegen sah, regte sich etwas in ihr: Vögel waren ihre Verwandten im Geiste – frei, ungebunden und schillernd. Doch diesmal konnten nicht einmal ihre Freunde der Lüfte sie richtig erfreuen.

Irgendwann kam Zoro vorbei, aber sie ließ ihn nicht herein. Seit sie das neue Schloss hatte anbringen lassen, besaß er keinen Schlüssel mehr zu ihrer Wohnung. Er bat, drohte und bettelte. Ohne Erfolg. Jeden Tag tauchte er auf, aber sie ließ sich nicht erweichen. Bis er Bella mitbrachte. Die Kleine rief Lous Namen, erklärte, dass sie unbedingt mit ihr spielen müsse, sagte, dass sie sie wahnsinnig vermisse, und drohte damit, ihre Patentante nie mehr wiedersehen zu wollen, wenn sie jetzt nicht öffne.

Endlich stand Lou auf und stakste mit steifen Beinen zur Wohnungstür. Kaum hatte sie geöffnet, sprang Bella an ihr hoch und umklammerte sie heftig. Als Lou das Mädchen in den Armen hielt, konnte sie ihre Abwehr nicht mehr aufrechterhalten. Sie stolperte mit der Kleinen zum Sofa, ließ sich darauf niedersinken und verlor allen Widerstand gegen die Tränen, die nun munter hinunterkugelten.

Bella sah sie erschrocken an. »Nicht weinen, Loulou, war doch nur ein Scherz, dass ich dich nicht wiedersehen will! Du bist und bleibst meine liebste Patentante.«

Worauf die Verzweifelte nur noch lauter schluchzte. Aber als sie merkte, dass Bella sie verängstigt anschaute, nahm sie sich zusammen und versuchte es mit einem Lächeln, das zwar erbärmlich ausfiel, aber immerhin ein Lächeln war. Zoro setzte sich zu ihnen und legte seinen Arm über Lous Schultern, was eine Seltenheit war – von Kindheit an schubsten sie einander und boxten sich freundschaftlich, weil beide zu ungelenk waren, ihre Gefühle anders auszudrücken. Seine überraschende Geste drohte sie erneut aus der Fassung zu bringen, aber Bellas große dunkle Augen, die erwartungsvoll auf ihr ruhten, hielten sie davon ab. Zoro ging in die Küche, wo er Schränke und Kühlschrank durchforstete und eine Liste der Sachen erstellte, die fehlten. Es wurde eine lange Liste. Zu dritt gingen sie einkaufen, anschließend vertilgte Bella in einem Restaurant zwei Stück Apfelkuchen.

Danach fuhren sie das Kind zu seiner Mutter. Zoro händigte

ihr Bellas Sachen aus. Lou betrachtete die Eltern und dachte ein weiteres Mal, wie schade es war, dass sich Barbara von Zoro getrennt hatte. Sie hatte ihn verlassen, weil sie einfach nicht an ihn herankam, was sicher stimmte und zwei Gründe hatte: Seine Kindheit im Waisenhaus und die Tatsache, dass er einen Teil seines Arbeitslebens mit illegalen Geschäften bestritt, was er Barbara nie offenbart hatte. Es war offensichtlich, dass sich die beiden immer noch sehr mochten – aber, so dachte Lou – in dieser dummen Welt reichte Liebe allein nicht für eine Beziehung. Bella tat sich wie jedes Mal schwer mit dem Wechsel vom einen Elternteil zum anderen und Lou war sowieso überzeugt, dass das Leben ein garstiger Ort war.

»Wie lange willst du April noch bestrafen?«, fragte Zoro, als sie in der Kneipe *Du Nord* einen Zwischenhalt machten.

»Ich bestrafe sie nicht, ich habe die Konsequenzen gezogen«, erwiderte Lou mit einem Gesichtsausdruck, der jede weitere Frage im Keim erstickte. Nur schaute Zoro sie in diesem Moment nicht an.

»Du hast die falschen Konsequenzen gezogen.«

»Gewiss nicht. Ich habe kein Interesse an Flittchen.«

»Sie hat ermittelt und dabei eine unkonventionelle Methode benützt.«

»So kann man es auch sagen – die plumpste Ausrede aller Zeiten. Außerdem hast du keine Ahnung von Beziehungen.«

»Aber du schon? – Lou, du hattest vor April noch nie eine richtige Beziehung.«

»Man muss kein Koch sein, um zu merken, ob die Suppe versalzen ist.«

»Die Beziehung zu April war also versalzen?«

»Das ist nur das Vorwort.«

»April liebt dich.«

Lou warf ihm einen Blick zu, der ihn im Prinzip niedermetzelte. »Diese Frau liebt Motorräder, Schokoriegel und Sex – damit hat es sich.«

»Und du, was liebst du? Vögel, Bella und Einbrechen?«

»Genau – und dich habe ich natürlich auch gern.« Lou errötete leicht, das war wohl die größte Liebeserklärung, die sie ihm jemals gemacht hatte.

Er errötete ebenfalls. »Du könntest ihr eine zweite Chance geben.«

»Ich könnte auch mit hundertachtzig gegen einen Baum fahren.«

»Okay, dann fahr du mal. Im Himmel wirst du erkennen müssen, dass du ihr hättest eine zweite Chance geben und ermittlungsbedingten Sex nicht so ernst nehmen sollen.«

»Ich komme nicht in den Himmel.«

»Nein, du brichst dort ein.« Zoro begann zu lachen.

Vor oder nach meinem Tod?

April kehrte aus Frankreich zurück. Als sie mit ihrer Buell auf dem Hof vorfuhr, kam Rösli mit beschwingt wiegenden Hüften aus dem Stall, um sie herzlich zu umarmen. Kurze Zeit später fiel Consuela der Rückkehrerin plappernd um den Hals und nahm ihr das Versprechen ab, am Abend zu jassen oder *Mensch ärgere dich nicht* zu spielen.

Nachdem April sich geduscht und umgezogen hatte, rief sie Bär an, um sich mit ihm im *Pony* zu treffen. Das würde in eineinhalb Stunden sein, aber sie ging schon bald los, um mit Marina zu plaudern. Nach Gesprächen über ihre Jungs und ihre Pläne für das eigene Café erkundigte sich April: »Kennst du Leo Gertsch eigentlich persönlich?«

»Wer hier nicht kennt ihn? Er hat gemacht ein Skisuperstar, das verdient Verwunderung.«

»Und wohl auch Bewunderung.«

»Klar.«

»Nur war die vorletzte Saison katastrophal.«

»Ja, aber das an sich nicht so schlimm, schlimmer war Reaktion der Leute, vor allem im Skiklub. Sie taten, als wírde untergehen die Welt! Vorher man Fabian immer hat heraufgejubelt, plötzlich sind íber ihn hergefallen. Sie gesagt: schwules Weichei und solch dreckiges Zeugs. Mir tat er leid. Je höher man steigt, desto tiefer man kann fallen. Alle warten auf Fehltritt. Der Mensch wird schnell zum Tier, ich weiß das.« Da war er wieder, dieser Abgrund in Marinas Blick. Eine wohlbehütete Schweizerin konnte wohl nicht im Ansatz erahnen, was diese Augen in Bosnien gesehen hatten.

»Für Leo Gertsch war es gewiss auch nicht gerade einfach.«

»Das kannst du laut sagen. Leo ist Gockel und Angeber. Hat immer gesagt, er wird Fabian zu Superstar machen. Als er im Frühling aus Saison zurı́ckkam, posaunte er herum: Ich sorge dafür, dass Fabian bald wieder siegt. Aber hat auch immer geprahlt, dass er kann haben alle Frauen.«

»Und, ist das wahr?«

Marina lachte. »Also mich nicht! Aber viele Frauen stehen auf ihn. Ah, da kommt Ces!«

Ja, da kam er und sah irgendwie blendend aus, richtiggehend knackig. April dachte an Röslis wiegende Hüften und sie konnte sich ein Lächeln nicht verkneifen. Bär setzte sich und sie erzählte ihm von ihrem inneren Sternenhimmel in Frankreich.

»So könnte es gewesen sein. Aber jetzt müssen die Beweise her«, sagte Bär.

»Ja, was ein Kinderspiel ist ... oder so. War es gestern Nacht schön?«

Ces, verdutzt: »Wie? Was? Ich verstehe nicht!« Er wurde puterrot und rutschte unruhig auf seinem Stuhl herum.

»Ich habe Rösli gesehen und dann dich. Rösli bauchtanzte aus dem Stall. Und du siehst aus, als hättest du ein ausgiebiges Bad im Jungbrunnen genommen. Ihr scheint es endlich geschafft zu haben.« Sie zwinkerte verschwörerisch.

Anstelle einer Antwort bestellte Bär einen Schnaps und kippte ihn runter. »Rösli ist einfach ein Prachtweib. Sie hat mir immer gefallen.«

»Warum hast du ihr nicht schon früher den Hof gemacht?«

»Ich stamme von Weißenburg und als ich in Zweisimmen als Polizist anfing und sie kennenlernte, war sie schon verheiratet. – Hoffentlich hat es ihr mit mir gefallen.«

»Ach, Ces, ich kenne Rösli nun seit ein paar Jahren, aber so tänzeln gesehen habe ich sie noch nie! Sie sah saftig und glücklich aus.«

Ein seliges Lächeln breitete sich über sein Gesicht aus.

»Wann seht ihr euch wieder?«

Er zuckte die Schultern. »Keine Ahnung. Ehrlich gesagt, weiß ich nicht, was ich als Nächstes tun soll.«

»Ein zweites Mal mit ihr ins Bett gehen.«

Wieder wurde sein Gesicht von einem gesunden Rot überflutet. »Ja, aber wann soll ich mich wieder melden? Ich will ja nicht wie ein hechelnder Hund vor der Wurst erscheinen.«

»Warum nicht? Das bist du doch, oder?«

»Nun ja ... aber das soll sie nicht merken.«

Dieser Schrank von einem Mann nestelte unbeholfen an seinem Hemd, bis sie beruhigend die Hand auf seine legte. »Wie wär's mit einem Blumenstrauß als Dankeschön für die Nacht? Frauen mögen so was.«

Ces' Miene erhellte sich. Als Marina das nächste Mal vorbeiging, zahlte er und verabschiedete sich von April. Sie schaute ihm nach und überlegte, ob sie Lou auch einen Blumenstrauß schicken sollte – jeden Tag einen, bis sie sich erweichen ließ? Nur wusste sie nicht, ob ihre Geliebte überhaupt Blumen mochte, sie hatte bei ihr nie welche gesehen, auch keine Topfpflanzen. Vermutlich würde sie die Blumen umgehend die Dachterrasse hinunterwerfen.

Später im Bett lag sie noch lange wach. Irgendwann griff sie zum Handy und rief zum hundertmillionsten Mal Lou an. Ohne Erfolg. Sie drehte fast durch, also stand sie auf, zog sich an und schwang sich auf das Motorrad. Nachts war kaum Verkehr, so erreichte sie bald Lous Hochhaus. Dort läutete sie Sturm, aber nicht mal die Lichter gingen an – entweder war Lou nicht zu Hause oder sie hatte beschlossen, nicht zu reagieren. April läutete bei einem Bewohner, bei dem noch Licht brannte, und brachte ihn dazu, ihr zu öffnen. Dann stand sie vor Lous Wohnungstür, der man kaum mehr ansah, wo das Einschussloch gewesen war. Wütend hämmerte sie ans Holz und rief Lous Namen, aber es regte sich nichts. Sie hämmerte und brüllte, bis die Tür sich öffnete – die von nebenan, der Nachbar erklärte ihr mit verschlafenen Augen und Handy in der Hand, dass er die Nummer der Polizei schon eingegeben habe, er müsse nur noch auf Anruf drücken.

April entschuldigte sich und erklärte, dass sie manchmal schlafwandle.

Als sie wieder auf ihre Buell stieg, bemerkte sie nicht den Blondschopf, der oben am Geländer lehnte und sie beobachtete.

Sie können zu mir auch Schwester April sagen

Obschon sie nicht viel geschlafen hatte, erwachte April um acht Uhr – bei sich zu Hause. Sie hatte keine Lust gehabt, wieder nach Zweisimmen zu fahren. Nachdenklich sah sie sich in ihrem Schlafzimmer um. Ebenso nachdenklich stand sie auf und ging durch die verlassene Wohnung. Weil sie seit Wochen überwiegend im Stöckli lebte, kam ihr die Umgebung fremd vor. Und mit diesen fremden Augen betrachtet, musste sie Lou und Rösli recht geben: Es war so gemütlich wie in einer schlampigen Absteige. Die Möbel schäbig, die Küche ein Durcheinander von dreckigem Geschirr, Schokoladenriegeln, Schokoladenriegelpapier, Werkzeug, Krimis, verstreuten CDs, geöffneter und ungeöffneter Post. Ja, ihre Wohnung war schmuddelig und lieblos eingerichtet, der Blick ins Bad geradezu beschämend – wann hatte sie es das letzte Mal geputzt und warum flogen die Hygieneartikel überall herum?

Schlechtgelaunt kehrte sie in die Küche zurück und machte sich einen doppelten Espresso, dazu aß sie ein Bounty, das von ihr ausgesehen gesunde Nahrung war, mit all der Kokos darin. Nach diesem Frühstück stand sie entschlossen auf und machte sich daran, das Badzimmer zu schrubben. Schlaf- und Wohnzimmer folgten, als letztes nahm April die Küche in Angriff. Ab und zu gab es eine Espresso-Schokoriegel-Pause. Gegen zwölf

Uhr war sie fertig. Nun sah es erheblich freundlicher aus, auch wenn die Einrichtung so unwohnlich wirkte wie vorher.

Während des Putzens hatte sie dauernd an Lou gedacht und entschied nun, ihre Nachforschungen über deren Mutter fortzusetzen. In einer der Putzpausen hatte sie in St. Helena angerufen und nachgefragt, wer in den achtziger Jahren der Chef des Klosters gewesen sei. Die Frau am Telefon informierte sie darüber, dass der Chef erstens eine Chefin war, die man zweitens Äbtissin oder Oberin nenne und drittens, warum sie das wissen wolle. Die Detektivin erklärte bereitwillig, sie schreibe eine Arbeit über die Nonnenklöster der Schweiz in den fünfziger bis neunziger Jahren und wolle Zeitzeugen befragen. Das fand die Dame am Telefon offenbar eine tolle Idee, denn sie schaute im Computer nach. Bald hatte sie den Namen gefunden: Schwester Amalia. Sie lebe heute im Dominikanerinnenkloster St. Katharina im St. Gallischen Wil.

Nach einer gründlichen Dusche in einem sauberen Badezimmer fuhr April zu ihrem Garagenbüro und druckte einen Routenplan aus. Der Weg nach Wil führte über Zürich, Winterthur, fast bis nach St. Gallen und würde rund zwei Stunden dauern. Sie holte sich beim Türken um die Ecke einen Kebab zur Stärkung und fuhr mit Zwiebelgeschmack im Mund los. Die Sonne schien, es war achtzehn Grad warm, die Autobahn um diese Zeit nicht so verstopft wie morgens und abends, und so erreichte sie Wil schon nach eineinhalb Stunden.

Das Kloster war ein stattliches Anwesen, hufeisenförmig angelegt mit Rasen und Büschen. Auf der Rückseite des Hufeisens befand sich der Kreuzgang mit einem kleinen gepflasterten Innenhof, der von einem Riegelbau umgeben war. Wilde Rebe wuchs die weißgetünchten Mauern hoch. Abgeschlossen wurde der Komplex von einer Kirche, die innen üppig golden verziert war. April sah das alles noch nicht, denn sie befand sich erst einmal auf der Suche nach dem Haupteingang. Als sie eine Frau mit weißem Kleid und schwarzer Haube aus einer Tür treten sah, ging sie zu ihr. Die Nonne lächelte freundlich.

»Kann ich Ihnen helfen?«

»Ja, tatsächlich weiß ich nicht, wo man als normaler Erdenbürger in Ihr Kloster kommt.«

»Ach, sind Sie hier, um ein paar kontemplative Tage im Gästehaus zu verbringen?«

»So was kann man? Oh, das hört sich echt – ähm – spannend an. Vielleicht ein andermal. Nein, ich bin auf der Suche nach Schwester Amalia. Sie lebt doch hier?«

Die Braut Christi nickte. »Darf ich fragen, worum es geht?«

»Ich möchte sie gerne zu der Zeit befragen, als sie im Kloster St. Helena Äbtissin war. Wegen einer Arbeit, die ich über Frauenklöster der Schweiz schreibe.«

Die Nonne runzelte leicht die Stirn.

»Oder komme ich ungelegen?«

»Nein, aber Schwester Amalia ist alt und nicht mehr bei bester Gesundheit – eben auch geistig nicht. Manchmal ist sie klar im Kopf, dann wieder verwirrt und das kann rasch wechseln.«

»Ich würde mich trotzdem sehr freuen, mit ihr zu reden«, sagte April liebenswürdig.

Die Nonne überlegte kurz, dann sagte sie: »Kommen Sie mit, ich bin übrigens Schwester Beatrice.«

»Freut mich, ich heiße Pallas, aber Sie können mich gern Schwester April nennen, auch wenn ich Einzelkind bin.«

Schwester Beatrice blickte sie verwirrt an, sagte aber nichts, sondern führte sie zum Haupteingang und bat sie hinter der Tür zu warten. Beim Empfang besprach sie sich mit der dort Diensthabenden, die bald zum Telefon griff, um mit einem unsichtbaren Gegenüber zu diskutieren. Nachdem sie aufgelegt hatte, schüttelte sie bedauernd den Kopf, doch Beatrice ließ das wohl nicht gelten, denn die Büroschwester griff erneut zum Telefon.

Kurz darauf kam Schwester Beatrice zu April zurück. »In

Ordnung, Sie können Schwester Amalia sehen. Sie müssen mir aber versprechen, sie nicht zu überfordern.«

Rund eine halbe Stunde des Wartens vertrieb sich April in einem Nebenraum damit, alle Prospekte zu lesen und dann auf dem Handy *Minesweeper* zu spielen. Sie wählte den schwersten Level und wurde alle paar Minuten von einer Mine in die Luft gejagt. Endlich öffnete sich die Tür und hereingefahren wurde ein Rollstuhl, in dem eine gebeugte alte Frau saß. Dann ging Schwester Beatrice wieder und schloss die Tür hinter sich zu.

Schwester Amalia musste einmal groß gewesen sein, denn trotz ihrer gebeugten und zusammengefallenen Haltung saß sie April auf Augenhöhe gegenüber. Die Farbe ihrer Iris hatte das Blau einer ausgewaschenen Jeans – bemerkenswert war aber vor allem ihr Blick, der manchmal intelligent und streng, dann wieder wässerig und orientierungslos wirkte.

April lächelte aufmunternd und begann: »Sie haben über dreißig Jahre das Kloster St. Helena geführt, stimmt das?«

Schwester Amalia nickte bedächtig.

»Ich schreibe eine Arbeit über die Frauenklöster der Schweiz und da habe ich ein paar Fragen dazu.«

»Sie wollen über die letzten Dinosaurier berichten? Ach ja, von uns gibt es auch bald keine mehr. Heutzutage stehen die Frauen im Dienst der Mode und des Lippenstifts, der Teufel hat sein Zepter erhoben.«

»Ja, nichts ist mehr wie früher. Aber schon früher war es nicht mehr wie noch früher. Wir haben übrigens eine gemeinsame Bekannte – das ist erstaunlich, nicht?«

»Ach so? Aber wer sind Sie, was machen Sie da, was wollen Sie von mir?« Der klare Blick hatte sich in einen verwaschenen verwandelt. April erklärte noch einmal, warum sie gekommen war, da erwiderte Schwester Amalia, dass sie zu den aussterbenden Dinosauriern gehöre und bei den heutigen Frauen der

Teufel am Werk sei. Geduldig erklärte die Detektivin wieder, dass sie eine gemeinsame Bekannte hätten, und diesmal wollte die Nonne wissen, wer das sei.

»Lou St. Helena.«

Schwester Amalia begann zu lächeln. »Die kleine durchtriebene Louise? Dieses süße Lausemädchen? Wie geht es ihr? Ich habe sie schon lange nicht mehr gesehen.«

»Es geht ihr gut, außer dass sie aus nichtigen Gründen ihre Liebe verlassen hat. Wie ich hörte, hat jemand sie einst als Säugling vor die Pforte des Klosters gelegt.«

»Was? Wer hat wen wo hingelegt?«

»Lou, als Säugling vors Kloster St. Helena.«

»Ach ja, das Kloster St. Helena, das kenne ich, ich war dort Äbtissin. Möge Gott mit meiner Arbeit zufrieden sein.«

»Das war wohl sehr speziell, als ein Säugling vor der Tür lag.«

»Die kleine Louise. Sie war ein Lausemädchen.«

»Allerdings! Was ich gerne hätte wissen wollen: Wer hat Lou denn dort hingelegt?«

»Ihre Mutter.«

»Haben Sie gesehen, wie sie Lou dort hinlegte?«

»Nein, aber ich weiß, es war der Heilige Geist.«

»Schwester Amalia, kannten Sie Lous Mutter?«

Die alten Augen flackerten zwischen Klarheit und Verwirrung. Auf einmal sagte die Nonne: »Natürlich weiß ich, wer die Mutter ist.«

»Bitte?! Wer?«

»Ich stehe unter Schweigepflicht. Niemand wird das je von mir erfahren. Das ist zum Besten von allen.«

Was jetzt? April stand auf und sah sich unschlüssig um. Auf der Kommode neben der Tür stand ein Kreuz, daran hing Jesus. Vorsichtig nahm sie es und stellte es vor die alte Frau hin. »Sie können Ihr Geheimnis gewiss Jesus anvertrauen, ihm darf man alles sagen.« Damit rückte sie das Kreuz näher heran und trat aus dem Blickfeld.

Schwester Amalia betrachtete versunken den hängenden Jesus und begann leise zu beten. Nach etwa zehn Minuten hörte sie damit auf und schwieg eine lange Weile. Offenbar hatte sie die Frage vergessen! April wollte schon verzweifeln, als die Ordensfrau plötzlich begann: »Was hätten wir tun sollen? Wir hätten die arme Sarah wegschicken müssen, denn sie hat gesündigt, aber sie war so jung und sie wollte unbedingt als Nonne leben. Und hast du nicht gesagt, dass du unsere Sünden auf dich nimmst? Das galt doch auch für Schwester Sarah, oder nicht? Während die Frucht in ihr gedieh, habe ich immer wieder Zwiesprache mit dir gehalten – du weißt es, oh Herr Jesu!

Irgendwie brachten wir Schwester Sarah unbehelligt durch die Schwangerschaft, das war ein kleines Wunder! Die Kleine kam ohne auswärtige Hilfe auf die Welt. In derselben Nacht legte Schwester Maria sie vor die Tür und zwei Schwestern entdeckten sie, unsere kleine Louise. So war allen gedient: Die kleine Lou hatte ein Zuhause, Schwester Sarah konnte weiter Gott dienen und doch nach ihrer Tochter schauen. Es galt nur, sie daran zu hindern, sich der Kleinen zu erkennen zu geben. Mit den Jahren wurde das einfacher, weil Lou Schwester Sarah nicht besonders mochte und sie oft mit Streichen piesackte. Ich habe Hunger, wann gibt es was zu essen?«

April, wie vom Donner gerührt, stand hurtig auf und fragte, wohin sie gehen könnten? In die Konditorei Abderhalden, erklärte ihr die ehemalige Äbtissin. Also packte sie die Griffe des Rollstuhls und ließ sich von Schwester Amalia zur Konditorei lotsen, die mit verheißungsvollen Törtchen und Gebäcken aufwartete. Nach kurzem Gebet vertilgte die Ordensfrau ein Stück Schwarzwälder Torte und ein Eclair. Während sie mit viel göttlichem Genuss aß, erkundigte sich April nach den damaligen Schwestern von St. Helena, vor allem nach Sarah.

Schwester Amalia seufzte. »Herr Jesus Christus hat Schwester Sarah vor etlichen Jahren zu sich genommen. Sie wurde vor dem Kloster von einem Lastwagen überfahren und war sofort tot.«

»Weiß Lou davon?«

»Natürlich weiß sie davon, aber sie kam nicht zur Beerdigung; sie mochte Schwester Sarah ja nicht besonders.«

»Als Sie Äbtissin in St. Helena waren, lebten damals im Kloster auch Männer? Also, ich meine natürlich nicht im Kloster selber, aber in den Nebengebäuden?«

Schwester Amalia gab ein drittes Stück Zucker in ihren Kaffee. »Natürlich! Jemand musste sich ja um all das Irdische kümmern.«

»Und dabei gab es nie Probleme?«

Die Nonne sah sie missbilligend an. »Was meinen Sie mit Problemen – ist Ihr Kaffee auch so wahnsinnig süß?«

Offensichtlich hatte der demente Teil den Zucker ins Getränk gegeben.

»Nun, es hätte ja sein können, dass sich zwischen einem Mann und einer Schwester –«

Schwester Amalia warf ihr einen empörten Blick zu. »Was fällt Ihnen ein? Die Schwestern sind treue Bräute Christi!« Sie trommelte mit ihren krummen Fingern verärgert auf die Tischplatte. April war beeindruckt, wie problemlos die alte Dame lügen konnte – erstaunlich, wo doch Lügen eine Sünde war.

»Entschuldigen Sie, ich zweifle keinen Moment an der Tugendhaftigkeit Ihrer Schwestern.« Das war nun auch gelogen. Allerdings hatte April irgendwo gelesen, dass der Mensch jeden Tag log – nur waren sich die Forscher nicht einig, ob zwei- oder zweihundertmal pro Tag. »Als ich kürzlich im Kloster St. Helena war, begegnete ich einem pensionierten Gärtner. Er sagte, dass er vierzig Jahre dort gearbeitet habe. Wie hieß er noch gleich?«

»Das ist bestimmt der Heinrich Zumtaugwald. Haben Sie mir Zucker in den Kaffee gegeben? Er ist viel zu süß.«

April verneinte ein zweites Mal und bestellte einen neuen Kaffee und weil Amalia mehrmals darauf hinwies, wie lecker die Apfeltaschen hier waren, bestellte sie ihr dazu noch etwas Gebäck.

»Ach nein … Schwester Amalia, Sie wissen doch, dass Sie nichts Süßes essen dürfen!« Schwester Beatrice war wie aus dem Nichts aufgetaucht – sie suchte Amalia wohl nicht zum ersten Mal hier.

Diese sah unbeeindruckt von ihrem Teller auf. »Ich sehe keinen Grund, warum nicht.«

»Wegen Ihrem Zucker.«

»Nun, ich werde lieber in einer Konditorei zu Gott geholt, als siechend und hochbetagt im Bett, wenn ich allen nur noch eine Last bin.«

»Wie reden Sie nur!«

»Ist doch wahr. Meine Zeit ist fast abgelaufen, so etwas spürt man. Ich bin bereit, dem Herrgott gegenüberzutreten und ihm weiterhin zu Diensten zu sein. Bis dahin lobpreise ich ihn beim Essen dieses göttlichen Gebäcks.«

Schwester Beatrice seufzte, es war offensichtlich nicht das erste Mal, dass sie diese Diskussion führten. April lud die besorgte Schwester ein, doch ebenfalls Platz zu nehmen und etwas mit ihnen zu trinken. Auf mirakulösem Weg gesellte sich ein Tortenstück zu Schwester Beatrices Schwarztee und vergessen war alles Gerede vom Zucker.

Das ist Ungeheuer

»Kackenschötterchen, was mach ich nun?!« April schaute Rösli verzweifelt an.

»Wenn ich das wüsste. Lou informieren?«

»Wie denn? Ich komme nicht an sie heran und brieflich will ich ihr auch nicht mitteilen, was ich herausgefunden habe.«

»Zumal diese Mutter leider tot ist und Lou sie nicht mochte«, ergänzte die Freundin nachdenklich.

Die beiden Frauen standen vor dem Hauseingang in der Abendsonne, die angenehm mild auf sie herabschien. Nach dem Gespräch mit Schwester Amalia war April ins Simmental gerast, um Rösli von den unglaublichen Neuigkeiten zu erzählen.

»Frag Zoro, vielleicht hat er eine gute Idee.«

»Ich habe gestern Nacht bei Lou geklingelt und gehämmert, aber sie ließ sich nicht erweichen. Oder war nicht zu Hause, sondern bei einer Liebhaberin.« Mutlos ließ sie den Kopf hängen.

»Wie schade, dass sie Schwester Sarah nicht einmal mochte – wäre das wohl auch so gewesen, wenn sie normal als Mutter und Tochter gelebt hätten?«

»Möglich. Vielleicht wäre sie so oder besser mit ihrem Vater ausgekommen. Ich will unbedingt auch ihn finden! Wetten, dass es ein Klosterangestellter war?«

»Mach das lieber, wenn wir deinen Fall abgeschlossen haben. Der schwierigste Teil steht uns noch bevor.«

April setzte sich auf die Treppe und schaute zu, wie die Sonne hinter einem Berg verschwand. »Ich rufe Zoro an. Vielleicht kommt er rauf, dann besprechen wir das wegen Lou und wie wir Gertsch überführen können.«

»Wäre es nicht auch an der Zeit, Verena über den Stand der Ermittlungen zu informieren? Immerhin ist sie deine Auftraggeberin.«

»Besser, sie erfährt noch nichts. Was sie nicht weiß, kann sie nicht ausplaudern und belastet sie nicht – damit ist uns mehr gedient. Bist du fähig, Ces zu sehen, ohne läufig zu werden? Ich könnte seine Hilfe gut gebrauchen.«

Einmal mehr wurde Rösli dunkelrot. »Ich gebe mir Mühe.«

Die Art, wie sie es sagte, war so rührend hilflos, dass April aufstand und ihr einen schmatzenden Kuss auf die Wange platzierte.

»Wofür war das nun?«

»Dafür, dass du so liebestoll und lebenshungrig bist.« Mit diesen Worten öffnete sie die Haustüre und ging nach drinnen. Wie üblich fläzte Consuela auf dem Sofa. Während der Fernseher lief, feilte sie an ihren Fingernägeln. »Was ist los? Du siehst aus wie durch die Luft.«

April setzte sich neben sie, erzählte ihr, was sie herausgefunden hatte und amüsierte sich, als Consuelas Augen immer größer wurden. »Das ist Hammer! Und wenn du noch herausfindest Papa, machst du Lou das größte Geschenk. Vielleicht verzeiht sie dir dann.«

»Da wäre ich mir nicht so sicher«, seufzte April und äugte zum Fernseher. »Du schaust eine Wirtschaftssendung?«

»Ich vorher gehofft, durch einen Mann zu werden reich. Dann hatte ich reichen Mann, aber nach seinem Tod nichts bekommen, weil wir nicht richtig verheiratet waren. Jetzt ich habe beschlossen zu nehmen das Schicksal in meine Hände: Ich werde selber reich.«

»Und womit?«

»Ich brute noch.«

»Dir ist zuzutrauen, dass du es schaffst«, sagte April lächelnd. Damit verließ sie die Stube.

»Schwester Sarah?! Schwester Sarah?!!« rief Zoro kurz darauf entsetzt durchs Handy und schnappte nach Luft, schnappte wieder und wieder. »Doch nicht Schwester Sarah!!! Lou mochte sie nicht, ständig waren sie am Kämpfen.«

»Vielleicht gerade darum kamen sie sich ins Gehege.«

»Ich kann's nicht glauben. Lou wird ausflippen, wenn sie das erfährt. Das wird die größte Enttäuschung ihres Lebens.«

»War es denn wirklich so schlimm zwischen den beiden?«

»Nun, Schwester Sarah war immer besonders streng zu Lou, hatte sie irgendwie auf dem Kieker, wofür es jetzt eine Erklärung gibt. Lou lehnte sich dagegen auf. Mir gegenüber war Schwester Sarah nett, Lou aber ließ sie nichts durchgehen. Sie hat von ihr mehr gefordert als von allen anderen Waisen – kein Wunder, sie wollte, dass ihre Tochter es zu was bringt.«

»Es war bestimmt nicht gerade einfach für Sarah – stell dir vor, du siehst deine Tochter Tag für Tag und kannst dich nicht als Mutter zeigen! Man hätte sie wohl besser in ein anderes Kloster geschickt.«

»Und wie soll Lou davon erfahren?«

»Ich hätte es ihr gerne selber gesagt, aber du weißt ja, wie es im Moment aussieht. Ich hatte überlegt, sie vor der Agentur oder ihrer Wohnung abzufangen – aber ob sie mit mir redet?«

»Ja, da bin ich mir auch nicht sicher.«

»Wie geht es ihr? Was tut sie so?«

»Lou und ich haben zwar nie darüber gesprochen, aber bestimmt will sie nicht, dass ich mit dir über sie rede. Ich kann dir da also keine Antwort geben.«

»Du bist wirklich und wahrhaftig ein echter Freund, ich will deine Loyalität zu Lou auch gar nicht untergraben. Aber könntest du mir nicht wenigstens sagen, ob sie mit einer anderen zusammen ist?«

»Wenn du Lou ein bisschen kennst, weißt du die Antwort.«

»Heißt das *nein*?«

»Darauf kann ich dir keine Antwort geben, aber ich kann dir versichern, dass du mit deiner Annahme recht hast«, sagte er schmunzelnd.

Erleichtert seufzte April auf.

Ehe sie sich für die Nacht bereitmachte, nahm sie sich die Aufnahmen vor, die sie im Klosterarchiv gemacht hatte, und ging das Gefilmte auf dem Computer durch. Bald wurde sie fündig: Der Personalordner enthielt Angaben zu Schwester Sarah, unter anderem ihren Namen und ihr Geburtsjahr. April staunte. Die Schwester war kaum siebzehn gewesen, als sie Lou gebar! Ursprünglich hatte sie Michelle Wilhelm geheißen.

Lou Wilhelm. Das hörte sich nicht schlecht an.

Am Telefon sagte Lou verärgert zu Zoro: »Ich hoffe, du hast nicht mit ihr über mich gesprochen!«

»Nein, habe ich nicht. Obwohl sie mich zwei Mal darum gebeten hat.«

»Gut. Wie geht's ihr?«

»Frag sie doch selber, Lou! Fragt euch direkt, anstatt mich als Laufboten einzusetzen. Ihr seid beide verdammte Holzköpfe. Ihr *liebt* euch, dann seid doch auch zusammen! Verzeih ihr endlich.«

»Wir *lieben* uns? Liebe stellt sich vielleicht ein, wenn man jahrelang zusammen gewesen ist und einander vertrauen kann, weil keine fremdgeht.« Lou kochte.

»Ihr seid so kompliziert, zwei Frauen zusammen, das geht wirklich nicht. Hör auf, aus deiner kleinen Wunde eine riesige zu machen und sie dauernd zu lecken. Macht euch unglücklich, wenn es nicht anders geht, aber langweilt mich nicht damit!

Etwas ganz anderes: Bist du eigentlich damals zur Beerdigung von Schwester Sarah gegangen?«

»Nein, warum?«

»Mir ist beim Aufräumen die Todesanzeige in die Finger gekommen«, flunkerte er.

»Du kennst ja unser Verhältnis, sie mochte mich nicht und schikanierte mich, wo es nur ging.«

»Ich würde das nicht als schikanieren bezeichnen, sie forderte von dir einfach mehr als von allen anderen.«

»Dass sie mir keinen einzigen Fehler durchgelassen hat, war eine Form von Schikane.«

»Vielleicht hat sie besonders an dich geglaubt.«

Lou lachte trocken. »Sie hat mich gehasst.«

»Das glaube ich nicht.«

»Nun gut, ob glauben oder nicht glauben – sie ist tot und nie mehr wird einer ihrer BHs am Kruzifix hängen.« Sie grinste.

Im Bett dachte Lou noch einmal über Schwester Sarah nach. Letztlich sie war nicht so sicher, ob die Sonderbehandlung überhaupt einer Art Hass entsprungen war – fest stand nur, dass sie bei Schwester Sarah eine spezielle Position hatte, die zwar nicht angenehm war, ihr aber tatsächlich das Gefühl vermittelt hatte, etwas Besonderes zu sein. Schwester Sarah forderte viel, aber sie lobte sie auch, knapp zwar und eher beiläufig.

Ehrlicherweise musste sie zugeben, dass das Lob von Schwester Sarah ihr unheimlich wichtig gewesen war.

Wie ein Schnecken-Tsunami

Welche Überraschung: April bekam einen Anruf von Fabian Tritten! Er erklärte, dass er noch einmal mit ihr reden wollte, das Gespräch im *Pony* habe ihm keine Ruhe gelassen. Ob sie ihn bei sich zu Hause besuchen käme, da wären sie ungestört – keine Fans, die ihn belagerten und so. April war von der Idee begeistert, sie verabredete sich mit ihm noch für am gleichen Nachmittag. Zum Zeitpunkt dieses Gesprächs stand sie in einem Kleiderladen in Thun und hatte eben eine hammergeile Jeans gefunden – nach dem Telefonat kamen eine megageile Bluse und eine obergeile Jacke dazu, schließlich ein paar grässliche Socken (neonfarben, sie hatte eine Schwäche für schräge Socken). Nach dem Kauf schwang sie sich auf die Buell und fuhr gespannt zurück nach Zweisimmen. Was Fabian ihr wohl zu erzählen hatte?

Weil sie zu früh war, machte April bei Marina einen Zwischenhalt. Nachdem sie über dies und das geplaudert hatten, wollte Marina wissen, wie es ihr wegen Lou gehe.

Nicht gut, erklärte April.

»Was hast du gemacht, um sie zurìckzuerobern?«

»Auf Anrufbeantworter gesprochen, SMS geschrieben, an ihrer Türe geklingelt …«

»Es ist einfach, zu machen Sachen, von dem man weißt, dass es nichts nìtzt. Du bist wie jemand, der hat Hund und Hund ist weggerannt. Du stehst da und rufst leise: ›Komm zurìck, komm zurìck‹ – aber rennst nicht hinter ihm her oder lockst ihn mit Leckerbissen, nur dieses lahmes ›Komm zurìck‹. Und wunderst du dich, warum der Hund nicht kommt.«

»Ich bin extra für sie nach Bern gefahren!«

»Ja, das ist natìrlich wahnsinnig, vor allem fìr jemand, der ist angefressene Mofafahrerin.«

»Sie ließ mich nicht herein.«

»Hast du die ganze Nacht gewartet vor Tìr?«

»Ich spinne doch nicht!«

»Ah, du musst sie wirklich wahnsinnig lieben«, sagte Marina ironisch.

»*Lieben?* Davon habe ich nie gesprochen. Ich begehre Lou, ich bin gern mit ihr zusammen, ich vermisse sie schrecklich.«

»Das man nennt Liebe.«

»Nein, Liebe ist eine Falle, sie bedeutet Unterdrückung und Ausnützung.«

»Oi, du hast falsch verstanden. Liebe ist gerade das nicht. Die ganze Nacht vor der Tìre warten zum Beispiel ist Liebe. Die Mutter ausfindig machen, das ist Liebe. Du willst zusammen sein mit Lou, dann zeige es ihr. Nicht Versprechen machen, dass du nie mehr ermittelst im Bett, sondern beweisen, dass du sie willst mehr als alles andere.«

Fabian Tritten wohnte in einer schönen Dachwohnung – die ursprünglichen drei Zimmer waren zu einem großzügigen Einzimmerappartement umgebaut. Von hier aus hatte man einen umwerfenden Ausblick übers Tal. Das Holzparkett gab der Wohnung eine heimelige Note. Sofa, Flatscreen, minimalistische USM-Möbel, Tisch und Stühle – alle schwarz – bildeten einen kühl-modernen Kontrast. April hatte allerdings nicht den Eindruck, dass hier jemand lebte. Das lag gewiss auch daran, dass Fabian viele Monate im Jahr unterwegs war. Zu ihrem Erstaunen gab es jedoch nirgends Medaillen, Fotos von ihm als Skirennfahrer oder Pokale – offensichtlich wollte er in den eigenen vier Wänden nicht an seine Erfolge erinnert werden. Seltsam.

Tritten führte sie herein, bot ihr etwas zu trinken an.

Der junge Mann sah schlechter aus denn je: blass, fahrig – wie ein Tier auf der Flucht. April wäre nicht erstaunt gewesen, wenn er davongehüpft wäre. Sie setzte sich gerade auf und fragte ihn freundlich, was es denn nun zu bereden gab.

Zögernd begann er: »Ja, also, ich wollte fragen, ob Ihr Artikel schon fertig ist.« Nervös kratzte er seinen Dreitagebart. »Ich habe das Gefühl, dass ich ein etwas einseitiges Bild abgegeben habe. Natürlich fahre ich sehr gern Ski und will gewinnen – ich weiß nicht, was mit mir los war, dass ich Ihnen da womöglich einen etwas anderen Eindruck vermittelt habe.«

Enttäuscht über dieses wenig brisante Anliegen, erwiderte April: »Sie haben wohl vergessen, dass ich keine Journalistin bin sondern Privatdetektivin. Ich schreibe keinen Artikel.«

»Ach ja, wie dumm von mir!« Er errötete. Wohl um abzulenken, fragte er sie, ob er ihr Cola nachschenken solle.

Lächelnd nickte sie. Fabian hantierte in der Küche mit Glas und Flasche. April, die ihn dabei sehen konnte, bemerkte: »Es ist also doch Coca Cola – ich hätte schwören können, dass Sie mir etwas anderes gaben, vielleicht Afri-Cola oder Pepsi. Na ja, vielleicht sind meine Geschmacksknospen heute durcheinander. Egal. Was denken Sie inzwischen über meinen Verdacht, dass Leo die Frauen umgebracht hat?«, fragte sie, als er sich wieder gesetzt hatte.

Das Skiass wand sich auf seinem Stuhl. »Leo kann das unmöglich getan haben!«, brach es aus ihm hervor. »Mein eigener Trainer würde mir so etwas nie antun!« Unruhig glitt sein Blick durch die Wohnung, als erwartete er eine Invasion von hysterischen Fans.

Das Treffen begann sie zu nerven. Sie hatte weiß Gott Gescheiteres zu tun, als mit einem unausgegorenen Jüngling über nichts zu reden – zum Beispiel könnte sie auf dem Sofa im Stöckli ein Nickerchen halten. Sie war nämlich müde und überlegte, wie viele Stunden sie letzte Nacht geschlafen und wann sie den letzten Schokoriegel gegessen hatte. Ob es wohl frech war, jetzt einen zu essen? Schnell trank sie die Cola aus. Fabian beobachtete sie dabei.

Sie setzte das leere Glas ab. »Ich habe mit Melissas Mutter gesprochen, es hat sie sehr getroffen, dass Sie nicht einmal zur Beerdigung gekommen sind.«

Beschämt senkte Fabian die Augen. »Ich konnte nicht. Ich hätte es nicht ausgehalten.«

»Vielleicht wäre es gut, wenn Sie doch noch einmal mit Hedi reden und ihr erklären, warum sie Melissa wie eine heiße Kartoffel haben fallen lassen.«

Fabian, den Tränen nahe, starrte schweigend auf die Tischplatte. Sein Verhalten machte die Detektivin immer kribbeliger und auch leicht aggressiv, gleichzeitig drückten die Lider schwer auf ihre Augen – vermutlich verlieh ihr das einen verführerischen Schlafzimmerblick. Immerhin. Vom Korridor her tönten Schritte, gespannt drehte sie sich um und stellte fest, dass die Kopfbewegung sie schwindlig machte. Mit welchem Fuß nur war sie heute aufgestanden? Zu ihrem Erstaunen sah sie leicht verschwommen eine Gestalt im Türrahmen.

»Wen haben wir denn da – hohen Besuch vom *Lötschentaler Boten*?« Es war Leo Gertsch, der mit strahlendem Lächeln ins Wohnzimmer trat. Sie wollte fragen, was er hier suche, aber ihre Zunge fühlte sich mittlerweile wie ein dicker, toter Fisch an.

Kackenschotter, dämmerte es in ihrem Kopf.

Bleierne Schwere schwappte wie ein Schnecken-Tsunami durch ihre Glieder, sie wollte aufstehen, fühlte sich aber zu schwach dazu. Auch ihr Plan, das Handy zu packen, scheiterte an einem Puddingarm.

Fabian schien sich ebenfalls nicht gut zu fühlen, das Fluchttier wollte Reißaus nehmen, deshalb wohl stellte Leo sich hinter ihn und legte ihm die Hände auf die Schultern. Grinsend sagte er zu April: »Na, Fräulein Besserwisserin, damit hast du wohl nicht gerechnet.«

»W-was s-soll ... das ... werden?«, lallte Brucie Lee Pallas.

»Das wirst du noch früh genug erfahren. Entspann dich einfach und lass los.«

»N-nie...mals...«, brachte sie noch zustande, ehe sie in gähnender Schwärze versank.

Dort, wo die Chi-Energie entspringt

Das Erste, was April sah, war eine Neonröhre. Dann erkannte sie die längliche, hochmoderne Lampe, die über Fabian Trittens Wohnzimmertisch hing. In ihrem Schädel trieb ein Presslufthammer sein Unwesen, ihr war übel vor Kopfschmerzen. Der Körper tat ihr überall weh. Vorsichtig wollte sie vom Tisch gleiten, auf dem sie lag, aber konnte nicht – kein Wunder: Ihre Hände und Füße waren an die Tischbeine gefesselt!

Ein Kopf beugte sich über sie, wieder Gertsch! Er schenkte ihr ein süffisantes Grinsen. »Frisch und munter, Fräulein Besserwisserin?«

»Damit kommen Sie nicht durch«, lallte die Detektivin. »Meine Freunde wissen, wo ich stecke, sie werden nachsehen kommen, wo ich abgeblieben bin.« (Das war gelogen – sie hatte es nicht für nötig gehalten, Rösli oder Ces über das Treffen zu informieren.)

»Na, dann schau doch mal hinaus«, triumphierend deutete Leo zu den Fenstern, welche die Nacht in schwarze Scheiben verwandelt hatte. »Du hast stundenlang geschlafen und niemand hat an der Tür geklingelt.«

Da wurde es April angst und bang, aber sie nahm sich zusammen und sagte fröhlich (nun gut, fröhlich war etwas übertrieben, sie brach jedenfalls nicht in Tränen aus): »Was soll der Scheiß?« Weiter hinten entdeckte sie Fabian Tritten. »Ich kann mir nicht vorstellen, dass Sie das hier toll finden, also lösen Sie bitte meine Fesseln. Fabian, warum decken Sie diesen Mörder?«

Doch Tritten stand nur mit hängenden Schultern da – wie konnte ein solch durchtrainierter Mann so schwach sein? Hilflos murmelte er: »Leo hat niemanden umgebracht. Er hat mir versprochen, dass er die Wahrheit sagt.«

»Wie rührend! Und warum werde ich hier festgehalten?«

»Leo sagt, weil Sie Lügen verbreiten.«

»Genau. Und wir wollen nicht, dass Lügen verbreitet werden«, ergänzte Leo. »Die Frauen sind verunfallt. Und solche, die anderer Meinung sind, können wir nicht gebrauchen.«

»Ich habe Beweise dafür, dass es Morde waren und dass Sie dahinterstecken. Ich weiß (nun, eigentlich vermutete sie es nur), dass Sie die vier dazu missbrauchten, Fabian von Melissa zu trennen. Als das Mädchen sich umbrachte, taten Sie alles, um Fabian wieder aufzubauen.« An Tritten gewandt, fuhr sie fort: »Leo hat Sie doch mal gefragt, was er tun kann, damit es Ihnen wieder besser geht. Und Sie haben geantwortet, es würde Ihnen schon helfen, wenn diese vier Mörderinnen tot wären.«

Verstört nickte Tritten. »Aber das hab ich doch nicht wörtlich gemeint!«

»Tja, Leo nahm Sie aber wörtlich! In seiner Erfolgssucht fand er es nicht abwegig, die armen Frauen umzubringen.«

Geschockt schlug der Junge die Hand vor den Mund und drehte sich nach seinem Trainer um. Gertsch hatte sichtlich genug von dem Versteckspiel, er zuckte mit der Schulter und tätschelte seinen Zögling wie einen Hund. »Ich habe immer nur das Beste für dich getan. Aber nie und nimmer wollte ich, dass Melissa sich umbringt, das musst du mir glauben! Du solltest bloß ein wenig Abstand zu ihr bekommen, damit du dich wieder ganz auf dein Hauptgeschäft konzentrieren konntest. Leider ist Melissa mit dem Selbstmord zu weit gegangen … das erforderte neue Maßnahmen.«

Da verstand Fabian, dass April mit ihrem Verdacht recht gehabt hatte. Geschockt schüttelte er Leos Hände ab und trat zwei Schritte zurück. Sein Unterkiefer zitterte: »Du hast die Frauen wirklich umgebracht? Wie konntest du nur?! Du hast mein Leben zerstört, du hast alles kaputt gemacht – ich habe dir vertraut und du … du …!«

Wütend fixierte Gertsch seinen Zögling: »Komm mir nicht so! Ich habe dich aufgebaut, ich habe all meine Energie in deine Karriere gesteckt! Anstatt dankbar zu sein, hast du dich in einen Krüppel verliebt und plötzlich davon gefaselt, dass Skirennen nichts seien im Vergleich zu Liebe. Du wolltest mein Werk zerstören, nur wegen Ruchs Schlampe!«

»Sprich nicht so über Melissa!«, begehrte Fabian auf.

»Und immerhin war es deine Idee, die vier Frauen umzubringen. Es geschehe ihnen recht, hast du gesagt. Genau das hast du gesagt.«

»Das war doch nicht ernst gemeint!«

»Als sie starben, ging es mit deinen Leistungen wieder aufwärts!«

April hatte den beiden schweigend zugehört, nun schaltete sie sich ein: »Sie waren der Vertreter, der Käthi anrief, um ungesehen in Marlises Haus einzudringen und Herbstzeitlose unter den Bärlauch zu mischen, richtig?«

Überrascht schaute Leo Gertsch auf, dann verzog sich sein Mund zu einem breiten Grinsen. »Das habe ich mir genial ausgedacht, oder? Als Mutter mir von dem Ausflug erzählte, wusste ich, was zu tun war. Marlise selber hat mir mal von dieser giftigen Wunderpflanze erzählt, die dem Bärlauch so gleicht.«

»Sofia haben Sie mit Hilfe von Evi umgebracht – und Insulin.«

»Fräulein Besserwisserin, du bist nicht schlecht. Wie kamst du dahinter?«

»Evi behauptete, dass sie an dem Nachmittag, als Sofia starb, einkaufen gegangen sei. Es war aber ein Mittwoch und da sind die Läden geschlossen.«

Anerkennend nickte Gertsch.

»Auf Eliane haben Sie in der Talstation Beatenberg gewartet und sie zu ihrem Absturzort hinaufbegleitet.«

»Wie willst du das nun wieder beweisen?«

»Wir haben das Material der Überwachungskamera.«

»Pah! Ich möchte wetten, dass mein Gesicht nicht zu erkennen ist – ich trug eine Baseballmütze und habe mich wenn möglich von der Kamera abgewandt.«

»Mag sein, das Gesicht – aber nicht alles. Man kann Aufnahmen Ihres Körpers mit denen der Überwachungskamera vergleichen. Computer können vieles! Sie haben die arme Eliane nach freundlichem Geplauder dann also kaltblütig hinuntergestoßen.«

»Kaltblütig würde ich nicht sagen, ich mochte Eliane. Aber es war leider notwendig. Außerdem hatte sie zu viel Einfluss auf meinen Jungen, spielte sich als Ersatzmutter auf.«

»Und was war mit Jenny?«

Da verdunkelte sich Gertschs Gesicht. »Meine eigene Nichte würde ich doch nie umbringen! Luginbühl sollte nur dafür sorgen, dass Jenny in die Jauche fällt. Fabian hätte bestimmt seine Freude daran gehabt. Dummerweise wurde sie eingeklemmt und als Luginbühl nach ihr schaute, war's zu spät.«

Er schaute sich nach Tritten um, der auf einem Stuhl zusammengesunken war. Tränen rannen ihm über die Wangen. »Nimm dich zusammen, Junge«, sagte sein Trainer streng, aber der Junge reagierte nicht. Kopfschüttelnd ging Leo zu seiner Tasche und kam mit einer Spritze zurück. »Das wird dich beruhigen«, sagte er, während er Fabian den Ärmel hochkrempelte und ihm die Injektion verabreichte. Der Junge schaute nicht mal auf. »Er ist Spritzen gewohnt«, erklärte Gertsch der entsetzten April. »Aber wieder zu uns. Die Cola war wirkungsvoll, nicht? Dein Schläfchen war hilfreich, um dich für alles Weitere zu präparieren, ohne lästigen Kampf und so.«

Summend verschwand er im Korridor, kam mit einem kleinen Tablett zurück und trat neben April. Obschon sie immer noch leicht verschwommen sah, erkannte sie, was darauf lag: vier schlanke Spritzen. Sie ahnte, was sie enthielten …

Als hätte Leo Gertsch ihre Gedanken gelesen, sagte er: »In weiser Voraussicht habe ich Evi damals gebeten, die doppelte Menge Insulin aus der Praxis zu entwenden. Man weiß nie, wann man dieses geniale Tötungsmittel wieder braucht. Wie recht ich doch hatte!«

Nun war der wackeren Detektivin restlos bewusst: Sie schwebte in Todesgefahr! Ihr Hirn ratterte mit Warp-Antrieb[21] – panisch überlegte sie, wie sie sich retten konnte. »Fabian!«, wandte sie sich bittend an den Jungen, der nun entspannt auf seinem Stuhl dämmerte, »ich weiß, du bist kein Mörder! Du willst niemanden umbringen, vor allem nicht, nachdem schon so viele gestorben sind. Du hast es in der Hand, dieses Unglück abzuwenden – verbau dir nicht dein Leben! Denk an Melissa, das hätte sie nie und nimmer gutgehei–mpf!«

Weiter kam sie nicht, denn Gertsch pappte ihr den Mund mit dem Teppichklebeband zu, das er auch für die Hand- und Fußfesseln benützt hatte. Falls sie je hier lebend rauskam, dann nur mit zerfetzten Lippen, dieses Band kriegte man doch nie mehr ab! April hatte das Gefühl, gleich zu ersticken, obschon sie ja noch durch die Nase atmen konnte.

Gertsch erklärte, dass er mal *für kleine Jungs* gehe, sie könne sich derweil ja schon von der Welt verabschieden.

Oh nein! – Brucie Lee wollte leben! Vor ihrem inneren Auge liefen Szenen aus Kung-Fu-Filmen ab, in denen die Helden gleichmütig agierten und Kräfte besaßen, die Newtons Gesetze wie einen verschrumpelten Apfel aussehen ließen. Davon inspiriert, konzentrierte April sich auf den Bereich unterhalb des Na-

---

21 Für alle Star-Trek-Flaschen: Warp (englisch: *to warp*, »verzerren«, »krümmen«) ist ein Antriebsmechanismus, der Reisen mit Überlichtgeschwindigkeit ermöglicht, indem die Raumzeit gekrümmt wird.

bels, dort wo die Chi-Energie entspringt, und durch ihre Vorstellungskraft brachte sie das Chi zum Sprudeln. Sie verteilte es wie ein Schutzschild über die Bauchgegend. Vielleicht konnte das Schild das Insulin neutralisieren!

Der Stimme und Bewegungsfreiheit beraubt, lag sie mit geschlossenen Augen auf dem Tisch. Sie wollte die tödlichen Spritzen nicht sehen, das würde sie mental schwächen. Fieberhaft webte sie ihr Schutzschild. Leo Gertsch kam zurück und sagte etwas, aber sie hörte nicht hin. Sie stellte sich vor, dass ihr Chi dichter und dichter wurde, ihre ganze Aufmerksamkeit lag darauf, als sie einen Einstich in ihrem Bauch spürte, einen zweiten und einen dritten …

Dann verlor sie das Bewusstsein.

Das war ja die reinste Absteige!

April hatte erwartet, dass da ein Tunnel sein würde, mit einem Licht am Ende – und dort würden die Verstorbenen sie erwarten. Solche Geschichten über den Tod hatte sie jedenfalls schon gehört. Ihr Opa würde sie im Jenseits empfangen und alle anderen, mit denen sie in Liebe verbunden war, auch ihre geliebten Viecher, und hoffentlich nicht die anderen Tiere, die sie unabsichtlich getötet oder absichtlich gegessen hatte.

Hier jedoch, bei ihrem Tod, war nur Tunnel und kein Licht. Oder zumindest nur schummriges. Auch schritt sie nicht, sondern lag, in etwas eingerollt. Zu allem Übel musste sie auch noch niesen – nie hätte sie vermutet, dass man im Sterben niesen konnte! Es roch muffelig, als steckte ihre Nase in einem Staubsauger. Als sie wieder niesen musste, begann sie sich ernsthaft Sorgen um das Jenseits zu machen – das war ja die reinste Absteige! Sehr enttäuschend. Oder steckte sie in einem Kanonenrohr und wurde demnächst in den Himmel katapultiert?

Oder war sie gar nicht tot?

Sie erinnerte sich daran, dass sie aus Chi einen Schutzmantel um sich aufgebaut hatte, und langsam begriff sie, dass sie erstens noch lebte und zweitens ihr Chi offenbar stark genug war, die Wirkung des Insulins zu brechen. Wow! Sie war eine wahre Kung-Fu-Kämpferin! Die sich im Moment zwar nicht bewegen konnte und bald ein drittes Mal niesen musste, aber nichtsdestotrotz war sie eine Meisterin! Von dieser Erkenntnis ergriffen, machte sie sich daran, das Chi erneut zum Fließen zu bringen mit dem Ziel, ihr röhrenförmiges Gefängnis zu sprengen.

Wenn sie nicht alles täuschte, steckte sie in einem Teppich. Doch was eingerollt war, konnte man auch wieder ausrollen: Sie brauchte nur etwas Schwung, dann würde sie freikommen. Hoffnungsvoll begann sie hin- und herzupendeln. Erst wollte es nicht gelingen, doch dann kam die Frühlingsrolle in Bewegung und drehte sich zweieinhalb Mal, bis etwas sie stoppte. April kam auf dem Bauch zu liegen, was eindeutig weniger gemütlich war als auf dem Rücken. Sonst hatte sich nichts geändert.

Wo befand sie sich? Vermutlich in einem Keller. Man verstaute Leichen gern im Keller, bevor man dann eine geeignete letzte Stätte fand. Sie könnte rufen, um auf sich aufmerksam zu machen – gute Idee, vor allem mit dem Teppichkleber auf dem Mund! Aber wenigstens waren ihre Hände und Füße nicht mehr gefesselt. So versuchte sie, einen Arm nach oben zu bringen. Vielleicht gelänge es, mit der Hand aus dem Teppich zu greifen! Was sie dann tun würde, war ihr schleierhaft. Das mit dem Arm wurde natürlich nichts – zu fest eingewickelt.

Wieviel Zeit sie wohl hatte, bis die Männer zurückkehrten? Bei diesem Gedanken packte sie die nackte Angst – nackt fand sie grundsätzlich sexy, aber nicht bei Angst! Wie oft hatte sie sich auf Teppichen aller Art dem Sex hingegeben und jetzt wurde sie mit einem solchen bestraft! Nicht nur das, sie hatte sich in die Hose gemacht, kein Wunder, schon vor der Insulinbehandlung hatte sie Blasendruck. Die kalte Nässe juckte unangenehm und war ihr äußerst peinlich!

Brucie versuchte den Geist erneut weit werden zu lassen, dann ging sie alle Möglichkeiten durch, die sie nicht hatte: Sie konnte nicht schreien und sich nicht bewegen. Das Einzige, was sie könnte, wäre nochmals pinkeln, was aber den Teppich wohl kaum entrollen würde. Des Weiteren hatte sie Durst, ihr war schwindlig. Außerdem brauchte sie einen Schokoriegel. Noch außerdemer hatte die Liebe ihres Lebens ihr den Schuh gegeben und ihre Freunde wussten nicht, wo sie war. Man konnte ihre Lage mit Fug und Recht höchst desolat nennen. Zähneknirschend musste April sich eingestehen, dass im Moment nichts anderes blieb, als abzuwarten.

In ihrer Not flüchtete sie sich in Bilder: Sie stellte sich vor, wie sie nach überstandenem Debakel auf der Buell durch die Landschaft flöge; wie Rösli, Ces und Consuela sie freudig umarmten; wie Lou bereit wäre, zumindest mit ihr zu reden; wie sie eine Colaflasche aus dem Käsekeller holen und austrinken, wie sie ein paar Riegel verschlingen würde; wie Leo, Evi, Luginbühl und Fabian von der Polizei abgeführt wurden und wie sie für die fünf gestorbenen Frauen eine Kerze anzündete. Dann versprach sie dem lieben Gott, der bestimmt eine Frau war, dass sie von nun an ihre Wohnung immer aufräumen und putzen, keine Affären mehr eingehen und die Steuererklärung rechtzeitig ausfüllen würde – und ja, okay, sie träfe sich wieder einmal mit Mutter, sogar ohne ihr Vorhaltungen zu machen.

Als sie gerade dabei war zu überlegen, warum Teppiche in Märchen fliegen konnten und Sofas nicht, vernahm sie Schritte. Licht wurde eingeschaltet, zwei Personen sprachen im Flüsterton miteinander. Brucie erinnerte sich daran, dass sie tot war und sich dementsprechend verhalten, sprich: sich tot stellen musste, was als Kohlwickel verhältnismäßig einfach war.

Der eine – es war Gertsch – sagte: »Bringen wir es hinter uns.«

»Ich kann das nicht«, jammerte Fabian.

»Keine Debatte, du musst. Oder willst du hinter Gittern kommen?«

»Natürlich nicht. Aber wenn uns jemand sieht?«

»Morgens um drei Uhr ist niemand wach, wir müssen den Teppich nur in den Bus tragen und der steht ja gleich vor der Tür. Fass mit an!«

Fabian gab klein bei, April wurde aufgehoben, was ihr ein mulmiges Gefühl im Magen verursachte. Nur nicht kotzen, mit dem Klebband auf dem Mund würde sie an ihrem Erbrochenen ersticken! Die Männer ächzten unter dem Gewicht der gefüllten Rolle. Sie schwebte durch die Luft, erstmal waagrecht, dann kamen sie wohl zur Treppe, jedenfalls wanderten Aprils Beine hinauf und der Kopf hinunter.

»Ach, ist das schwer!«, jammerte Fabian bei ihren Füßen.

»Nimm dich zusammen«, befahl es neben ihrem Kopf, »nur noch ein paar Stufen.«

Wieder in der Waagerechte, wurde sie abgelegt und geschoben. Kurz darauf knallte die Tür am Kofferraum, später die vorderen und der Motor wurde gestartet.

In den Bergen ist es bekanntlich sehr schön – nicht jedoch auf kurvigen Straßen, vor allem nicht, wenn man als angeblich tote Detektivin, in einem muffeligen Teppich gewickelt, von einer Autoseite zur anderen rollt. Allmählich wollte der Kohlwickel wirklich sterben, denn ihr Magen drohte sich umzustülpen.

Nach einer kleinen Ewigkeit stoppte der Bus, was einerseits für Aprils Magen ein Segen war, sie andererseits ihrem Schicksal näherbrachte. Türen flogen zu, der Kofferraum wurde geöffnet.

»Was haben wir nur gemacht?«, wimmerte Fabian.

»Das einzig Richtige! Los jetzt!«, herrschte Gertsch ihn an.

Sie zerrten den Teppich heraus und schulterten ihn. Was mach ich jetzt, was mach ich jetzt, was mach ich jetzt, was mach ich jetzt? hämmerte es in April und sie gab sich gleich selber die Antwort: Nichts kannst du tun. Nichts. Nichts. Nichts!

Die Männer trugen sie wie einen Sarg. Ächzend warfen sie ihre Last auf den Boden, woraufhin April stumm ins Teppichband schrie.

»Bevor wir sie hineinrollen, will ich noch etwas sagen«, bat Fabian. »Nur kurz.«

»Hei! Was willst du mit der Kerze?«

»Mich verabschieden. Frau Pallas, es tut mir so leid, das wollte ich nie und nimmer. Ich hoffe, du hast es gut. Und grüß mir meine geliebte Melissa.«

Leo fluchte. »Wie pathetisch! Komm, pack endlich mit an, wir rollen sie raus und ab ins Grab.«

Etwas fuhr ratschend über ihre Hülle hinweg. Bald spürte sie einen Stoß, kam in Bewegung – ganz locker bleiben, entspannt wie eine Leiche! –, kullerte aus dem Teppich und landete in einem Loch. Sollte sie aufstehen und davonrennen? Hatte sie eine Chance gegen zwei durchtrainierte Männer? Kaum.

»Ich halte das nicht aus – ich will sie nicht sehen!«, wimmerte Fabian.

»Reiß dich zusammen! Je schneller wir schaufeln, desto schneller sind wir sie los.«

Eine Schippe voll Erde fiel auf ihren schutzlosen Leib. Ein zweiter Haufen folgte. Und noch einer. So ging das weiter. Sie lag auf der Seite, den Männern abgewandt, daher wagte sie kurz zu blinzeln. Offenbar lag sie in einem recht geräumigen Loch, es würde eine Weile dauern, bis sie ganz bedeckt war.

April hielt die Lider geschlossen und sah lieber mit ihrem inneren Auge. Was sie sah, war – ihre geliebte Lou, dieses entzückende, intelligente und faszinierende Wesen. Die Vorstellung, sie nie mehr von Angesicht zu Angesicht sehen zu können, entfachte in ihr einen feurigen Widerstand gegen dieses dreckige Schicksal.

Das brachte sie auf eine Idee – schon immer war sie der Ansicht gewesen, dass man einer ernsten Lage am besten mit Humor begegnet, denn damit rechnet die Lage nicht. Als die Männer eine Schaufelpause einlegten, war der Moment, *ihr* Moment, gekommen.

Langsam hob sie den Arm.

»Bewegt sich da nicht etwas?«, fragte Fabian ängstlich.

»Wo?«

»Im Loch.«

»Ich seh' nichts.«

»Doch, dort!«

»Ist vielleicht eine Maus.«

»Nein, sieh doch, ihr Arm!«

»Keine Panik. Sollte sich etwas bewegt haben, dann wegen der Leichenstarre, die sich auflöst, da machen die Glieder manchmal Bewegungen.«

»Leo! Siehst du nicht, wie der Arm sich bewegt?«

»Nein, tu ich nicht. Das sind bloß die Nerven, Fabian.«

»Da!«

»Krieg dich ein, es ist nichts!«

»Schau, der zweite Arm und – der Kopf, der Kopf bewegt sich! Das ist ein Monster, ich halt das nicht aus, ein Monster!«

»Bleib da, Fabian, es gibt keine Monster! Das ist nur die Totenstarre. Wohin rennst du, Fabian, komm zurück, wir müssen das Miststück zuschütten. FABIAN!«

Fluchend rannte Gertsch seinem Komplizen hinterher. Brucie lauschte einen Moment, dann schaute sie sich vorsichtig um und richtete sich auf, so gut es ging. Weiter weg hörte sie Gertschs Geschrei, da krabbelte sie aus dem Loch und hatte oben schon ihre ganze Energie verbraucht, aber sie musste es schaffen, hier zu verschwinden. Sie hatte keine Ahnung, wo sie sich befand, und schleppte sich aufs Geratewohl vorwärts, einfach weg von der Stimme. An jedem zweiten Baum hielt sie sich fest – mit Todesverachtung riss sie sich das Teppichband von den Lippen und unterdrückte mit Müh und Not einen Schrei. Als sie mit der Zunge über die Lippen fuhr, schmeckte sie Blut. Immerhin konnte sie endlich wieder atmen! Sie humpelte und schlurfte, schlurfte und humpelte. Weiter vorne gewahrte sie einen grauen Streifen. Zuerst meinte sie, dass es eine Straße sei, doch beim Näherkommen erkannte sie die Simme.

Fließendes Wasser.

Flüchtende setzten ihren Weg in Bächen und Flüssen fort, dort konnten die Hunde die Spur nicht mehr verfolgen, das hatte sie oft genug in Filmen gesehen. Gertsch und Tritten waren zwar keine Hunde, aber immerhin Schweinehunde, die sie nicht im Wasser vermuteten. Mühselig schleppte sie sich voran, stolperte über etwas – es war ein Stück Baumstamm, etwa dreißig Zentimeter im Umfang und eineinhalb Meter lang. Da kam ihr eine Idee: Sie packte das eine Ende und zog das Holz unter Aufbietung aller Kräfte zum Wasser.

Weiter hinten hörte sie die Stimmen der Männer, vielleicht hatten sie ihre Flucht inzwischen entdeckt und suchten sie. Mit zitternden Händen zog sie ihre Stiefeletten aus und warf sie in die Simme, dann stieg sie in den Fluss – kalt, kalt, kalt! Den Stamm mit sich ziehend, stieß sie sich ab. Kackenschotter, nur ja nicht schreien! Sie testete die Tiefe und stellte erleichtert fest, dass sie stehen konnte; nur wollte sie gar nicht stehen, sondern so schnell als möglich vorwärtskommen. Sie begann kräftig mit den Beinen zu paddeln, während sie sich ans Holz klammerte.

Wie dunkel es war! Die Landschaft schlummerte in grauen und schwarzen Flecken. April paddelte und paddelte, wie lange, wusste sie nicht. Um nicht bewusstlos zu werden, sang sie Kinderlieder, von denen ihr aber immer nur die erste Strophe in den Sinn kam.

Dann endlich sah sie weiter vorn Lichter – Häuser, in den Menschen lebten, die ihr helfen konnten! Sie schwamm ans Ufer. In einem geeigneten Moment griff sie ins Gras und zog mit allerletzter Kraft ihren klammen Körper ans Land. Der Baumstamm floss weiter.

Und zum dritten Mal in vierundzwanzig Stunden verlor sie das Bewusstsein.

Öffne auch zweites Auge, April

Rundherum Wärme: ein köstliches Laken unter ihr, eine herrlich wärmende Decke über ihr. Dazu Stimmen, vertraute und fremde. Einen Spalt weit öffnete April das rechte Auge – es war blendend hell im Raum, rasch schloss sie es wieder.

»Sie hat das rechte Auge leicht geöffnet«, schrie eine Frau. Das war Rösli. Die liebe Rösli!

»Ich habe gesehen nichts, vielleicht man muss mit Fingern öffnen das Auge«, das konnte nur Consuela sein! April musste innerlich grinsen.

»Ich würde sagen, jetzt hat sie gelächelt, sie hat wohl schöne Träume«, bemerkte Bär.

»Schwester, Schwester! Ich glaube, sie erwacht!«, rief Rösli.

Jemand näherte sich dem Bett und checkte Aprils Körper, dann erklärte die Schwester, dass sie den Doktor hole.

Jemand anderes näherte sich ihr – und pflanzte einen Kuss auf ihre Wange.

»Rösli, spar dir das für Ces«, sagte April mit brüchiger Stimme und öffnete das rechte Auge ganz.

Darauf die Bäuerin voller Freude: »Sie lebt, sie lebt!«

»Naturlig sie lebt, das ist nichts Neues, aber vielleicht sie jetzt ist erwacht. Öffne auch zweites Auge, April«, befahl Consuela.

Sie tat es. Consuela stand auf der anderen Seite des Bettes

und ihr südamerikanisches Blut kochte über: Sie bedeckte April mit schmatzenden Küssen und plapperte vor Freude auf Spanisch.

Mal abgesehen davon, dass ihre Freunde wieder einmal lästig wie Zecken waren, fühlte April sich wie im siebten Himmel!

Dann kam der Arzt und untersuchte sie gründlich. Er erklärte, dass ihre Temperatur wieder normal sei und auch sonst alles im grünen Bereich. Die Lippen würden verheilen, die Wunden seien nur oberflächlich, da sollten keine Narben bleiben. Sie könne noch heute das Spital verlassen.

Als der Arzt verschwunden war, schnatterte Rösli aufgeregt: »Jetzt erzähl, was passiert ist! Wie bist du in die Simme geraten und warum ist dein Mund verletzt, was nur hast du angestellt? Ein Glück, dass der Stauffer Willi immer so früh mit seinem Hund spazieren geht, sonst wärst du vielleicht erfroren!«

April blickte von Rösli zu Consuela zu Bär und wieder zurück – natürlich war Lou nicht da, dachte sie enttäuscht. Dann richtete sie sich im Bett auf und erzählte ihnen die unheilvolle Begegnung mit Leo Gertsch und FabianTritten.

Als sie mit ihrem Bericht fertig war, umarmte Rösli sie und rief: »Du bist eine echte Kung-Fu-Meisterin! Wie froh bin ich, dass du dich retten konntest!« Liebevoll tätschelte sie ihr die Wange.

»Unglaublich viel Gluck gehabt, ich bin glucklich zu wieder spielen mit dir *Mensch ärgere dich nicht*«, ergänzte Consuela.

Bär drückte April sanft die Hand. »Du mutige April! Sobald du gehen kannst, solltest du bei der Polizei Anzeige erstatten.«

»Ja, klar, aber ich bin nicht bereit, mit den hiesigen Polizisten zusammenzuarbeiten! Die lassen wenn möglich die Mörder laufen, nur weil es Promis sind. Ich will Kommissar Capeder, mit dem ich im letzten Fall zusammengearbeitet habe, ihm vertraue ich. Und dann möchte ich so bald als möglich mit Verena reden, immerhin ist sie meine Auftraggeberin und ohne sie wären Leo und sein Spezi nie überführt worden.«

Rösli hatte ihr frische Kleider mitgebracht und verstaute die feuchten und dreckigen in einer Tüte. Consuela stützte die Auferstandene, als wäre diese gehbehindert, und zum Erstaunen aller wehrte auch eine Brucie Lee sich nicht dagegen.

Rösli ließ die anderen vorangehen und wandte sich an den Arzt, der eben durch den Korridor ging. Er sah sie fragend an. Rösli erzählte ihm den Tötungsversuch mit dem Insulin: »Glauben Sie, dass die Chi-Energie das Insulin bannen kann?«

Da begann der Arzt zu lächeln. »Wohl kaum. Vielleicht wurde falsch gespritzt: Ist der Einstich zu flach, wird das Insulin in die Ober- oder Lederhaut gespritzt, was seine Wirkung stark bremst. Und wird die Spritze zu schnell herausgezogen, kann zudem Insulin zurückfließen. Frau Pallas bekam genug davon verabreicht, um bewusstlos zu werden, aber für den hypoglykämischen Schock hat's glücklicherweise nicht gereicht.«

Rösli bedankte sich und folgte den anderen, die schon im Auto auf sie warteten.

Am Abend erzählte sie Bär, was sie erfahren hatte, und fügte hinzu: »Lassen wir April in dem Glauben, dass die Chi-Energie ihr das Leben gerettet hat. Es ist eine schöne Geschichte – eine die stark macht.«

Ces nickte und gab ihr lächelnd einen Kuss.

Und schämte sich in Grund und Boden

Der Fall war überaus delikat: Fabian Tritten, der beliebte Skistar, würde einer der Angeklagten sein, immerhin hatte er Beihilfe zum versuchten Mord an April geleistet. Der Liebling der Nation angeklagt – das würde einen Riesentumult geben!

Fabian Tritten, Leo Gertsch, dessen Freundin Evi Wirz und Kumpel Theo Luginbühl wurden am Tag nach Aprils Entlassung aus dem Spital abgeführt und verhört. Zuerst stritten sie alles ab, aber als die ehemalige Leiche in den Verhörraum trat, breitete sich vor allem bei Tritten Panik aus. Der Junge war sofort geständig. Bei ihm zu Hause fand die Polizei Aprils Tasche, die Insulinspritzen und das Teppichband. Im Kofferraum von Leo Gertschs Bus fand man Rückstände eines Teppichs und nach längerem Suchen im Wald ein Loch, das nur flüchtig aufgefüllt worden war.

Als Kommissar Capeder den beiden Helfershelfern genauestens beschreiben konnte, was sie getan hatten, waren sie so überrumpelt, dass sie geständig waren. Luginbühl beteuerte, sein Freund Leo habe ihn dazu angestiftet, Jenny einen Streich zu spielen. Niemals sei es seine Absicht gewesen, sie zu töten, er habe nicht damit gerechnet, dass Jenny eingeklemmt würde und erstickte. Er habe außerdem sofort die Polizei angerufen. Auf die Frage, warum er sie nicht einfach selber gerettet habe, schob er Angst vor. Wovor denn?, fragte Capeder. Davor, dass er die junge Frau hätte retten können?! Darauf wusste Luginbühl keine Antwort. Stattdessen sank er in sich zusammen und titulierte sich als größten Idioten. Capeder nickte beipflichtend.

Evi Wirtz zeigte sich erstaunlich gefasst. Sie gab sofort zu, Sofia das Insulin verabreicht zu haben, und bestätigte, dass ihr Freund Leo die Ärztin dabei festgehalten hatte. Auf Capeders Frage, warum sie die Tat verübt habe, dachte sie einen Moment nach, dann erwiderte sie, dass sie aus Liebe zu Leo wohl einfach alles getan hätte. Außerdem hätte er vor ihr eine Affäre mit Sofia gehabt und da sei sie eifersüchtig gewesen. Jetzt sehe sie, dass sie einen schrecklichen Fehler gemacht habe und das sei umso bitterer, weil sie Leo nicht mehr liebe, dafür umso mehr Frau Pallas, die sie aber bloß für die Ermittlungen missbraucht habe. Das sei das Bitterste überhaupt!

Als sie das zu Protokoll gab, verfolgte April das Verhör im Raum nebenan.

Und schämte sich in Grund und Boden.

Was hatte sie nur angerichtet mit ihrem Ermittlersex?! Sie hatte mit Evis Gefühlen gespielt, ohne auch nur einmal zu überlegen, was sie damit auslösen könnte. Sie war davon ausgegangen, dass es für Evi auch nur ein Spiel war. Nun, eigentlich war sie von gar nichts ausgegangen, sie hatte sich nicht eine Sekunde lang in Evi versetzt. Zum ersten Mal in ihrem Leben fühlte April sich wie ein Stück Scheiße.

Fabian war gebrochen: Er hatte alles verloren, seine Liebe, seine Ziehmutter, die Schulfreundin, die Vertrauensärztin und nun auch seinen Trainer und Ersatzvater; als Krönung hatte er Beihilfe zu versuchtem Mord geleistet. Wie ein geschlagener Hund kehrte er in seine Zelle zurück. Am nächsten Morgen fand man ihn am eigenen Riemen erhängt. Es würde eine Untersuchung geben, warum er überhaupt damit in die Zelle gelassen worden war. Vermutlich spielte eine Rolle, dass die Wachen gegenüber dem berühmten und beliebten Tritten nachlässig gewesen waren.

Nach Trittens Tod war es Kommissar Capeter nicht länger möglich, die Ermittlungen gegen den Star geheim zu halten. Der Mediensprecher des Schweizerischen Skiklubs faselte etwas von Herzversagen, aber die Medien bekamen Wind von den wahren Ursachen. Die Skination war entsetzt, die Medien zeigten sich entzückt: Sie schlachteten die Liebesgeschichte zwischen dem Spitzensportler und der gelähmten jungen Frau aus, berichteten ausgiebig über den Trainer, der mit Hilfe von vier Frauen das Liebespaar auseinandergebracht und dieselben vier Frauen anschließend ermordet hatte.

Also trauerte man landesweit um das Skiass (beziehungsweise um seine künftigen Erfolge) und ignorierte seine Mittäterschaft. Die unglückliche Liebesgeschichte gedieh zur schweizerischen Version von Romeo und Julia.

Gertsch gab sich gefasst und beteuerte immer wieder, dass er alles nur für Fabian gemacht habe. In früheren Jahrhunderten wäre er für seine Taten gehängt, gerädert und ertränkt worden (als hätte erhängen allein nicht gereicht); heute bekam er vermutlich lebenslänglich, was eine dumme Bezeichnung war, denn dieses Leben dauerte nur fünfzehn Jahre.

Detektivin Pallas hörte jedes Verhör im Nebenraum mit und ihre Gefühle pendelten konstant zwischen Hochgefühl (ich habe den Fall gelöst!) und Niedergeschlagenheit (ich habe zwei Herzen mit Füßen getreten!) hin und her.

Zu Letzterem stellte sich die Frage: Konnte sie je etwas wiedergutmachen?

Hübscher Versuch

Dann wurde es für April Zeit, ihre Zelte im Simmental abzubauen. Ihre Lippen waren dank der kräuterkundigen Fürsorge der Vereinsfrauen schon weitgehend geheilt. Ein letztes Mal besuchte sie nun die *Alpenrosen*. Die Frauen wollten erfahren, wann ihr Buch herauskäme, und ernteten eine entlarvende Gegenfrage: »Welches Buch?« An ihren Fähigkeiten als Undercover-Ermittlerin musste sie wirklich noch arbeiten! Nun, die Vereinsfrauen würden noch früh genug erfahren, aus welchem Grund sie wirklich da gewesen war.

Am nächsten Vormittag traf April sich mit Marina im Gasthof Löwen. Sie erzählte ihr nun alles und bedankte sich für ihre Mithilfe und die schönen Gespräche. Nachdem sie ihre Telefonnummern ausgetauscht hatten, fielen sie sich in die Arme und verdrückten ein paar Tränen.

Am Abend vor der Abreise spielte April mit Rösli, Ces und Consuela *Mensch ärgere dich nicht* und wie immer ärgerte man sich ausgiebig. Am nächsten Morgen hieß es Abschied nehmen: Rösli hielt sie so innig an ihren Busen, dass der Freundin die Luft wegblieb. Consuela drückte nicht weniger fest, was bei Kunstbrüsten nicht so angenehm war. Ces klopfte April auf die Schultern und dies so herzlich, dass ihr Schlüsselbein in Erwägung zog, entzweizubrechen. Sie lächelte trotzdem und dachte stolz, dass sie nicht nur Morde aufgedeckt, sondern auch ein

Paar zusammengebracht hatte. Das machte sie glücklich. Gleichzeitig dachte sie an ein anderes Paar, das auch zusammen sein sollte, es aber nicht war, und wurde tieftraurig.

Höchste Zeit, ihr Projekt in Angriff zu nehmen: die Rückeroberung ihrer geliebten Lou! Sie hörte innerlich die Stimme von Marina, die ihr erklärt hatte, dass man einen Hund nicht wiederbekam, indem man nur leise »komm zurìck!« rief.

Ja, es war Zeit, Lou zu zeigen, wie laut sie rufen konnte!

Zurück in Bern, parkte sie gegen zwanzig Uhr auf dem Gästeparkplatz vor dem Hochhaus. Zu ihrer Freude waren Lous Fenster hell erleuchtet. April wartete beim Eingang, bis ein Bewohner das Haus verließ. Während sie dann mit dem Lift hochfuhr, rutschte ihr das Herz in die Hose, aber sie schulterte entschlossen ihren riesigen Rucksack, den sie mit siebzehn gekauft hatte, um durch Europa zu trampen. Oben angekommen, stellte sie ihr Gepäck ab und klingelte. Niemand öffnete, April hörte aber, dass Lou sich der Tür näherte. Sie klingelte ein zweites Mal, dann klopfte sie heftig und rief: »Ich gehe erst wieder, wenn du mit mir gesprochen hast! Bitte hör dir doch an, was ich dir zu sagen habe.«

»Das kannst du dir sparen – wir sind Geschichte«, kam es aus der Wohnung.

»Das glaubst du doch selber nicht! Bitte, lass uns reden.«

Lou antwortete mit Schweigen. April hörte, wie sie wegging. »Du sturer Bock, ich meine es ernst: Ich gehe erst, wenn du mit mir gesprochen hast.«

Keine Antwort. Seufzend setzte sie sich neben die Pflanze, die ein tristes Dasein im Treppenhaus führte, und holte aus dem Rucksack ein Sitzkissen, ein Bier und Stephanie Plums zwölften Fall. Auf dieser Etage wohnten insgesamt drei Parteien, vermutlich musste sie sich dem einen oder anderen Bewohner erklären. Tatsächlich trat um zweiundzwanzig Uhr ein Mann aus dem

Lift, aber weil sich seine Wohnung am anderen Ende befand, bemerkte er die Hochhaus-Camperin nicht. Eine Stunde später holte April ihren Schlafsack heraus, schlüpfte hinein und las weiter.

Sie bemerkte nicht, dass Lou gegen Mitternacht die Tür ganz leise einen Spalt weit öffnete und in den Korridor äugte. Kaum erblickte sie ihre Besucherin, die ins Buch vertieft war, zog sie schleunigst die Tür wieder zu. Diese Frau zu sehen, traf sie mitten ins Herz. Sie konnte sich ein Lächeln nicht verwehren, straffte aber sogleich den Rücken und bekräftigte ihr Vorhaben, nicht weich zu werden. Spätestens in ein, zwei Stunden würde das treulose Luder gegangen sein, da war sie sich sicher.

Es wurde eine unruhige Nacht: Ihre Matratze, die aus Steinplatten bestand, erinnerte Brucie daran, wie viele Stellen am Körper schmerzen konnten – im Prinzip alle.

Lou schlief ebenfalls schlecht. Um drei Uhr trieb sie die Neugier wieder zur Wohnungstür. April war immer noch da, Lou nahm jedenfalls an, dass der Schlafsack mit ihr gefüllt war. An den Rucksack hatte April ein Schild geklebt, auf dem stand: *Ich bin keine Obdachlose! Ich bin da, um eine Beziehung zu retten. P.S.: Ich werde nicht in eine Ecke pinkeln.* Lou zog vorsichtig die Tür zu und konnte sich wieder ein Grinsen nicht verkneifen: Diese Frau war einfach zu viel!

Aber sie würde nicht nachgeben.

Um fünf Uhr morgens gab sie auf, zog sich an und machte sich bereit zu gehen – frühstücken konnte sie auch in einem Restaurant. Als sie vorsichtig durch einen Spalt spähte, sah sie zu ihrem Entsetzen, dass April ihr Schlaflager direkt vor die Tür verschoben hatte! Verdammt! Was tun? Sie würde nicht einlenken, nur weil Frau Pallas eine Nacht hier verbracht hatte!

Sie würde einen anderen Weg hinaus nehmen. Lou stürmte auf die Dachterrasse und machte sich daran, ihr Seil hinunterzulassen. Sie hatte es nur dieses eine Mal benützt, als April wütend davongegangen war. Jetzt würde sie sich abseilen, nicht um sie zurückzuholen, sondern um ihr zu entkommen! Um diese Zeit waren noch nicht viele wach, ihr Seilakt würde also hoffentlich unentdeckt bleiben. Wenigstens konnte sie testen, was Zoro gebastelt hatte: Als sie unten angekommen war, betätigte sie die Fernbedienung, die Haltevorrichtung auf der Terrasse sprang auf und das Seil fiel ihr in hohem Tempo entgegen. Rasch rollte sie es auf und schleppte es in den Kellerraum.

Den lieben langen Tag über fragte sie sich, ob diese Frau wohl noch da war, wenn sie heimkehrte. Sie war ziemlich sicher, dass dies nicht der Fall sein konnte – jedenfalls hoffte sie es inständig. Dass andere Teile in ihr den verrückten Wunsch hegten, April vor der Wohnung anzutreffen, ignorierte sie.

Lange blieb Lou im Büro, danach kaute sie in der nahegelegenen Pizzeria eine halbe Ewigkeit an einer Sopreso, zu guter Letzt ging sie ins Kino. Nach dem Film *Lou Andreas-Salomé*, von dem sie nicht viel mitbekommen hatte, spazierte sie nach Hause. Auf dem Weg nach oben beschwichtigte sie sich, dass die Luft rein war. Die Lifttür glitt auf und – gab die Sicht frei auf einen Schlafsack vor ihrer Wohnungstüre! Sie erwog, gar nicht erst auszusteigen, sondern wieder hinunterzufahren und bei Zoro zu übernachten, aber da stand sie auch schon auf dem Korridor.

Wie sie wusste, hatte April einen gesunden, tiefen Schlaf. Mit viel Glück würde sie es schaffen, die Wohnungstür aufzuschließen und unbemerkt über diese Verrückte zu steigen. Als Meisterdiebin war sie es schließlich gewohnt, sich lautlos zu bewegen. Vorsichtig lehnte sie sich über den Schlafsack und steckte den Schlüssel ins Loch. Im Schneckentempo drehte sie ihn geräuschlos. Von April sah man nur die Haare. Sie drückte die Klinke millimeterweise, mit Blick auf den Haarschopf, nach unten. Nichts regte sich – es war eben nicht weit her mit Brucie Lees phänomenaler Geistesgegenwart. Bedächtig öffnete Lou die Tür, setzte den ersten Fuß über den Schlafsack, dann den zweiten. Gleich hatte sie es geschafft! Ein Schritt in die Wohnung, der zwei–

Eine Hand packte ihr Fußgelenk und hielt die Fessel wie in einem Schraubstock.

»Hübscher Versuch«, kam es vom Schlafsack.

»Lass mich los!«, fauchte Lou und wollte das Bein aus der Umklammerung befreien. Verbissen zerrte sie, mit dem Resultat, dass sie Brucie Lee samt Schlafsack in die Wohnung zog.

»Ich sagte: Lass mich los!« Lou, die normalerweise nicht zum Schreien neigte, neigte soeben sehr dazu.

»Und ich sagte: hübscher Versuch.« April robbte mit dem Schlafsack ganz in die Wohnung.

Nun aber mischte sich ein Mann in das Gerangel. Scheinbar aus dem Nichts aufgetaucht, erlöste er Lou aus dem Schraubstock, indem er auf Aprils Arm trat. Die schrie wie am Spieß und Lou rief: »Geht's noch?!«

Mit einem Satz sprang Brucie Lee aus dem Schlafsack und begab sich in eine kungfuianische Stellung, während Lou ebenfalls Angriffsposition einnahm. Als sie ihren Nachbarn erkannte, entspannt sie sich. »Ach, du bist es, Robert.«

»Alles okay oder soll ich die Polizei rufen?«

»Nein, schon gut, wir üben für ein Theaterstück.«

»Ach ja? Und deshalb lungert diese Dame seit gestern hier im Gang?«

Grinsend sagte April: »Ich habe eine Wette verloren, deshalb musste ich einen Tag hier verbringen.«

»Ich meinte, Sie spielen ein Theaterstück ein.«

»Ja, das auch«, erläuterte Lou rasch. »Wir tun beides – das eine wie das andere – fast gleichzeitig – es gehört zusammen, ohne dass es zusammengehört.«

Robert sah die Frauen berechtigterweise so an, als wären sie nicht dicht, und verabschiedete sich. Lou winkte ihm freundlich hinterher. Kaum war er verschwunden, fauchte sie April an. »Danke auch, jetzt halten meine Nachbarn mich für meschugge! Schließ wenigstens die Tür hinter dir! Ich werde dich ja wohl kaum dazu bringen, dass du meine Wohnung jetzt verlässt.«

Brucie nickte beipflichtend und schloss. Eine Weile starrten die Frauen sich schweigend an. Beide stellten fest, dass die andere auch schon besser ausgesehen hatte, mit mehr Fleisch auf den Knochen und glücklicherem Gesicht.

Lou begann: »Was willst du?«

»Dich!«

»Das steht nicht im Angebot – ausverkauft – vergriffen, irgend so was.«

»Ich vermisse dich.«

»Vergnüg dich mit einer anderen – von denen gibt es ja mehr als genug.«

»Ich will aber mit dir sein.«

»Tja, aber ich nicht mit dir.«

»Das glaube ich dir nicht.«

»Glaub oder glaub nicht, ist mir egal.«

»Du bist das Beste, was mir je passiert ist.«

»Ach ja? Deshalb vergnügst du dich anderweitig?«

»Ich habe ermittelt, das ist was anderes! – Ja, das hätte ich nicht tun sollen, aber immerhin habe ich etwas Wichtiges für den Fall herausgefunden.«

»Das legitimiert natürlich alles. Du könntest wenigstens zugeben, dass es dir Spaß gemacht hat, anstatt nur von Ermittlungstaktik zu labern.«

»Was soll ich sagen: Es hat Spaß gemacht. Jedenfalls hätte es das, bevor ich dich kennengelernt habe. Jetzt hat es nur noch ein bisschen Spaß gemacht, ich bin fast nicht zum Höhepunkt gekommen.«

Wie sagt man dazu: Feuer ins Öl werfen?

»Du Arme, nur einmal gekommen? Das ist wahrhaftig ein harter Schlag!«, höhnte Lou.

»Nein, lass es mich so erklären: Du bist für mich wie eine Cola. Bevor ich Cola kennengelernt habe, trank ich Sirup, das schmeckte nicht schlecht, aber als ich das erste Mal Cola trank, merkte ich, wie fad Sirup eigentlich ist. Und obwohl ich nichts anderes als Cola trinken möchte, habe ich aus lauter Gewohnheit wieder einmal Sirup getrunken und dabei gemerkt, dass Cola wirklich um Welten besser ist.«

»Und weil du das immer wieder vergisst, wirst du ab und zu einmal Sirup trinken und dann der Cola sagen, dass sie viel besser schmeckt.«

»Nein, ich habe das nun ein für alle Mal kapiert!«

»Ich heiße nicht Cola!«

»Stimmt, du gefällst mir tausend Mal besser!«

»Nenn mir einen plausiblen Grund, warum ich mit dir zusammen sein sollte! Und lass bitte die Getränke aus dem Spiel.«

Eine Weile starrte April zur gegenüberliegenden Wand. Dann zur anderen. Schließlich zur Decke und zum Boden. Sie betrachtete ihre Hände, dann wieder die Wand, als stünde irgendwo die Antwort auf Lous Frage. Dann aber schaute sie auf, sah Lou hilflos in die Augen und es platzte aus ihr heraus: »Weil ich dich liebe. Und weil du mich liebst!«

Unklar, wer wen verblüffter anschaute.

Lou prallte zwei Schritte zurück, als hätte sie einen Faustschlag erhalten und keine Liebeserklärung. Auf ihrem Gesicht wechselten die Gefühle so schnell, dass man nicht schlau daraus wurde. April stand da, kolossal verwirrt, die Arme hingen schlaff an ihr hinab, die Augen waren weit geöffnet. Sie wartete, dass Lou etwas erwiderte, aber außer dem Gefühlschaos in deren Gesicht geschah nichts. Und da es nicht danach aussah, als würde sich das in absehbarer Zeit ändern, bückte sich April seufzend nach dem Schlafsack und dem Rucksack. Sie hob die Hand zum Gruß und öffnete leise die Tür. »Gut, dass du das Schussloch hast flicken lassen«, sagte sie und schloss hinter sich.

Wie in Trance wartete sie auf den Lift. Das Warten dauerte ewig. Wie üblich.

Als die Zahl dreizehn aufleuchtete, flog plötzlich die Wohnungstür hinter ihr auf und bevor sie es sich versah, wurde sie herumgerissen, wurden Arme um sie geschlungen, wurde sie geküsst, wurde sie in die Wohnung gezogen, wurde die Tür zugeknallt, wurden ihr Schlafsack und Rucksack aus den Händen genommen, wurde sie zum neuen Sofa bugsiert – und fiel rückwärts darauf, Lou fiel hinterher und flüsterte ihr in einer Pause zwischen den Küssen etwas ins Ohr.

Aprils Augen wurden feucht.

So hielten und küssten sie sich, bis April erwähnte, dass ihr Rücken möglicherweise bald durchbrechen würde. Lachend half Lou ihr auf. Da strich April der Geliebten eine Strähne aus dem Gesicht und sah sie lange an.

»Erinnerst du dich an Schwester Sarah? Ich habe dir etwas zu sagen.«

Und sie zog Lou in die Küche, um ihr von ihrer Mutter zu erzählen.

Printausgabe gedruckt auf
säurefreiem, alterungsbeständigem Werkdruckpapier
ISBN 978-3-89741-400-6

Originalausgabe in **CRiMiNA**.
CRiMiNA ist ein Imprint des Ulrike Helmer Verlags, Sulzbach/Taunus.

Covergestaltung: Atelier KatarinaS unter Verwendung
des Fotos »Waaaaaaaaaah ...« © Jo / photocase.de

Ulrike Helmer Verlag
Neugartenstraße 36c, D-65843 Sulzbach/Taunus
E-Mail: info@ulrike-helmer-verlag.de

Besuchen Sie uns im Internet:
www.ulrike-helmer-verlag.de

Zum Weiterlesen …

Daniela Schenk

Knarrenfrauen

Ein Fall für die unwiderstehliche April Pallas

Roman. 367 Seiten. ISBN 978-3-89741-380-1

Mitglieder eines Schweizer Reichenklubs wurden bestohlen, nun soll April Pallas den Dieb finden. Kein Problem für die *hard boiled* Detektivin! Zwar hatte sie sich bisher eher um verlorene Hunde, Seitenspringer und Ausreißer zu kümmern, aber egal: April kann Kung Fu, fühlt sich als eine Brucie Lee und legt ihre Gegenüber (bevorzugt Frauen) ganz ohne Waffe flach. Allerdings hat sie selten mehr im Griff als ihr Motorrad (falls sie es nicht zu tanken vergisst).

Dann gibt es Tote unter den beklauten Reichen. Geheimpapiere tauchen auf, eine maskierte Frau fällt vom Himmel und die liebenswert schrullige Ermittlerin hat es nicht nur mit einer Meisterdiebin der Extraklasse, sondern mit Frauenhandel und übelsten Verbrechen zu tun. Eines Nachts gerät April – ausgerechnet als Nutte verkleidet – in einen ziemlichen Schlamassel und erwägt ernsthaft, sich eine Schusswaffe zuzulegen …

Daniela Schenk
Julia und Satine
Roman. 309 Seiten

Inselferien – Sonnenstrand. Hier erholt Julia sich vom Rechtsstreit mit ihrem Exgatten, soweit das ihre Töchter und die stürmische Herzensfreundin Berthe zulassen. Und dort drüben im Sand ruht Satine … Eine Fischvergiftung, eine Fotositzung und einen Reifenwechsel später sind sich die beiden Frauen näher gekommen, wofür nicht zuletzt das gewitzte Töchtergespann und Freundin Berthe gesorgt haben. Dann tut Julia etwas, was sie gewiss nicht vorhatte und was eine Menge delikater Fragen aufwirbelt …

Ein herzerfrischender und lebensprall lakonischer Roman über zwei Frauen, denen das Glück widerfährt, das zu bekommen, was sie nie gewollt haben.

Daniela Schenk
O wüsste sie, dass sie es ist!
Roman. 274 Seiten

»Romeo und Julia« und ein Philosoph namens Schropenbauer? Diese Zara hat schon seltsame Interessen! Emilia dagegen werkelt lieber in ihrem Elektroladen oder erfindet Nutzlosapparate. Aber wenn Zara Hilfe für ein höchst ungewöhnliches Theaterprojekt braucht, lässt Emilia sich nicht lange bitten … Die folgenden Monate bringen nicht nur fliegende Dolche, Herzattacken und halsbrecherische Mutproben mit sich, sondern auch allerlei überraschende Liebeswirren. Vorhang auf!